AF618129

Aranca

RIHA

L O J Z L

Der

Tragikomische

Held

2. Auflage 2016

Autor: Aranca Riha

Titelbild: Marco Riha

Lektorat: Dr. Wolfgang Lockemann

Graphische Gestaltung: Paul Dengg

Verlag: tao.de in J. Kamphausen Mediengruppe GmbH, Bielefeld

www.tao.de

eMail: info@tao.de

Bibliografische Information der Deutschen Nationalbibliothek: Die Deutsche Nationalbibliothek verzeichnet diese Publikation in der Deutschen Nationalbibliografie; detaillierte bibliografische Daten sind im Internet über http://dnb.d-nb.de abrufbar.

ISBN Paperback: 978-3-95802-997-2

ISBN e-Book: 978-3-95802-954-5

Inhalt

Lojzl ist schizophren. Zunächst ist er ein Opfer seiner Eltern, später eines der kommunistischen Diktatur. Er ist ein stiller Beobachter der Familienchronik und geht den Wurzeln seiner Mutter in Österreich und denen des Vaters in Südböhmen nach. Lojzl erlebt, wie ein Land in zwei Länder aufgeteilt wird und wie damit seine Wurzeln ins Wanken geraten. Er gehört weder in das eine noch in das andere Land, weder in das eine noch in das andere System. Und er erlebt die gleiche Ohnmacht bei allen Mitgliedern seiner Familie, die durch die politischen Veränderungen zerrissen wird und nie mehr zueinander findet. Die Wende erlebt er selbst nicht mehr.

1. TEIL: DIE GUTEN ZEITEN

1. KAPITEL: LOJZL

Die Straße war grau. Der Frühling ließ auf sich dieses Jahr warten. Die Bäume setzten noch nicht einmal Knospen an. Dabei war schon fast April. Er ging spazieren. Wie jeden Vormittag. Zu Hause war es ja nicht zum Aushalten. Jeder kannte ihn in der Straße. Manche grüßten ihn. Andere beachteten die kleine rundliche Gestalt des älteren Mannes gar nicht mehr. Er war viel zu dick, der Arzt ärgerte sich jedes Mal darüber. Die Anzüge waren zum Platzen eng.

Die Kinder liefen an ihm vorbei und lachten manchmal. Manchmal blieben sie stehen und sahen ihm nachdenklich zu. Er ging die Straße auf und ab. Stundenlang. Anfangs immer alleine, später dann vertraute man ihm manchmal den kleinen Neffen im Kinderwagen an. Aber das nur in den guten Zeiten. Noch später nahm er immer den kleinen Dackel mit. Der zog an der Leine, und er konnte ihm nicht so schnell folgen. Der Dackel zog wie ein Esel, und in kürzester Zeit war er komplett außer Atem. Er, und der Dackel auch.

Wenn er allein spazieren ging, suchte er sich ein Steinchen. Er hatte gerne kleine, runde Steinchen. Die eckigen rollten nicht so gut. Und machten Kratzer auf den Schuhen. Das ärgerte die Mutter dann. Aber die runden, die waren herrlich. Er schubste sie mit dem Fuß vor sich her, und sie rollten und rollten. Manchmal nahm er sie dann mit nach Hause. Nach einiger Zeit waren die Taschen des Rockes so schwer, dass das Futter riss. Dann gab's wieder Krach.

Jeden Abend, bevor er schlafen ging, freute er sich schon auf den nächsten Vormittag und seinen Spaziergang. Da war er ganz allein, niemand kommandierte mit ihm herum, er suchte sich ein Steinchen und vergaß die Welt um sich.

Die Kinder sahen nur manchmal zu. Sie hatten so etwas noch nirgendwo gesehen und wussten nicht, wie sie reagieren sollten. Sie standen da wie versteinert und sahen ihn an. Nur diejenigen, die ihn schon seit Jahren kannten, lachten manchmal. Manchmal lachte er auch zurück. Oder er sah sie abwesend an. Erwachsene gab es zu dieser Tageszeit keine, alle waren bei der Arbeit.

Um etwa elf Uhr kam dann sein Vater bei der Haustür des großen Zinshauses heraus, um einkaufen zu gehen. Dann musste er mit. Die schweren Einkaufstaschen tragen helfen.

Der Vater war schon ein alter Mann, aber groß gewachsen, immer stramm und aufrecht. Seit seiner Jugend hatte er eine Glatze, keiner konnte sich ihn mit Haaren auf dem Kopf vorstellen. Der kleine Schnauzbart war immer sorgfältig gepflegt. Wie der ganze Mann. Alles an ihm war sauber und geordnet. Die Kleidung verriet frühere Eleganz, obwohl man ihr schon die Jahre ansah. Die Pflege seiner Bekleidung war ja auch seine Hauptbeschäftigung seit seiner Zwangspensionierung.

Jeden Tag stand er um vier Uhr morgens auf, so wie früher, als er noch in die Fabrik musste. Dort hatte er mit der Uhr in der Hand gestanden, wenn die ersten Arbeiter und Angestellten hereinkamen und den Chef freundlich grüßten. Jetzt ging er auf den Balkon, ob

Sommer oder Winter, und putzte zuerst einmal die Schuhe der ganzen Familie. Dann kamen die Kleider dran. Sie mussten immer über Nacht am Balkon auslüften. Das Bürsten und das Reinigen waren zu einer Zeremonie geworden. Besonders an den Tagen, an denen er ausging. Dienstags ins Dampfbad, mittwochs und zum Wochenende ins Kaffeehaus, der einzige Luxus, den er sich noch leistete. Kartenspielen war sein Leben lang eine Passion.

An diesen Tagen, und nur an diesen Tagen, nahm er seine geliebte Virginia zum Rauchen mit.

Sonst waren die zu kostspielig, und zu Hause tat es auch eine Pfeife. Aber im Kaffeehaus, in das er schon über dreißig Jahre ging, in vertrauter Umgebung mit ein paar alten Freunden, die noch lebten, sich eine Virginia anzustecken, das war ein Genuss - unvergleichlich. Die zarte, schlanke Virginia, dunkelbrauner Tabak, gekonnt zusammengerollt, die war sein Ein und Alles. Allein, wenn er den feinen Strohhalm herauszog, bevor er sie anzündete, um damit der Zigarre Luft zu schaffen, bereitete ihm ein Gefühl höchsten Vergnügens. Er rauchte sie mit Andacht, und niemand störte ihn dabei. Erst wenn er sie zu Ende geraucht hatte, fing er mit dem Kartenspielen an.

Manchmal kam später Lojzl herein, seine Mutter schickte ihn, um nachzusehen, was Vater so tut an seinen freien Tagen. Er setzte sich ins Eck und sah zuerst lange seine Schuhspitzen an. Dann, nachdem ihn sein Vater dazu aufgefordert hatte, setzte er sich näher zum Kartentisch und sah teilnahmslos zu. Wenn das Spiel zu spannend wurde und drohte länger zu dauern, schickte ihn Vater nach Hause. Er solle lieber mit Mutter Radio hören. Er ging. Wenn er Glück hatte, fand er am Weg nach Hause ein paar Steinchen.

Sein Vater hatte ihn zur Reinlichkeit erzogen, zu großer Reinlichkeit. Schon als Knabe gefiel ihm diese Idee nicht besonders. Aber Vater zwang ihn dazu. Später, jedes Mal wenn er aus dem Bad kam, schwamm der ganze Raum. Oder er stand stundenlang in der Toilette und ließ Wasser in die Muschel rinnen. Die Kloschwimmer wurden dann mindestens einmal im Monat ausgewechselt, weil sie das ständige Reißen an der Kette nicht aushielten und brachen.

Die erzwungene Reinlichkeit verwandelte sich in ein Spiel mit Wasser.

Lojzl konnte sich schon als Kind nicht, und später schon gar nicht, gegen seinen Vater wehren. Er konnte nie seine Abscheu gegen das Waschen ventilieren. Er konnte nur in sich gehen. Und das tat er auch, seit Jahren schon. Manchmal, wenn er vor dem Haus spazierte oder vom Kaffeehaus nach Hause ging, dachte er über die vergangenen Jahre nach. Ohne Zusammenhang. Die Gedanken kamen nur so. Er konnte nie lange über etwas nachdenken. Er musste sich ja immer wieder auf das Steinchen konzentrieren. Sonst wäre es davon gehüpft. Die Gedanken kamen wie Blitze, und waren auch schon wieder weg. Manchmal. Dann aber war wieder alles wie verschleiert. Er hatte das Gefühl, nicht wirklich gelebt zu haben, er hatte keine Vergangenheit. Nur den kleinen Stein, der ihm so viel Freude machte.

Er war immer wieder sehr krank. Er war ein kleines blondes Bübchen, mit seidenem Haar und hellblauen Augen, aus denen Sanftheit strahlte. Er mochte die Schule nicht. Er wurde fast jeden Tag krank. Er fing immer an zu erbrechen, wenn er vom Lehrer aufgerufen wurde. Er zitterte dann am ganzen Leib. Die Lehrer schickten ihn meistens nach Hause. Die Familie übersiedelte oft. Er konnte den Wechsel der Schulen nicht vertragen. Je älter er wurde, desto schlechter ging es ihm gesundheitlich. Seine Mutter, die ihn abgöttisch liebte, machte sich aber nicht allzu viele Sorgen darüber, denn durch seinen Zustand war er immer zu Hause bei ihr. So hatte sie ihn nur für sich. Musste ihn nicht in die böse Schule gehen lassen. Trotz des häufigen Fehlens in der Schule lernte er sehr leicht. Er war intelligent und vor allem sehr sprachbegabt. Er wuchs zu Hause zweisprachig auf, Tschechisch vom Papa und Deutsch von der Mama, lernte er in der Schule noch Englisch und Französisch. Es machte ihm großen Spaß, sich in diesen Sprachen ausdrücken zu können. Die Lehrer suchten immer ihn aus, wenn Besuch aus dem Ausland in die Schule kam. Sie brüsteten sich mit seiner Begabung. Und das waren Momente, in denen er sich so gesund wie nie zuvor fühlte. Da machte es ihm auch nichts aus, vor den Lehrern und der Klasse zu sprechen.

Seinem Vater imponierte dies nicht besonders. Er wollte aus ihm einen Kaufmann machen, vor allem aber einen Mann, und wenn es sein musste, mit Gewalt. Mit großer Gewalt.

Plötzlich brachen seine Gedanken ab. Alles war verschwommen. Er rollte das Steinchen vor sich her, und sein Gesicht war aschgrau geworden. Aber bald ist er wieder zu Hause. Bei Mama. Sie hat sicher schon etwas Gutes zum Essen vorbereitet. Sie kochte viel für ihn, denn er aß so gerne. Es störte sie nicht, dass er bald in die Kleider nicht mehr hinein passte. Sie nähte beim lauten Radio die Nähte nach und ließ sie aus. Sie war glücklich, wenn es ihm schmeckte. „Er hatte ja sonst nichts vom Leben", sagte sie immer. Die Medikamente, die er einnahm, waren auch ein bisschen Schuld daran, dass er so großen Appetit hatte. „Die Nerven sollen eingebettet sein", sagte der Arzt. Manchmal war tagelang alles wie unter einem Schleier. Vor allem immer dann, wenn er vom Krankenhaus nach Hause kam. Die Mama versuchte es immer zu verhindern, aber ab und zu war es notwendig. Immer dann, wenn seine Anfälle häufiger wurden, oder wenn er jemanden tätlich angriff. Dann half das ganze Weinen der Mama nichts. Auch nicht das Brüllen des Vaters.

2. KAPITEL: ROMANTISCHE LIEBE

Am liebsten ging er am Vormittag spazieren. Da waren die Straßen leer, und er hatte sie ganz für sich allein. In den Park ging er seltener, denn da waren die Omas und Opas mit den Enkerln unterwegs und viele sahen ihm misstrauisch zu, wenn er den kleinen Stein vor sich her rollte. Aber da, auf der Strasse, hatte er Ruhe. Vergangene Woche - oder war es schon vergangenen Monat? - begegnete er einem jungen Fräulein auf dieser verlassenen Straße. Sie musste wohl Besorgungen für ihre Arbeitsstätte machen. Ihm fiel ihre Schönheit auf. Er grüßte sie, sie grüßte erstaunt zurück. Dann ging sie weiter. Er folgte ihr. An der Kreuzung lief sie dann zum Polizisten. Als er den Polizisten nahe kommen sah, ging er schnell wieder auf sein Haus zu. Der Polizist folgte ihm nicht. Er kannte ihn schon seit vielen Jahren. Er war so aufgeregt über den Vorfall, dass er in den Park ging, sich auf das Bankerl setzte und die Augen schloss. Vor seinen Augen tanzten Figuren. Junge Mädchen.

Als er langsam erwachsen wurde, beobachtete er um sich herum, wie alle jungen Männer seines Alters sich amüsierten, gemeinsam am Abend fortgingen, an Wochenenden Ausflüge machten und schließlich Damenbekanntschaften machten. Er durfte das alles nicht. So wie ihm die Eltern, als er noch ein Kind war, verboten hatten, Freunde zu haben - denn keiner war für ihn gut genug - so durfte er später nicht mit Mädchen ausgehen. Es hieß, sie würden ihn nur ausnützen. Aber er war ja sowieso viel zu schüchtern, um selbst eine Bekanntschaft zu machen.

Für die Mutter waren alle Mädchen wütende Medusen, die nur auf sein Geld aus waren, für den Vater kamen Mädchen nur als finanziell gut abgesicherte Heiratspartien in Frage. Für ihn blieben sie ein Traum. Nur einmal mit einem Mädchen spazieren gehen zu können! Zu sprechen. Ihr alles über sich und seine Träume und Ängste zu erzählen. Allein die Vorstellung ließ ihm einen kalten Schauer über den Rücken laufen.

Als er dann schon weit über 20 war, beschloss Vater, es müsste etwas geschehen und man müsste eine Braut finden. Lojzl hatte eine alte Großtante, die am Land lebte. Tante Toni, er sieht sie heute noch vor sich, war weit über 60. Eine sehr beleibte alte Dame. Sie kam immer mit frischen Eiern, Hühnern, selbstgebackenen Brot und dergleichen mehr auf Besuch. Ihre runde Gestalt, betont noch durch die Art Tracht, die sie immer trug, ließ die Röcke von der Mitte des Körpers in pliseeartigen Wasserfällen zu Boden fallen. Sie hatte Schwierigkeiten, sich bei den schmalen Türen einer Stadtwohnung in den Raum durchzukämpfen. Aber sie schaffte es dann doch immer. Sie hatte ein sonniges, fröhliches und sehr lustiges Gemüt.

Die kurze Zeit, die sie blieb, erhellte die Wohnung mit Gelächter, das man bis auf den Stiegen gang hörte. Sie nahm die kleine Tochter seiner Schwester auf den Schoß und sang ihr Kinderlieder vor: „Zandi, Zandi, Zanditschki...“. Die Kleine lachte mit ihren zahnlosem Mund, und Tante Toni erzählte zwischendurch alle Neuigkeiten, die sich in ihrem Dorf und in der weitläufigen Familie ereignet hatten, ereiferte sich über die herrschende Politik, sang noch ein paar Kinderlieder und bot ihrem Neffen, seinem Vater, einige Bräute für seinen Sohn an, die sie nach reiflicher Überlegung für passend fand.

Da gab es eine Müllerstochter, Gutsbesitzertochter, Weinproduzenten (en gros)-Tochter und einige mehr. Vater fuhr dann am nächsten Tag zu der besagten Adresse, sprach mit den Eltern, begutachtete die Braut, beschimpfte Tante Toni und fuhr verärgert zurück nach Hause.

Dieses Verfahren lief über Jahre. Und wenn dann wirklich eine da war, die alle Vorzüge hatte, die Vater erstrebenswert fand, bekam Mutter eine schwere Migräne, manchmal eine Gallenkolik, viel öfter aber fürchterliche Schwindelanfälle, so lange, bis auch diese gute Partie
fallen gelassen wurde. Seit Jahren hatte sich Lojzl stillschweigend in diese Prozedur ergeben. Es war ihm eigentlich gleichgültig, was da um ihn geschah. Damals war er ja noch nicht krank, damals durfte er noch im Garten arbeiten. Das war seine Lieblingsbeschäftigung. Das Sprachenlernen musste er aufgeben, Mutter sagte, es belaste ihn zu sehr und strenge ihn nur an. Also züchtete er Blumen. Er liebte Blumen. Stundenlang konnte er der bunten Schönheit zusehen und den Schmetterlingen, die sich fröhlich durch die Blumenbeete jagten. Und er träumte. Jedes Mal wenn ihn Vater erwischte, gab es eine Szene. Schließlich wollte er ja einen Großindustriellen als Sohn! Keinen Gärtner. Manchmal, in seiner Verzweiflung, riss Lojzl einen

Blumenkopf ab und steckte ihn heimlich in seine Hosentasche. Wenn das Toben des Vaters kein Ende nehmen wollte, griff er immer nach der Blume und drückte sie in der Hand. Er hatte das Gefühl, sie gäbe ihm die Kraft, das Gewitter zu überstehen. Dann tat es ihm immer leid, dass er so selbstsüchtig war und die arme Blume getötet hatte. Manchmal weinte er deswegen bitterlich.

Es vergingen die Jahre, er war nun schon fast 30. Freunde hatte er noch immer keine. Er war viel alleine. Die Schwester hatte ihre eigene Familie, dort hatte niemand für ihn Zeit, und mit Mutter wollte er auch nicht den ganzen Tag zusammen sein. Also ging er allein in den Garten.

Als er einmal wieder so bei den Blumen saß, ging die Gartentür auf, und vor ihm stand sie. Er dachte, er träume. Sie war wunderschön, ihr blondes lockiges Haar fiel ihr auf die Schultern.

Die Augen lächelten ihn an. Als sie ihn begrüßte, klang ihre Stimme feenhaft. Er erstarrte. Er konnte nichts sagen, sich nicht bewegen. Er würde von der Starre nie erlöst worden sein, hätte er nicht beim Hauseingang die Stimme von Tante Toni vernommen.

Er hört ihre von Freude überschäumende Stimme heute noch: „ Na, Lojzicku, habe ich dir eine schöne, nette Braut mitgebracht, da schaust was? Diesmal habe ich deinen Vater überlistet, den alten Esel den. Wenn's nach ihm ginge, bist in der Pension noch nicht verheiratet!" Und sie stellte ihm Liesl vor. Er war verzaubert. Liesl war nicht nur schön, sie hatte so eine nette, freundliche und doch zurückhaltende Art. Man musste sie ganz einfach sofort lieben. Sogar die Mutter, nach anfänglichem leichtem Kopfweh, fand Liesl charmant und liebevoll. Vater machte zwar keinen besonders glücklichen Eindruck, aber er schrie diesmal wenigstens nicht.

Es wurde vereinbart, dass sie in den nächsten Wochen an den Wochenenden immer in die Oper fahren sollten. Vater hatte eine Loge bezahlt fürs ganze Jahr, aber die wurde nur selten frequentiert. Meistens nur von seinen Geschäftsfreunden. Man beschloss weiters, nach drei Monaten Opernbesuch, die Verlobung anzukündigen, dann nach einem weiteren den guten Sitten entsprechenden Zeitraum, den Termin für die Hochzeit anzusetzen.

Er war im siebten Himmel. Dieses Engelsgeschöpf soll seine Braut sein? Sein Mädchen? Seine Frau? Er konnte nicht mehr schlafen, er war müde, nervös, und es war ihm den ganzen Tag über schlecht vom Magen. Endlich kam der Samstag. Der Wagen mit Chauffeur fuhr vor. Er war der Ohnmacht nahe. Seit Stunden hatte ihn Mutter angezogen und ihm Ratschläge gegeben, dann kam Vater und gab ihm weitere. Diesmal bekam er sogar ein paar Kronen mit, aber trotzdem mit der Mahnung, er soll sich nicht ausnützen lassen. Aber es war ihm alles recht, nur endlich weg und mit Liesl in die Oper.

Das alles hatte er schon einige Male mit den verschiedensten Bewerberinnen über sich ergehen lassen, aber die meisten Mädchen wollten diesen Abend nicht wiederholen. Diesmal war es etwas ganz anderes, diesmal war es ja mit Liesl, und die liebte er ja. Als er sie vor ihrem Haus abholte, konnte er fast nicht mehr atmen. Sie stieg ein, begrüßte ihn, lächelte, und sie fuhren los. Er brachte den ganzen Abend kein Wort raus. Er schwebte im Himmel und fand keine Worte es ihr zu sagen. Aber sie lächelte, und er hatte den Eindruck, sie verstand. Sie fuhren nach Hause. Vater fragte gar nichts, Mutter wollte alles wissen.

Was sie gesagt hat, wie sie es gesagt hat. Er antwortet nur einsilbig. Er konnte es nicht erwarten, allein in seinem Zimmer zu sein und von dem herrlichen Abend zu träumen.

So etwas hat er noch nie erlebt. Die drei Monate gingen vorbei. Liesl bat, ob sie die Zeit der Verlobung etwas ausdehnen könnten, es machte ihr so viel Freude, mit ihm in die Oper zu fahren. Natürlich! Bis an sein Lebensende würde er gerne mit ihr in die Oper fahren. Vater hatte nichts dagegen. Die Partie war sowieso nicht nach seinem Geschmack. Liesl kam aus sehr bescheidenen Verhältnissen. Ihr Vater war Beamter, pensioniert, und ihre Familie lebte sehr zurückgezogen. Sie fuhren noch drei Monate lang in die Oper.

Liesl strahlte von einem zum anderen Mal mehr und mehr vor Glück. Und er auch. Beim letzten Mal hielten sie sich die Hände. Sie hatte eine kleine, zarte Hand. Als Mimi auf der Bühne im Sterben lag, hielt sie plötzlich seine Hand fest und weinte. Er rührte sich nicht. Das Glück schien unerträglich zu sein. Auch ihm flossen Tränen über die Wangen, allerdings Glückstränen.

Beim Nachhause fahren musste er sie bitten, den Termin für die Hochzeit festzulegen, da sein Vater jetzt schon drängte. „In vier Wochen“, beschloss sie. Vater leitete am nächsten Tag alles Nötige in die Wege, Mutter bekam Migräne. Diesmal sehr starke. Der Arzt musste kommen. Vater bestellte das Hochzeitsessen im Grand Hotel. Eine Woche vor der Hochzeit erschien Tante Toni in der Tür. Blass im Gesicht, mit zitternden Händen kämpfte sie mit ihren Röcken, um sich durch die Tür zu zwängen. Außer Atem ließ sie sich dann auf den nächsten Sessel nieder. Vater sah sie fragend an. Sie nahm ihren ganzen Mut zusammen und sagte mit bedrückter Stimme: „Kinder, ich habe schlechte Neuigkeiten. Liesl ist weg. Mit eurem Chauffeur". Er fiel in Ohnmacht. Wieder kam der Arzt. Lojzl blieb viele Tage im Bett, er war zu schwach, um aufzustehen. Mutter hatte abwechselnd Migräne und Schwindelanfälle. Sie hatte es ja immer gesagt, alle Frauen wollen ihn nur ausnützen, diese Schande, ein Mädl von solchen Habenichtsen, und traut sich so was zu machen. Er hörte nicht zu. Vater konnte seit Tagen nicht sprechen. Beim Schreien versagten ihm die Stimmbänder.

Nach zwei Wochen konnte Lojzl wieder aufstehen, er ging in den Garten, er nahm eine Sense und mähte die Blumenbeete nieder. Er ging spazieren, fand ein Steinchen und rollte es vor sich hin...

3. KAPITEL: MUTTERLIEBE-VATERHASS

Oft, wenn er mit dem kleinen Bub seiner Nichte spazieren ging und das Wagerl vor sich schob, dachte er an seine Kindheit. Was waren die schönsten Erlebnisse? Was die schlimmsten? Die Wochenenden konnten sehr schön sein, vor allem dann, wenn Vater wegfahren musste. Am Samstagabend musste er mit Mutter in die Kirche. Zum Segen, sagte sie. Sie zog eines ihrer wunderschönen Seidenkleider an, im Winter den schönen, warmen Pelzmantel, und sie spazierten langsam in die Kirche. Er hängte sich bei ihr ein. Später, als er älter geworden war, tat sie es. Sie machte immer den Eindruck, sehr stolz auf ihren Sohn zu sein, wenn sie nebeneinander spazieren gingen. Manchmal entlockte es ihr ein verschlagenes Lächeln, wenn sie merkte, dass die Leute ihn für ihren Liebhaber oder Mann hielten. Das gefiel ihr. Ihm auch. Seine Mutter war ja eine sehr fesche, um nicht zu sagen eine schöne Frau. Eine kühle Schönheit. Und doch fühlte er sich bei ihr sehr geborgen. Sie schützte ihn vor der bösen Welt, von der sie ihm immer erzählt hatte. Bei ihr war er sicher. Manchmal, wenn sie gute Laune hatte, nahm sie ihn anschließend in eine der stadtbesten Konditoreien. Dort kaufte sie dann auch noch ein Kilo von den besten Bonbons, ließ es sich schön einpacken, und sie pilgerten wieder nach Hause.

Am Sonntag brachte das Dienstmädchen ihnen das Frühstück ans Bett. Und dort blieben sie auch. Den ganzen Sonntag. Sie erzählten sich Geschichten. Mutter erzählte unentwegt von ihrer Heimat, ihrer Sehnsucht nach ihrem Zuhause und der Trauer, nicht dort leben zu können. Er hörte gerne zu. Die meisten der Familienmitglieder kannte er ja und es machte ihm Spaß, von ihnen als Kindern zu hören. Er konnte sich seine Onkel und Tanten schwer als Kinder vorstellen. Diese Familiengeschichten waren wie Märchen für ihn. Sie aßen die exzellenten Bonbons, bis keines mehr da war, und redeten und redeten. Manchmal schlief er ein. Mutter auch. Später, als er größer war, gab es dann auch das Radio, und sie hörten den ganzen Tag den Sendungen zu. Auch der Sender kam aus der Heimat der Mutter, und so hatte er oft das Gefühl eher dort, weit weg in den Bergen zu leben. Und dort musste es auch ein schöneres Leben gegeben haben als hier, wo er wirklich zu Hause war. Hier musste er zu Schule. Musste so oft übersiedeln, sich auf neue Schulen, neue Lehrer, neue Schulkameraden einstellen. Nur am Wochenende gab es dann die heile Welt mit Mutter, aber auch nicht immer.

Dieser kleine Zwerg vor ihm, den er im Kinderwagerl vor sich hinschob, hatte ja noch keine Ahnung, wie schön die Kindheit sein kann. Als vor einem Jahr auch noch ein Dackel ins Haus gekommen war, musste er auch den zum morgendlichen Spaziergang ausführen. Der kleine Hund sah ihn mit sehr klugen Augen an und zappelte mit den krummen Beinen neben dem Kinderwagen.

Er erinnerte sich an den Vater, wie der in seiner Kindheit einen Hundezwinger errichtet hatte. Bis zu fünfzig Hunden waren da manchmal im Gelände. Er dachte daran, wie Mutter Hunde hasste und schreckliche Angst vor ihnen hatte. Und dann bestand Vater noch darauf, dass Mutter das Hundefutter kochte. Es hatte unglaubliche Szenen gegeben und nicht nur deswegen. Aber die Hunde waren immer gut dafür, einen Streit anzufangen.

Als Vater die große Dogge kaufte und sie nicht mit den anderen Hunden im Zwinger lassen wollte, ließ er den Hund ganz einfach im Haus und fuhr weg. Als er nach Stunden nach Hause kam, lag Mutter auf den Boden, ohnmächtig, und die Dogge stand mit gestreckten Beinen über ihr. Wie lange das gedauert hatte, wusste Mutter später nicht mehr, aber sie fing sofort an, ihre Koffer zu packen. Sie schaffte es immer, die gepackten Koffer zur Haustür zu stellen. Bevor das Taxi kam, hatte sie es sich wieder anders überlegt. Und immer wünschte Lojzl sich, dass sie es wirklich einmal tun würde. Und ihn mitnehmen würde. Weg von hier, weg von Vater. Und den Hunden. Er mochte sie ja auch nicht. Ja, jetzt den kleinen Dackel, aber das war ja kein Vater-Hund. Der gehörte zur Familie der Schwester. Und er war lieb und klein.

Einmal hatte auch Vater Dackeln mit nach Hause gebracht. Max und Moritz hießen sie. Aber Vater schrie immer so laut, dass sie unter das Bett krochen und nichts auf der Welt hätte sie wieder hervorgebracht. Dann gab es noch mehr Geschrei. Die armen Dackel zitterten am ganzen Leib, als der Vater sie endlich mit einem Stock hervorholte. Sie starben sehr jung. Herzversagen, sagte der Tierarzt. Er weinte damals bitterlich. Seine einzigen zwei Freunde, die er so lieb hatte. Er schwor, niemals selbst einen Hund haben zu wollen.

Später, als ihn Vater zwang, mit auf die Jagd zu gehen, lief er mit Astor, einem Dobermann in den Wäldern herum. Aber Astor stahl höchstens die Eier vom Hühnerstall des Nachbarn und war jagduntauglich, wie der Vater festgestellt hatte. Also musste Astor weg. Die anderen Jagdhunde des Vaters mochte er nicht und sie sprangen ihn auch immer an. Er hatte Angst vor ihnen, und sie wussten es. Das ganze Schreien von Vater nutzte nichts. Vater musste bald einsehen, dass er aus ihm keinen Jäger machen würde. Lojzl könnte niemals einem Tier wehtun. Er musste immer wegschauen, wenn Vater auf ein Tier schoss.

Und er verabscheute die lauten Jagdgesellschaften, an denen er gezwungen war Teil zu nehmen. Die Freunde des Vaters waren laut und grob. Und meistens auch noch betrunken. Er konnte nicht glauben, dass diese rohen Menschen über Leben und Tod der unschuldigen, wehrlosen Tiere entschieden. Damals schon schwor er sich, nie ein Jäger, ein Geschäftsmann und nie ein Alkohol trinkender Mensch zu werden. Er hielt diese Versprechen. Für immer.

Zum Glück konnte er sich zur Mutter flüchten. Seine Liebe zu ihr war von so zarter Natur und so von Angst geprägt, sie eines Tages zu verlieren, dass er bereit war alles zu tun, was Mutter von ihm verlangte. Sie und nur sie verstand ihn. Auch sie hasste Jagdgesellschaften und die Idee, Tiere zu töten. Sie bebte vor Hass, wenn sie darüber sprach. Sie nahm ihn dann in die Arme und erzählte ihm schöne Geschichten aus ihrer Kindheit. Dann war die Welt mit einem Schlag wieder in Ordnung. Sie wollte nicht, dass er im Betrieb von Vater arbeitet, also tat er es nicht. Sie wollte, dass er immer bei ihr zu Hause bleibt, also tat er es. Sie wollte, dass er nach den gescheiterten Versuchen sich zu verloben, Priester wird, damit sie ihn für immer behalten könnte, also tat er es. Als er in der Pubertät seine ersten Nervenzusammenbrüche hatte, war sie die einzige, die ihm zur Seite stand. Er wusste, sie liebte ihn über alles. Mehr als Vater. Ganz bestimmt.

Von der Schwester sprach Mutter wenig. Sie war ja auch nicht mehr zu Hause. Wenn sie gelegentlich Weihnachten zu Hause verbrachte, gab es nichts als Streitereien zwischen den zwei Frauen. Das verstand er nicht. Er verstand nicht, dass seine Schwester die Mutter nicht genau so lieben konnte wie er. Er sah aber mit Verwunderung, dass sie sehr wohl den Vater immer verteidigte. Und das gefiel ihm überhaupt nicht. Er war immer sehr froh, wenn sie wieder wegfuhr. Dann die ständigen Predigten des Vaters, dass Martha alles besser machte als er. Es war ihm ja völlig egal, was sie machte und wie sie es machte. So lange er seine Ruhe hatte und mit Mutter in Frieden leben konnte. Sollte sie doch das machen, was ihr Spaß machte. Sie hatte Vieles, was ihr Spaß machte. Sie spielte leidenschaftlich gerne Tennis, ging unentwegt irgendwohin tanzen, angeblich wollte sie auch Ski fahren. Als Frau. Lächerlich. Aber Vater war begeistert... Sie tat alles, was er nicht mochte. Und dann erst das Reiten. Er hasste Pferde. Mit sechzehn bekam sie ein eigenes Pferd. Zigan war ein wilder Rappe aus bester Pferdezucht in Europa, wie Vater immer betonte. Zigan ließ niemanden in seine Nähe außer Martha. Sie liebte Zigan und jede freie Minute saß sie auf seinem Rücken. Er konnte nicht verstehen, was

Martha daran so großartig fand. Eines Tages beschloss Vater, er müsste auch reiten lernen. Er bat Vater immer wieder, ihn nicht zum Reiten zu zwingen, aber es war aussichtslos. Er versuchte Vater zu erklären, dass er Angst vor Pferden hatte, aber ohne Erfolg. Er zitterte allein beim Gedanken, in die Nähe des Pferdes gehen zu müssen. Vater ließ sich nicht erweichen. Diesmal mischte sich sogar Martha in das Geschrei und versuchte Vater zu erklären, dass Zigan wirklich niemanden außer ihr in den Sattel ließe, und es sei unsinnig, Lojzl zum Aufsteigen zu zwingen. Vater blieb hart. Sie gingen zum Stall. Martha spürte, dass diese Geschichte nicht gut ausgehen konnte. Sie versuchte vor Vater in den Stall zu gehen, um das Pferd holen und weg zu reiten. Zu spät. Vater hatte sich ihr in den Weg gestellt.

Lojzl stand in der Stalltür, weiß im Gesicht, wie gelähmt. Als ihn Vater anbrüllte, ging er schwankend zu Zigan hin. Martha hielt das Pferd. Kaum kam Lojzl in seine Nähe, fing es an zu schnauben. Lojzl trat zurück. Vater brüllte das zweite Mal. Lojzl nahm seinen ganzen Mut zusammen und stieg auf das Pferd. Mit einem Satz flog er wieder hinunter. Er lag am Boden und weinte still vor sich hin. Vater kam wutentbrannt auf ihn zu, riss Martha die Peitsche aus der Hand und schlug auf Lojzl ein: „Ich werde aus Dir noch einen Mann machen, und wenn ich Dich hin prügeln muss.“ Lojzl verlor das Bewusstsein.

Als er die Augen auftat, wünschte er, er wäre tot. Der ganze Körper schmerzte, aber noch viel mehr sein Herz. Das drohte zu platzen, als er die Szene wahrnahm, die sich über seinem Bett abspielte. Vater war außer sich vor Zorn. Er beschuldigte Mutter, aus ihm einen

Schwächling gemacht zu haben, einen Taugenichts, einen Krepierling, wie alle ihre Brüder, ihre ganze Familie, das ganze Dorf. Er war außer sich. Seine Glatze war dunkelrot wie sein Gesicht und die Augen drohten überzugehen. Mutter weinte, aber sie stand entschlossen vor seinem Bett und sagte mit der ihr eigenen stillen Stimme: "Wenn Du ihn noch einmal anrührst, bring ich Dich um.“ Vater zuckte zurück.

Wie oft hat Lojzl schon solche Szenen erlebt, wie oft. Wie oft hat dann Vater doch zugeschlagen, und sie musste für Lojzl büßen. Aber jetzt in diesem Moment stand Vater wie versteinert da, dann drehte er sich um, nahm Hut und Stock und ging hinaus. Diesmal war es die Mutter, die gesiegt hatte. Für immer. Ab diesem Tag, hatte Vater niemals mehr so einen Wutanfall. Er schikanierte ihn zwar nach wie vor, brüllte mit Mutter, aber irgendwie gab er auf...

Später, als er erwachsen war, dachte Lojzl oft an dies Ereignis zurück und musste immer wieder feststellen, dass Vater doch vor einem Stärkeren Angst hatte. Das hätte er nie gedacht. Und doch. Als ihn Vater später immer wieder provozierte, brauchte er sich nach einiger Zeit nur umzudrehen oder auf ihn loszugehen. Sofort war er ruhig. Damals, bei der Szene über seinem Bett, fand er den Schwachpunkt des Vaters und von da an hatte er den Vater immer im Griff. Er und Mutter. Von da an geschah nur das, was Mutter und er wollten. Je älter Vater wurde, desto weniger wehrte er sich gegen sie. Er resignierte. Vater konzentrierte sich nur mehr auf sein Geschäft, die Jagd und das Wohlwollen seiner Tochter. Er hörte auf Lojzl zu bekämpfen. Wenn er sich später gegen Lojzl stellte, dann bekämpfte er eigentlich seine

Frau mehr als ihn. „Die zwei waren sich doch so ähnlich“, dachte Vater immer. Die gegenseitige Zuneigung von Mutter und Sohn, die ihn früher so aufgebracht hatte, wurde ihm mit den Jahren gleichgültig. Er hatte in Lojzl weder einen Kaufmann noch einen Jäger noch einen Sohn gefunden.

Lojzl schiebt den Kinderwagen vor sich hin, zieht den Dackel hinter sich her und denkt an die Mutter. Jetzt ist sie eine alte Frau. Aber fürsorglich wie immer, macht sie alles für ihn. Manchmal hatte er das Gefühl, als ob er allein sie noch am Leben hielte. Sie kann noch nicht für immer gehen. Er braucht sie. Er kann ohne sie nicht existieren. Wenn er in eine Anstalt muss, was von Zeit zu Zeit vorkommt, ist es auch immer nur wieder sie, die ihn da herausholt. Vater würde ihn drinnen lassen. Für immer. Das weiß er.

Hoffentlich wird der Kleine da im Kinderwagen schnell wachsen und selbst laufen, damit er mit dem Schieben des Wagens nicht so überbeschäftigt ist und endlich bei seinen Spaziergängen wieder seinen Gedanken nachhängen kann. Und seinen kleinen runden Stein vor sich hin rollen...

4. KAPITEL: MAGDA-LENA

LENA

Die Mutter war hier, im östlichen Teil der Monarchie, nie glücklich. Sie träumte ihr Leben lang von den Bergen und dem malerischen Ort, wo sie geboren war. Sie lernte auch nie die fremde Sprache. Sie konnte ja überall Deutsch sprechen, also wozu. Hier war sie immer die Magda, zu Hause die Lena. Was hatte sie doch für eine glückliche Kindheit und Jugend, bis...

Den Großvater kannte Lojzl nicht besonders gut, die Familie verbrachte ja nur die Ferien bei ihm am Land. Lojzl hörte Großvater gern zu, wenn er die alten Geschichten erzählte, vor allem über seine Familie, die sich im vierzehnten Jahrhundert in diesem kleinen Bergdorf am Fuße des mächtigen Zirbitzkogels niedergelassen hatte.

Der Ur Ur Urgroßvater fuhr mit einem Planen Wagen durch die Gegend, kaufte Waren ein und verkaufte sie dann wieder. Im Laufe der Jahrhunderte wurden sie zu einer angesehenen, reichen Kaufmannsfamilie. Sie alle heirateten untereinander. Es gab ja nicht viele andere Möglichkeiten in dem engen Tal. Lojzls Großmutter kam aber von der nächsten größeren Stadt. War das eine lebenslustige Frau! Voller Energie und Ideen. Sie war es, die den kleinen Dorfladen zu einem beachtlichen Geschäft aufgebaut hatte, in dem man alles bekommen konnte, von Schnürsenkeln bis zum Potenzmittel. Sechs

Kinder hatte sie auch, drei vor der Hochzeit, drei danach. Vier Söhne und zwei Töchter.

Der älteste, Onkel Sigmund war Offizier der k.k. Monarchie und heiratete Dank seines Schwagers Alois, eine Polin. Onkel Sigmund war ein strenger Herr, Tante Metta seine Frau, eine gemütliche, über 100 Kilo schwere Dame, die immer was zum Naschen für Lojzl dabei hatte. Mit den drei Cousinen verstand sich Lojzl nicht besonders gut. Die älteste, Herta, studierte Medizin, ein Tatsache, die die ganze weite Familie bewunderte. Die zweite, Sisi, lebte als Köchin und Sekretärin bei oder mit dem Pfarrer. Das bewunderte die Familie weniger. Die jüngste, Inge, hätte wahrscheinlich ein Bub sein sollen. Sie wollte unbedingt Fallschirmspringerin werden. Das machte die Familie fassungslos. Nicht unbedingt ein Traumberuf für eine junge Frau Anfang des zwanzigsten Jahrhunderts. Aber sie war sehr intelligent und landete später als Sicherheitsbeamtin bei der Hamburger Polizei. Das wiederum bewunderte die Familie aufs äußerste.

Onkel Ferdinand war ein bereister Mann. Er war nur selten zu Hause, wenn Lojzl in den Ferien zu Gast da war. Er war für die Übernahme des Geschäftes vorgesehen.

Er war nicht verheiratet. Er hatte keine Zeit dazu, weil immer auf Reisen, und wenn er zufällig zu Hause war, lag er buchstäblich in den Büchern. Wenn er mal mit Lojzl Zeit verbrachte, dann füllte er sie mit wunderbaren Geschichten, die er von den Reisen mitgebrachte hatte, oder er las Lojzl aus seinen Büchern vor. Es hieß, er sei schwer herzkrank.

Er war noch nicht 33 und war gerade dabei, wieder zu einer Reise aufzubrechen. Großvater gefiel das nicht. Es gab Streit. Onkel Ferdinand ging wütend auf sein Zimmer. Er ging die Stiege hinauf und lächelte Lojzl, der zitternd vor Angst auf der Stiege saß und weinte, müde und traurig an, ging ins Zimmer und schloss die Tür hinter sich. Nach einer Weile hörte Lojzl einen Aufschrei und schweres Atmen. Er lief, gelähmt vor Angst zum Großvater. Kurz darauf kam der Arzt, konnte aber nur noch den Tod durch Herzversagen feststellen. Onkel Ferdinand hinterließ Lojzl die größte Bibliothek des Ortes. Er hatte ihm damit eine Riesenfreude gemacht, die andern schüttelten nur den Kopf. Keiner hätte gewusst, was er mit den Büchern anfangen sollte. Das Geschäft sollte nun an den nächsten Bruder übergehen, Onkel Franz.

In der Zeit, in der alle ihre Brüder um die Nachfolge des Geschäftes rangen, genoss Lena ihre Mädchenjahre. Sie wollte unbedingt eine Klosterschule besuchen, also schickten sie die Eltern zuerst in einen kleinen Ort in Kärnten und später in eine Kleinstadt in der Südsteiermark. Lena war immer sehr fromm. Und bildschön. Tante Mimi war das Gegenteil. Sie war weder fromm noch bildschön, aber sie war ein lustiges und gescheites Mädchen. Sie wollte immer Lehrerin werden. Aber das ging nicht, eines der Mädchen musste ja zu Hause bleiben und Großmutter helfen. Und so bekam die schöne Lena die Bildung, die sich Tante Mimi so sehr gewünscht hatte. Lojzl liebte seine Tante. Sie war lange Jahre nicht verheiratet und gab all ihre Liebe und Geborgenheit an Lojzl.

Er freute sich immer auf die Ferien mit ihr. Auch später noch, als sie geheiratet hatte und von zu Hause weggezogen war.

Großvater hatte nicht viel übrig für sein Geschäft. Wahrscheinlich war er der Meinung, dass es reichen müsste, wenn alle Männer der früheren Generationen in der Geschäfts-Dynastie ihre Energien in das Familiengeschäft investiert hatten. Er hatte von Anfang an, als er als ältester Sohn, der üblichen Familientradition zufolge, das Geschäft übernahm, mit dieser ihm aufgezwungenen Laufbahn Probleme. Er mochte Menschen nicht, er mochte Tiere, Vögel insbesondere, und er wünschte sich sehnlichst, Archivar oder Sammler zu werden. Als sein Vater nicht nachgab und er das Geschäft übernehmen musste, hatte er alle Arbeiten dort nur halbherzig verrichtet. Dann traf er Sefferl. Ein lebendiges, energisches, hübsches, junges Mädchen, das rein zufällig aus der naheliegenden Stadt zur Sommerfrische in das Dorf gekommen war. Sie verkörperte alles, was ihm fehlte. Ihr wiederum gefiel seine Ruhe, Ausgeglichenheit, Schweigsamkeit, und wahrscheinlich auch das florierende Geschäft. Sie war kontaktfreudig, er nicht. Sie wollte unter Menschen sein, er allein. Drei Kinder kamen auf die Welt, und er konnte sich noch immer nicht entschließen, Sefferl zu heiraten. Er wusste immer noch nicht, ob sie die richtige war. Seine inzwischen sehr alt gewordenen Eltern drängten ihn zur Heirat, da sie sahen, dass Sefferl eine mehr als nur gute Hand für das Geschäft hatte. Und sie kannten ihren Sohn. Als Sefferl, die sich schon seit Jahren nicht nur um die Kinder kümmerte, sondern auch das Geschäft leitete, ihm eines Tages klarmachte, entweder es wird geheiratet, oder er muss sich in der Zukunft selbst um das Geschäft kümmern, war er von seiner Frau bereits schon so abhängig, dass er nur allzu gerne der Heirat zustimmte. Nach der Hochzeit zog er sich vom Geschäft völlig zurück.

Er wohnte im ersten Stock des großen Patrizierhauses, das in der Mitte des Hauptplatzes stand, und kam nur sehr selten hinunter, wo sich das Geschäft, die Küche und das Kinderzimmer befanden. Wenn er das Leben sehen wollte, brauchte er nur aus dem Fenster schauen. Mehr nicht. Er verbrachte den ganzen Tag mit dem Füttern der Vögel, die in den Käfigen in einem seiner Zimmer untergebracht waren. Und er zog die Uhren auf. Hunderte von Uhren. Eine Lebensaufgabe. Schließlich musste er dafür sorgen, dass alle auf die Minute genau gingen. Und alle auf einmal die volle Stunde schlugen. Das musste synchron mit der Kirchenturmuhr geschehen. Es irritierte ihn tief, wenn die Kirchenglocken verspätet oder zu früh mit Läuten begannen. Er musste viel Zeit in seine Tätigkeit investieren. Zu jeder Stunde, bei Tag und Nacht, erklang ein Glockenkonzert der verschiedensten Tonarten in dem großen Uhrzimmer. Die schönste Melodie, die er kannte.

Nach drei Monaten des Zusammenlebens, zog Sefferl in den hinteren Trakt des Hauses, das in den Hof ging. Dort hatte sie ihre Ruhe, die sie so notwendig brauchte. Sie musste ja täglich um fünf Uhr früh aufstehen, die kleine Landwirtschaft versorgen, die Kinder für die Schule fertig machen, die Waren empfangen. Pünktlich um sieben stand sie lächelnd hinter dem Pult.

Jeder im Dorf mochte sie. Sie wusste jedem das Richtige zu sagen, sie lachte gern, war freundlich und half jedem, der Hilfe benötigte. Sie liebte das Leben, war bei jeder Hochzeit,

Taufe, jedem Begräbnis. Sie wurde bewundert und geachtet. Sie hatte eine Schwäche - das Tanzen. Sie tanzte leidenschaftlich gerne. Manchmal, vor allem im Winter wenn die Ballsaison begann, tanzte sie bis in die frühen Morgenstunden.

Dann ging es vom Ball direkt zur Arbeit. Aber nichts konnte sie vom Tanzen abhalten. Nicht einmal ihr Mann. Der hatte es auch gar nicht vor. Solange er in Ruhe gelassen wurde und sein Essen pünktlich auf die Minute auf dem Tisch stand, konnte sie tun und lassen, was sie wollte.

Es gab schon Situationen, wo er ärgerlich sein konnte. Zum Beispiel, wenn seine Uhren acht Uhr schlugen, was ja nicht zu überhören war, und im selben Moment nicht die Tür aufging und Sefferl mit dem Frühstück und dampfendem Kaffee in der Tür stand. Da konnte er sehr ärgerlich werden. Sehr. Die einzige Pflicht, die er von seiner Frau verlangt hatte, waren seine Mahlzeiten. Das Frühstück um acht Uhr, Mittagessen Schlag zwölf Uhr, und um 18 Uhr das Abendessen.

Und sie wusste es auch. Manchmal jedoch, wenn Kunden im Geschäft waren, fiel es ihr schwer, alles liegen zu lassen, um ihrem Mann das Essen zu servieren. Das Kochen besorgte sie so nebenbei, das war kein Problem, aber das überpünktliche Servieren fiel ihr oft schwer. Und trotz allem bemühte sie sich, diese Pflichten zu erfüllen. Seine Tobsuchtsanfälle, wenn sie sich manchmal um ein paar Minuten verspätete, wollte sie nicht unnötig herauf beschwören. Oft ließ er das Essen, nach dem sie es servierte hatte, stehen, bis es kalt wurde, und dann klopfte er so lange mit seinem Stock auf den Boden, was unten im Kontor nicht zu überhören war, bis sie wieder hinauflief, das Essen wärmte und nochmals servierte. Das konnte sich manchmal drei bis viermal wiederholen. Vor allem als sie schwanger war, war das Hinauf- und Hinunterlaufen auf der holprigen alten Holzstiege beschwerlich. Aber sonst war er ein braver Mann. Jeder im Ort beneidete sie um ihren Mann. Sie durfte immer ausgehen, sich bei Festen unterhalten, überall dabei sein. Das durften viele Frauen nicht. Sie hatte ein beneidenswertes Leben. Später hat sie dann die Töchter dazu gebracht ihrem Mann das Essen zu servieren. Mimi tat es, bis sie heiratete, da war sie weit über 30. Lena musste es nur selten tun. Einmal war sie nur selten zu Hause - immer in irgendeiner Schule in einem anderen Ort - und dann war sie Papas Liebling.

So wie Onkel Sigmund, der älteste, Vertrauter von Mutter war, mit dem sie alles besprach, war Lena die Vertraute des Vaters. Sie als einzige durfte die Vögel füttern und Uhrenaufziehen betrachtete sie als ihre Sternstunde. Lena war die Einzige, der es erlaubt war, mit dem

Essen einige Minuten später zu kommen. Nur bestrafte sie der Vater damit, dass sie an solchen Tagen weder in das Vogelzimmer noch zu den Uhren gehen durfte. Lena liebte ihren Vater.

Sie waren sich sehr ähnlich. Mutter hatte ständig was an ihr auszusetzen, ließ sie nie in Ruhe. Vater schon. Stundenlang saß sie bei ihm und sah zu, wie er eine neue Uhr untersuchte oder eine alte reparierte. Vom Erker des Zimmers sah sie dann hinunter auf den Hauptplatz, sah dem Treiben der Leute zu, den Frauen, die am Brunnen Wasser holten und tratschten. Das wäre keine Arbeit für ihre schönen, gepflegten Hände gewesen. Und Mutter sagte auch noch, dass der Umgang mit kaltem Wasser besonders für Frauen die einmal Kinder haben wollten, äußerst ungesund sei. Und sie wollte ja später Kinder haben. Sie weigerte sich also, das Wasser beim Brunnen zu holen. Das erledigte Mimi.

Zweimal in der Woche kam die Pferdekutsche vorbei. Da gab es immer einen Aufruhr im Dorf. Lena mochte die Pferdekutsche nicht, sie erinnerte sie immer an die Abreise in die Klosterschule. Und eigentlich wollte sie überhaupt nicht zur Schule gehen. In gar keine. Aber Vater wollte aus ihr ein gescheites Kind machen, wie er immer sagte. Am liebsten würde sie aber das ganze Leben hier oben bei Papa verbringen. Ohne andere Menschen, in Ruhe, in ihren Träumen. Hier wurde sie von niemandem gestört, niemand riss sie aus ihren Träumen. Kaum ging sie die Treppe hinunter und Mimi sah sie von der Küche aus kommen, gab es schon Krach. Mimi tobte immer, wenn sie sie sah. Das änderte sich auch später nicht, als Mimi schon verheiratet war.

Mimi war immer eifersüchtig auf Lena. Dabei wusste Lena beim besten Willen nicht warum. Sie hat ja Mimi nie etwas Böses getan. Nicht unten in der Küche oder im Kontor, nicht einmal im Garten war sie sicher vor Mimi; dann wollte sie nichts anderes, als schnell in die Schule wegfahren, um Mimi zu entfliehen. Wenn Mutter ab und zu „mein schönes Püppchen" zu Lena sagte, raste Mimi schon mit einem Besen durch die Küche in ihre Richtung. Man musste regelrecht Angst vor Mimi haben. Und wie oft ist sie wirklich handgreiflich geworden und hat Lena angegriffen! Unzählige Male. Nur - wegen der Eltern hat sie sich dann doch nicht getraut, Lena was anzutun. Denn sie wusste, wenn Vater von so einem Vorfall Nachricht bekäme, müsste sie einige Tage die Stiege mit dem Essen rauf und runter laufen, bis sie umfiele.

*****

Lena war gerade 16 geworden. Es war Ende des Schuljahres. Die Noten waren nicht besonders, aber sie freute sich schon auf Zuhause. Letztes Jahr hatte sie daheim eine Freundin gefunden. Sie waren miteinander in die Volksschule gegangen, dann hatten sie sich aus den Augen verloren. Die Freundin arbeitete auf der Post. Und Lena saß bei ihr, und sie erzählten sich ihre Träume. Lisl hatte Verständnis für Lena, auch sie träumte von der großen Welt. Lena hatte ein Steckenpferd, die Handarbeiten. Schon in der Volksschule war sie immer die Beste gewesen obwohl die Lehrerin sehr streng war. Auch in den Klosterschulen bewunderten die Mitschülerinnen, und manchmal sogar die Lehrerinnen, ihre große Begabung und Handfertigkeit. Je kleiner und pitzeliger das Muster war, desto größere Freude hatte sie damit. Also nahm sie ihre Handarbeiten und saß auf der Post. Beobachtete die Menschen, die zur Lisl mit der Post kamen, und sobald alle weg waren, ging das Tratschen wieder los. Schöner konnten Ferien gar nicht sein. Das einzige, was ihre gute Laune trübte, war das bevorstehende Gespräch mit Papa, ob sie im Herbst weiter in die Schule gehen sollte. Viel Lust hatte sie nicht dazu, aber Mutter wollte, dass sie Handarbeitslehrerin würde. Auch dazu hatte sie keine Lust. Sie konnte Mimi nie verstehen, wenn sie bitterlich weinte, weil sie ja hatte Lehrerin werden wollen. Lehrerin, als ob so etwas im Leben erstrebenswert wäre. Aber alle diese Entscheidungen hatten ja bis Herbst Zeit. Jetzt waren Sommerferien, und es gab die Post.

Da sah sie ihn das erste Mal. Er kam regelmäßig, manchmal einmal in der Woche oder in 14 Tagen, aber regelmäßig. Er hatte jedes Mal einen weiten Weg hinter sich, fast zwölf Kilometer war sein Weg zur Post. Als er dann bei der Tür hereinkam, wischte er sich zuerst die Schweißperlen von der Stirn. Er war sehr freundlich. Grüßte höflich. Machte eine tiefe Verbeugung vor den zwei Damen. Lena errötete immer. Das ärgerte sie. Sie beugte ihren Kopf noch tiefer auf ihre Handarbeit und wiederholte den Gruß so leise, dass sie es selbst kaum vernahm. Er gab seinen obligaten Brief auf, nach Böhmen. An eine Dame, wie Lena und Lisl feststellten. Es war eine wunderschöne, gestochene, kunstvolle Handschrift. Jeder Buchstabe war wie gedruckt. Bevor Lisl den Brief wegschickte, haben ihn beide begutachtet, gerätselt, was drinnen stehen könnte und wer die Dame wohl sei, an die er adressiert war. Mitte Juli wartete Lena schon ziemlich ungeduldig auf den jungen Herren, der immer seinen Brief außer Atem zur Post trug. Sie traute sich auch bereits, ihm in die Augen zu sehen. Er war groß gewachsen, schlank, sehr jung, vielleicht etwas über zwanzig. Er hatte hellblondes, glänzendes Haar, so ähnlich wie ihres, nur nicht so lockig. Schöne, ruhige, lächelnde blaue Augen. Sie hatte dunkelbraune.

Der kleine Oberlippenbart gab ihm den Anschein, er sei ein Mann von Welt. Sie mochte seinen unaufdringlichen Charme. Er blieb von Mal zu Mal länger auf der Post stehen und unterhielt sich mit Lisl. Erkundigte sich über die Gegend, die Menschen und die beiden Damen, wie er sich auszudrücken pflegte. Er war hier fremd. Er arbeitete in einem zwölf Kilometer entfernten Dorf, in dem es keine Post gab. Er war Förster und hatte ein Angebot bekommen beim Fürsten Schwarzenberg die Forstverwaltung zu übernehmen. Er war noch sehr jung, aber sehr tüchtig, er hatte die Schule mit „Sehr gut" bestanden und hatte auch schon einige Erfahrungen im Forstwesen gesammelt.

Seine Referenzen waren ausgezeichnet. Sein Arbeitgeber war beeindruckt und gab dem jungen Mann eine Chance. Die Chance seines Lebens, wie sich später herausstellen sollte. Und er griff zu. Mit beiden Händen.

Auch bei Lena. Bevor sie aus ihren Träumen aufwachte, war sie schwanger. Hinterm Dorf, auf einer kleinen Anhöhe, trafen sie sich immer. Bei dem kleinen Marterl. Dort im Wald erzählte er Lena von der großen Welt, seinen großen Plänen, seiner Liebe zu ihr. Zuerst waren diese Zusammenkünfte heimlich. Lena war im siebten Himmel. Es war genauso, wie sie es in ihren Jungmädchenromanen gelesen hatte. Genauso. Aufgeklärt über ihren Körper hatte sie niemand. Das war damals nicht üblich. Mutter hatte keine Zeit und auch keine Gedanken dafür, in den katholischen Schulen durfte man über den Körper kein Wort verlieren. Sie wusste nur, sie durfte ihre Hände nicht ins kalte Wasser tauchen. Im dritten Monat hat ihr Alois erklären müssen, was mit ihr los war. Sie war verzweifelt. Glaubte ihm kein Wort. Sie wusste nicht, was sie tun sollte. Nächtelang konnte sie nicht schlafen. Sie hatte früher nie darüber nachgedacht, woher die Kinder kommen, warum sollte sie? Es interessierte sie auch gar nicht. Sie wusste weder aus noch ein. Schließlich lief sie in ihrer Verzweiflung zu ihrem alten Volksschullehrer. Er unterrichtete zwar schon lange nicht mehr, aber der alte Herr war der einzige, dem sie glaubte und vertraute. Er bestätigte nur das, was sie von Alois bereits gehört hatte. Ihre Welt brach zusammen. Den einzigen Ausweg sah sie darin, sich das Leben zu nehmen. Aber dazu war sie zu religiös. Sie wusste nicht, wie sie weiterleben sollte. Da wusste aber Alois einen Ausweg. Er beruhigte sie, nahm sie in die Arme, liebkoste sie und versprach, mit ihren Eltern zu reden. Er versprach, ihr alle Probleme und Sorgen abzunehmen. Sie hörte auf zu weinen. Er hielt sein Wort. Das ganze Leben nahm er ihr alle Probleme und Sorgen ab, 53 Jahre lang. Nachdem er die Angelegenheit mit ihren Eltern besprochen hatte, war sie wieder glücklich. Und er auch. Die Eltern weniger. Vater tat alles für seine geliebte Tochter. Er baute schon seit Jahren eine Villa am Rande des Ortes, im italienischen Stil. Noch nie hatte jemand im Ort so ein Gebäude gesehen, ein kleines Schlösschen, im dezenten Schönbrunngelb gehalten, auf einer Anhöhe, umrahmt von einem kleinen Wald. Von jeder Richtung her sichtbar, sehr sichtbar. Sein ganzer Stolz.

Es war für ihn die Demonstration seiner Macht, seines Geldes und seiner Männlichkeit. Er brauchte dieses Objekt. Jeden Sonntag trennte er sich von seinen Vögeln und Uhren und ging zur Villa hinüber spazieren. Je näher er kam, desto schneller schlug sein stolzes Herz. Das hatte er gebaut. Niemand im Ort könnte ihm das nachmachen. Er hatte aber nie die Absicht gehabt, dort auch zu wohnen. Sein Paradies war das alte Elternhaus. Aber dem Ehrgeiz, im Leben etwas Außergewöhnliches zu tun, musste er nachgehen.

Er wusste, dass im Ort alle bösartig über ihn munkelten. Jetzt respektierten sie ihn, und noch nie zuvor wurde er so höflich gegrüßt. Und nun ergab sich die Chance für ihn, für seine geliebte Tochter etwas Besonderes zu tun. Das Lebenswerk, auf das er so stolz war wollte er der Tochter als Mitgift auf ihren neuen Lebensweg mitgeben. Und dazu 20.000 Golddukaten. Ein Vermögen. Die anderen Kinder müssten sich mit wenigem abfinden, aber was tut man nicht alles für ein geliebtes Kind. Vor allem dann, wenn Mutter nächtelang weinte über die Schande, die die schwangere Tochter über das Haus gebracht hatte. So ein schreckliches Missgeschick. Eine anerkannte Familie, zu der alle mit Respekt und Neid aufgeschaut haben. Und dann so etwas.

Ein lediges Kind. Undenkbar. Eine Katastrophe. Sie könnte nie mehr den Menschen im Geschäft in die Augen sehen. Und wenn sie zu den Festen ginge, würden alle sie schief anschauen. Das wäre unmöglich. Sie könnte nie mehr aus dem Haus gehen, sie würde sich nur zum Gespött des Ortes machen. Eine Tragödie ist über die Familie gekommen. Eine große Tragödie. Sie lag ihrem Mann stundenlang in den Ohren. Es muss etwas getan werden. Man muss den jungen Mann dazu bringen, die Tochter zu heiraten. So eine Schande würden sie alle miteinander nicht überleben. Ihr ganzer Körper bebte, wenn sie sprach. Er befürchtete, ihr Herz würde diesen Schmerz nicht aushalten. Sie zu verlieren, war ihm undenkbar. Er war bereit alles zu machen, nur um die Angelegenheit aus der Welt zu schaffen. Seine Frau tat ihm leid. Auch wenn er über ihre Einwände still für sich lächeln musste. Hat Sefferl schon vergessen, dass ihre ersten drei Kinder vor der Ehe auf die Welt kamen? Aber er sagte kein Wort, holte Lena und wollte wissen, wie sie selbst über alles denkt. Sie weinte nur und sprach kein Wort. Sie konnte ja noch immer nicht fassen, was mit ihr geschehen war. Und dazu die Angst vor dem Vater und die ständigen Vorwürfe der Mutter. Lena hatte ihre Mutter noch nie außer Fassung gesehen. Wie eine Furie stürzte sie sich auf Lena. Sie beschimpfte sie mit den wildesten Schimpfwörtern, die sie aus Mutters Mund noch nie gehört hatte.

Die Klosterschwestern hätten eine wahre Freude, wenn sie wüssten, was für ein Vokabular Mutter hatte. Lenas Wangen glühten vor Aufregung und Demütigung. Vater konnte die Szenen nicht mehr anschauen und wollte den Raum verlassen. Lena tat ihm so leid und trotzdem traute er sich nicht Sefferl ihrer beider eigenen Verfehlungen in Erinnerung zu bringen.

Da brüllte Mutter auch ihn an. Erst jetzt ist ihm bewusst geworden, wie sehr Sefferl damals unter der gegebenen Situation gelitten hatte. Sie hatte nie etwas in dieser Richtung gesagt. Erst jetzt, nach mehr als dreißig Jahren. Sein schlechtes Gewissen wurde endlich wach, und er wollte wenigstens bei der Tochter alles wieder gutmachen.

Vor allem wollte er so bald wie nur möglich wieder Ruhe haben. Solche Aufregungen brachten ihn völlig aus seinem gewohnten Tagesrhythmus. Das mochte er noch weniger. Also ließ er noch einmal Alois holen.

Der junge Mann war ihm nicht unsympathisch. Er hatte das Gefühl, dass Alois wusste, was er im Leben wollte. Fürs erste die Villa und das Geld. Ansonsten drohte er, würde er fröhlich weiterziehen. Er wollte alles schriftlich haben, einen gültigen Vertrag, so zu sagen. Die Hochzeit musste woanders, außerhalb des Ortes stattfinden, wohnen mussten die jungen Leute auch woanders. Bis Zeit verging, und das Baby auf der Welt war. So vermied man das Getratsche. Der Vertrag wurde auf schönem Pergamentpapier geschrieben. Alois schrieb ihn selbst mit der wunderschönen, gestochenen, präzisen Schrift, wie auf den Briefumschlägen. Ein wahres Kunstwerk. In jeder Hinsicht.

Alois konnte mit sich zufrieden sein. Kaum 21 und schon Schloss Besitzer mit einem Startkapital für seine weiteren Pläne als Zugabe. Und was für Pläne er hatte. Seit er zurückdenken konnte, waren diese

Pläne und Träume da. Nur das Kapital fehlte. Und jetzt war wie durch ein Wunder auch noch das Geld da. Ein Wunder, das er selbst gestaltet hatte. Bei diesem Gedanken musste er lächeln. Die Welt stand für ihn nun wirklich offen.

Ende September wurde in der kleinen Wallfahrtskirche geheiratet. Auf das weiße Kleid hatte Lena verzichtet. Es waren nur ihre Eltern anwesend und die Zeugen, der alte Lehrer und die Postfreundin. Die Hochzeitstafel, wenn man sie so nennen darf, war beim Kirchenwirt. Lena konnte ja sowieso nichts essen. In den letzten Wochen war ihr immerzu nur schlecht gewesen. Und irgendwie begriff sie noch immer nicht, was mit ihr geschah. Sie konnte zum Beispiel nicht verstehen, warum plötzlich ihre Geschwister kaum ein Wort mit ihr redeten. Sie sahen sie kaum noch an. Und die Szenen der Mimi wurden nur noch heftiger. Mimi konnte die Hochzeit der so viel jüngeren Schwester kaum verkraften, von der Mitgift ganz zu schweigen. Lena war froh, nach der Hochzeit mit ihren Mann weg zu gehen. Auch wenn es nur in den nächsten Ort war, wo er arbeitete.

Sie wohnten in der kleinen Wohnung, wo er vorher als Junggeselle gewohnt hatte. Sie war in einem alten Schloss, sehr kühl und unfreundlich. Er war den ganzen Tag weg. Sie saß in der kleinen kalten Wohnung und fror. Äußerlich und innerlich. Sie war todunglücklich.

Auf einmal waren all ihre Träume weg. Alois war nicht mehr so nett zu ihr wie früher. Alles, was sie tat, wurde von ihm kritisiert. Sie wusste nicht mehr, wie sie die Dinge des täglichen Lebens verrichten sollte. Alles war falsch. Und sie wurde immer dicker. Ihre Schönheit begann zu schwinden. Seit Wochen konnte sie sich im Spiegel nicht mehr ansehen. Sie weinte viel. Wenn er heimkam und ihre verweinten Augen sah, wurde er nur noch zorniger.

Sie sehnte sich zurück in ihr Elternhaus. Wie glücklich und geliebt war sie doch dort gewesen! Erst jetzt wurde es ihr so richtig bewusst. Und während der ganzen Zeit wuchs ihr Unwille gegenüber dem neuen Leben in ihr.

Eigentlich war dieses ungeborene Kind an allem schuld, was ihr widerfuhr. An ihrem Elend, ihrer Hässlichkeit. Am Verlust von Alois Liebe. Die ersten Monate ihrer Schwangerschaft war sie verwirrt, später begann sie, „das Ding" zu hassen. Ihr ganzes schönes Leben war dahin, nie mehr Schule, Freundinnen, Lachen. Das alles wird nie mehr wiederkehren. Die Sehnsucht nach dem elterlichen Zuhause wuchs von Tag zu Tag. Dort hoffte sie noch ein bisschen von der früheren Unbeschwertheit wieder zu finden.

Im Winter schickte Alois sie dann nach Hause. Die Wohnung war bei den tiefen Minusgraden nicht zu heizen. Und sie war froh, wieder daheim zu sein. Auch wenn die meisten Familienmitglieder sie mieden. Sie saß die meiste Zeit bei Vater oben im ersten Stock und sah beim kleinen Erkerfester hinaus. Er merkte, dass sie nicht glücklich war, sagte aber nichts. Alois kam ab und zu zu Besuch. Die Mutter mochte ihn sehr und kochte immer etwas ganz Besonderes für ihn. Er war immer freundlich zu Mutter, machte ihr Komplimente, die er seiner Frau nie gemacht hätte, und was noch viel wichtiger für Mutter war, er war ein ausgezeichneter Tänzer. Damit eroberte er das

Mutterherz. Sie ging mit ihm tanzen, so oft sie nur konnte. Und er kam in der Ball Zeit immer öfter zum Besuch. Lena mochte das Tanzen nicht, also fand er es ganz natürlich, mit seiner Schwiegermutter tanzen zu gehen. Und lustiger war sie auch noch, nicht so eine Heulsuse. Auf jedem Fest oder Ball waren sie ein attraktives Paar. Mutter sah viel jünger aus als sie war, und er war ein stattlicher, fescher junger Mann. In Kürze sprach der ganze Ort von ihnen. Aber das störte weder Mutter noch Alois. Nur Lena weinte wieder einmal. Aber ihr Weinen beachtete Alois kaum mehr. Nur der Vater sah es noch, aber der schwieg. Er wirkte traurig. Nicht einmal seine Vögel oder Uhren konnten ihn fröhlich stimmen.

Er wollte alles dazu beitragen, dass sein geliebtes Kind glücklich würde. Irgendwie wollte das aber nicht gelingen. Über die anderen Kinder machte er sich keine Sorgen, er wusste ja kaum, was sie alle machten. Dazu war er mit seinen Uhren und Vögel den ganzen Tag zu überbeschäftigt. Der Kummer mit Lena reichte ihm.

Ende Februar kam dann das Mädchen zur Welt. Fast überlebte Lena die Geburt ihres Kindes nicht. Vielleicht war es ihr innerer Widerwille dem Kind gegenüber. Vielleicht die Tatsache, dass man sie in einem der unteren Räume auf den Tisch gelegt hatte, wo es ganz dunkel war, die Fenster geschlossen und beschlagen, keines konnte man öffnen, der Ofen glühte, das Wasser dampfte. Keine Luft. Die Hebamme band ein schwarzes Samtband um ihren Hals. Damit sie keinen Kropf bekommt, hieß es. Die Luft zum Atmen wurde bei Lenas

Anstrengungen immer dünner. Sie wollte schreien, konnte aber nicht. Die Schmerzen steigerten sich immer mehr.

Sie trafen sie völlig unvorbereitet. Niemand hatte ihr vorher ein Wort gesagt, was sie erwarten würde, wie sie sich verhalten sollte. So wie am Beginn ihrer Schwangerschaft. Es begann wie ein böser Traum und endete auch so. Sie war vorher nie mit Schmerzen konfrontiert gewesen. Und schon gar nicht mit solchen!

Die vielen Frauen, die um sie herum standen und sie nur anstarrten. Keine half oder sagte etwas. In den Pausen zwischen den Wehen sah sie sie flehend an, aber keine tröstete sie. Sie fühlte, wie ihr Kopf immer heißer wurde, die Hitze, die sie spürte, wurde unerträglich, und die Schmerzen nahmen kein Ende. Sie hasste alles und alle. Den schrecklichen Raum, die Leute, die Welt, sich und am meisten das Kind. Man hörte den ersten Schrei.

Die Hebamme hielt das Baby in den Händen. „Ein Mädchen“ sagte sie, das erste Mal lächelnd. So kam Martha auf die Welt. Mit der Geburt ihrer Tochter wurde aus Lena Magda.

*****

MAGDA

Als Lena sich von ihrem Wochenbett erholte und den ersten Tag aufstand, sah sie in den Spiegel. Sie erkannte sich nicht wieder. Der Schock ließ sie erzittern. “Nie wieder ein Kind“, schwor sie sich. Sie überredete Mutter, überließ ihr das Baby und fuhr mit ihrem Mann weit weg. Eine lebenslange Reise begann. 42 Mal musste sie umziehen. Immer und immer wieder. Kaum hatte sie sich an eine Stadt gewöhnt, musste er beruflich woanders hin. Am Anfang machte es ihr Spaß. Sie war ja kaum siebzehn, und all die fremden Städte und Länder beeindruckten sie sehr. Auch der Kontakt mit den verschiedensten Menschen gefiel ihr. Später machte sie das ständige Ein- und Auspacken nervös. Sie war viel allein. Er kam nur am Abend, und da gab es fast immer Streit. Er fing an, sie Magda zu nennen. Lena fand er kindisch. Er wollte, dass sie mit ihm zu den Geschäftsessen ginge, sie wollte es nicht. Sie wusste nie, was sie mit all diesen fremden Männern sprechen sollte. Und außerdem fand sie es unschicklich, als Frau mit lauter Männern auszugehen.

Sie saß daheim und strickte oder stickte. Später, als es dann das Radio gab, hörte sie immer zu. Das war ihre Welt, vor allem der Sender aus ihrer Heimat. Da fühlte sie sich sicher und glücklich. Er wollte jagen gehen, sie hasste es. Er wollte einen Hundezwinger errichten, sie hasste Hunde und hatte Angst vor ihnen. Er war lustig, trank gerne Alkohol, sie hasste sein lautes Getue. Wenn er zu viel getrunken hatte, wurde er grob. Sehr grob. Sie hasste es, wenn er über sie herfiel. Sie konnte sich nicht wehren. Das Schreien würde nichts nützen, es hätte ja niemand gehört. Sie war mit ihrem Schmerz ganz allein.

Ihr einziger Trost war, wenn Post von Zuhause kam. Dort war die Welt noch in Ordnung. Dorthin flohen ihre Gedanken. Je älter sie wurde, desto größer wurde die Sehnsucht nach dem kleinen Bergdorf. Sie wurde einige Mal schwanger, aber sie behielt die Kinder nie. Geld war immer genug da, und er erfuhr nichts davon. Bis sie eines Tages in Wiener Neustadt landeten. Und sie wurde wieder schwanger. Durch irgendeine Unvorsichtigkeit erfuhr Alois davon. Es gab eine schreckliche Szene. Er schlug sie so, dass sie wochenlang nicht auf die Straße gehen konnte. Er musste doch einen Sohn haben. Und den wird sie auch bekommen, das wusste er. Wenn er die Tochter bei der Schwiegermutter besuchen fuhr, gab es auch immer Streit. Und dabei liebte er Martha, sie sah ihm so ähnlich. Magda fuhr nie mit, er dachte, sie wäre eifersüchtig. Egal, aber dass sie kein zweites Kind haben wollte, das war nun die Höhe. Und er brauchte einen Sohn. Für den hatte er ja jahrelang gearbeitet. All die Firmen, die er gegründet hatte, alles was er in den letzten Jahren erwirtschaftet hatte und dabei Magdas Mitgift vervielfacht hatte, wartete auf einen Erben. Er will ein stolzer Vater eines prächtigen Jungen werden. Und es war Magdas Pflicht, ihm diesen sehnlichsten Wunsch zu erfüllen.

Sie hasste diese Schwangerschaft, noch mehr als die erste. Sie tat alles, um das Kind zu verlieren. Alles umsonst. Das einzige, was ihre Aktionen brachten, war sein Zorn. Seine Wutanfälle und die Schläge wurden immer häufiger. Schließlich war es ihr egal. Sie spürte den Schmerz nicht mehr. Im Innern empfand sie eine stille Schadenfreude. Mit den Schlägen schlug er auch sein ach so ersehntes Kind, seinen Sohn, von dem er so oft schwärmte.

Was, wenn es wieder ein „ Mädl“ würde? Vielleicht erwürgt er sie dann, dann wäre sie erlöst. Jede Woche kam Alois mit einer neuen Überraschung: Ein neuer Firmennamen, der auch den Namen seines

ungeborenen Sohnes beinhaltete, dann wieder ein Pferd, das er für ihn kaufte. Er hatte große Pläne mit seinem Sohn. Er wird wie er, ein starker großer Mann werden, der
klug ist und ein guter Geschäftsmann dazu. Er wird ein Großindustrieller werden, das wusste er. Mitte Mai war es so weit. Nach langen Wehen hielt Magda - Lena völlig erschöpft den Lojzl im Arm.

5. KAPITEL: ALOIS

Jedes Mal, wenn er nach Hause kam, in das kleine, südböhmische Dorf, gab es ein Aufsehen.

Mutter war wochenlang vorher nervös und konnte seine Ankunft kaum erwarten. Auch wenn er nun erwachsen war, er war doch immer noch ihr Liebling. Sie waren sich beide so ähnlich, verwandte Seelen. Schon als kleiner Bub war Alois zutraulich, sehr gefühlvoll, manchmal überempfindlich gewesen. Er war den ganzen Tag um sie herum, wollte nie mit anderen Buben spielen. Wenn ihn Vater mal scharf angeredet hatte, weinte er sofort oder bekam Bauchweh. Seine schönen goldblonden Locken fielen ihm weich ins Gesicht, und die klaren veilchenblauen Augen gaben ihm den Ausdruck eines Engelchens. Und er war ihr Engelchen. Später, als ihr zweiter Sohn zur Welt kam, kurz bevor Alois in die Schule gehen musste, war es sowohl für sie als auch für ihren Liebling eine schwierige Zeit. Die zweite Geburt war sehr schwer, und der Arzt meinte, sie könnte keine weiteren Kinder mehr bekommen. Sie war lange sehr krank. Und Alois auch. Er fieberte und konnte wochenlang nichts essen. Wenn das Baby einschlief, ging sie schnell ins Nebenzimmer, wo Alois krank lag, und hielt ihn fest in den Armen. Sie weinten dann gemeinsam.

Adolf war ganz anders. Er war ein freundliches, immer gut gelauntes, kleines Kerlchen. Mutter dachte oft darüber nach, wie ungerecht das Schicksal doch manchmal war. Ihr Lieblingssohn, ihr Alles, hat so einen schwermütigen Charakter, nimmt alles so ernst und leidet wegen jeder Kleinigkeit, so wie sie, und der zweite, dem sie nie so viel Liebe gab, war fröhlich, lustig, unbeschwert.

Mit ihrem Mann konnte sie darüber nicht sprechen, er verstand sie kaum. Jeder lebte schon seit Jahren in seiner eigenen Welt.

Er war ein kleiner Kaufmann im Dorf, jeder kannte ihn, und er war in der Gemeinschaft sehr beliebt. Er war freundlich zu den Leuten, unverbindlich, sehr korrekt und fleißig. Die Leute schätzten ihn. Zu Hause jedoch war er jähzornig, vor allem dann, wenn nicht alles in penibler Ordnung war. Er war in diesem Punkt sehr streng, mit seiner Frau, aber noch mehr mit den Kindern. Und Alois hatte so eine Angst vor ihm, er flüchtete immer in Mutters Arme. Meistens wurde Vater dann noch zorniger. Er hat ihr nie verziehen, dass sie aus ärmlichen Verhältnissen gekommen war. Dabei entsprach er selbst dem „Ruhm" seiner Familie, von dem er so oft sprach, auch nicht. Oft dachte sie, dass das der Hauptgrund war, der ihm so zu schaffen machte: er übertrug den Zorn über sein eigenes Unvermögen auf sie und die Kinder.

Er sprach immer von Städtern und Bürgern, die seine Vorfahren waren, sogar eine Adelige sollte es mal in der Familie gegeben haben, eine Burgfrau.

Aber in den letzten Generationen hatten die so angesehenen Männer immer Frauen aus niedrigen Schichten geheiratet. Und das nagte an ihm. Er erwähnte seine Mutter nie, sprach immer nur von Vater und Großvater und der männlichen Linie der Familie. Die Frauen hatten bei ihm keinen Platz. Nur wenn er bei der Burgfrau, einer Freifrau von .... landete, dann plötzlich - oder schien es ihr nur so? - sprach er anders über Frauen: nicht mehr in diesem abfälligen Ton, der sie immer so verletzt hatte. Und deshalb wollte er aus seinen Söhnen etwas Besonderes machen. Und dazu gehörte eben Disziplin. Das ganze Dorf sollte staunen. Im Norden des Landes gab es eine Schule für angehende Forstleute. Dort sollten beide Söhne hin.

Als dann Alois mit zehn Jahren ins Internat musste, weinte sie viel. Sie konnte sich das Leben ohne ihn nicht vorstellen. Gewiss war Adolf noch da, aber irgendwie verstand sie ihn nicht. Adolf war immer unterwegs. Zuerst mit Freunden, später mit Mädchen. Für Mutter und das Zuhause hatte er nicht viel übrig. Er hatte so viel von seinem Vater geerbt, war ihm so ähnlich. Die Anderen waren immer wichtiger als die, die zu Hause waren.

Nach dem ersten Jahr im Internat kam Alois ganz verändert nach Hause. Er war sehr schweigsam geworden und ging der Mutter die meiste Zeit aus dem Weg. Erst Jahre später wandte er sich ihr wieder zu, hörte sich wenigstens die Klagen über den Vater an. Einerseits hatte sie noch immer das Gefühl, dass er sie verstand, andererseits konnte er so grob zu ihr sein, dass sie manchmal erschrak. Sie hatte das Gefühl, ihr Kind verloren zu haben, ein Mann stand nun vor ihr. Ein zu früh erwachsener, ernster, in sich verschlossener Mann, der fest entschlossen war, seinem Vater zu zeigen, wie man das würdige Familienerbe der Männlichkeit lebte, über das er während seiner ganzen Kindheit unendlich lange und langweilige Geschichten hatte hören müssen. Er hat dem Vater nie verziehen, dass er ihn mit zehn Jahren von seiner Mutter getrennt hatte und ihn in dieses Internat gesteckt hatte, in dem man aus kleinen, von Eltern verlassenen weinenden Kindern Männer machte.

Als er in den letzten Ferien heimkam, bevor er auf Wanderschaft ging, bemühte sich das halbe Dorf, besser gesagt die Mütter von heiratsfähigen Töchtern, ihn am Sonntag zur Kaffeejause einzuladen. Mit seinen blonden kurz geschnittenen Haaren, seinen geheimnisvollen blauen Augen, dem kleinen blonden Schnurrbart, der das ernste Gesicht fast würdig aussehen ließ, spazierte er in einem maßgeschneiderten Anzug im Dorf herum. Das Geld für den Anzug hatte er sich mit kleinen Dienstarbeiten, wie Kohle schleppen, Zeitung austragen, Gartenarbeit u.a. verdient und nun genoss er die vielen bewundernden Blicke.

Er genoss die Wirkung, die er auf sein Umfeld machte. Er wollte gut gekleidet sein, da er sehr wohl wusste, wenn er eine gute Stelle bekommen wollte, war das eine der Voraussetzungen. Und nichts wünschte er sich so sehnlich wie eine gute Stelle. In all den Jahren in der Schule, die ihm keinen besonderen Spaß gemacht hatten, die er aber so recht und schlecht absolviert hatte, träumte er auf seinem harten Bett in dem karg eingerichteten Internatszimmer unentwegt von seiner Zukunft. Seine Phantasie kannte keine Grenzen, aber eins wusste er sicher, er wollte nie so viel arbeiten müssen wie sein Vater. Und für so wenig Geld. Sie hatten nie wirkliche Not, nicht die, von der Mutter aus ihrer Kindheit immer erzählt hatte. Aber dafür, dass sein

Vater Tag für Tag um vier Uhr früh aufstand und um zehn Uhr am Abend todmüde ins Bett fiel, mussten sie sehr bescheiden leben. Und doch hatte Vater die Schulen der beiden Kinder bezahlt. So haben auch die in Kalk eingelegten Eier, die er und Mutter im Dorf bei den Bauern holten und dann im Winter an die Städter verkauften, etwas Geld eingebracht. Seine Mutter hatte nie ein neues Kleid bekommen. Alle Kleider hatte sie noch von ihrer Jugend. Sie konnte nähen, und wenn mal ein paar Groschen für einen billigen Stoff übrig blieben, nähte sie sich am späten Abend einen Rock oder eine Bluse. Bei dieser Erinnerung flossen jetzt noch Tränen über seine Wangen. Wie sehr liebte er doch seine Mutter! Mehr als alles andere auf der Welt, und doch wusste er, wenn er ein richtiger Mann sein wollte, durfte er es ihr nie mehr zeigen. „Männer tun so etwas nicht." Aber er war überzeugt, dass er von seinem zuerst verdienten Geld der Mutter ein Kleid und dazu schöne Schuhe und einen schicken Hut kaufen würde, so wie ihn die Damen in der Stadt trugen. Mit Blumen geschmückt. Mit vielen bunten Blumen. Damit das ruhige, etwas traurige Gesicht der Mutter endlich fröhlicher wirkte. Er schämte sich, dass er bei dem Gedanken reich zu werden, nicht an Vater dachte. Aber der hatte in seinen Phantasien keinen Platz. Er respektierte ihn, weil er sein Vater war. Aber ganz tief drinnen gab es auch eine Verachtung für den Vater. Wegen der Prahlerei mit seiner Herkunft, nur um abzulenken, wie wenig er selbst im Leben erreicht hatte. Wegen der abwertenden Art, wie er die Mutter behandelte, vor allem wenn er was getrunken hatte. In seinen Augen war Vater überhaupt kein echter Mann. Er war ein

Schwächling. Einer, der wenn er mit seinen Minderwertigkeitsgefühlen nicht zu Rande kam, seine Unzufriedenheit mit dem eigenen Leben an seiner Frau und den Kindern ausließ. So wie Vater wollte er nie werden. Sicher, er kümmerte sich um die Familie, aber wie? Sicher, er bezahlte die Schulen der Kinder, aber doch nur um seinen eigenen Willen durchzusetzen. Damit er dann mit seinen klugen, gebildeten Kindern prahlen konnte. Er tat nie etwas nur für die Kinder. Er wusste mit ihnen nichts anzufangen, als sie klein waren, als sie heranwuchsen schon gar nicht. Alois konnte sich nicht an einen einzigen Tag erinnern, an dem Vater mit ihnen gespielt hatte oder wenigstens spazieren gegangen war.

Natürlich, er musste ja immer nur arbeiten, um die Familie ernähren zu können. Und das hörten sie dann auch immer. Alle andern fanden den Vater so nett, hilfsbereit, freundlich. Einmal hätte er sich gewünscht, den Vater auch so erleben zu dürfen. Die Familie und das Heim waren die Angelegenheit der Mutter. Und wehe, wenn etwas nicht in Ordnung war. Wenn die Uhren nicht pünktlich gingen oder irgendwo Staub lag. Dann nahte das Ende der Welt. Für alle. Er spürte, dass Vater die Mutter nie verstand. Deswegen sprach Mutter immer nur mit ihm, dem Sohn. Nur, er konnte ihr da auch nicht viel helfen. Als Kind nicht und als Heranwachsender schon gar nicht, denn die Rivalitäten mit Vater verstärkten sich mit jedem Jahr. Er konnte aber auf nichts mehr Rücksicht nehmen, er musste schauen, dass er sein eigenes Leben in Ordnung brachte. Und er wusste, das wird er auch schaffen.

Der Zeichenlehrer schrieb einmal einen Brief nach Hause und empfahl dem Vater, da sein Sohn so begabt sei, wäre es schade, diese Richtung im Studium nicht weiter zu verfolgen. Da gab es dann ein mittleres Erdbeben. Aber selbst Alois konnte sich nicht vorstellen, dass man mit Zeichnen viel Geld verdienen könnte. Und nichts wollte er mehr als das. In der Schule wurden seine Zeichnungen oft ausgestellt und seine Handschrift wurde für alle festlichen Schriften verwendet. Sie war gestochen scharf, wie gedruckt. Mutter hatte all seine Briefe, die er ihr im Laufe der Jahre geschrieben hatte, aufgehoben, auch die Umschläge, nur wegen der wunderschönen Schrift. Oft zeigte sie sie dann stolz den Leuten im Dorf. Immer dann, wenn sie eine große Sehnsucht nach ihm hatte. Und alle bewunderten die Briefumschläge, auf denen jeder Buchstabe ein kleines Kunstwerk war.

Nur manchmal, wenn er in dem geräumigen Gemeinschaftsschlafzimmer im Internat im Bett lag, hatte er das Gefühl davonlaufen zu müssen. Weit weg von der Schule, von dem trockenen Stoff, den er lernen musste, und der manchmal nicht in seinen Kopf hinein wollte, weg von den strengen Lehrern, für die das Schlimmste auf der Welt Gefühle waren, die ihm wie vertrocknete Sonnenblumen vorkamen, weit weg von alle dem. Er träumte davon, nur einmal seinen Gefühlen so richtig freien Lauf lassen zu können, der Schönheit der bunten Welt da draußen nachgehen, sie in Bilder zu fassen und dann stundenlang davor zu sitzen und zu staunen. Staunen über die Pracht der Farben der Natur, staunen über den Ausdruck der Gesichter der Menschen, die so viel über ihre Gefühle - gute und böse - verrieten, staunen über die Schönheit und Anmut der Frauen, die so viele Geheimnisse für ihn bargen. Ganz einfach - staunen über das Leben. Wie schwer war es aber dann nach solchen Ausflügen seiner Phantasie, wieder in die graue Wirklichkeit zurückzukehren. Es war ihm damals schon klar, er musste sich entscheiden, entweder ein feinfühliger Künstler mit wenig Geld oder ein mächtiger Geldverdiener mit wenig Gefühl. Er war damals davon überzeugt, dass das Letzte der einfachere Weg im Leben war. Und später war es auch wirklich so.

Als er so langsam durch das Dorf spazierte und für lange Zeit Abschied nahm, da er die Zusage für seine erste Anstellung bereits in der Tasche hatte, wusste er, dass er die eine Seite seiner Persönlichkeit völlig unterdrücken musste. Das machen Männer immer so. Gefühle und Phantasie haben im Leben eines echten Mannes nichts verloren. Er wird es Vater noch zeigen, wie man so etwas macht. Nur harte Männer können im Kampf des Lebens bestehen und siegen. Und er wird siegen, das schwor er sich, bevor er das letzte Mal die Tür seines Elternhauses hinter sich schloss. Für lange Zeit, sehr lange Zeit.

*****

Als er dann in der Fremde das erste Mal Magdalena sah, war er verzaubert. Sie war eines der Bilder, die er in seinen Träumen sah. Er konnte es nicht glauben, dass es sie wirklich gab. Er sah ihre wunderschönen, großen braunen Augen, voller Unschuld, voller Neugier, die sie mühevoll zu verbergen versuchte und dabei immer rot im Gesicht wurde. Er musste lächeln über ihre liebevolle Naivität. Ein richtiges Kind noch. Er hatte nicht viele Erfahrungen mit Frauen. Wie auch? Beim harten Studium im Internat gab es keine Gelegenheit und später hatte er viel zu große Scheu vor Frauen. Aber dieses Mädchen war etwas anderes. Sie war wie ein Traum. Er konnte es jede Woche kaum erwarten, auf die Post in den entfernten Ort zu gehen, um einen Brief an seine Mutter aufzugeben und dabei Magdalena zu sehen. Es war Liebe auf den ersten Blick. Erst viel später erfuhr er, dass sie eine reiche Kaufmannstochter war.

Also hat ihn das Schicksal bereits in so jungen Jahren erhört: er konnte seine Liebe mit dem starken Wunsch nach Reichtum vereinen. Sie kannten sich noch kaum, aber er schmiedete bereits große Pläne. Wenn sie eine gute Mitgift in die Ehe bringt, würde er alles nur dazu verwenden, um noch reicher zu werden. Aber das alles ist ja nur der Anfang vom großen Glück, dachte er. Sein Herz pochte von Liebe und Aufregung über die gemeinsame Zukunft. Als er feststellen musste, dass sie schwanger war, sah er dies als die beste Gelegenheit, die Dinge so in Ordnung zu bringen, dass sie beide einen guten Start in ihre Zukunft hatten.

Mit der Schwiegermutter verstand er sich auf Anhieb, mit dem Schwiegervater weniger. Der war ein wirklich komischer Kauz. Da musste er doch seinen eigenen Vater loben. Erst jetzt sah er, dass sein

Vater doch nicht der schlechteste war. Als die Hochzeitsverhandlungen vorbei waren, hatte er das Gefühl als würde er durch das Schicksal auf Flügeln zum Himmel getragen. Alles kam wie gewünscht. Das Leben konnte herrlich sein. Manchmal spürte er sogar wieder dieses Kribbeln und wollte malen. Aber wozu denn? Jetzt wo die Bilder seiner Phantasie Wirklichkeit wurden, oder sie sogar übertrumpften.

Das einzige, das das alles etwas trübte, war Lena, wie man seine Frau zu Hause nannte, selbst. Irgendwie hatte er das Gefühl, dass sie sich, je länger sie sich kannten und je näher die Hochzeit heranrückte, desto weniger verstanden. Sie kam ihm manchmal herrisch vor, uneinsichtig. Sie konnte sehr dickköpfig sein, aber das, dachte er, käme von ihrer Unerfahrenheit, sie war ja erst kürzlich 16 geworden. Und dann das Kind, das in ihr heranwuchs und sie sicherlich irritierte. Er wollte von all seinen Gefühlen sprechen, die ihn so oft in ihrer Anwesenheit übermannten, aber sie unterbrach ihn abrupt und sprach über ihre Freundin auf der Post oder ihren Vater. Oder über die Zeit, die sie in der Klosterschule verbracht hatte. Sie sprach wenig von Gefühlen und achtete schon gar nicht auf seine. Und wie sehr sehnte er sich, gerade darüber zu sprechen, sie zu zeigen. Hier in der Fremde, weit weg von zu Hause. Ab und zu ein Brief von seiner Mutter, aber sonst ganz allein. Er sehnte sich nach einer verwandten Seele, die ihn verstand, so wie Mutter. Er hoffte so, bei Lena ein zweites Zuhause zu finden. Eine Geborgenheit. Aber Lena war nicht wie seine Mutter. Überhaupt nicht. Vielleicht, dachte er, lag es daran, dass sie eine so verschiedene Herkunft hatten. Aber sein Deutsch war fehlerlos, und niemand hätte vermuten können, dass er aus Böhmen kam. Die Schulen, die er absolviert hatte, waren ja alle zweisprachig. An der Sprache konnte es nicht liegen. Vielleicht war ihm ihr ganzes Wesen fremd. Am Anfang traute er sich seiner Mutter von der Liebe zu Lena gar nicht zu schreiben. Als er es dann kurz vor der Hochzeit doch tat, kam eine niederschmetternde Antwort. Mutter war völlig über seine Pläne verstört. Sie wollte um alles in der Welt verhindern, dass er eine „von dort“ heiratete. Er soll doch eine aus der Heimat heiraten, eine andere wird er nie verstehen. Sie warnte ihn, beschwor ihn, flehte ihn an. Als sie nach einiger Zeit merkte, dass ihre Ratschläge nicht ankamen, schwieg sie. Für immer. Sie war einfach böse. Sie hatte sich nie mit dem Gedanken, eine, wie sie sagte, „deutsche“ Schwiegertochter zu haben, anfreunden können.

Alois war fest davon überzeugt, dass die Unterschiede zwischen ihm und Lena mit der Zeit verschwinden würden. Natürlich verstand er in seiner neuen Heimat Vieles nicht. Die Art wie die Menschen hier lebten, wie sie miteinander umgingen. Aber die anderen gingen ihn ja nichts an. Solange es mit Lena klappte. Und die Schwiegermutter war ja eine Prachtfrau. Genau wie seine Mutter. Nur lustiger, lebensbejahender. So hätte er gerne seine Frau gehabt. Warum konnte Lena nicht so sein wie ihre Mutter? Aber sie war ja noch jung und konnte noch vieles lernen und besser machen. Nur da stand ihre Sturheit im Weg. Sie würde nicht, um alles in der Welt, mit ihm tanzen gehen, obwohl sie wusste, wie er es liebte. Nein, sie musste beim Vater im Zimmer sitzen und weinen, weil er nicht auch da saß und mit ihr Händchen haltend vom Erkerfenster die Straße beobachtete. Aber das konnte sie doch nicht von ihm verlangen. Er hatte ja mit seinen 21 Jahren noch nichts erlebt. Jetzt hatte er endlich die Möglichkeit, die Welt und das Leben kennenzulernen.

Und wenn seine Frau nicht will, wird er die Welt mit der Schwiegermutter erobern. Sie beide verstanden sich blendend. Sie hatte genau das Wesen, das er sich für seine Frau erträumt hatte. Nur war sie nicht seine Frau! Bei diesen Überlegungen packte ihn manchmal die blinde Wut. Warum, wenn jetzt sein Leben so eine glückliche Wende genommen hatte, musste er doch langsam erkennen, dass er gerade die Frau, in die er sich unsterblich verliebt hatte, überhaupt nicht verstand. Er konnte ihre Launen, die er zuerst der Schwangerschaft zuschrieb, die später aber noch ärger wurden, nie ergründen. Ihre stille, nie laut werdende Stimme, mit der sie oft stundenlang auf ihn eingeredet hatte, konnte er schon nach kurzer Zeit nicht mehr leiden. Wenn sie doch nur einmal schreien, toben, sich wehren würde. Nein, sie erduldete alles. Und reizte ihn mit diesem Verhalten zur Weißglut. Nie hatte es ein Mensch in seinem Leben, nicht einmal der Vater, geschafft, ihn so aus der Fassung zu bringen. Alles wusste sie besser, selbst wenn sie keine Ahnung von den Dingen hatte, und er spürte manchmal in ihrer stillen, geduldigen und doch so vorwurfsvollen Art eine Stärke, die ihn um den Verstand zu bringen drohte. Sie würde nicht um einen Millimeter nachgeben, in nichts. Sie stand da, wie verholzet, rührte sich nicht vom Fleck und wiederholte unzählige Male mit der leisen Stimme immer das Gleiche. So lange, bis er ausrastete. Das erste Mal wäre er vor lauter Scham am liebsten in den Boden versunken.

Er, der Frauen so achtete, so respektierte, ja liebte, schlug seine Frau. Als er dann auch noch merkte, dass sie trotzdem nicht bereit war zu irgendeiner Einsicht und auch wenigstens keinen Versuch machte, die Dinge oder ihn zu verstehen, nicht einmal merkte, dass sie selbst diese Situation so lange provozierte, bis er die Beherrschung verlor, wusste er, es wird immer wieder passieren. Und so war es auch. Er wollte es aber nie. Er schwor sich immer wieder, sich von Lena nicht reizen zu lassen, aber als ob sie es darauf ankommen lassen wollte, überspannte sie immer wieder den Bogen seiner Geduld.

Wenn er seine Schwiegermutter auf dieses Thema ansprach, meinte diese, Lena wäre immer schon sehr eigenartig gewesen. Sie selbst habe sich auch mit ihr nicht besonders verstanden. Lena wäre immer schon ein Vaterkind gewesen. Und sie wollte sich nicht in die Angelegenheiten der jungen Leute einmischen und lud ihn lieber zum nächsten Ball ein.

Er hoffte, wenn einmal das Kind auf der Welt wäre, würde sich Lena ändern. Er hoffte, dass Lena dann endlich Gefühle zeigen würde, dem Kind gegenüber, und auch ihm. Er hätte ja so viel Liebe und Geborgenheit gebraucht. Aber mit Sicherheit, wenn das Kind einmal da ist, wird sich alles ändern! Dann werden sie eine mit Liebe erfüllte Familie werden.

Er konnte nicht ahnen, dass Lena ihr Kind bereits im Mutterleib hasste. Und er war außer sich, als er feststellen musste, dass seine vom ersten Tag an geliebte Tochter, die genau so aussah wie er als Kind, sofort nach der Geburt der Schwiegermutter übergeben wurde und Lena darauf bestand, ohne das Baby wegzuziehen. Zuerst war er schockiert, dann brüllte er los, dann schlug er sie, dann sperrte er sich im Zimmer ein und weinte bitterlich. Wie damals im Internat. Er weinte sehr lange, bis er einschlief. Er hatte schreckliche Träume. Über Bilder, die er gemalt hatte. Über große, üppige Bilder. Mit üppigen Frauen, die üppige nackte Busen hatten und wie wild in Ballsälen tanzten. Er war unter ihnen und wollte weg. Er konnte nicht. Sie nahmen ihn in die Mitte und wirbelten mit ihm im Kreis herum. Er fühlte sich von der überschäumenden Weiblichkeit angezogen. Er wollte seinen Kopf in einen der üppigen Busen eintauchen und den Duft des ewig Weiblichen spüren. Und doch konnte er es nicht. Eine unbändige irre Angst überfiel ihn. Aber Angst wovor? Und plötzlich sah er im Traum den Grund seiner Ängste. Die Frauen ließen ihre Röcke fallen und ein Entsetzen erschütterte sein ganzes Wesen, der untere Teil des Körpers der Frauen war männlich. Er wachte auf. Schweißgebadet.Er musste aufgeschrien haben, er hörte sich in seinem Entsetzten selbst. Er zitterte am ganzen Leib. Was für ein schrecklicher Traum. Die Angst steckte ihm in allen Gliedern. Und plötzlich wurde ihm klar: mit seiner Frau Magda-Lena wird er sich nie verstehen können.

6. KAPITEL: FAMILIENBANDE – DIE ÄLTEREN ONKELS

FERDINAND

Mit Onkel Ferdinand verstand sich Lojzl am besten. Er lebte allein im großen Hause der Großeltern. Er war sehr gebildet. Als einziger in der Familie besaß er eine schöne, zwar kleine, aber ausgewählte Bibliothek. Darin standen nicht nur Klassiker, sondern auch moderne Literatur über Moral, Ethik, Körperpflege und Ernährung. Auch über Kindererziehung. Onkel Ferdinand war seiner Zeit voraus. Er las Lojzl oft aus seinen Büchern vor, obwohl der damals erst zehn Jahre alt war. Das Meiste verstand er nicht, aber er liebte die sanfte, weiche Stimme des Onkels, dem es sichtlich Freude bereitete vorlesen zu können. So viele Zuhörer gab es ja nicht. Die anderen waren mit dem Geschäft und ihrem Leben so beschäftigt, dass keiner Zeit oder Interesse hatte, in Büchern zu stöbern. Die Leseleidenschaft von Onkel Ferdinand betrachtete die Familie als eine Spinnerei. „Deswegen wird er auch nie heiraten", sagte die Großmutter immer zu ihren Kunden im Geschäft. Und so wusste das ganze Dorf von seiner Spinnerei. Nur kümmerte es ihn wenig. Immer wenn die bestellten Bücher ankamen und der Postbote mit einem wissenden und etwas mitleidigen Lächeln das Paket brachte, sperrte sich Onkel Ferdinand in seinem Zimmer ein und kam erst wieder heraus, wenn er alle Bücher durchgelesen hatte. Dann wanderte er auf den Waldpfaden, dachte nach und murmelte manchmal unverständliche Dinge vor sich hin. Die Menschen im Dorf waren den Anblick gewohnt. Sie grüßten ihn höflich ohne auf eine Antwort zu warten, da sie wussten, dass er mit seinen Gedanken viel zu viel beschäftigt war und sein Umfeld gar nicht richtig wahrnahm.

Nur die Großmutter schimpfte ab und zu. Schließlich sollte er, obwohl er der drittgeborene war, das einzige und sehr gut gehende Geschäft im Ort übernehmen. Es störte sie auch, dass er sich nie um das andere Geschlecht kümmerte, die Bücher waren ihm wichtiger. Zu Bällen ging er nie und konnte seine Mutter überhaupt nicht verstehen, die ja keinen Ball ausließ. Mit seinem Vater sprach er wenig, sie hatten nicht viel gemeinsam. Und Onkel Ferdinand hatte immer das Gefühl, sein Vater wäre in seiner Gegenwart unsicher. Sie wussten ganz einfach nicht, worüber sie miteinander sprechen sollten. Über das Geschäft zu reden hätte keinen Sinn gehabt, denn Vater hatte seit Jahren keinen Fuß in den Laden gesetzt, und Onkel Ferdinand war weder an Vögeln noch an Uhren interessiert. Und auf die Idee, Ferdinand zu fragen, was er da gerade las, kam Vater schon gar nicht. Und so schwiegen sie sich meistens an. Später gingen sie sich aus dem Weg.

Manchmal beobachtete Lojzl seinen Großvater, wie er vorsichtig in das Zimmer von Onkel Ferdinand ging und die Bücher der Reihe nach aus dem Regal nahm und in ihnen blätterte. Dann machte er die Tür wieder leise zu und ging zu seinen Uhren. Er sagte aber nie ein Wort davon zu Ferdinand. Und auch Lojzl behielt dieses Geheimnis für sich.

Manchmal, wenn Großmutter sehr wütend auf Ferdinand war, schrie sie durch das ganze Haus, sie würde den ganzen Haufen Unsinn anzünden, damit endlich einmal Ruhe ins Haus einkehrte und Ferdinand sich endlich um das Geschäft kümmern würde. Dann konnte Lojzl die ganze Nacht nicht schlafen. Er wälzte sich im Bett, sah die Bücher brennen und weinte still vor sich hin. Er wollte nicht, dass Onkel Ferdinand litt. Er bewunderte ihn und nahm sich fest vor, wenn er einmal groß wäre, würde er genauso sein wie der Onkel. Genauso gescheit, liebenswürdig und lustig. Der zeigte nie, wie viel er eigentlich wusste. Er blieb immer bescheiden.

Dass er lustig war, wussten nur wenige. Immer wenn Lojzl mit Onkel Ferdinand im Zimmer allein war, und der Onkel ihm aus den Büchern vorlas, unterbrach er hin und wieder und machte eine lustige Bemerkung oder erzählte dazu einen Witz. Manchmal waren sie so ausgelassen und mussten so viel lachen, dass sie am Boden herumkugelten. Ferdinand konnte so herzlich sein wie keiner in der Familie. Aber Lojzl merkte, dass er nur mit ihm so sein konnte. Immer wenn er nach den Ferien nach Hause fuhr, war Onkel Ferdinand traurig. „Aber nächste Ferien musst du wieder kommen", sagte er, „damit wir wieder was zum Lachen haben". Einmal sagte er sogar: „Wenn ich einmal einen Sohn habe, dann möchte ich, dass er wird wie du." Das freute Lojzl ganz besonders. Nicht viele Menschen in der Familie waren zu ihm so nett wie Onkel Ferdinand.

Ferdinand war schon über 30, und Großmutter wurde immer unruhiger, denn sie dachte unentwegt an eine Heirat. Als Lojzl in den

Ferien wieder zu Oma und Opa fuhr, wäre er am liebsten gleich wieder nach Hause zurück gefahren. Es gab fast täglich Streit. Oma kam immer mit den Namen irgendwelcher Mädchen daher, die Onkel Ferdinand heiraten sollte, aber seine einzige Reaktion war: „Dumme Gänse." Großmutter war verzweifelt.

Dann kamen die letzten schönen Ferien. Lojzl konnte es kaum erwarten, aus der lauten Stadt in das kleine Bergdorf zu fahren. Er schlief schlecht und war nervös und fahrig. Mutter kritisierte ihn selten, aber diesmal fand sogar sie ihn unausstehlich. Endlich war es soweit. Als der Zug am kleinen Bahnhof, mitten in den Bergen, ankam, sprang er aus dem Zug, wartete nicht auf seine Eltern und rannte wie besessen ins Großelternhaus. Bei der Stiege übersprang er eine Stufe. Außer Atem, ohne anzuklopfen öffnete er die Tür.

Da saß Onkel Ferdinand beim Fenster, vertieft in ein Buch und merkte weder den Lärm auf der Stiege noch das Öffnen der Tür. Erst allmählich drehte er sich um. Er sah blass aus. Seine Augen funkelten in dem halbdunklen Raum. „Bist also endlich wieder da" Er umarmte Lojzl und hielt ihn lange fest in den Armen. „Endlich", sagte er. "Komm, wir gehen gleich spazieren." Er fragte weder nach seiner Schwester, schon gar nicht nach seinem Schwager. Er ignorierte die Eltern von Lojzl komplett. Sein Verhältnis zu Lojzls Vater war schon lange gespannt. Seitdem Alois vor der versammelten Familie gesagt hatte, der Spinner kann doch das gutgehende Geschäft nicht übernehmen, der führt es doch in den Ruin, war alles aus zwischen den

Beiden. Sie sprachen nie wieder miteinander. Ferdinand verachtete seinen Schwager.

Er packte Lojzl bei der Hand und ging mit ihm in den nahen Wald. Er erzählte ihm am Weg mit zitternder, fast fiebernder Stimme über das neue Buch, das er las. Er erwähnte den Namen Nietzsche, sprach über den großen Philosophen und sein Werk Also sprach Zarathustra. Er sprach vom „ Übermenschen“ und der „ewigen Wiederkehr“. Er stand im Wald und deklamierte einige Seiten auswendig. Seine Stimme wurde immer lauter und die Augen verrieten innere Unruhe und Abgespanntheit. Lojzl verstand kein Wort von dem, was Onkel Ferdinand sprach, aber er hörte ihm wie immer aufmerksam zu und sah ihn gebannt an. So hatte er ihn noch nie gesehen. Zeitweise überkam ihn Angst. Onkel Ferdinand sprach aufgeregt weiter von einer Revolution der Menschheit, vom Aufwachen aus dem Schlaf. „Endlich werden alle Menschen Sehende und kommen aus der Dunkelheit heraus.“ Er wurde gerade 33 und konnte es nicht glauben, dass er so lange blind gewesen war.

Aber jetzt sieht er die Zukunft endlich ganz klar vor sich. Er sieht eine erwachende Menschheit, eine Menschheit, die endlich begriffen hat, dass es keiner Kriege bedurfte, keiner Gewalt. „Das was uns retten kann“, sprach Onkel Ferdinand, “ist nur die Stärke des Geistes. Der geniale Funke dieses großen Philosophen springt über auf die gesamte Menschheit und macht aus den Menschen, die bis dato wie unwissende Ameisen ihr Dasein fristen, wissende Weise. Bildung muss her!“, schrie Onkel Ferdinand, „ mehr und noch mehr Bildung. Nur durch die

Bildung kann das Böse bekämpft werden. Das Böse kommt nur von Unwissen und Dummheit. Du, Lojzl, du wirst all das noch erleben. Die Menschen werden zunehmend mehr Schulen besuchen, mehr lernen und mehr wissen. Und dann werden alle Übermenschen werden, so wie Nietzsche es beschreibt." Seine Augen und Wangen glühten. Er packte Lojzl an den Händen und sah ihm fest in die Augen. „Versprich mir, dass du immer gegen das Böse ankämpfen wirst. Dass du viel lesen und dich immer weiterbilden wirst. Ich glaube an dich, du bist begabt, sehr begabt. Lass niemanden aus dir einen Unwissenden machen." Er umarmte Lojzl, der in diesem Moment gerne alles versprochen hätte, wenn sie nur zuerst einmal aus der Dunkelheit des Waldes herausgegangen wären. Beim Nachhause-Gehen kam es Lojzl vor, als stütze sich Onkel Ferdinand immer mehr auf seine Schulter. Er spürte die Schwere seines Körpers. Die Stiege ging der Onkel dann nur ganz langsam nach oben.

Lojzl war völlig durcheinander. Er hatte keine Ahnung, was er mit den Worten des Onkels anfangen sollte. Er hatte es viel lieber, wenn Onkel Ferdinand lustig war, aber davon war heute keine Rede. Er hörte weder das Schimpfen der Mutter, weil er zu spät zum Abendessen kam, noch das des Vaters. Er ging bald ins Bett und nach dem Gebet sagte er leise in die Stille des Zimmers: „ Ja, Onkel Ferdinand, ich werde alles tun, was du von mir verlangt hast."

Am nächsten Tag durfte Lojzl nicht in das Zimmer des Onkels. Der Arzt war da und stellte eine völlige Erschöpfung fest. Er ordnete absolute Bettruhe an. Lojzl saß den ganzen Tag im Garten und wartete, bis ihn jemand holen und zum Onkel bringen würde. Es kam niemand. Auch in den nächsten Tagen nicht. Erst nach einer Woche ging es Onkel Ferdinand wieder besser. Sie brachten ihn in einem Lehnstuhl in den Garten, dort saß er in der Sonne und lächelte Lojzl schwach an. Er konnte nicht lesen, sogar das strengte ihn zu sehr an. Also erzählte er Lojzl mit leiser Stimme von einer seiner letzten Reisen. Jedes Jahr ging er auf Reisen. Er fuhr in ferne Länder, sah England, Italien, die Schweiz und Deutschland. Er war der einzige im Dorf, der diese Länder gesehen hatte. Lojzl war ganz stolz, dass er trotz seiner Jugend mit den Eltern auch schon zwei Länder kannte, die Onkel Ferdinand bereist hatte.

Er dachte darüber nach, wie gerne er mit Onkel Ferdinand zusammen war. Mit den Buben im Dorf verstand er sich nie besonders. Sie waren zu grob und ungehobelt. Seine körperliche Konstitution erlaubte es ihm nicht, mit ihnen den ganzen Tag zu toben und herumzulaufen. Und wirklich reden konnte er mit ihnen auch nicht. Sie sahen ihn immer so eigenartig an. Zuerst dachte er, es wäre wegen seiner Kleider, aber später begriff er, sie verstanden ihn nicht und sahen in ihm nur einen Fremden. Manchmal lachten sie ihn aus. Dann ging er doch viel lieber zum Onkel. Da gab es immer was zum Hören, Erzählen und Lachen.

Diesmal aber sah Onkel Ferdinand traurig aus. Er erzählte von London und sagte, er möchte im Sommer noch einmal nach Italien fahren, die Sonne und die Meer Luft täten ihm sicher gut.

Und die herrlichen Kunstgalerien und Kunstdenkmäler! Er fing an zu schwärmen. Da wich die Traurigkeit und Onkel Ferdinand sah aus, als würde er bald wieder gesund werden.

Am nächsten Tag gab es einen schrecklichen Krach zwischen Onkel Ferdinand und dem Großvater. Ferdinand sagte dem Vater, er möchte wieder verreisen. Aber auch Großmutter meinte, er wäre viel zu schwach für eine Reise. Onkel Ferdinand regte sich sehr auf. Er ging hastig in sein Zimmer und merkte nicht, dass Lojzl auf der Stiege saß und weinte. Lojzl mochte keine Streitereien unter den Erwachsenen. Oft dachte er, er sei an allem schuld.

Was hatte doch gestern Onkel Ferdinand zu ihm über das Böse gesagt? Er konnte sich nicht mehr erinnern und es schmerzte ihn, dass der Onkel, ohne ihn zu beachten, an ihm vorbei gegangen war. Plötzlich hörte er einen Aufschrei aus dem Zimmer des Onkels. Lojzl lief zur Großmutter. Die lief zum Arzt. Der Arzt konnte nur noch den Tod durch Herzversagen feststellen. Onkel Ferdinand war gerade 33 geworden. Für Lojzl brach eine Welt zusammen. Das Großelternhaus war nie mehr dasselbe. Die Großmutter wollte alle Bücher, die ihrer Meinung nach den Ferdinand ins Grab gebracht hatten, verbrennen. Nach vielem Bitten und Betteln versprach sie dann, alle dem Lojzl zu schenken. Das war sein einziger und größter Schatz, den er je besessen hatte. Nur durfte er ihn nicht mitnehmen. Die Bücher mussten dort bleiben, wo sie waren. „Wenn du sie mitnimmst“, sagte Vater, „verbrenne ich sie.“

*****

SIGMUND

Mit Onkel Sigmund hatte Lojzl in der Kindheit wenig Kontakt. Als seine Eltern geheiratet hatten, nahm sein Vater, der Alois, die Geschicke der Familie seiner Mutter, der Magda, in die Hand. Da Alois beruflich sehr erfolgreich war und für sehr gescheit gehalten wurde, war die ganze Familie ihm für seine Ratschläge dankbar. Wenigstens am Anfang. Vor allem die Großmutter. Die vergötterte den Alois und tat, was er sagte. Vater, oder Papi, wie er von seinen Kindern genannt wurde, beschloss gleich nach dem ersten Besuch bei den Großeltern, dass der Kaufmannsladen unmöglich dem ältesten Sohn, Onkel Sigmund übergeben werden konnte. Onkel Sigmund sei dafür überhaupt nicht geeignet, genauso wenig wie sein intellektueller Bruder Ferdinand. Onkel Sigmund war jahrelang, bevor Alois in die Familie kam, die rechte Hand der Großmutter gewesen. Da er der Älteste war, hatte sie zu ihm das größte Vertrauen und besprach mit ihm alle Entscheidungen, die das Geschäft betrafen. Aber auch privat beichtete sie in ihrer Verzweiflung oft Vieles über ihre misslungene Ehe. Onkel Sigmund liebte seine Mutter und half ihr, wo er nur konnte.

Dann kam der erste Weltkrieg. Onkel Sigmund musste einrücken. Großmutter war untröstlich. Aber ihre Ängste waren grundlos. Onkel Sigmund kam nicht nur aus dem Krieg zurück, sondern machte bei der Armee eine große Karriere. Er wurde Offizier, Leutnant. Als er mit der Prachtuniform und den daran befestigten Orden nach Hause kam, war der ganze Ort beeindruckt. Am meisten die Großmutter. So einen Grünschnabel hatte sie in die Welt geschickt und ein g'standener Mann kam zurück. Nur etwas schweigsamer war er.

Erst nach einiger Zeit bemerkte die Familie, dass mit Onkel Sigmund irgendetwas nicht stimmte. Großmutter hoffte, dass das Zuhause, die vertraute Umgebung und ihr liebevolles Umsorgen ihn die Schrecken des Krieges vergessen ließen. Das war aber nicht so. Er kam tagelang nicht aus seinem Zimmer heraus. Er sperrte sein Zimmer ab, ließ niemanden zu sich. In der Nacht hörte man manchmal schreckliche Schreie aus dem Zimmer. Keiner traute sich darüber zu sprechen. Alle wichen ihm aus. Alle hatten Angst, wussten aber nicht wovor. Nur Großmutter ahnte, dass Sigmund Schreckliches im Krieg mitgemacht haben musste. Und in seinen Träumen kamen die Bilder des Entsetzens zurück, bis in das kleine, verschlafene Bergdorf. Die Familie schämte sich auch ein bisschen: Was werden die Nachbarn denken, wenn sie nachts diese Schreie hören? Und deshalb erzählte die Großmutter ihren Kunden, Onkel Sigmund hätte eine Verwundung im Krieg erlitten, die ihm vor allem in der Nacht große Schmerzen bereitete. Irgendwie hatte sie Recht. Die Wunden seiner Seele waren niemals verheilt.

Als einige Jahre vergangen waren und Onkel Sigmund immer noch wie abwesend durch das Haus wandelte, rief Alois einen Familienrat zusammen, dem er den Vorschlag machte, er würde sich nach einer Frau für Onkel Sigmund umsehen. Schließlich ging der Mann auf die 30 zu und es könne ja so nicht weiter gehen. Gesagt getan. Alois hatte gerade in Polen zu tun, wo er eine neue Filiale seiner Holzfabrik eröffnete, und wie es der Zufall so will, hatte sein Geschäftspartner aus Krakau eine fesche, nicht mehr so junge Tochter. Ihr Vater hielt schon lange Ausschau nach einem passenden Ehemann und nun kam der ersehnte Augenblick. Die zwei Herren waren sich sofort einig und Onkel Sigmund wurde von Alois benachrichtigt, er möge sich unverzüglich nach Krakau begeben, er würde dort erwartet.

Zwei Monate später kam Onkel Sigmund zurück in die Heimat. Er stieg aus dem Zug. Die Träger hatten voll zu tun, um das Gepäck vom Bahnhof in das Elternhaus zu bringen.

Die Familie erwartete die Rückkehr des Onkels mit Spannung. Immerhin brachte er eine Fremde mit ins Haus. Man brauchte Jahre, um Alois zu akzeptieren als einen „nicht von uns", aber durch seine Tüchtigkeit, Ausdauer und resolutes Auftreten hatte er die ganze Familie in Bann geschlagen. Aber nun eine Frau, noch dazu die erste Schwiegertochter für Großmutter! Und so sahen alle gebannt zur langen Baumallee, die vom Bahnhof in das Dorf führte. Endlich sahen sie Onkel Sigmund langsam die Allee herunter schreiten. Groß, schlank, lichtbraunes Haar peinlichst genau zur Seite gekämmt, seinen Schnurrbart, lang an den Enden, kunstvoll in die Höhe gedreht. An seinem Arm eine Frau. Groß, stattlich, die Eleganz in Person. Ihr mit kostbarer Stickerei geschmücktes blassblaues Kleid sah man nur zum Teil durch den offenen dunkelblauen Seidenmantel. Die Handtasche, die große Reisetasche und die Schuhe hatten die gleiche Farbe wie das Kleid. Dazu trug sie einen mit riesiger Krempe umrandeten lichtblauen Hut mit wunderschönen dunklen Kornblumen bestickt. Sie sah frisch aus, als käme sie vom Urlaub und nicht von einer fünf Tage dauernden, anstrengenden Reise. Alle hielten den Atem an. Großmutter reagierte als erste. Sie drehte sich um, ohne ein Wort zu sagen, und ging ins Haus. Etwas verunsichert begrüßte dann die restliche Familie das junge Ehepaar, hießen sie willkommen und wünschten ihnen für ihren Lebensweg viel Glück. Großmutter saß beim Fenster und hörte die andern draußen plaudern. Tränen rollten über ihre Wangen. Erst jetzt hat sie so richtig begriffen, dass sie ihren Lieblingssohn verloren hat. Für immer. Ihr Schmerz war so groß, dass sie sich bei den Gedanken ertappte, es wäre ihr lieber gewesen, Sigmund wäre vom Krieg gar nicht zurückgekehrt. Sie erschrak darüber und bekreuzigte sich schnell. Sie sprang auf und ging auf die Neuvermählten zu. Von dem guten Deutsch ihrer Schwiegertochter war sie überrascht. Diese schien eine gebildete Frau zu sein. Und sie war wirklich sehr fesch. Erst als Meta den Hut ablegte, konnte Großmutter das Gesicht und die schönen, blonden, dichten Haare sehen, die, wie es gerade Mode war, kunstvoll hoch nach oben gesteckt waren. Die lichtbraunen Augen sahen neugierig den Raum und die Schwiegermutter an. Sie musste ungefähr so alt sein wie Sigmund oder sogar ein bisschen älter. Die beiden Frauen standen sich regungslos gegenüber und beide wussten, dass es niemals ein Miteinander geben würde. Sie waren höflich zu einander, aber es standen Welten zwischen ihnen.

Nach einer Woche rief Großmutter Onkel Sigmund, der ständig mit Spazierengehen und Postwegen beschäftigt war, zu sich und erklärte ihm klipp und klar, sie würde es begrüßen, wenn sie beide woanders

wohnen würden. Meta passte nicht ins Haus. Onkel Sigmund fiel ein Stein vom Herz, denn seit der Ankunft lag ihm seine Frau in den Ohren, sie könne unmöglich
in so einem Nest leben. Sie brauchte Gesellschaft, Modegeschäfte, ganz einfach ein Stadtleben. Es blieb nun die Frage wohin. Aber da sprang Alois wieder mit einer blendenden Idee ins Geschehen. Wenn Magda und er bereits in Brünn wohnten, warum könnten dann nicht auch Sigmund mit Meta dorthin ziehen. Er würde sich dann schon um eine passende Anstellung für Onkel Sigmund kümmern. Meta gefiel der Plan und sie drängte auf eine baldige Abfahrt. Je früher desto besser. Nur weg von hier. Ihr Gepäck war ja zum Großteil noch gar nicht ausgepackt, wo hätte sie auch all die schönen Kleider tragen sollen?

Eigentlich waren alle traurig, als Tante Meta wegfuhr. Für die Familie und die Dorfbewohner war sie eine willkommene Abwechslung.

Eine Dame mit so viel Flair der großen Welt sah man hier nur selten. Jeder bewunderte ihren feinen Geschmack und die Grazie mit der sie ihre Kleidungsstücke trug. Nur Tante Mimi wurde von Tag zu Tag zorniger. Hoffentlich sahen ihre Eltern es gut, wie andere Frauen gekleidet sind. Sie machte ihren Kleiderschrank auf und sah das braune und das graue Dirndl, das sie über Jahre immer wieder trug, weil Mutter so eine gute Qualität ausgesucht hatte, dass der Stoff nicht umzubringen war.

Sie ging sogar heimlich auf den Dachboden. Da standen Kisten von ihrer Großmutter, der Mutter ihres Vaters. Die hat auch nie hier gelebt. Sie hatte eine schöne Wohnung in der naheliegenden Hauptstadt, und ihr Mann arbeitete weiter im Dorf als Kaufmann. Monatlich schickte er ihr eine Apanage. Jeden zweiten Monat fuhr einer der Dienstboten nach Graz und brachte Großmutter frische Lebensmittel und im Winter fein säuberlich gehacktes und geschlichtetes Holz zum Heizen. Tante Mimi konnte sich noch erinnern, als sie alle kleine Kinder waren, dass sie Oma immer zu ihrem Geburtstag besuchen mussten. Das war ein Erlebnis. Mutter hasste es, aber die Kinder waren Wochen vorher schon ganz aufgeregt. Die Fahrt mit der Kutsche über die Bergpässe und dann das Gewirr in der Stadt. Unvergesslich. Über den Besuch bei Oma freuten sie sich weniger. Die Mädchen durften beim Ankommen einen Knicks, die Buben einen Diener machen, aber dann war es nicht erlaubt, auch nur ein Wort zu sagen. Großmama war äußerst streng. Ihre Augen und ihr Gesicht verrieten wenig Sinn für Spaß. Nachdem eine Tasse Tee getrunken worden war, gab es wieder einen Knicks und Diener, und die Familie fuhr wieder heim.

Mimi konnte sich noch erinnern, was Mutter nach dem Tod der Oma erzählt hatte: wie sie beim Auflösen der Stadtwohnung Berge von teuren Kleidern gefunden hatten, wovon viele nie getragen waren. Und im Nachtkästchen stand ein Nachttopf, der randvoll mit Schmuck gefüllt war. Und jetzt stand Mimi vor den Kisten und traute sich kaum, diese aufzumachen. Sie fing zaghaft an, in den alten Kleidern zu wühlen, und bewunderte die Kostbarkeiten, die sie vorher nie zu

Gesicht bekommen hatte. Sie überlegte, was Mutter sagen würde, wenn sie eines davon nehmen würde. Aber darauf wollte sie es lieber nicht ankommen lassen. Schade, dass Meta wegfuhr, vielleicht hätte sie selbst dann auch die Möglichkeit gehabt, ein schönes Kleid zu bekommen. Mutter war der Ansicht, dass man das schwer verdiente Geld nicht für solche „Fetzen“ ausgeben sollte. Sie selbst trug fast nur schwarz, besonders nach dem Tod von Ferdinand. Nur zu den Bällen oder anderen Festlichkeiten trug sie ein schönes Festtagsdirndl. Jetzt kann also Schwester Lena mit Meta in Brünn einkaufen gehen, um sie in den Kaffeehäusern zur Schau zu stellen. Und sie selbst muss hier weiter schuften und sich obendrein als alte Jungfer auslachen lassen! Ihre konstant schlechten Launen nahmen nach der Abreise von Sigmund und Meta zu.

Als die beiden in Brünn ankamen, hatte Alois für sie bereits am Hauptplatz in einem schönen Bürgerhaus eine Wohnung gemietet. Eine schöne, geräumige Sechs-Zimmer-wohnung mit extra Kammern für das Personal. Sie lag im ersten Stock, und aus dem Fenster konnte man den ganzen Hauptplatz sehen bis hin zur Jakobs- und Thomaskirche. Sogar das Deutsche Haus konnte man gerade noch erspähen.

Kurze Zeit nach der Ankunft hatte Alois auch schon eine Anstellung für Sigmund, in einer Bank. Von da an hatten die zwei Familien kaum noch Kontakt. Nur das Allernötigste, wie Weihnachten und die diversen Geburtstage machten die Ausnahme. Alois war ständig geschäftlich unterwegs und Sigmund hatte sich mit seiner Schwester nie besonders gut verstanden.

Er wollte ihr immer gute Ratschläge geben, nur weil er der Erstgeborene war und deshalb dachte, dazu das Recht zu haben. Er machte sich nie die Mühe danach zu fragen, was für ein Leben Magda eigentlich geführt hatte. Meta wollte immer Gesellschaft, Magda war gerne zu Hause, also gingen beide ihre eigenen Wege. In der Bank wurde Onkel Sigmund sehr gelobt.

Nach kurzer Zeit entdeckte Sigmund eine schlummernde Leidenschaft: die Mathematik. Dies half ihm auch in der Bank und er wurde sehr schnell befördert. Und dies wurde auch, wie sich zeigte, nötig, denn der Kostenaufwand seiner Frau war sehr hoch. Sie hatte von Haushaltsführung nicht viel Ahnung und die Dienstboten nützten diese Unwissenheit aus.

Als Meta schwanger wurde, hatte Onkel Sigmund kein leichtes Leben mit ihr. Wie Magda einmal trocken feststellte, Meta sei sicherlich die erste Frau der Welt, die ein Kind bekommen würde. Dann war es endlich da. Das Kindermädchen musste schon seit Monaten im Haus leben, und als Herta auf die Welt kam, war die Mutterrolle für Meta beendet. Das zweite Kind sollte unbedingt ein Knabe sein. Die Schwangerschaft verlief genauso dramatisch. Diesmal wurde sogar die Mutter von Tante Meta nach Brünn geholt, um mit ihrer Tochter die Schwangerschaftsmonate zu durchleiden. Als das zweite Mädchen zur Welt kam, war Onkel Sigmund untröstlich, er bestand darauf, dass das Mädchen Sigmund heißen sollte. Sigi war das ruhigste der Kinder. Denn es kam noch eines. Diesmal musste es ganz einfach ein Junge sein. Es musste. Als Ilse geboren wurde, kam Onkel Sigmund wochenlang nicht nach Hause. Magda machte sich über ihren Bruder nur lustig und spöttelte, er hätte nur Angst jetzt für die Garderobe von vier Frauen aufkommen zu müssen. Ab diesem Zeitpunkt sahen sich die Familien noch seltener. Onkel Sigmund wurde immer verschlossener. Nachts kamen wieder seine schrecklichen Träume zurück.

Und Tante Meta fing an zu essen. Das Essen wurde zu einer regelrechten Sucht. Sie ließ sich täglich von den besten Delikatessenläden und Konditoreien Köstlichkeiten liefern. Sie nahm immer mehr zu und eines Tages beschloss sie, die Wohnung nicht mehr zu verlassen.

Plötzlich bekam Onkel Sigmund Schwierigkeiten in der Bank. Alois hatte einen Tobsuchtsanfall. Er hatte ja immer gewusst, dass die Familie seiner Frau zu nichts taugte. Die Ereignisse überstürzten sich. Onkel Sigmund wurde frühpensioniert, um einem Skandal aus dem Wege zu gehen, und Alois bezahlte alle Schulden.

Von jetzt an gab es einen offenen Krieg zwischen den beiden Familien. Onkel Sigmund besuchte Magda nur, wenn Alois außer Haus war. Er ging in der Küche mit seinem strammen Militäschritt auf und ab und brüllte. Dann verließ er das Haus. Magda weinte nach jedem seiner Besuche, verschwieg aber alles aus Angst, immerhin war Sigmund ihr Bruder. Problematisch wurde es nur, wenn während des Besuches von Onkel Sigmund Alois unvorhergesehen nach Hause kam.

Dann wusste das ganze Zinshaus, dass der Bruder der Frau des Hausherrn zu Besuch war.

Lojzl saß dann weinend unterm Tisch, bis Sigmund endlich wieder ging. Die Tür flog zu und die Ruhe danach war noch unerträglicher als das Geschrei. Onkel Sigmund gab Alois die Schuld an seinem, wie er es nannte, „ verpfuschten Leben." Er hatte ihn von seiner geliebten Mutter

getrennt. Er hatte ihm seine Frau eingeredet, die nun kaum noch vom Stuhl hochkam und mit den drei Töchtern zusammen ihm das Leben zur Hölle machte. Alois war schuld daran, dass er in diese Bank gekommen war. Er hatte ganz was anderes im Leben tun wollen.

Alois hatte sich ständig in alle Bereiche seines Lebens eingemischt und war ganz allein für die Trümmer verantwortlich. Niemand konnte es Onkel Sigmund ausreden, dass die Dinge nicht ganz so waren. Am wenigsten Alois. Vor allem dann nicht, wenn er sagte, er hätte alles nur gut gemeint. Dann geriet Sigmund erst recht in Rage.

Mit zunehmendem Alter wurde Onkel Sigmund immer verbitterter. Die älteste Tochter Herta studierte Medizin, eine der wenigen Frauen auf diesem Gebiet. Sie führte ein ziemlich lustiges Leben, war viel unterwegs mit ihren Kollegen, hatte viele Verehrer, war sehr gescheit, aber manchmal auch sehr leichtsinnig. Im vorletzten Semester kam sie einmal nach einer durchfeierten Nacht in die Pathologie. Sie hatte viel getrunken und war nicht sehr achtsam an diesem Morgen. Der Professor erklärte etwas, und um besser zu hören, neigte sie sich nach vorne. Dabei fiel das Seziermesser vom Tisch. Direkt in ihren Fuß. Sie wurde sofort in die Klinik gebracht, sie erhielt Bluttransfusionen. Sie überlebte. Der behandelnde Arzt meinte, sie hätte Glück im Unglück gehabt, da sie so viel Alkohol im Blut hatte, hätte ihr das das Leben gerettet. Doch das so erfolgreiche Studium war vorbei. Sie blieb ihr Leben lang krank. Von Zeit zu Zeit bildeten sich am Körper Eiterbeulen, die dann platzten und tagelang eiterten. Sie heiratete nie. Als ihr Vater pensioniert wurde, fing sie an zu stricken und sorgte damit nicht nur für sich, sondern für die ganze Familie. Sie war sehr belesen und deshalb fühlte sich Lojzl immer zu ihr hingezogen. Wenn sie krank wurde und die Stellen am Körper aufgeschnitten werden mussten, wurde der Eiter durch Dränage aus dem Körper abgeleitet. Dann saß Lojzl da und las ihr vor. Sie tat ihm unendlich leid.

Er war oft der Einzige in der Familie, der sich wirkliche Sorgen um seine Cousine machte. Onkel Sigmund sah es anfänglich nicht gerne, dass Lojzl immer zu ihnen kam, aber später gewöhnte er sich daran und ignorierte ihn ganz einfach.

Mit Sigi hatte Lojzl nur wenig Kontakt. Sie war immer still, und sagte kein Wort zu ihm, wenn er an der Tür stand und grüßte. Sie brachte ihn in das Zimmer ihrer Schwester und machte schweigend die Tür zu. Sie besuchte eine Hausfrauenschule und wurde Köchin. Sie hatte ein interessantes Gesicht, feine Züge, hatte viel vom Aussehen ihrer Mutter mitbekommen. Nur war sie gertenschlank. Sie fand bald eine sehr gute Stelle in einer Pfarre.

Der Herr Pfarrer war jung und sehr gut aussehend. Sigi blieb, treu ergeben, in dieser Stelle bis sie als alte Frau, viel später als ihr Herr Pfarrer, starb.

Ilse hätte ihrer Natur nach wirklich ein Junge werden sollen. Schon Herta war sehr unabhängig und selbständig, eine Rarität in dieser Zeit, aber Ilse schlug alles. Sie ging sehr jung von Haus weg. Sie vertrug die Streitereien der Eltern am wenigsten. Herta versuchte zu vermitteln, Sigi schwieg, und Ilse drehte jedes Mal voll durch. Ilse wollte unbedingt zu den Fallschirmspringern. Sowohl Meta als auch Sigmund waren außer sich. Aber sie ging. Nach Deutschland. Sie machte nicht nur die Ausbildung als Fallschirmspringerin, sie wurde als erste Frau in Deutschland eine Kriminologin. Sie machte eine atemberaubende Karriere in einer reinen Männerwelt. Sie war im Krieg im Einsatz. Dort lernte sie einen Schiffskapitän kennen, durchquerte mit ihm sämtliche Meere, gebar ihm zwei Söhne und blieb bis ins hohe Alter bei der Kriminalpolizei unentbehrlich. Ihre Familie führte sie mit eiserner Hand, und obwohl ihr Mann um einige Jahre jünger war, starb er viel früher als sie. Sie sagte immer, der Grund ihrer eisernen Gesundheit sei der tägliche morgendliche Doppelschnaps. Onkel Sigmund zeigte oft ihre Ansichtskarten der vielen interessanten Orte, die sie mit der ganzen Familie besuchte. Aber er sprach nie über Ilse. Trotzdem fühlte Lojzl, dass Onkel Sigmund sehr stolz auf seine Tochter war.

Je älter Onkel Sigmund wurde, desto mehr galt seine einzige wahre Leidenschaft der Mathematik. Er korrespondierte mit Mathematikern aus der ganzen Welt, nahm an Mathematik Olympiaden teil, gewann viele Preise und saß tagelang eingeschlossen in seinem Zimmer über seinen Berechnungen. Das war sein Zufluchtsort, sein Refugium vor der bösen Welt. Erst als er merkte, dass mit Lojzl etwas nicht ganz in Ordnung war, bekam sein Leben plötzlich eine andere Wendung. Sein ganzes Leben hasste er seinen Schwager, weil er sich ständig in die Angelegenheiten seiner Familie einmischte. Das was ihm am meisten zu schaffen machte, war die Tatsache, dass Alois einen Sohn hatte, und er nicht. Dafür hasste er ihn am meisten. Und siehe da, plötzlich wendete sich das Schicksal.

Der ersehnte Sohn, auf den Alois und Magda so stolz waren, war nicht so, wie es sich gehört hätte. Irgendetwas stimmte nicht. Und bald gab es für Onkel Sigmund eine zweite Leidenschaft. Herauszufinden, was mit Lojzl nicht stimmte. Er kannte ihn ja nur von den Besuchen bei Herta, sprach selbst kaum ein Wort mit ihm und verschwand immer in seinem Zimmer. Nun beschloss er, mehr über den Jungen zu erfahren. Er wartete auf ihn vor seiner Schule, brachte ihn nach Hause, und redete und fragte. Und Lojzl antwortete. Er hatte immer Angst vor Onkel Sigmund gehabt. Er war so anders als Onkel Ferdinand. Und dann die Streitereien mit seinem Vater, die waren unerträglich. Er sperrte sich später, als er größer war, in seinem Zimmer ein, hielt sich die Ohren zu und sang laut vor sich hin, damit er diese gegenseitigen Beleidigungen nicht hören musste. Am Anfang war es Lojzl gar nicht recht, dass der Onkel ihn immer abholte, aber mit der Zeit gewöhnte er sich dran. Als er dann krank wurde, war Onkel Sigmund der einzige, der sich um ihn kümmerte, mit ihm spazieren ging und mit ihm redete.

Mit Onkel Sigmund konnte Lojzl reden, mit seinem Vater war es unmöglich. Dieses Vertrauen nutzte Sigmund aus, um möglichst großen Einfluss auf ihn zu gewinnen. Bei stundenlangen Spaziergängen beeinflusste er den jungen Mann zuerst sehr subtil. Mit den Jahren gelang es ihm, Lojzl so gegen Alois und Magda aufzuhetzen, dass Lojzl nach jedem Spaziergang zu Hause einen Anfall bekam. Seine Nervenkrankheit konnte die aufwühlenden Hetzkampagnen gegen seine Eltern nicht verarbeiten, und er gab die ganzen Aggressionen sofort an sie weiter. Es gab schreckliche Szenen. Und gerade das, was Lojzl seit seiner frühen Kindheit so gehasst hatte Szenen - Streitereien und Schreien- wurden ihm nun zum Verhängnis. Er wurde zum Werkzeug zweier Männer, die entweder zu schwach oder zu feig waren, selbst ihren Krieg auszutragen und dazu ein wehrloses Opfer benutzten. Die beiden Frauen, Mutter und Tante sahen diesem Schauspiel gelassen zu. Als ob sie das Ganze nichts anginge. Und Onkel Sigmund konnte sich endlich für sein verpfuschtes Leben rächen. Lange genug hatte er auf eine Genugtuung gewartet. Und bis zu seinem Tod, ließ er nicht locker. Die Hölle, in der er selbst gelebt hatte, trug er in die andere Familie hinein. Und Lojzl, völlig unschuldig, lief Onkel Sigmund ins offene Messer. Er war ja so dankbar, dass sich jemand um ihn kümmerte, ihm zuhörte, ihn ernst zu nehmen schien, dass jemand ihn als Menschen, als erwachsenen Mann behandelte. Er bemerkte nicht, dass er nur als Mittel zum Zweck diente.

Als Onkel Sigmund starb, musste Lojzl in die Klinik. Er hatte wieder einen Anfall. Sein einziger Freund und Verbündeter lebte nicht mehr. Als erwachsener Mann war er nun ganz allein. Als Kind hatte er ja noch immer seine Mutter gehabt.

7. KAPITEL: FAMILIENBANDE

MIMI UND DIE JÜNGEREN ONKELS

MIMI

Wie oft hatte es Lojzl wohl von seiner Mutter gehört, dass Mimi unmöglich war. Lena freute sich das ganze Jahr, dass sie in den Ferien alle heim zu ihrer Familie fuhren, um endlich aus diesem entsetzlichen Land hinauszukommen, und kaum kamen sie an, gingen die Streitereien mit Mimi los. Mimi war nur ein paar Jahre älter als Lena, aber sie konnte es ihrer Schwester nie verzeihen, dass sie mit 16 geheiratet hatte, und sie selbst noch immer, mittlerweile auf die 30 zu gehend, ledig war. Lena hatte die schönen Kleider, und sie die viele Arbeit zu Hause. Lena war das Lieblingskind vom Papa, sie aber durfte sich täglich um sein Wohl kümmern und hatte trotz all der Plagen nie ein gutes Wort von ihm gehört. Und Mutter behandelte sie auch wie eine bessere Magd. Es war unerträglich. Und dann kam Lena jedes Jahr im Sommer nach Hause, und das ganze Haus sprang um sie herum wie um eine Königin. Mimi war außer sich. Sie konnte ihren Zorn nur schwer beherrschen, und wie oft sah Lojzl, dass sie beim Stiegen waschen Lena einen nassen Fetzen auf das neue Kleid schmiss. Dann gab es Tränen und Beschwerden beim Papa, der natürlich Tante Mimi wiederum sofort tadelte. Um diesen Szenen aus dem Weg zu gehen, ging Lojzl in den Garten oder in den Laden von Oma und saß still im Eckerl. Er sah Oma beim Arbeiten zu und lächelte die Kunden an, die ihn alle freundlich grüßten und fragten, wie lange die Familie denn diesmal wieder in den Ferien bliebe. Lojzl wäre ja gerne für immer hier geblieben, aber Vater musste geschäftlich sehr bald verreisen, und Mutter saß beim Opa oder stritt mit Mimi.

Mimi konnte nie verstehen, warum Mutter zu jeder Tanzerei rannte, noch dazu mit ihrem Schwiegersohn. Kein einziges Mal hatte Mutter Mimi aufgefordert, mitzugehen. Wie viele Tränen weinte Tante Mimi heimlich, sie war davon überzeugt, dass sich Mutter für sie schämte. Sie war halt nicht so schön wie Lena. Aber sie war schlank und rank, fleißig und flink bei der Arbeit, da konnte ihr Lena nicht nachkommen. Lena wurde ja von Jahr zu Jahr rundlicher, man sah ihr das gute Leben an. Die „gnädige Frau“, wie sie Lena spöttisch nannte, hatte ja Personal zu Hause und musste keinen Finger rühren. Wie konnte das Schicksal so ungerecht sein. Die eine hatte ein Prinzessinnendasein, die andere blieb ein Aschenbrödel. Unterschiedlicher konnten zwei Schwestern gar nicht sein. Mimi hatte immer davon geträumt, in die Schule gehen zu können, um Lehrerin zu werden.

Sie verstand noch am ehesten Onkel Ferdinand, wenn der sich in seine Bücher verkroch. Aber nein, es war die Lena, die in die Schule durfte, die sie nicht einmal mochte, wo sie schlecht lernte und nur mit Mühe die Jahre dort hinbrachte. Lena wollte nur Handarbeiten machen, was Mimi hasste. Mimi wollte lernen, was Lena hasste. Mimi wusste, ihr Lebenstraum würde nie in Erfüllung gehen. Und ob sie einen Mann finden würde, war auch äußerst fraglich, und schon gar nicht so einen feschen, wie Alois es war. Wie hatte sie doch Lena um diesen Mann beneidet. Gut aussehend, voller Leben und noch dazu geschäftlich so erfolgreich. Wie konnte dieser Mann nur mit so einer farblosen, wenn auch schönen Frau leben. Immer wieder stellte sie sich diese Frage. Sie hatte auch beobachtet, dass Lena zu allem was ihr Mann vorschlug, nein sagte, und das sogar bei Dingen, von denen Mimi wusste, dass Lena sie mochte. Wie konnte eine Frau so undiplomatisch und dumm sein! Sie wäre die weitaus bessere Frau für den Alois geworden. Dabei beachtete dieser Mimi so gut wie überhaupt nicht. Ach Gott, sie sah sich als alte Jungfer die Eltern bis zu ihrem Tode unterstützen und pflegen. Wie ungerecht!

Sonntags ging sie immer mit ihrer Freundin in die Kirche. Eines Tages fühlte sie, wie sie jemand beobachtete. Sie drehte langsam den Kopf zur Seite und sah am anderen Ende des Kirchganges zwei Männer sitzen, der eine schaute zu ihr herüber. Sie lächelte scheu und sah wieder zum Altar hin. Sie wurde ganz verlegen. Sie kannte den Mann nicht, er war fremd im Ort. Sie hörte nur, dass ein Mann, den sie nicht besonders kannte - nur aus dem Geschäft - erzählte, er sei aus Klagenfurt hergezogen und arbeitet nun hier. Dort hatte er einen Freund kennen gelernt, und da der gerne in den Bergen wanderte, nahm er ihn mit nach Hause und bot ihm an, hier Urlaub zu machen. Zum Essen gingen die beiden Freunde in das einfachere Gasthaus Weilinger. Das Gasthaus war direkt gegenüber von dem Geschäft von Mimis Eltern. Als sie am Sonntagabend nach der Begegnung in der Kirche aus dem Fenster schaute, stand der Mann auf der anderen Seite der Straße und sah zu dem Geschäft hinüber. Mimi ließ sofort den

Vorhang fallen. Aber zu ihrem Entsetzten sah sie, wie er langsam über die Straße ging und bei dem großen Tor klopfte. Sie hörte Mutter mit ihm sprechen. Mimis Herz raste. Mutter kam ins Zimmer und fragte sie, ob sie mit dem Herrn aus Klagenfurt zum Weilinger einen Kaffee trinken gehen möchte. Mimi war sprachlos, nur ihr Kopf nickte leicht. „ Also dann raus mit dir", lachte Mutter. Der Herr stellte sich als Herr Karger vor, und sie gingen ins Gasthaus. Mimi brachte kein Wort über die Lippen. Herr Karger übernahm die Konversation und erzählte über seinen Beruf als Bahnvorsteher in Klagenfurt, seine Eltern wären schon beide tot, er lebte alleine und wär schon über 40, es sei also höchste Zeit, um eine Frau zu finden. Hier machte er nur Urlaub, es ist besonders günstig, und eine schöne Gegend ist es auch.

Er hatte sie schon einige Male am Brunnen Wasser holen gesehen, und dann in der Kirche, und er hatte seinen Freund gefragt, wer sie sei. Dass sie die Tochter des reichen Kaufmanns war, kam sehr überraschend für ihn. Er war sich bewusst, dass er bei ihr keine Chancen hatte. Aber sie gefiel ihm und vielleicht könnten sie sich, immer wenn er in Urlaub ist, sehen. Bescheiden lehnte er sich zurück an die Sitzbank und schwieg. Mimis Herz hörte nicht auf zu rasen, und dazu kamen noch die verwirrendsten Gedanken. Es soll jemanden geben, dem sie gefällt? Nur so, auf den ersten Blick? Ohne dass jemand vermittelte? Ohne die Hilfe von Schwager Alois? Da wäre sie die erste in der Familie, die sich ihren Mann selbst gefunden hätte. Was für eine Genugtuung. Das Leben war wohl doch gerecht und belohnte sie für ihr Schuften und Leiden. In das Haus zurückkehren und sagen: „Ich habe einen Mann“, der Gedanke raubte ihr fast den Verstand. Sie hob langsam den Kopf, die gesenkten Augenlider brachte sie nur mit Mühe hoch. Sie sah Herrn Karger direkt an. Eine lange Pause entstand. Sie saß ganz steif da, damit man das Zittern nicht bemerkte, sie lächelte fast unkenntlich und sagte mit fester, ruhiger Stimme, die sie selbst überraschte: „Ich will Ihre Frau werden.“ Herr Karger musste zuerst einmal schlucken. Er trank den letzten Kaffeetropfen aus und sah Mimi wieder an. Ihr Blick veränderte sich nicht. Sie war entschlossen. Er lächelte sanft zurück. „Dann wird es das Beste sein, wenn ich bezahle, und wir gehen um Deine Hand anhalten.“ Gesagt, getan.

Als Franz vor Mimis Vater stand, und sogar die Mutter in das Zimmer des Vaters, das sie jahrelang nicht betreten hatte, kam, war er nicht mehr so sicher, dass sein spontaner Plan funktionieren könnte. Wie überrascht war er dann aber, als Vater, ohne viel nachzudenken sagte: „ Ja, in Ordnung“. Mutter fing an zu weinen und hielt Mimi in den Armen. „Du mein armer Schatz“, flüsterte sie ihr ins Ohr. „Und ich dachte schon, du bleibst eine alte Jungfer und lebst mit uns bis ans Ende unserer Tage.“ Mimi war sich nicht sicher, warum auch sie anfing zu weinen. Sie hörte erst auf, als sie hörte, wie Vater zum Franz sagte, er hätte nicht viel Geld und deswegen bekäme Mimi nur eine kleine Mitgift. „Das darf doch nicht wahr sein“, dachte sie. „Lena wurde alles nachgeschmissen, Villa und Geld, und bei mir wird gespart.“ Das Leben war vielleicht gerecht zu ihr, die Eltern weniger. Für all diese Jahre harter Arbeit, für all diese Beleidigungen und Launen, die sie ertragen hatte. Dafür bekommt sie ein Almosen. Und dazu das Gefühl, dass die Eltern froh sind, wenn sie geht. Unfassbar. Sie nahm die Hand von Franz, ging schnell bei der Tür hinaus, die Treppe hinunter. Erst auf der Straße konnte sie wieder richtig durchatmen. Sie konnte ja nicht bei dieser ersten Begegnung mit den Eltern vor Franz gleich eine Szene machen. Sie packte noch am selben Abend die Koffer und am nächsten Tag, ohne jemandem etwas zu sagen, sich nur von den Eltern verabschiedend, bestieg sie mit Franz den Zug nach Klagenfurt. Dort wurde geheiratet und ab diesen Zeitpunkt kam Mimi ganz selten zu Besuch nach Hause. Bald nach der Hochzeit bekam sie einen Jungen, Harald.

Von Anfang an mochte Lojzl Harald nicht. Er selbst fing ja schon mit der Schule an, als Harald geboren wurde. Aber bis ins erwachsene Alter war Harald immer der gescheitere. Tante Mimi liebte ihren Sohn abgöttisch. Onkel Franz versuchte am Anfang, Mimi ein bisschen zu beeinflussen, aber da Tante Mimi keine weiteren Kinder mehr haben konnte, konzentrierte sie alle ihre Gefühle auf ihr spätes Mutterglück. Harald wuchs zu einem besserwisserischen egoistischen Einzelkind heran. Obwohl Lojzl so viel las und von Onkel Ferdinand so viel über die Welt wusste, wurde er ständig von Harald belehrt. Bis er zornig davon lief. Als die Cousins heranwuchsen und alle in die Ferien zur Opa und Oma kamen, war Harald immer der, den sie als „Herrn Professor“ hänselten. Als Sportler war er nicht besonders tüchtig, und das Skifahren war im Vergleich zu den Anderen eher mittelmäßig, aber er selbst sah sich immer als Champion. Bei den Klavierspielen war er ein Star und schubste alle anderen von der Bank hinunter. Im Stillen wünschte sich Lojzl, er hätte ein bisschen mehr von Harald, damit auch er all sein Wissen und Können den anderen vorführen könnte, aber er hatte gegen Harald keine Chance.

Onkel Franz starb früh an Herzversagen. Er ging so still, wie er lebte. Keiner vermisste ihn wirklich. Nur Lojzl tat es leid, Onkel Franz hatte immer ein freundliches Wort für ihn gehabt. Tante Mimi lebte bis ins hohe Alter mit Harald zusammen. Er machte beim Gericht eine steile Karriere und wurde Senatsrat. Er heiratete auch sehr spät, seine Sekretärin, und sie hatten zwei Kinder, ein Mädchen und einen Buben. Auch die waren natürlich die besten, schönsten gescheitesten und begabtesten Kinder der Welt. Seine Frau trug Harald auf Händen. Und die Schwiegermutter. Wenn Harald aus dem Büro kam, legte er sich auf die Couch und ließ alles um sich geschehen. Besonders sportlich war er ja nie gewesen. Er starb noch relativ jung an Herzversagen. Tante Mimi überlebte ihren Sohn um Jahre. Ihre Augen wurden immer schlechter, und sie war froh, sie musste nicht mit ansehen, wie ihre Schwiegertochter ihren Sohn ständig nur verhätschelte und verwöhnte. „Sie wird schon sehen, was sie davon hat“, dachte sie. Das Leben gab ihr Recht. Dabei schaute Tante Mimi aber nur noch vom Himmel zu.

*****

SEPP

Onkel Sepp wusste eigentlich nie, was er beruflich machen wollte. Da das Geschäft zuerst Onkel Sigmund und dann Onkel Ferdinand übernehmen sollte, war er an „Zuhause“ nicht gebunden und er konnte jeden Beruf wählen, der ihm gefallen hätte.

Er half da und dort, ging in die Stadt in die Lehre, kam wieder nach Hause. Er fiel Niemandem auf. Wenn Lojzl in die Ferien kam, war Onkel Sepp fast nie zu Hause. Und wenn ja, dann war er so unscheinbar und still, dass ihn Lojzl gar nicht wahrnahm. Er war von Statur her viel kleiner und schlanker als die zwei älteren Brüder. Und auch sein Wesen war ganz anders. Er hatte weder die Verlässlichkeit und Arbeitswut von Sigmund noch die Gelehrtheit und Sprachgewandtheit von Ferdinand. Er wirkte nervös, als ob er immer am falschen Platz wäre. Den Eltern hatte er nie Probleme bereitet, war immer gefällig, aber unverbindlich. Die Mutter respektierte er, dem Vater ging er aus dem Weg. Am liebsten saß er in der Küche und rauchte in Ruhe seine Zigarette. Ab und zu ging er ins Gasthaus und spielte eine Runde Karten mit Bekannten.

Lojzl dachte oft, wenn man Großmutter fragen würde ob sie wüsste, wo Onkel Sepp ist, könnte sie wahrscheinlich keine Antwort geben. Nicht einmal sie wüsste, ob er gerade zu Hause war oder nicht. Als Alois in die Familie kam, war Onkel Sepp an die 30 und noch unverheiratet. Also war er auch bei Frauen unverbindlich. Alois mit seinem scharfen Blick brachte die Familie wieder einmal in Aufruhr. Er sah Sepp tief in die Augen und meinte schlicht und ohne Widerrede, Onkel Sepp wäre der geeignetste Sohn für die Geschäftsübergabe.

Was ihm fehlte, sei eine tüchtige Frau. Aber daran sollte es nicht scheitern. Bei der nächsten Geschäftsreise, so versprach Alois, wird er sich nach einer passenden Partnerin für Sepp umsehen. Alle verstummten. Keiner traute sich mehr etwas zu sagen. Immerhin, wenn Alois etwas in die Hand nahm, brauchte sich darum Niemand mehr darum zu kümmern. So gesehen waren die Vorschläge von Alois bequem und praktisch. Vor allem Großmutter fühlte sich erleichtert, denn sie hatte die meiste Arbeit, und jünger wurde sie ja auch nicht.

Einige Wochen später erhielt Onkel Sepp einen Brief von Alois, er möge unverzüglich nach Budweis kommen, er hätte die richtige Braut für ihn. Also zog er den guten Anzug an und fuhr mit dem Zug los, in das fremde Land. Alois wartete am Bahnhof und mit den Worten, „man muss das Eisen schmieden, solange es heiß ist“, brachte er Onkel Sepp ins Hotel und anschließend zum Essen. Gerade als Onkel Sepp sich über die Speisekarte neigte, fiel sein Blick auf die junge Frau, die sich langsam ihrem Tische näherte. Fesch, resch, mit festen Schritten näherte sie sich, das modische Hütlein etwas zur Seite gesetzt. Da stand sie. „Sie sind also mein zukünftiger Mann“, sprach sie Onkel Sepp ohne Umschweife an. Als sie mit dem Essen fertig waren, war der Termin für die Hochzeit fix. Onkel Sepp sprach nicht viel, die Unterhaltung bestritten sein Schwager und die Tante Milka. Am nächsten Tag stellte Milka den Herren noch ihren Vater und ihre Schwester vor, und dann fuhr Onkel Sepp wieder nach Hause. Daheim waren alle auf die Erzählungen und die Beschreibung seiner Braut gespannt, aber er meinte, er wäre sehr müde, die Reise wäre sehr anstrengend gewesen, und er ging, ohne ein weiteres Wort zu sagen, ins Bett. Auch in den nächsten Tagen, als Großmutter versuchte, Sepp einige Details über ihre neue Schwiegertochter zu entlocken, schwieg er beharrlich.

Einen Monat später kam Milka an. Das modische Kostümchen und das Hütlein gefiel Großmutter gar nicht. Sie befürchtete eine Ähnlichkeit mit Meta, aber wie immer, wenn es um die neuen Frauen im Haus ging, sagte sie nichts. Und sie wusste: auch bei diesem Sohn wäre es zwecklos. Nachdem erst vor kurzem das Begräbnis von Onkel Ferdinand stattgefunden hatte, war die Hochzeit klein, im Familienkreis. Keine Musik, obwohl die Großmutter die so liebte, und ohne die es für sie eigentlich keine richtige Hochzeit war, aber diesmal war es ihr auch nicht nach Tanzen. Alle Kinder waren nun verheiratet, nur noch der Jüngste war zu Hause, das machte sie traurig. Die Hochzeit war so still wie Onkel Sepp selbst. Aber es war ganz nach seinem Geschmack. Dass die Feier aber dennoch nicht zu still war, dafür sorgte Tante Milka. Sie hörte erst auf zu reden, als sie merkte, dass Onkel Sepp einschlief. Alois hatte Recht, sie war die perfekte Frau für ihn.

Der Alltag hatte bald alle wieder und Onkel Sepp war jetzt viel im Geschäft. Tante Milka, die eine hervorragende Köchin war, übernahm das Regiment in der Küche.

Sie schaffte es sogar, den grantigen Großvater richtig zu behandeln. Und Großmutter hatte endlich mehr Zeit, auf anderen Leuten Hochzeiten zu tanzen. Sie holte alle die mühsamen Jahre voller Arbeit und Sorgen nach.

Und doch hörten diese Sorgen nicht auf. Onkel Sigmund war ja schon eingerückt im Krieg, und sie sorgte sich um sein Leben. Aber, wie es aussah, dauerte der Krieg schon lange genug und würde bald vorbei sein. Eines Tages flatterte ein behördlicher Brief ins Haus. Das was niemand mehr für möglich gehalten hatte, war eingetroffen: Onkel Sepp musste an die Front. Und das gerade in dem Augenblick, als es schien, er wäre der glücklichste Mensch auf der Welt. Seit einiger Zeit war es ein offenes Geheimnis, dass er bald Vater sein würde. Als Milka ihm die freudige Nachricht mitteilte, empfand er ein Gefühl von Glückseligkeit, das er vorher nie erfahren hatte. Ab diesem Zeitpunkt veränderte sich Onkel Sepp so, dass alle nur staunten. Er wurde redselig, plauderte mit den Kunden, machte kleine Späßchen. Er lächelte immerfort. Alle, Milka einbezogen, wunderten sich. Aber Milka blieb nicht viel Zeit, sich mit Sepp zu beschäftigen. Sie wurde so unabkömmlich, dass ohne sie gar nichts mehr ging. Alles lastete auf ihren Schultern, und sie erledigte die Dinge nur mehr im Laufschritt. Ihre Tüchtigkeit war zu bewundern und ihre gute Laune auch. Denn ihr Schwiegervater schikanierte sie manchmal zum Verrücktwerden.

Das steigerte sich, als Sepp in den Krieg musste. Jetzt war ja niemand mehr da, der sie in Schutz nehmen konnte. Für Milka schien die Hölle ausgebrochen zu sein.

Hochschwanger musste sie sechs bis achtmal am Tag die Stiege hinauflaufen, um Großvater das Essen zu bringen, damit er es auskühlen ließ, um es dann wieder wärmen zu lassen. Sie sah unten in der Küche immer schon zur Decke hinauf und wartete auf sein ärgerliches Klopfen mit dem Stock. Nicht um sich, um das Kleine machte sie sich Sorgen. Aber keiner schien Verständnis für sie zu haben. Großmutter schien schon vergessen zu haben, wie es war, sechs Kinder zur Welt gebracht zu haben. Und sie wollte endlich ihr eigenes Leben ein bisschen genießen. Milka wusste: Sie hatte in der Familie keine Chance. Sie war eine Fremde. Sie konnte noch so schwer arbeiten und zu allen freundlich sein; von dem Tag an, als Sepp weggefahren war, wurde sie im Haus wie ein Dienstmädchen behandelt. Jeden Abend fiel sie erschöpft ins Bett und weinte sich in den Schlaf. Sie tröstete sich, einmal musste ja dieser schreckliche Krieg zu Ende sein.

Kurz vor ihrer Niederkunft kam Sepp zurück nach Hause. Besser gesagt sie brachten ihn nach Hause. Schwer verwundet aus dem Lazarett. Er hatte einen Bauchschuss. Er war bereits im Lazarett operiert worden, aber es wollte nicht so richtig heilen. Tante Milka war überglücklich, dass er wieder da war und die Familie ihr wieder mehr Respekt zeigte. Und sie glaubte fest daran, dass wenn erst das Baby da wäre, wird sich ihr Mann ganz schnell erholen.

Als sie die Freude in seinen Augen sah, wusste sie, das Kleine wird ihn heilen. Es konnte ja gar nicht anders kommen. Es kam aber anders. Das Baby, ein prächtiger Junge, wurde geboren und wenige Monate später, nach einer weiteren Operation, starb Onkel Sepp. Sehr still ist er gegangen, so wie er gelebt hatte. Als ob der kleine Manfred es wüsste, auch er war ein ganz stilles Baby. Schrie fast nie. Wenn ihn Tante Milka auf dem Arm hielt und weinte, sah er sie mit großen Augen an, als ob er sagen wollte:" Ich bin ja jetzt für dich da." Und so blieb es auch. Das ganze Leben lang. Und sie war für ihren Sohn da, auch das ganze Leben lang. Er war ihr Alles. Sie ertrug alles, nur um ihn ein Zuhause geben zu können. Ihre Position im Haus hatte sich nicht unbedingt verbessert. Trotz vielen Zuredens von Alois blieb diesmal die Familie hart. Milka sollte auf keinen Fall das Geschäft bekommen. Und wenn sie noch so tüchtig war und einen guten Geschäftssinn hatte. Einer Fremden konnte man den Laden unmöglich überlassen. Und wenn sie hundertmal einen Sohn geboren hatte. Man wird für sie sorgen, aber das Geschäft - nie. Es gab gröbere Auseinandersetzungen mit Alois, der immer wieder klarmachen wollte, dass Tante Milka dafür ausgesprochen geeignet sei. Es nützte nichts. Auch wenn er sagte, ihr werdet alle diese Fehlentscheidung einmal bereuen. Sie blieben hart. In diesen Tagen entschied das Schicksal zu Gunsten des jüngsten Onkels. Onkel August übernahm, zwangsweise, die Geschicke des Geschäftes.

AUGUST

Eines war seit der Kindheit von Onkel August klar: Wenn eines der Kinder lebendig und lustig war, dann war er es. Ihm war all das in die Wiege gelegt, was den anderen fehlte. Er war überall und immer dabei, liebte Musik wie Großmutter, war unbeschwert und lachte über jeden Blödsinn. Er ging den älteren Geschwistern schrecklich auf die Nerven. Aber man konnte ihm nicht böse sein. Sein Charme und Witz entwaffneten alle. Jeder musste einfach mit ihm mitlachen. Großvater hörte oft das Lachen von unten und schlug heftig mit seinem Stock auf den Boden, um sich Ruhe im Haus zu verschaffen. Aber selbst er konnte, wenn August manchmal in sein Zimmer kam, um die kleinen Vögel zu bewundern, nicht streng zu ihm sein. Großvaters Sorge galt dann immer den Tierchen und mit Bangen beobachtete er seinen jüngsten Spross, seine schnellen Bewegungen, ständig in der Angst, es könnte etwas kaputt gehen. In das Uhrenzimmer ließ er den Kleinen erst gar nicht hinein.

Von der ganzen Familie verwöhnt schaffte August es bald auch in der Schule, der Liebling aller Lehrer zu sein. Er lernte sehr leicht und sein natürlicher Ehrgeiz spornte ihn auch in den Gegenständen an, die ihn nicht sehr interessierten. Die musischen Fächer waren sein Ein und Alles. Sein Musiklehrer unterstützte ihn kräftig, und so lernte er in kürzester Zeit auf der Geige zu spielen und zu Weihnachten begleitete er die Familie bei den Weihnachtsliedern am Harmonium, das seit Generationen oben im Haus stand. Bald entwickelte sich aus der schönen Knabenstimme ein prächtiger Tenor. Er sang im Kirchenchor und seine Soli ließen die Leute in der Kirche den Atem anhalten. Auch das Theaterspielen in der Schule machte ihm großen Spaß, und je älter er wurde, desto dringender riet ihm sein Lehrer eine Opernsänger-Karriere ins Auge zu fassen. Selbst Vater und Mutter erkannten sein großes Talent und waren grundsätzlich damit einverstanden, dass er nach dem Gymnasium Musik studieren sollte.

Wie so oft in der Familie kam auch für August alles anders, als er gedachte hatte. In der Pubertät, durch sein schnelles Wachstum, wurde er krank. Im Spital stellte man Knochentuberkulose fest. Man musste operieren. Beim linken Bein musste man einen Teil des Knochens entfernen. Dadurch wurde das Bein um einiges kürzer. Und auch die Knochen am Fuß wurden in Mitleidenschaft gezogen. Mit einem orthopädischen Schuh und mit Hilfe eines Stockes musste sich August von nun an fortbewegen. Die Sängerkarriere war dahin, doch er ließ sich nicht entmutigen. Er selbst nahm das alles nicht so ernst. Er freute sich, wenn er singen oder musizieren konnte. Eine lustige Gesellschaft, die er unterhalten konnte, war ihm wichtiger als jeder großer Erfolg. Das Lernen fiel ihm immer so leicht, dass er sich niemals Gedanken machen musste, ob er etwas konnte oder nicht. Er konnte es eben. Seine Talente stiegen ihm nie zu Kopf. Vor der Operation nicht, und danach schon gar nicht.

Er war lustig und freundlich und avancierte bald zum gern gesehenen Gesellschafter im Ort selbst und auch außerhalb. Natürlich hatte er einen großen Anklang bei den Frauen. Er flirtete mit jeder, aber so richtig gefiel ihm keine. Mutter, von der er seine gesellige Natur geerbt hatte, riet ihm immer wieder, mit den Mädchen zu warten und sich nicht zu jung zu binden. Sie hatte ja ihre eigenen Erfahrungen damit. Er dachte ja selbst im Traum nicht an eine Bindung. Er wollte frei wie ein Vogel sein und das Leben genießen. Dazwischen kam aber der Krieg. Er war zu jung und zu krank um einrücken zu müssen, und es war gut so, denn Mutter spürte ihre Jahre und konnte nicht mehr so flott arbeiten wie früher und Milka musste sich um ihren kleinen Sohn kümmern. Also half August, wo es ging. Mutter versprach ihm, nach dem Krieg darf er in die Hauptstadt, wo sie ihn schon bei der Musikhochschule angemeldet hatte, damit er Organist werden könnte. Der Krieg war schließlich vorbei, und sein Bruder Sepp kam verwundet nach Hause. Die Anmeldung in der Musikhochschule musste für ein Jahr verschoben werden. Dann noch um ein weiteres Jahr. Nun starb Sepp, und Vater entschied, dass das Geschäft auf den jüngsten Sohn übergehen müsse.

Mutter hatte Bedenken, denn sie erkannte sich in ihrem jüngsten Sohn wieder und wusste, dass er im Geschäft nicht sehr glücklich sein würde, aber sie konnte nicht viel machen, zwei Söhne waren gestorben, und Onkel Sigmund lebte schon seit Jahrzehnten im Ausland und hatte überhaupt kein Interesse an dem Geschäft. Natürlich schaltete sich Alois wieder ein und wollte nochmals mit Nachdruck klar machen, dass die beste Lösung Tante Milka war, aber alles vergeblich. Der Notar wurde gerufen und die Sache wurde besiegelt. August übernahm das Geschäft. Zur allgemeinen Überraschung nahm er sich der Aufgabe ernsthaft an. Nur seine Augen verloren langsam das Strahlen. Er sang nach wie vor im Chor und bei jeder Gelegenheit spielte er am Harmonium und auf der Orgel. Der alte Orgelspieler hat ihm ein paar Dinge erklärt, den Rest erledigte seine Begabung.

Der Direktor der Volksschule suchte nach einer neuen Lehrerin. Es meldete sich eine junge Frau aus Jugoslawien. Sie hatte so gute Referenzen und ein fehlerfreies Deutsch, dass Herr Direktor sofort seine Entscheidung traf. Mira wurde nicht nur eine ausgezeichnete Lehrerin, sondern im Laufe der Jahre auch die Frau des Direktors. August war von ihr sehr angetan, da sie immer von ihrer Heimat erzählte, und von der Fremde war er immer fasziniert. Er beneidete seine Geschwister, die im Ausland lebten oder wenigstens dahin reisen konnten. Mira erzählte auch, dass sie noch eine Schwester und auch einen Bruder hatte, der Schauspieler war. Das machte August neugierig. Das war die Welt, von der er träumte. Er wollte den Schauspieler unbedingt kennenlernen. Und so kam es, dass Mira in den Ferien ihre beiden Geschwister zu sich einlud. Sie trafen sich alle in einem gemütlichen Gasthof und es wurde ein interessanter, lustiger Abend. August sprühte nur so vor Charme und bald zog seine strahlende Persönlichkeit die Gäste in Bann. Vor allem die Schwester von Mira. Sie war eine sehr hübsche junge Frau mit kohlschwarzen, langen Haaren, die sie in Zöpfen geflochten trug. Ihre tiefen schwarzen Augen hatten etwas Geheimnisvolles. Sie war eher wortkarg, aber das konnte auch an der neuen, fremden Umgebung liegen. August fühlte sich bald magisch zu ihr hingezogen. Sie war so anders, als alle die Mädchen, die er kannte, und ihre Fremdartigkeit reizte ihn sehr. Auch sie war Lehrerin, wie ihre Schwester. Nach einigen Gesprächen mit August war sie aber bereit, ihren Beruf aufzugeben und mit ihm das Geschäft zu führen. Also fuhr der Bruder der beiden alleine heim.

Herta hat sich schnell der neuen Umgebung angepasst. Sie sprach wie ihre Schwester ein tadelloses Deutsch und konnte sehr gut mit Menschen umgehen. Vor allem mit Kindern. Kurz nach der Hochzeit wurde der erste Sohn geboren, zwei Jahre später der zweite. Obwohl Franz und Edmund mit einem Kindermädchen aufwuchsen, liebte Tante Herta ihre Kinder über alles. Natürlich war sie den ganzen Tag beschäftigt, und es blieb für die Kleinen nicht viel Zeit, aber die nützte sie dann und beschäftigte sich mit ihnen so viel es nur ging. Lojzl war viel älter als die Kinder von Onkel August, aber in den Ferien verbrachte er viel Zeit mit ihnen. Franz war stärker verwöhnt, so mochte er Edmund viel lieber. Franz war ein bisschen wie Harald: Eingebildet auf sein Wissen und sein großes musikalisches Talent, das er vom Vater geerbt hatte. Edmund war stiller, aber lustig und bei jeder Gaudi dabei. Tante Herta war von der Begabung ihres Erstgeborenen so begeistert, dass er von klein auf Musikunterricht bekam und später gleich einige Instrumente als Geschenk: Gitarre, Saxophon und ein Klavier. Auf allen konnte Franz spielen und dazu mit seiner zwar noch knabenhaften, aber schönen Stimme singen. Edmund saß dabei und beobachtete seinen Bruder ohne Neid, er freute sich für ihn und war stolz so einen begabten Bruder zu haben.

„Mit so einem Talent muss man etwas machen", meinte der Musiklehrer. Also kamen beide Buben ins Gymnasium, Franz in eines mit musikalischer Ausbildung. Lojzl sah seine Cousins dann nur mehr im Sommer in den Hauptferien. Lojzl erinnerte sich daran, wie wählerisch Franz als kleiner Bub beim Essen gewesen war. Einmal hatte das Kindermädchen Rosi den Kindern Schnitzel gemacht. Franz hatte es nicht einmal probiert, er wollte was Süßes. Es gab heftige Diskussionen, und als noch Tante Herta in die Küche kam wurde Franz verdonnert, das Schnitzel zu essen. Als die Frauen für einen kurzen Moment aus der Küche gingen, nahm Franz das Schnitzel und schob es schnell unter den Po. Als Rosi zurückkam, saß er ruhig und gelassen am Stuhl. Rosi lobte ihn, dass er so schnell aufgegessen hatte und ging ihrer Arbeit nach. Franz nahm das Schnitzel und ging damit in den Garten, um es dem Hund zu geben.

Er hatte nicht bedacht dass, wenn man sich mit der Lederhose auf ein Schnitzel setzt, dies für immer zu sehen ist. Damals musste Onkel August eingreifen, nur konnte er, weil er hinkte, Franz, der um den Küchentisch rannte, nicht fangen. Zum Schluss musste Onkel August lachen, und alle lachten mit.

Als die jungen Männer kurz vor der Matura standen - damals tobte der zweite Weltkrieg - kam ein neuer Förster ins Dorf. Er war alleinstehend und liebte seinen Beruf. Er bezog ein kleines Zimmer in Untermiete und hatte mit den Bewohnern wenig Kontakt. Als er das erste Mal einkaufen ging und freudlos die Dinge in den Regalen ansah, fiel sein Blick auf Tante Herta - da war es um ihn geschehen. Er sah in die Augen der Frau seines Lebens. Auch Tante Herta war sprachlos. Nur mit großer Mühe täuschten die Beiden beim Einkaufen

Leichtigkeit vor. „Herta!“ rief August aus dem Magazin und kam langsam bei der Tür auf sie zu. Ein Blick auf seine Frau und den fremden Mann, und er wusste: seine Frau war für ihn verloren.

Tante Herta blühte auf. Sie verbreitete eine Atmosphäre von Lebensfreude und Glück, dass es jedem auffiel. Sie tanzte auf Wolken. Onkel August hörte auf, beim Chor zu singen und nur selten spielte er noch am Harmonium. Die Traurigkeit der Melodien durchdrang das ganze Haus. Das Leben ging weiter, wie es eben in Kriegszeiten so ist. Onkel August fing an, sich stärker für Politik zu interessieren, und bald hingen fremde Fahnen in seinem Laden.

Zur großen Überraschung hing da plötzlich auch ein Transparent: „Tschechen raus!“ - vis à vis von Tante Milkas kleinem Laden, den sie als Abfertigung von der Familie bekommen hatte. Gemeint hatte Onkel August wahrscheinlich die Slowenen, aber das traute er sich dann doch nicht zu sagen. Lojzl und seine Familie erfuhren nur durch Briefe von Augusts Fanatismus. Alois war außer sich. Da es aber während des Krieges nicht möglich war zu verreisen, schrieb er nur saftige Briefe an seinen Schwager.

Der Förster wurde einberufen. Nach ein paar Monaten fiel er in den Kämpfen. Onkel August erfuhr es als erster. Vorsichtig versuchte er Tante Herta die schreckliche Neuigkeit mitzuteilen. Den Schrei hörte man über den ganzen Platz. Dann fiel sie in Ohnmacht. Der Arzt musste kommen. Tagelang lag Tante Herta wie bewusstlos im Bett. Der Sarg des Försters wurde ins Dorf gebracht und am Friedhof begraben.

Man sah Tante Herta öfters am Grab liegen und es umarmen. Der Krieg war fast zu Ende. In den letzten Monaten wurde auch noch ihr über alles geliebter Franz, der gerade siebzehn geworden war, eingezogen. Kurz vorm Ende des Krieges brachte man ihn vom Lazarett nach Hause, mit einer schweren Augenverletzung. Eine Granate war explodiert. Tagelang ließ man ihn in einem Waggon ohne Operation liegen. Als die Ärzte zu Hause dann einige Operationen durchführten, verlor er das Augenlicht ganz. Von diesem Zeitpunkt an, erkannte man Tante Herta nicht wieder. Edmund versuchte mit aller Kraft, seine Mutter zu ermuntern, aber es war aussichtslos. Sie ging ins Geschäft und stand völlig teilnahmslos hinter dem Pult, immer im gleichen schwarzen Kleid, die Haare wirr durcheinander gesteckt, abgemagert bis aufs Skelett. Außer dem Nötigsten sprach sie kein Wort.

Onkel August ging es nach dem Krieg nicht besonders gut. Die Fahnen wurden abmontiert, und man legte ihm nahe, den Ort zu verlassen. Es bestand die Gefahr, dass man ihm das Geschäft wegnehmen würde. Als letzte Rettung kam Alois und kaufte das Geschäft pro Forma, das von da an auf seinen Namen lief, so lang bis sich die Wogen wieder beruhigt hatten. Und Onkel August brauchte das Geld dringend. Seine Söhne sollten studieren und ein besseres Leben führen als er. Mit aller Kraft betrieb er das Studium der beiden. Edmund durfte nur unter der Bedingung studieren, dass er sich um Franz kümmerte und mit ihm studierte. Das klappte sehr gut. Natürlich brauchte Edmund länger für sein Studium, aber das spielte keine Rolle.

Er lernte mit Franz, fuhr mit ihm Ski, lehrte ihn, wie man mit einer Kamera umgeht, denn trotz seiner Blindheit fotografierte Franz leidenschaftlich gern; und was noch viel wichtiger war: Edmund bekochte ihn und kümmerte sich um den Alltag.

Als die beiden mit dem Studium fertig waren, starb Onkel August. Als ob er hätte sagen wollen: „ Ich habe meine Schuldigkeit getan, jetzt kann ich gehen.“ Tante Herta lebte noch lange. Die Behinderung ihres Lieblingssohnes hielt sie am Leben. Und es kam ihr niemals in den Sinn, dass sie sowohl ihren Mann als auch ihren zweiten Sohn sehr verletzt hatte. Dass sie um ein Haar die ganze Familie ins Unglück gestürzt hätte. Dass ihr Mann geduldig und ohne ein Wort zu sagen alles still ertrug und das Unerträgliche in einer gefährlichen Politik auslebte. Sie sah nur die Wunden ihres älteren Sohnes, die zwar schrecklich waren, aber die inneren Wunden des jüngeren Sohnes sah sie nie. Sie konnte so viel Liebe geben, Edmund hätte gerne auch etwas davon für sich gehabt. Seine unerfüllte Sehnsucht nach Akzeptanz bewirkte, dass er sowohl in der Familie als auch in seinem Beruf immer für die Anderen da war. Er war überall beliebt und geliebt. Das Schicksal schuf einen Ausgleich - wie so oft.

8. KAPITEL: DIE TRAGÖDIE

Berge, Berge. Von ihrer Schönheit war Lojzl immer schon angetan. Hier konnte er tief durchatmen. Frei sein. Frei von allen Zwängen. Niemand störte ihn. Niemand sagte ihm ständig was und wie er es zu tun hat. Nur hier konnte er so sein, wie er war. Er liebte es, ausgedehnte Spaziergänge zu machen, als kleiner Bub mit Onkel Ferdinand und später mit den Cousins oder auch ganz alleine. Voller Sehnsucht sah er zu den Gipfeln der Berge hinauf, dort ist die Freiheit wirklich unbegrenzt und alles sieht von oben so klein und mickrig aus. Wie oft stand er da oben und sah plötzlich sein Leben - so erbärmlich und lächerlich. Er wusste immer schon, dass es noch etwas anderes im Leben gab als seinen Alltag. Aber wie entkommt man dem? Eingebunden in das Familienleben, ohne Aussicht auf Änderung. Aber da waren die Berge. Wie oft flüchtete er sich in seiner Verzweiflung in seiner Phantasie zu den luftigen, freien Gipfeln. Die Berge gaben ihm nicht nur das Gefühl der Freiheit, sondern auch der Geborgenheit, Sicherheit. Wie majestätisch erhoben sie sich gen Himmel und waren immer dieselben: standhaft, allen Naturkatastrophen trotzend, nichts an ihrer Schönheit einbüßend. Wie schwach fühlte sich Lojzl bei ihren Anblick. Die Sehnsucht danach, einen Berg zu besteigen, blieb ihm sein ganzen Leben. Und doch hatten die Berge in der Familie nicht nur positive Erinnerungen hervorgebracht. Beim Wandern in den Wäldern fiel Lojzl oft das Schicksal von Großtante Martha ein. Man hatte seiner älteren Schwester in Erinnerung an die Tante denselben Namen gegeben.

Martha war die Schwester seines Großvaters, sie war eine bildschöne junge Frau von schlanker Gestalt und lebendigem Gang. Sie hatte sehr guten Geschmack und eine fröhliche Natur. Sie trug elegante Kleider mit hohen Kragen aus Seide oder Kreppdechin, darüber eine lange Perlenkette. Sie besuchte oft ihre Mutter, die sich nach Graz zurückgezogen hatte, und verbrachte viel Zeit mit ihr. Da auch ihre Mutter Sinn für schöne Bekleidung hatte, ergänzten sich die beiden Frauen und gingen oft miteinander einkaufen. Als Martha dann, zurück in dem kleinen Bergdorf zum Frühstück erschienen war, blieb jedem die Luft weg. Alle hörten auf zu essen und starrten Martha an. Sie war in einen lichtgrünen, fast weißen Morgenrock gekleidet. Der feine Batist floss von den mit Rüschen betonten Brüsten und einem Pliseekragerl hinunter bis zum Boden. Wie ein Wasserfall. Der Kragen und das Leibchen vorne waren mit einem seegrünen Band geschmückt.

Die Bänder bewegten sich bei jedem ihrer Schritte wie ein Fächer um ihre Silhouette herum. Die schönen dunkelbraunen Augen und ihr glänzendes, lockiges, langes Haar kamen durch den Morgenrock erst richtig zur Geltung. Sie lächelte, setzte sich neben ihren Bruder zum Tisch, und nachdem es so ruhig war und keiner ein Wort sagte, fragte sie belustigt: „Was ist, habt ihr noch nie einen Morgenrock gesehen?"

„Das sieht ja eher wie ein Ballkleid aus", meinte ihre Schwägerin. Man sah ihr den Zorn an. So was Kostbares, und nur zum Frühstück, so eine Verschwendung. Sie selbst rackert sich den ganzen Tag im Geschäft ab, und die Schwägerin wirft das Geld beim Fenster hinaus. Das war wirklich ärgerlich. Sie trug ihr einziges Balldirndl zu allen Veranstaltungen schon seit Jahren, und da kommt Martha mit diesem Luxus. Morgenmantel zum Frühstück. Unverschämt.

Eines Tages war Großtante Martha mit ihrem Bruder, Lojzls Großvater, wieder nach Graz gefahren, um die Mutter zu besuchen. Sie aßen alle in einem alten, gemütlichen Gasthof, wo Urgroßmutter immer die Mahlzeiten einnahm, wenn es ihr nicht nach Kochen zumute war. Als sie das Lokal verlassen wollten und zur Garderobe gingen, stand beim Spiegel ein junger Mann, der gerade seinen Mantel anzog. Er sah Martha und beeilte sich, ihr in den Mantel zu helfen. Natürlich auch der Frau Mama, wie er annahm. „Und das ist dann ihr Gatte", meinte er. Nein, das wäre ihr Bruder. Ein leichtes Leuchten kam in die Augen des jungen Arztes." Dr. Bloder", stellte sich vor. Er war ein Arzt aus Wien, der von der Ärztegesellschaft in Graz zu einem Vortrag eingeladen worden war. Ob es den Damen und dem Herrn recht wäre, noch irgendwo einen Kaffee zu trinken. Sie gingen in ein nettes Kaffeehaus, wo sie dann alles über den jungen Mann erfuhren. Er hatte sich auf Nervenkrankheiten spezialisiert. Er hatte einige Fachbücher geschrieben und war ein viel geschätzter Spezialist. Nein, er war noch nie in den Bergen gewesen, aber es würde ihn sehr freuen, einmal einen Ausflug dorthin machen zu können. Man tauschte Adressen aus und Dr.Bloder ließ nicht daran zweifeln, dass er Martha verehrte. Als sie mit Mutter nach Hause kam, meinte diese nur trocken: „eine gute Partie“. Sie erwähnte sonst den Mann nicht wieder.

Dr.Bloder kam wie versprochen ins Dorf und quartierte sich im Gasthaus ein. Es war Winter, alles war verschneit und so blieb ihm und Großtante Martha nur der Spaziergang durch den Ort bis zu Kirche und Friedhof übrig. Er war kein großer Sportler und die Bretteln, auf denen die Jungen dahinrasten, kamen ihm lächerlich vor. Vor der Kirche blieb er stehen und hielt um Marthas Hand an. Sie war so in den feschen, gescheiten Wiener Arzt verliebt, dass sie keine Sekunde zögerte, ihm ihr Jawort zu geben. Sie gingen zum Vater und trugen ihm ihre Bitte vor. Vater war froh, dass seine Tochter so eine gute Partie machte, und die Hochzeit wurde für den Frühling geplant. Dr.Bloder blieb noch länger. Als er im Gasthaus saß, fiel ihm auf, dass die Wirtsleute einen behinderten Sohn hatten. Er erkundigte sich, wie es dazu gekommen war und erfuhr, dass das Kind bereits behindert geboren war. Er machte sich Notizen und wollte mehr über die Familie und ihre Vorfahren wissen. Bald erfuhr er, dass es im Dorf noch mehrere geistig behinderte Menschen gab. Lauter Buben oder junge

Männer. Er forschte weiter. Er begab sich zum Bürgermeister und wollte Einsicht in die Familienchroniken nehmen. So bemerkte er, dass vor langer Zeit einige Cousins Cousinen geheiratet hatten und mit ihnen Kinder hatten. In jeder zweiten Generation war dann ein behindertes, männliches Kind auf die Welt gekommen. Er war von seiner Entdeckung überwältigt. Leider war seine Zeit schon knapp geworden und er musste zurück nach Wien. Er nahm sich vor, wenn er im Frühling zur Hochzeit käme, sich mehr Zeit zu nehmen und in dieser Richtung weiter zu forschen.

Schneller als gedacht kam der Frühling. Die Vorbereitungen zur Hochzeit liefen auf Hochtouren, der Vater ärgerte sich, dass seine Frau nicht einmal zur Hochzeit ihrer Tochter von Graz kommen wollte. Sie ließ ihr ausrichten, sie wünsche ihr alles Gute, den angehenden Schwiegersohn erwähnte sie mit keinem Wort. Dr.Bloder kam, heiratete und begab sich wieder in die Gemeindestube. Er verbrachte Tage mit den alten Büchern und zu seinem Entsetzen musste er feststellen, dass auch die Familie seiner frisch vermählten Frau zu dieser Kette von Familienerbe gehörte. Es war der Schock seines Lebens. Wieso hat er nicht vor der Heirat richtig nachgeschaut? Wieso ist ihm das entgangen? Was sollte er nun tun? Martha merkte, dass irgendetwas nicht in Ordnung war. Von der anfänglichen Liebe und Aufmerksamkeit ihres Mannes blieb nicht viel übrig. Er war zurückgezogen, gereizt und einsilbig geworden. Sie reisten nach Wien ab. Zu Hause erfuhren alle von der Schwangerschaft der Großtante erst ziemlich spät. Bald darauf wurde ein kleines Mäderl geboren, die Lola.

Ein hübsches gesundes Kerlchen. Martha war von ihrem Kind begeistert. Es ersetzte ihr die Liebe, die sie von ihrem Mann nicht mehr bekam. Sie konnte aber nie herausfinden warum das so war. Er schwieg. Oder wich aus. Oder ging zornig aus dem Haus. Es war Winter, die Wohnung wurde zwar geheizt, aber es war doch ziemlich kühl. Martha saß mit dem Baby eingewickelt in Decken beim Fenster und sang Lola Lieder aus ihrer Kindheit vor, bis das Baby einschlief. Tränen rollten über ihre Wangen. Sie erinnerte sich, wie glücklich sie in den ersten Jahren ihrer Kindheit gewesen war. Bis zu dem Zeitpunkt, als ihre Mutter auszog. Sie hatte es nie verstanden. Niemand verstand es. Ließ den Mann mit zwei Kindern und dem Laden allein. Martha konnte sich nicht vorstellen, dass sie jemals in ihrem Leben so etwas machen könnte. Die kleine Lola verlassen. Unmöglich. Es schmerzte sie, und sie verstand nicht, warum ihr Mann das Kind fast nicht ansah. Sie selbst hatte sich bereits daran gewöhnt, dass sie für ihn Luft war, aber das Kind. Was ging in ihm vor? Ab und zu merkte sie, wie er das Kind verstohlen von der Seite beobachtete.

Wenn er merkte, dass sie es sah, schaute er sofort weg. Er besorgte ein Kindermädchen, das sie eigentlich gar nicht wollte. Aber alle Damen der guten Gesellschaft hatten ein Kindermädchen, also auch die Ehefrau von so einem bekannten Mann. Sie gab Lola ungern in die Hände der fremden Frau und blieb um das Kind, so oft sie nur konnte. Natürlich musste sie den gesellschaftlichen Verpflichtungen nachkommen. Ihr Mann hatte viele davon. Sie fühlte sich aber nie wirklich wohl in Wien. Die Berge gingen ihr ab. Das Bergdorf und

Vater und Bruder. Mutter in Graz konnte sie auch nicht mehr besuchen, dazu war keine Zeit. Und Freunde in Wien hatte sie keine. Alle Freunde waren Freunde ihres Mannes. Aber das ging ihr nicht so sehr ab, sie hatte ja Lola. Jedes Mal, wenn sie nach Hause kamen, lief Martha über die Stiege hinauf, nahm atemlos die Kleine auf den Arm und küsste und drückte sie innig. Dr.Bloder nahm dies mit Verstimmung zur Kenntnis.

Eines Tages, beim Frühstück, als Martha wieder ihren wunderschönen Morgenrock trug, den ihr Mann überhaupt nicht wahrnahm, sah er plötzlich Martha an und meinte, ob sie nicht Lust hätte, ihre Mutter in Graz zu besuchen. Es wäre doch schon eine lange Zeit her, seit sie die Mutter das letzte Mal gesehen hatte, und sie würde doch auch einmal ein paar Tage nur für sich brauchen. Martha war überrascht. Sie war ihrem Mann dankbar, dass er doch einmal an sie dachte. Er war eben doch ein guter Mann, nur überarbeitet. Und er hatte einen schweren Beruf: immer nur mit kranken Menschen arbeiten, noch dazu geisteskranken, die man nicht wirklich heilen konnte. Sie verstand ihn. Sie war überglücklich und malte sich die Reise mit der kleinen Lola aus, wie sehr sich doch Mutter freuen würde, ihre Enkelin das erste Mal zu sehen.

„Nein“, meinte ihr Mann. Für das Kind wäre es zu anstrengend. Es ist noch zu klein, um es auf eine Reise mitzunehmen. Und schon gar nicht im Winter. Sie möge doch allein fahren, er würde schon mit dem Kindermädchen auf Lola schauen. Martha zuckte zusammen. Sie wollte nicht den Ärger ihres Mannes auf sich ziehen, aber sie wollte auch nicht ohne Lola verreisen. Die Reise war es ihr nicht wert. Und Mutter hatte es bis jetzt verstanden, dass sie nicht kommen konnte, also wird sie auch weiterhin Verständnis haben. Sie ging in ihr Zimmer und weinte. Sie weinte bitterlich. Sie wollte nicht weg ohne Lola. Aber sich ihrem Mann zu widersetzten, jetzt, wo er nach so langer Zeit wieder einmal zeigte, dass er an sie dachte, das konnte sie auch nicht. Schweren Herzen, mit von Weinen geröteten Augen stieg sie in Wien in den Zug, nachdem sie zu Hause stundenlang Lola ans Herz gedrückt hatte. Sie konnte am Bahnhof ihrem Mann nicht in die Augen sehen. "Es sind ja nur paar Tage", meinte er.

In Graz angekommen, war sie wie in Trance. Mutter erschrak, als sie Martha sah. Abgemagert, blass, wie ohne Leben kam ihr ihre Tochter vor. Sie wollte weder essen gehen noch einkaufen.

Sie sprach die ganze Zeit von Lola, bis Mutter zornig wurde. „Dann fahr zu ihr und diesem unmöglichen Mann!" Es gab Streit, Martha verteidigte ihren Mann. Und dann fuhr sie zurück. Als sie das Haus betrat, überkam sie ein eigenartiges Panikgefühl. Was, wenn dieses Kindermädchen nicht richtig aufgepasst hatte? Nicht auszudenken. Sie ging langsam die Stiege hinauf, weil ihr Atem nicht reichte. Sie klingelte. Das Kindermädchen machte auf. Martha sah in ihre verweinten Augen und war der Ohnmacht nahe. Sie schleppte sich ins Kinderzimmer. Die Wiege war leer. Die Stille des Raumes und der ganzen Wohnung drückten Martha in die Knie. Sie sank vor der Wiege auf den Boden und verlor das Bewusstsein. Das Kindermädchen rief einen Arzt herbei. Beide kümmerten sich um sie. Als sie langsam wieder zu sich kam, hörte sie das Kindermädchen mit dem Arzt reden. Nein, Dr.Bloder sei nicht zu Hause. Er war mit dem Sarg des Babys in die Berge gefahren. Er wollte Lola im Familiengrab beisetzten. Dort auf dem Friedhof, wo er seine Frau bat, ihn zu heiraten. Der Arzt fragte, was eigentlich passiert war. Das Kindermädchen fing an zu weinen und stockend erzählte sie, dass sie sich so gut um das Baby gekümmert hatte, aber es musste sich irgendwo verkühlt haben und hustete ein bisschen. Das teilte sie Dr.Bloder mit. Er ging in das Kinderzimmer, das er sonst nie betrat, machte das Fenster auf, eiskalte Luft blies ins Zimmer. Er nahm die kleine Badewanne, füllte sie mit eiskaltem Wasser und badete anschließend das Baby darin. Als das Kindermädchen Einwände vorbringen wollte, schrie er sie an, er wüsste als Arzt, was zu tun sei, und das Kind muss abgehärtet werden. Er verbot dem Kindermädchen, das Kinderzimmer zu betreten. Er würde sich um die Kleine kümmern, schließlich ist sie seine Tochter. In der Nacht bekam Lola hohes Fieber. Dr.Bloder lüftete das Zimmer noch ein paar Mal. In den Morgenstunden war Lola tot.

Martha verlor erneut das Bewusstsein. Der Arzt überwies sie ins Krankenhaus. Dort blieb sie fast sechs Monate. In der Nervenabteilung. Dr.Bloder besuchte sie nur spärlich. Er überließ die Heilung seiner Frau seinem jungen Kollegen mit der Bemerkung, in der Familie seiner Frau gäbe es eine Affinität zu Nervenkrankheiten.

Im Sommer wollte Martha nur weg aus Wien. Dr.Bloder besorgte eine Kutsche. Martha konnte sich kaum auf den Beinen halten, aber sie wollte weg, weit weg von Wien. Es war ein schöner, sonniger, trockener Sommer. Martha genoss die Aussicht am Semmering. Die ersten Berge am Weg nach Hause. Ihre geliebten Berge. Sie spürte wie ihre Seele sich beim Anblick der Natur erholte. Trotz der anstrengenden Fahrt kam Martha erstaunlich erholt nach Hause. Vater und Bruder merkten zwar, wie schmal und blass sie war, aber beide nahmen sich vor, sich so um sie zu kümmern, dass sie wieder zu Kräften kam.

Nach einigen Tagen fragte Martha ihren Mann, mit dem sie in Wien kaum ein Wort gewechselt hatte, wo Lola begraben sei. Sie gingen beide zum Friedhof. Auch Martha erinnerte sich an den Winter, als sie ihrem Mann das Jawort gegeben hatte. Was ist mit ihnen passiert? Was ist mit ihm passiert? Wenn das wahr war, was das Kindermädchen erzählt hatte - nicht auszudenken. War das der Mann, in den sie sich verliebt hatte? Sie fand keine Erklärung für all diese Dinge, und als sie beim Grab standen und Martha das kleine Marmorschild im Inneren der großen Familienkappelle sah, versteckt im Eck, mit dem Namen Lola darauf, versagten ihr die Knie, und ihr Mann fing sie nur mit Mühe auf. Es kam ihr vor, als trauerte sie hier vor dem Grab das zweite Mal um ihr Kind. Sie hatte noch den Satz in den Ohren, den Satz, den ihr Mann einen Tag zuvor zu ihrem Vater gesagt hatte. „Kinder wollen wir keine mehr haben." Wieso hatte er das gesagt? Warum besprach er nicht alles zuerst mit ihr? Er hatte ihr nie gesagt, was mit Lola wirklich passiert war. Er weigerte sich über dieses Thema mit ihr zu sprechen. Auch über andere Themen wollte er nicht reden. Er schwieg und sah zu, wie es ihr dabei immer schlechter ging.

„Wenn es dir etwas besser geht, möchte ich mit dir auf den Berg hinauf“, sagte er an einem Abend. Und es ging ihr überraschender Weise besser. Die vertraute Umgebung, die liebevolle Zuwendung ihres Vaters, Bruders und auch der Schwägerin wirkten beruhigend. Also machten sie sich an einem sonnigen Morgen auf den Weg. Vom Ortskern waren es circa sechs Stunden bis zum Gipfel - je nachdem wie schnell man war - und Martha konnte noch nicht sehr schnell gehen. Sie rasteten immer wieder. Dann waren sie endlich oben. Es war Mittag, die Sonne brannte vom Himmel herab und sie kehrten in der Almhütte ein. Sie aßen ihren Proviant, tranken ein „Tschopperl“ Wasser, und Dr.Bloder meinte, sie sollten mit dem Abstieg beginnen, der hier schwieriger war als der Aufstieg, und wenn sie die Felsen hinter sich gelassen hätten, könnten sie sich nochmals auf einer Wiese ausrasten. Charmant und freundlich verabschiedete er sich von den Wirtsleuten, und sie begannen mit dem Abstieg. Martha war von der Aussicht begeistert: Man sah über die Gipfel der Alpen, sie kannte jeden Berg beim Namen und erklärte ihrem Mann, wo welcher Berg war. Man sah ihr an, dass ihr die Berge wieder Kraft und Lebensmut brachten. Es kam ihr vor, als ob sie aus einem dunklen Tunnel ins Licht gekommen sei. „Das Leben kann grausam sein“, dachte sie, „aber auch wunderschön“. Sie wollte nicht mehr an die Vergangenheit denken, sie wollte Zukunftspläne schmieden. Sie wollte jetzt noch ein paar Wochen zu Hause bleiben, ihr Mann würde nach Wien fahren. Dann würde sie nachkommen. Sie nahm sich vor, mit Kindern zu arbeiten.

Irgendetwas Sinnvoller zu machen. Und wer weiß, mit der Zeit wird ihr Mann doch wieder Kinder wollen.

Ihr Herz barst vor neu gefundenem Glücksgefühl. An einem Berg sahen sie eine Gämse über Felsen springen. Was für ein herrlicher Anblick! An der Felswand blieb ihr Mann stehen und meinte, sie könnten sich doch kurz hinsetzten. Zu viel Anstrengung wäre für Martha das erste Mal nicht gut. Er legte die Decke hin, die er aus dem Rucksack holte. Martha lächelte, setzte sich hin und dachte: „Er ist doch ein guter Mann. Er hatte sicherlich nichts Böses für Lola gewollt. Es war eine Kette von unglücklichen Umständen“. Sie sah ins Tal und fühlte sich nach langer Zeit wieder ruhig und glücklich. Sie drehte den Kopf zu ihrem Mann - und verlor das Bewusstsein. Dr.Bloder kam in St.Wolfgang an und bat den Ersten, dem er auf der Straße begegnete, um Hilfe. Der Mann rief andere zusammen und sie beeilten sich mit dem Aufstieg, denn die Sonne sank schon langsam hinter die Berge. Als die Männer oben ankamen, lag Martha auf der Decke in einer Blutlacke. Mit einem Loch im Kopf. Der Stein lag daneben, voller Blut. Sie packten Martha vorsichtig in die Decke ein, nahmen den Stein mit und machten sich auf den Abstieg. Am frühen Abend trafen sie unten ein. Der Gendarm kam und begutachtete die Wunde zusammen mit dem Orts Arzt. Dr.Bloder meinte, er hätte nichts mehr machen können. Sie hätten eine Pause gemacht, da Martha noch so schwach war, und hätten fröhlich dahin geplaudert, als er gehört habe, dass Schafe über die Felsen liefen. Eines der Schafe hätte einen Stein ins Rollen gebracht und der sei so unglücklich vom Felsen gefallen, dass er direkt den Kopf seiner Frau getroffen habe. Sie sei auf der Stelle tot gewesen. Er konnte nur noch Hilfe für den Abtransport holen. Als der Gendarm noch in der Nacht den Bericht schrieb, dachte er: " Ich habe mein Lebtag keine Schafe oben in den Bergen gesehen. Gämsen schon, aber Schafe?" Aber wer würde sich schon trauen, dem bekannten Wiener Arzt solche Fragen zu stellen? Die junge Großtante Martha wurde auch in der Familiengruft begraben. Ihre Mutter besuchte das Grab nie und schwieg weiterhin über ihren Schwiegersohn. Dafür zündete Lojzl immer ein Kerzerl für Großtante Martha und Lola an. Sie hatte die Berge genauso geliebt wie er. Dr.Bloder fuhr nach Wien und kehrte nie mehr in die Berge zurück. Er heiratete später eine junge Frau, bildschön, gebildet, und sie hatten einen Sohn zusammen. Skurriler weise begegnete eines Tages Magda der zweiten Frau von Dr.Bloder. Sie wussten zuerst nicht, dass sie über Ecken miteinander Berührungspunkte in der Vergangenheit hatten. Sie waren einander sympathisch und wurden Freundinnen bis ins hohe Alter. Nur einmal kam die Rede auf die Vergangenheit von Dr.Bloder:

Frau Bloder erkundigte sich, nach wem die Tochter von Magda genannt war. Da erzählte Magda von ihrer bildschönen, eleganten und feinfühlenden Tante Martha. Und deren Tochter Lola. Beide wurden im Laufe der Jahre zum Mythos in der Familie. Der zauberhafte Morgenmantel wurde von den Frauen von Generation zu Generation weitergeben. Sogar die Enkelin von Magda trug ihn noch. Nicht zum Frühstück, aber zu einer Silvesterparty.

Alle bewunderten das Stück, so was kannte man nur noch aus dem Theaterfundus. Zu dieser Zeit war der Morgenmantel 100 Jahre alt.

Immer wenn Lojzl in den Bergen unterwegs war, dachte er an Martha. Irgendwie fühlte er sich zu dieser Frau hingezogen. Irgendwie waren sie sich sehr ähnlich. Gefangen in ihrem Schicksal. Nur mit dem Unterschied, dass Großtante Martha ihrem Schicksal früh und plötzlich erlegen war. Was für ein Glück! Er hatte nicht so viel Glück, er musste sein Schicksal offenbar bis zum bitteren Ende durchleiden.

9. KAPITEL: ADOLF

Im Vergleich zu der Familie seines Vaters, kamen Lojzl die Angehörigen der Familie seiner Mutter wie bunte Schmetterlinge vor. Alois, sein Vater, hatte ja nur einen Bruder, den Adolf, und Oma und Opa durfte Lojzl fast nie besuchen. Warum, wusste er eigentlich nicht. Aber es war ganz einfach so, dass in den Ferien nach Österreich gefahren wurde. Magda hatte ja das ganze Jahr darauf gewartet, dass sie endlich wieder nach Hause fahren konnte, um die Villa musste sich schließlich auch mal jemand kümmern.

Die Großeltern in Südböhmen hatten nur ein kleines Haus und für die ganze Familie von Alois keinen Platz. Aber das war nur einer der Gründe. Lojzl sollte gut Deutsch sprechen, Tschechisch konnte er sowieso gut, und deshalb wollte seine Mutter, dass er mit ihr nach Hause fuhr. Und die Schwiegereltern mochte Magda ohnehin nicht. Da sie immer alles durchgesetzt hatte, hatte Lojzl mit den Eltern seines Vaters nur ganz wenig Kontakt gehabt. Irgendwie mochte Lojzl diese Großeltern auch nicht besonders. Großvater war sehr streng und kritisierte ständig herum, und Großmutter war immer den Tränen nahe. Bei den wenigen Besuchen, wenn die Großeltern nach Brünn kamen, gab es nur Spannungen, und alle waren erleichtert, wenn sie wieder nach Hause fuhren.

Auch mit Onkel Adolf hatte Lojzl nur wenig Kontakt. Als Kind hatte er eher Angst vor ihm. Der große schlanke, dunkelhaarige Mann mit stechenden Augen, einem kleinen Schnurrbart - ähnlich dem seines Vaters - mit tiefer Stimme, war ihm unheimlich. Onkel Adolf kam immer in einem Jagdanzug und mit einem Hubertusmantel und Jagd Hut. Alles in dunkelgrün. Das einzige, was Lojzl interessierte, war der riesige Gamsbart, der am Hut zitterte. Lojzl beobachtete den Gamsbart, der sich wie ein Fächer auftat, so gespannt, dass er oft nicht hörte, dass Onkel Adolf ihn ansprach. Und schon gab es die erste Auseinandersetzung zwischen den Brüdern. Adolf murmelte etwas von unerzogenen Kindern und überlegte, ob er in diesem Haushalt überhaupt den Hut ablegen, oder lieber gleich wieder gehen sollte. Vater schickte Lojzl zur Mutter, und kaum war er draußen, hörte er schon die scharfe Stimme des Vaters und die gleichgültig klingende tiefe Stimme des Onkels. Es ging immer um das gleiche Thema: Alois war der tüchtige, ständig expandierende kluge Geschäftsmann, dessen Reichtum von Jahr zu Jahr wuchs; Adolf der arme Verwandte. Seine einzige große Passion, natürlich neben Frauen, war das Jagen. Und so verbrachte er die meiste Zeit im Wald oder an Orten, wo man Frauen traf. Nicht immer sehr feinen Orten. Aber seine Liebe zum unkomplizierten Leben ohne große Anstrengungen, die Liebe zur Natur und das Wohlwollen seiner Eltern, die ihn immer unterstützt hatten, da er es auch immer brauchte, störten niemanden, außer seinen Bruder. Als dann die Eltern starben und Adolf nicht mehr unterstützen konnten, war es für ihn die natürlichste Sache der Welt, seinen Bruder anzupumpen. Wozu hatte der ein so großes Vermögen? Das sollte dazu da sein, um die Familie im weitesten Sinn zu unterstützen. Alois sah es aber nicht so. Und so gab es bei jedem Besuch immer wieder Streit. Der damit endete, dass Onkel Adolf seinen gewaltigen Hut nahm, und ohne sich von Magda und Lojzl zu verabschieden, die Haustür zuknallte. Das ging Jahre so. Als die Schulden, die Onkel Adolf gemacht hatte, nicht kleiner sondern größer wurden, rief ihn Alois zu sich, und in seinem Büro machte er Adolf einen Vorschlag: Er bot ihm an, im Ausland für ihn einige Holzdepots zu verwalten. Und so fing Adolf an, im Ausland zu arbeiten, denn was anderes blieb ihm bei seiner tristen finanziellen Lage nicht übrig. Zuerst in Deutschland in der Nähe von Dresden, aber da fühlte er sich nicht besonders wohl. Es war durchaus möglich, dass die Dresdenerinnen nicht so leicht seinem so oft erprobten Charme erlagen, und dies machte ihm natürlich zu schaffen. Es gab wieder einen heftigen Streit, diesmal im Haus; Lozjl versteckte sich hinter den schweren Vorhängen und wickelte seinen Kopf hinein. Magda lief aufgeregt durch die Räume und schloss alle Fenster, damit die Nachbarn sich nicht nickend verständigten, es sei wohl wieder der Bruder zu Besuch. Dann beschloss Alois, seinen Bruder nach Rumänien zu schicken, wo gerade ein neues Holzdepot errichtet worden war. „Weit vom Schuss“, wie Magda lakonisch bemerkte. „An Deiner Stelle, mit Deinen tollen Brüdern, würde ich mir solche Bemerkungen ersparen“, schrie Alois, und diesmal war er es, der die Tür unnötig laut hinter sich ins Schloss fallen ließ. Die Besuche von Onkel Adolf sind lange Zeit ausgeblieben.

Das Jagen in Rumänien war offensichtlich vielseitiger, als er am Anfang befürchtet hatte. Seinen Bedürfnissen wurde auf allen Ebenen entsprochen und so gab es in Brünn nur dann eine Explosion, wenn die Abrechnungen einmal im Jahr in der Firma eintrafen. Auf die leisen Fragen von Magda, ob Adolf wohl nie gedenke zu heiraten und eine Familie zu gründen, bekam sie von Alois nur einen stechenden Blick. Also schwieg sie lieber und mied das Thema.

Viele Jahre vergingen, Lojzl war schon ein junger Mann geworden, da stand Onkel Adolf plötzlich vor der Tür. Grün gekleidet, den Hut etwas dezenter nur mit einer Nadel mit Hirschzähnen geschmückt, aber sonst war es nicht er. Lojzl erkannte ihn fast nicht. Ein noch schlankerer, fast schon kränklich wirkender Mann mit aschfahlen Gesicht und einen müden Lächeln stand vor ihm. „Du bist ja ein richtiger Mann geworden“ scherzte er mit offensichtlicher Anstrengung. Er ließ sich im Lederfauteuil nieder und wartete, bis Alois nach Hause kam. Zuerst sprachen sie so leise, dass Lojzl Angst bekam, etwas Schreckliches sei im Zimmer passiert, aber nach einer gewissen Zeit hörte er die Stimme des Vaters sich erheben und in einer Orgie an Sprach- und Stimmgewalt enden. Alles, was Lojzl mitbekam war, dass Vater darauf bestand, Adolf müsse eine Frau heiraten, die stark, gesund und gescheit genug sei, um mit so einem Ochsen durchs Leben zu gehen. Nur so eine hält das aus. Und er weiß auch schon, wo man sie suchen muss. Und er will nichts mehr hören, er soll sofort zum Arzt gehen, danach kann er in Nordböhmen ein Depot übernehmen, sesshaft werden, eine Familie gründen, und er wolle nichts mehr von ihm hören.

Als sich Onkel Adolf von seiner Krankheit erholt und der Arzt ihm mitgeteilt hatte, er sollte sich gut überlegen, Kinder in die Welt zu setzten, weil er für ihre Gesundheit nicht garantieren könne, ließ Adolf sich in Kuttenberg nieder, heiratete die von Alois empfohlene, schon etwas ältere Helena, und das Leben schien sich ihm wieder von der schönen Seite zu zeigen. Helena war wirklich die richtige Frau für ihn. Sie hatte alle die Eigenschaften, die Adolf fehlten. Sie war praktisch, bodenständig, stark, konnte mit Geld umgehen und hielt Adolf in jeder Hinsicht an der kurzen Leine. Bald konnten sie sich ein Häuschen kaufen, und Helena beschloss, Kinder zu bekommen und zwar bald, denn es wurde Zeit für sie. So kam zuerst eine Helenka auf die Welt und einige Jahre später ein kleiner Dolfi.

Helena war mit ihrem Leben zufrieden, und Adolf blieb ja noch immer die Jagd. Tagelang strich er durch die Wälder und beobachtete die Natur. Je älter er wurde und die Beziehung zu seiner Frau sich komplizierte und sie nur mehr über Geld und die Erziehung der Kinder stritten, was er hasste, desto mehr war er außer Haus und blieb oft Tage weg. Er übernachtete in einer Jagdhütte und genoss das Leben unter freiem Himmel.

Als die Kinder noch klein waren, hatte er mit ihnen gespielt, er freute sich, dass er endlich Familie hatte, es hatte ja lange genug gedauert. Aber als dann Helena immer alles besser wusste und ihn nie in Ruhe ließ, zog er sich immer mehr in die Einsamkeit zurück.

Die kleine Helenka war sehr talentiert. Sie zeichnete sehr schön, und die Mutter schickte sie auf die Akademie nach Prag. Sie wurde

Künstlerin, heiratete einen Künstler, wurde aber in der Ehe nicht glücklich. In die Pubertät bekam sie einen Hautausschlag. Zuerst dachte man, es wäre Akne, aber später diagnostizierte man eine Allergie. Sie musste ihr Leben lang, ob Sommer oder Winter, lange Ärmel tragen. Nur der Hals und das sehr einprägsame, strenge, wie aus Elfenbein geschnitzte Gesicht waren von der Krankheit frei. Als ihr Mann sie verlassen hatte, fing sie an zu unterrichten. Sie liebte es, mit den Studenten zu arbeiten und ihre kreativen Ideen zu unterstützen. Bald wurde sie von jungen, angehenden Künstlern im ganzen Land aufgesucht, und sie genoss als Lehrerin und Sponsorin den besten Ruf.

Klein-Dolfi war genau so groß, wenn nicht größer als sein Vater und schlug in jeder Weise dem Vater nach.

Er wurde Förster und ließ seinen geerbten Charme bei den Frauen spielen. Lojzl mochte seinen Cousin sehr gerne. Er war unkompliziert und hatte für Lozjl immer ein gutes Wort, was später, als Lojzl krank wurde, nicht so selbstverständlich war, denn viele Mitglieder der großen Familie mieden oder ignorierten ihn. Der junge Dolfi, im Unterschied zu seinem Vater, konnte auch gut mit Alois umgehen. Und Alois, der von seinem eigenen Sohn so entsetzlich enttäuscht war, bewunderte Dolfi und dessen Ehrgeiz. Er sah in ihm das Bild, das er sich vom eigenen Sohn gemacht hatte. Oft dachte er bei sich: „Dieser Nichtsnutz von einem Bruder, gerade der hat so einen tollen Sohn, und ich?“ Da kam wieder der Schmerz hoch, der sofort in Wut umschlug. Und Lojzl musste immer für diese inneren, nicht ausgesprochenen Kämpfe seines Vaters büßen. Davon wusste Dolfi nichts. Er mochte die Familie seines Onkels, auch wenn es, wie er meinte, schräge Typen seien. Er war froh, in seiner Studentenzeit einen Ort zu haben, wo es immer etwas Gutes zu essen gab, und wo alle freundlich zu ihm waren. Und er war noch froher, weit weg von seinen Eltern zu sein, denn die ewigen Streitereien und die ständigen Klagen der Mutter konnte er schwer aushalten. Wenn er, meistens nur einmal im Jahr, nach Hause fuhr, wusste er, dass er für die kurze Zeit gute Nerven brauchte. Beide Eltern wollten ihn auf ihre Seite ziehen, und er wollte eigentlich nur Ruhe. Und je älter die Eltern wurden, desto schwieriger wurde es zwischen ihnen. Der einzige, der immer ruhig war und Dolfi immer gleich liebte und fröhlich willkommen hieß, war der Bousek, ein rothaariger Cockerspaniel.

Als Bousek an Altersschwäche starb, kürzte Dolfi die Besuche noch mehr ab. Die Eltern schienen dies gar nicht zu bemerken, so sehr waren sie mit sich selbst beschäftigt. Sie reagierten weder, als Dolfi promovierte, noch als er heiratete. Er dachte oft darüber nach, ob es seiner Schwester, mit der auch er kaum Kontakt hatte, genauso so ging. Erst viele Jahre später, als Helenka schwer lungenkrank wurde, sprachen sie über dies Thema. Da waren beide Eltern schon lange tot. Die Geschwister waren sich einig, dass das Schicksal sie um ein Zuhause betrogen hatte. Es blieb ihnen nichts anders übrig, als sich selbst ein Zuhause zu schaffen. Dolfi war erfolgreicher damit als Helenka. Oder er hatte mehr Glück.

10. KAPITEL: DIE SCHWESTER

„Komm Engelchen, komm schnell her“, rief Oma Seferl in den Garten um ihre Enkelin, die kleine Martha, die im Garten mit ihrem Hund herumtollte, ins Haus zu holen. Sie rief sie eigentlich nie beim Namen, fiel ihr auf. Aber wie sollte sie auch. Sie sah dem kleinen Mäderl, das gerade vier Jahre alt war, zu, wie sie aufstand, sich vom Hund weg drehte und ganz schnell, mit den kleinen Füßchen zappelnd, zu ihr lief. Der blonde Lockenkopf wiegte sich beim Laufen und spiegelte die Sonnenstrahlen wider. Die großen, blauen Augen, so blau wie Vergissmeinnicht, strahlten vor Freude. Der Hund lief hinterher und winselte, denn er wollte ja weiter spielen und ahnte schon, dass es für nun damit vorbei war. Wie ein Engelchen sieht ihre Enkelin aus, wie ein Engelchen! Sie breitete die Arme aus und fing Martha gerade noch auf, bevor sie stolpernd vor lauter Eile hinfiel. Beide lachten. Wie froh war Seferl, dass sie in ihrem Alter noch die schöne Aufgabe hatte, ihre Enkelin großzuziehen. Auch wenn es darüber immer wieder Auseinandersetzungen mit ihrer Tochter gab. Aber sie gab dann immer nach, denn insgeheim war sie froh, dass Martha bei ihr aufwuchs. Das ewige Siedeln des jungen Paares wäre sicherlich für das Kind kein guter Start ins Leben gewesen. Und hier am Land hatte sie die gute Luft, die Freiheit, die Natur. Alles. Und ihre Liebe. Denn sie selbst hatte ja sonst niemanden, dem sie ihre überfließende Liebe hätte geben können. Die Kinder waren aus dem Haus oder tot. Und ihr Mann kam nie mehr vom ersten Stock herunter, sie sprachen kaum miteinander, und die Schwiegertochter sorgte sich um sein leibliches Wohl. Also blieben ihr nur das Geschäft und die Kleine.

„Komm Engelchen, ich muss dir was erzählen." Sie nahm Martha bei der Hand und führte sie in die Küche. Sie setzte sich auf den Stuhl und nahm das Mädchen auf den Schoß. „Es gibt ganz große Neuigkeiten, ich habe einen Brief von deiner Mami bekommen, du hast einen kleinen Bruder bekommen. Er heißt so wie dein Papi Alois, aber sie werden ihn Lojzl nennen, schreibt Mami." Martha sah Oma mit ihren großen Augen an und versuchte zu begreifen, was ihr Oma da erzählte. Einen Bruder, Lojzl. Kann sie mit ihm spielen? Zusammen mit dem Hund? Bleibt er auch bei Oma? Oma Seferl musste lachen. So viele Fragen auf einmal. „Zuerst müssen wir einmal abwarten bis zum Sommer, in zwei bis drei Monaten, wenn die Eltern mit dem Baby kommen."

„Baby, was ist denn das? Ist das wie meine Puppe, die mit den blonden Haaren?" Und Martha schnatterte und schnatterte und Oma Seferl wusste immer noch nicht, ob Martha eigentlich wirklich mitbekommen hatte, worum es ging.

Martha liebte ihre Oma. War ja auch sonst niemand da. Opa war immer kränklich und deswegen durfte sie nicht zu ihm, und Tante Milka war immer zu sehr beschäftigt. Natürlich hatte Oma auch nicht immer Zeit für sie. Sie musste ja im Geschäft bedienen. Aber Martha hatte ein großes Geheimnis, von dem keiner etwas wusste, das sie überglücklich machte. Oma hatte eine Kuh, damit immer frische Milch da war. Und diese Kuh hieß Martha. Genauso wie sie. Und sie liebte diese große braune Kuh, die stundenlang geduldig der kleinen Martha zuhörte, sie mit großen Kuhaugen ansah und ständig wiederkäute. Martha liebte es im Stall zu sitzen, die Wärme und der Geruch gaben ihr Geborgenheit, und das schummrige Licht gab dem Raum etwas Geheimnisvolles, Mystisches. Und so saß Martha da und erzählte ihrer Freundin Martha stundenlang Geschichten. Manche hatte sie von Oma gehört, wenn diese ihr Gutenachtgeschichten vorlas, und andere dachte sie sich ganz einfach aus. Manche Geschichten waren so erschreckend, dass sie sich selbst fürchtete, aber es war ja Martha da, und die große Kuh - davon war die kleine Martha überzeugt - würde nie zulassen, dass ihr jemand wehtat. Viele Geschichten handelten von kleinen Mädchen, die sich im Wald verirrten, die eine Stiefmutter hatten oder ganz allein in der Welt dastanden. Manchmal musste sie weinen, so sehr taten ihr ihre Heldinnen Leid.

Der Sommer kam schneller als gedacht. Und schon hieß es: „Die Eltern mit dem Bruder kommen!“ Martha bekam ein neues Kleidchen, und die blaue Schürze passte zur Farbe ihrer Augen. Sie stand in der Küche und wartete. Sie hatte immer ein bisschen Angst, wenn Mami kam. Sie umarmte sie nie. Sie musterte sie von Kopf bis Fuß und der erste Satz war immer: „Warst du wohl brav?“ Die Tür ging auf, Mami kam herein, und schob einen Kinderwagen vor sich. Martha rührte sich nicht vom Fleck. Mami sah sie an, musterte sie von oben bis unten und fragte: „Warst du wohl brav?“ Im Kinderwagen sei ihr neuer Bruder Lojzl, sagte sie. „Aber wehe, du greifst ihn an.“ Der Ton der Stimme sagte Martha mehr als die Worte. Sie rührte sich noch immer nicht. Sie horchte angestrengt, ob sie endlich auch die Stimme von Papi hören würde. Und richtig. Vor dem Haus machte er noch Anweisungen wegen des Gepäcks. Martha lief hinaus, „Papi“, schrie sie, und er stand schon mit offenen Armen da. Sie flog nur so in seine Arme. „Papi“, schrie sie, aber der Schrei erstickte an seiner Brust.

„Martherl, mein liebes Martherl.“ So nannte sie niemand, das ganze Leben nicht. Sie wollte sich gar nicht von Papi loslösen. Aber er hörte die ungeduldige Stimme von Magda und ließ sie los. „Warte, ich muss jetzt noch viele Dinge machen, aber dann werden wir miteinander spazieren gehen.“ Martha ging traurig zurück in die Küche. Dort stand der Kinderwagen. Sie sah hinein. Dort lag ein kleines Kind und schlief. „Und das ist mein Bruder? Der hat doch gar nicht Haare wie ich! Der hat ja die gleiche Glatze wie Papi! Wenn er Papi so ähnlich schaut, wird ihn Papi jetzt lieber haben als mich?“ Tränen schossen in ihre Augen. Sie rannte in den Stall, trotz des schönen Kleidchens, und weinte am Hals der alten Kuh. „Wo ist sie denn schon wieder?“ hörte sie Mami sagen. „ Mein Gott, dieses Kind kann man nicht eine Minute aus den Augen lassen.“ Dann hörte sie Oma mit leiser Stimme sagen, sie möge doch endlich ruhig sein und die Sorge für die Kleine ihr überlassen, sie hatte mit ihr nie Probleme. Es wäre besser, wenn sie sich um Lojzl kümmern würde, er schien Hunger zu haben. Ohne ein Wort ging Magda mit dem Baby die Stiege hinauf zu ihrem Vater. Der sollte doch sehen, was für einen Prachtkerl sie bekommen hat.

Vater freute sich, Lena wiederzusehen, für das Kind hatte er nicht viel übrig. Er musste ihr ja zeigen, wie viele neue Uhren und neue Vögel er in dem letzten Jahr zu seiner Sammlung dazu bekommen hatte. Sie fütterte das Baby, sprach eine Weile mit dem Vater und ging wieder zu den anderen hinunter. Sie war froh, wieder zu Hause zu sein. So wie immer. Hier konnte sie wieder so sein wie in der Kindheit und der kurzen Jugend. Ihr Mann redete die meiste Zeit mit ihrer Mutter und so hatte sie Zeit genug für sich und ihr Baby. „Gerade die kleinen Kinder zwischen Geburt und Schule brauchen so dringend eine Mutter", dachte sie. Und sie wollte Lojzl alles geben, was sie konnte. Liebe, Aufmerksamkeit, Fürsorge und was noch alles so ein kleines hilfloses Ding brauchte.

Papi nahm Martha mit auf einen Spaziergang. Sie liebte es, wenn er ihr die Tiere und Pflanzen beschrieb, da war kaum eine, von der er nicht den Namen wusste und ihre Funktion in der Natur. Bei den Tieren das gleiche. Obwohl er ein passionierter Jäger war, hier in der Steiermark ging er nie zur Jagd. Hier genoss er mit seiner Tochter die Natur und lehrte sie in den paar Sommerwochen alles, was er selbst über die Natur wusste.

Schließlich fragte er, wie es ihr ging. Er sprach darüber, dass er sie gerne mitnehmen würde, denn wegen der Geburt von Lojzl bräuchte sie einen festen Wohnsitz und konnten nicht mehr so oft siedeln.

Er sprach begeistert darüber nun eine richtige große Familie zu werden. Martha verstand nicht ganz was Papi wirklich meinte, aber der

Gedanke mit Papi immer zusammen zu sein, erfüllte sie mit großer, sehr großer Freude.

Als der Sommer zu Ende ging, gab es einige laute Auseinandersetzungen, zwischen den Eltern, Mami und Oma und allen miteinander. Martha blieb die ganze Zeit mit ihrem Hund im Garten. Nur einmal, als sie ins Haus aufs Klo musste, hörte sie Oma ärgerlich sagen: „ An der Kleinen hast du immer was auszusetzen und den Buben erstickst du mit deiner Affenliebe. Das wird sich einmal rächen, das sage ich dir.“ Martha lief schnell wieder in den Garten. Kurz vor der Abfahrt rief Mami Martha zu sich und sah sie streng an. „Wir müssen wieder wegfahren, Lojzl braucht meine ganze Aufmerksamkeit und du kannst deswegen nicht mitkommen.

Wir müssen auch eine neue Bleibe suchen und vielleicht, wenn alles wieder in Ordnung ist, holen wir dich nach. Also sei schön brav und ärgere Oma nicht, sie ist schon alt, und du musst Rücksicht auf sie nehmen.“ Martha ging langsam zur Tür hinaus. An der Schwelle traf sie auf Papi. Mit einer kurzen Umarmung und einem leisen „Es tut mir leid“, verabschiedete er sich von Martherl. Martha lief in den Stall, sie schluchzte laut vor sich hin. Sie verbarg ihr kleines Gesicht in das Fell der Kuh und hörte überhaupt nicht mehr auf zu weinen. Wie schrecklich war doch die Welt!Schließlich beruhigte sie sich, setzte sich auf den Schemel und fing an, ihrer tierischen Freundin Martha, ein Märchen zu erzählen. Von einem kleinen Mädchen, das im Wald ganz allein war. Da kam ein Engelchen vom Himmel, im weißen Kleid mit blonden Lockerln und rettete das kleine Mädchen. Das musste dann nie mehr traurig sein.

11. KAPITEL: DIE URSULINEN

Der Zug fuhr langsam durch die schöne Herbstlandschaft Richtung Salzburg. Die Berge, teilweise schon mit Schnee bedeckt, glänzten in der Sonne, und die Natur wirkte friedlich und beruhigend. Martha kuschelte sich in den Mantel von Papi, und von vielem Weinen völlig erschöpft, schlief sie ein. Alois fühlte sich in seinem ganzen Leben nie so entsetzlich wie in diesem Moment. Er hatte seine geliebte Tochter verraten. Er wusste, sie wird ihm das nie vergessen. Er zupfte nervös an seinem Bart. Aber was sollte er sonst tun? Die ständigen Streitereien mit Magda und das nächtliche Schreien von Lojzl, der die ständigen Spannungen und den Streit nur schwer ertrug, hatten ihn zu dem Entschluss gezwungen. Es war nicht richtig, es war nicht richtig. Der Zug schaukelte in seinem Rhythmus davon, und er zog Martha noch näher zu sich heran, und bald döste auch er vor sich hin. Nach einigen Stunden, wachte Martha auf. Zuerst wusste sie nicht, wo sie war, aber dann erinnerte sie sich wieder. Sie sah die letzten Wochen und Tage vor sich, sah ihren geliebten Papi an, der schlief, und Tränen füllten ihre Augen.

Als die Eltern mit Lojzl zu Beginn der Ferien wieder zu Besuch gekommen waren, hatte sich Martha diesmal sehr gefreut, denn Lojzl war bereits zwei Jahre, und sie hoffte, schon etwas mit ihm anfangen zu können. Aber das war nicht so. Mami ließ ihn nicht aus den Augen und vom Spielen in Hof und Garten war keine Rede. Also ging sie wieder zu den gleichaltrigen Mädchen, mit denen sie in der letzten Zeit immer spielte, vor allem mit Genoveva. Sie war ein nettes kleines Mädchen, das noch einen Bruder hatte, und ihre Mama war mit der Betreuung ihres Bruders Adi den ganzen Tag so beschäftigt, dass ihr meistens gar nicht auffiel, dass Fefl, wie sie genannt wurde, weglief. Die zwei Mädchen waren dicke Freundinnen geworden, und beide beklagten ihr Schicksal. Die eine vergaß dabei die Oma, die Andere die Mutter. Und Martha freute sich schon sehr darauf mit Fefl in die Schule zu gehen und auch die Schulzeit bei Oma verbringen zu können. Eines Tages kam Mami zu ihr in den Hof, wie immer streng schauend, und Martha fürchtete schon, dass das Kleidchen wieder verschmutzt war, aber Mami setzte sich auf die Bank unter den Fenstern und rief sie zu sich. Sie befahl ihr, sich zu ihr auf die Bank zu setzten, und fing an langsam zu sprechen. Das tat sie nur, wenn es um unangenehme Dinge ging. „Oma ist schon sehr alt und kränklich", fing sie an. „Sie hat nicht die Kraft und Zeit, sich weiterhin um dich zu kümmern", fuhr sie fort.

Martha atmete fast nicht. Sie wusste, etwas ganz Schreckliches würde nun folgen. Mami machte eine lange Pause. „Wir können dich auch nicht mitnehmen wegen Lojzl, das verstehst du doch. Also haben wir beschlossen, dich in gute Obhut zu geben und dir eine gute Ausbildung zu gönnen. Da ich selbst bei den Klosterschwestern in St.Andrä in die Schule gegangen bin, dachte ich, das Beste ist für dich gerade gut genug, und das sind nach unseren Nachforschungen sicherlich die Ursulinen in Salzburg."

„Mein Gott“, dachte Martha, wo ist Salzburg, noch weiter als Omas Haus in den Bergen? Aber wenn die Eltern in Wiener Neustadt wohnten, warum konnte sie dann nicht wenigsten dort in eine Klosterschule gehen? Oder so wie Mami, nach St.Andrä. Das ist eh nicht so weit von hier. Mami und Papi hatten sie mal mitgenommen um ihr die schöne Schule und das Kloster zu zeigen. Aber Salzburg? Wo ist diese Stadt, wie sieht es dort aus? Und wie ist dieses Kloster? Die Angst vor dem Unbekannten zog ihr den Hals zusammen. Sie traute sich kein Wort zu sagen. “Gut“ sagte Mami. „Ich dachte mir, dass du ein vernünftiges Mädchen bist.“ Und sie ging.

Martha lief in den Stall und fing an zu weinen. Sie verstand die Welt nicht mehr. Sie war so glücklich bei Oma, und sie liebte die Tiere und die Freiheit. Auch wenn ihre Eltern nie da waren, sie fühlte sich geliebt, es ging ihr nichts ab. Und jetzt. Alles vorbei. „Was sagt Papi dazu“, dachte sie. „Wieso lässt er mich fallen? Wieso nimmt er mich nicht mit, wenn Mami Lojzl hat?“ Sie blieb lange im Stall und wollte gar nicht mehr ins Haus gehen. Als sie dann der Hunger in die Küche trieb, hörte sie Oma mit sehr erregter Stimme mit Mami sprechen: „Es ist lächerlich, das kleine Kind in fremde Hände zu geben. Noch dazu so weit weg, keiner kann sie besuchen, kontrollieren, ob alles in Ordnung ist. Ich wette, du hast es nur ausgesucht, weil es am weitesten von euch weg ist. Du hast das Kind nie mögen, vom ersten Tag weg, als sie auf die Welt kam, und jetzt gönnst du nicht einmal mir die Liebe und Zuneigung, die wir füreinander haben. Du bist echt böse, echt böse, meine Tochter, ich glaub es nicht.“ Und sie fing an zu weinen.

Als Martha in die Küche trat, stürzte sich Oma auf sie umarmte sie, und stieß sie dann von sich weg und lief aus der Küche hinaus. Na, jetzt siehst du, wie krank Oma ist, meinte Mami trocken und ging auch hinaus. Martha hatte plötzlich keinen Hunger mehr. Sie ging schlafen und hoffte, wenn sie morgens aufwachte, alles wäre alles nur ein böser Traum. Gewesen.

Papi ging Martha aus dem Weg, sie sprachen nicht mehr miteinander, allein schon gar nicht.

Vor der Reise war er tagelang im Gasthaus und spielte dort Karten, kam erst spät nach Hause, wenn alle schon schliefen. Die Tage waren mit hektischem Packen gefüllt und Martha staunte über all die neuen Sachen, die plötzlich überall herumlagen und die sie nie vorher gesehen hatte. „Das alles gehört jetzt dir“, sagte Mami. „Pass ja auf, dass alles in Ordnung und schön bleibt. Neues gibt es nicht, das muss für den ganzen Aufenthalt reichen“. Martha wusste nicht, wie lang der „ganze Aufenthalt“ war, und es interessierte sie auch nicht. Es war ihr alles egal.

Sie wanderte durch die Räume des Hauses, aß fast nichts und hörte, wie Oma immer wiederholte: „ Das Kind wird noch schwer krank werden, wenn das so weiter geht, und du bist Schuld“, wendete sie sich an Mami.

Dann kam die Zeit der Abfahrt. Martha weinte nur mehr und versprach Fefl, dass sie ihr schreiben würde und dass sie für immer Freundinnen blieben, was immer passieren wird. Mami musste sie von Oma regelrecht wegreißen. Mami machte ihr mit Weihwasser ein

Kreuzerl und sagte nur: „Gott wird dich beschützen, und mach mir keine Schande.“ Sie ging nicht zum Bahnhof, weil Lojzl Husten hatte. Martha sah Lojzl an und zum wiederholten Mal dachte sie: „Wenn er nicht gewesen wäre, wäre alles anders.“ Sie sagte kein Wort zu ihm, drehte sich abrupt um und ging zur Haustür. Dort standen alle und winkten ihr beim Weggehen zum Abschied zu. Sogar Opa war aus seinem Zimmer heruntergekommen. Als sie mit Papi an der Hand durch die Baumallee zum Bahnhof ging, wusste sie nicht, dass dies ein Abschied für immer war. Sie sollte erst wieder als Erwachsene zurückkommen und da war dann schon alles ganz verändert. Sie sah auch die Großeltern das letzte Mal.

*****

Die Zugfahrt nach Salzburg ging schnell vorbei. Die meiste Zeit schlief Martha angelehnt an den Arm von Papi. Sie sah weder die schönen Berge und Täler noch die reizenden, malerischen Orte, an denen sie vorbeifuhren. Alois sah zwar zum Fenster heraus, nahm aber die Landschaft auch nicht richtig wahr. Er dachte die ganze Zeit darüber nach, wieso er sich wieder von Magda hatte breitschlagen lassen und seine Tochter, die ja noch so klein und verletzlich war, nach Salzburg abschieben musste. Denn es war ja nichts anderes als abschieben. Er hatte kein gutes Gefühl dabei. Er ärgerte sich über sich selbst. Aber was wollte er? Wären die ständigen Streitereien denn für ihn und die beiden Kinder besser gewesen? Er verstand Magda überhaupt nicht mehr. Warum wollte sie ihre Tochter überhaupt nicht annehmen, von Geburt weg, und an Lojzl hängte sie nicht nur ihre ganze Liebe, sondern ihr ganzes Sein. Es schien ihm so, als atmete Lojzl noch immer durch die Lungen seiner Mama. Er kam sich so machtlos vor, und sein kleines Mäderl tat ihm so leid. Und er hatte das schlechte Gefühl, dass er seinen Liebling verraten hatte. Er war mit diesen Gedanken beschäftigt, als der Zug langsam in den Salzburger Bahnhof einrollte. Er weckte Martha auf und nahm das schläfrige Mädchen in die Arme, um sie aus dem Zug zu tragen. Am Bahnhof rief er eine Kutsche und legte die Kleine, die sich die Augerln rieb, hinein. Als die Kutsche losfuhr, wurde Martha wach und sah aus dem

Fenster. Noch nie hatte sie so eine große Stadt gesehen. Noch dazu so eine schöne, große Stadt.

Sie war sofort ganz munter, stellte sich zwischen die Beine von Papi, um besser aus dem Fenster schauen zu können, und stieß ab und zu vor Begeisterung einen Seufzer aus. Der Kutscher hatte auf Anweisung von Alois einen Umweg durch die Innenstadt gemacht und Martha kam aus dem Staunen nicht heraus. So viele schöne Häuser und so viele schöne, große Kirchen. Und dann der Dom! Sie musste aus dem Wagen aussteigen, um die Kirche bis zur Kuppel anschauen zu können. Dann fuhren sie zurück über die Brücke der Salzach und der Wagen fuhr auf einen engen Weg langsam den Berg hinauf durch dichten Wald. Der Blick auf die Stadt von oben war atemberaubend. Martha was so aufgeregt, dass sie jetzt in so einer Stadt leben sollte, dass sie nicht merkte, dass die Kutsche bereits vor den Toren des Klosters stehen geblieben war.

Das alte Gebäude mit kleinen Fenstern und grauer Fassade machte keinen einladenden Eindruck. Irgendwie war die große Freude von Martha bei dem Anblick des Hauses weg. Sie klammerte sich an die Hand von Papi, und er musste sie fast zum Tor hinschleppen. Er läutete bei der Glocke, dann ging ein kleines Fensterchen auf, und als Papi seinen Namen sagte, ging die Tür auf. Drinnen war das Haus noch trostloser als von außen. Eine alte Nonne ging ihnen voraus über einen großen Hof in den gegenüberliegenden Trakt. Dort machte sie eine Tür auf und sie betraten einen großen kühlen, grauen Raum, dessen einziger Schmuck das Kruzifix auf der Wand war. Hinter einem riesigen Schreibtisch aus Holz saß eine noch ältere Nonne mit einem sehr strengen Blick. Martha zuckte zusammen und hielt sich krampfhaft an der Hand von Papi fest. „Treten Sie näher“, sagte die eiskalte Stimme zu ihnen. „Du bist also Martha“. Martha konnte der Nonne nicht in die Augen sehen. „Bitte lieber Gott“, betete sie leise, „bring mich mit Papi von hier weg.“ Aber da kam die Nonne schon von hinten her und versuchte Martha mit ihrer knochigen alten Hand von Papi loszureißen. „Hier wird gefolgt, liebes Kind“, hörte sie die strenge Stimme. Wieso ließ Papi los, wieso nahm er sie nicht in die Arme und ging mit ihr fort, weit fort?

Sie sah Papi erst zu Weihnachten wieder. Der Alltag gestaltete sich sehr mühsam für Martha und die anderen 30 Mädchen, die das Schicksal mit ihr teilten. Als erstes musste sie eine Uniform anziehen, und ihr schönes Kleid wurde ihre weggenommen. Für den Unterricht bekam sie eine weiße Schürze, für die Arbeit im Kloster eine braune. Die meisten Mädchen waren Töchter von reichen Bauern und Gutsherren, nicht nur aus der Umgebung von Salzburg, auch aus Bayern, und sogar aus Wien war ein Mädchen da. Die Eltern der Kinder kamen mindestens einmal im Monat, manche sogar öfter. Nur Papi nicht. Und sie brachten viele gute Sachen mit, Eier, Hühner, Schinken, Brot und Mehlspeisen. Die Kinder sahen davon wenig. Die Gaben wurden unter den Nonnen aufgeteilt, und die Kinder bekamen eine eher magere Kost.

Das Schlimmste war abends immer die Grießsuppe. Der Schlafsaal war groß und unfreundlich, mit Fliesenboden und nicht geheizt. Die

Toiletten waren draußen im langen, dunklen Korridor, der nie beleuchtete wurde. Die Mädchen starben vor Angst, wenn sie nachts auf die Toilette gehen mussten. Meistens gingen drei oder vier zusammen, um sich gegenseitig Mut zu machen. Aber oft passierte es, dass ein Mädchen nicht rechtzeitig aufwachte und die Toilette nicht mehr erreichte. Das Bettnässen wurde zu einem nächtlichen Ritual. Jeden Morgen um halb fünf Uhr, wenn die Mädchen für den Gottesdienst geweckt wurden, kam die Schwester, die Dienst hatte, in den Saal und kontrollierte die Betten. Jeden Morgen waren mindestens fünf Betten nass. Nicht nur, dass man die ganze Nacht in dem nassen Bett verbringen musste, dann kam auch noch die Demütigung, vor allen als Bettnässerin vorzutreten und sich zu entschuldigen und den Vortrag der Schwester anzuhören. Martha machte fast jede Nacht das Bett nass machte, aus Angst, aus Kälte, aus Heimweh und Leid, dass sie von Papi und Mami und Oma im Stich gelassen worden war. Sie hatte das Gefühl, ganz allein in dieser düsteren, unfreundlichen Welt zu sein, wo es nur Pflichten, keine Spiele und Freude gab, nur einen Magen voll schrecklicher Suppe. Sie nässte Nacht für Nacht das Bett, vielleicht in der Hoffnung, man würde sie nach Hause schicken. Das Einzige, was sie bewirkte, war, dass sie nach einigen Wochen auch keine Suppe mehr zum Abendessen bekam und jeden Abend hungrig ins Bett gehen musste. Sie sehnte die Ferien herbei. Als Papi kam und ihr mitteilte, dass sie leider auch über den Sommer im Kloster bleiben müsse, weil sie gerade umsiedeln mussten, und Mami meinte, das wäre nicht gut für Marthas Gesundheit, brach sie zusammen. Sie bekam hohes Fieber. Wochenlang kam sie nicht aus dem Bett. Der Arzt erklärte die Situation als ernst, und Papi musste kommen, um Martha wenigstens ein paar Tage nach Gmunden zu bringen und dort mit ihr spazieren zu gehen. Langsam erholte sie sich, nahm wieder an Gewicht zu und durfte sogar schwimmen. Täglich kam ein Brief von Mami, aber Papi las ihn Martha nicht vor. Martha beschwor Papi, sie mitzunehmen und nicht wieder in dieses schreckliche Gefängnis wieder zurück zu bringen, aber es half kein Weinen, kein Schreien, kein Flehen. Und so landete sie kurz vor Beginn der Schule wieder im Kloster. Sie hatte das Gefühl, dass die Schwestern jetzt freundlicher zu ihr waren. Am Abend bekam sie Grießbrei, als einzige von den Mädchen.

In ihrem dritten Jahr im Kloster, brach der Krieg aus. Plötzlich hieß es, sie muss die Ferien zu Hause verbringen. Als sie zu Hause, diesmal in Dresden, ankam, wusste sie auch warum. Die Lebensmittel und alle anderen Dinge des täglichen Gebrauchs wurden immer knapper. Da musste Martha stundenlang in den verschiedenen Schlangen stehen, um Lebensmittel, Toilettenartikel oder Bekleidung kaufen zu können und sie für Mami und Lojzl nach Hause zu bringen. "Die Zeit mit diesen Beiden in diesen Ferien war schwieriger als die Ferien im Kloster", dachte Martha. Papi war ja fast nicht zu Hause. Sie konnte es nicht erwarten, wieder nach Salzburg zu fahren. Das war dann auch die einzige Zeit, die sie mit Papi zusammen sein konnte - ganz allein nur mit ihm. Das waren ihre schönsten Stunden, an die sie sich noch als Erwachsene immer gerne erinnerte. Er war wie ausgewechselt. Er sprach mit ihr, machte Scherze, hatte immer eine Überraschung für sie bereit und war frei und locker, wie sie ihn zu Hause nie erlebte.

Der Krieg schien kein Ende zu nehmen. Die Eltern waren wieder gesiedelt. Als die Schule in Salzburg das letzte Jahr zu Ende ging, kam Papi früher als geplant, bereits zu Ostern, um Martha zu besuchen. Er erklärte ihr, dass er mit Mami lange Gespräche geführte hatte, was nach dem Schulabschluss das Beste für sie wäre. Da sie gute Noten hatte, dachten sie an eine höhere Schule. Als sie noch in Dresden wohnten, hatte Papi von einem Internat gehört, das sehr gut sein sollte. Er hatte sich sofort erkundigt und war sogar hingefahren. Und fand, es wäre für seine Tochter perfekt. Es handelte sich um ein Pensionat für höhere Töchter, und man hatte dort nicht nur die normalen Schulfächer, sondern auch Sport, Handarbeiten, Sprachen und vor allem gutes Benehmen für Damen, die einmal an der Seite ihrer Gatten in der Gesellschaft repräsentieren sollten, gelernt. Martha schwieg. Sie sagte kein Wort. Jetzt, so hatte sie gedacht, wenn die Schule endlich nach fünf Jahren vorbei sei, könnte sie endlich nach Hause und beim Papi bleiben, stattdessen kommt er jetzt wieder mit einer anderen Schule, die wahrscheinlich noch schlimmer ist als diese hier. Hier ist wenigstens die Stadt schön, auch wenn sie nicht viel davon gesehen hatte.

Und jetzt muss sie wieder woanders hin, zu noch schrecklicheren Schwestern, wo sie sich noch einsamer fühlen würde. Wie kann Papi ihr das antun? Und dabei sagt er immer, er hat sie so lieb. Sie verstand die Welt nicht mehr. Sie lief in den Schlafsaal, warf sich aufs Bett und weinte sich in den Schlaf hinein. Papi kam nicht einmal, um sich zu verabschieden. Die letzten Monate im Kloster kam sie sich wie eine Nachtwandlerin vor. Sie wusste nicht, was um sie herum passierte, sie wusste nicht, wann sie schlief und wann sie wach war. Die Prüfungen überstand sie ohne Probleme, aber erinnern konnte sie sich an nichts mehr. Sie aß wenig, und der Arzt stellte wieder einmal fest, dass die Situation ernst sei. Aber da kam schon Papi, holte sie ab und sie fuhren nach Brünn, ihrem neuen Zuhause und, wie sich später herausstellen sollte, ihrer Schicksalsstadt.

12. KAPITEL: HERR KOVAR

Eigentlich hieß die Familie Schmied. Aber weil sie beschlossen hatten, nach dem ersten Weltkrieg in Velke Brezno zu bleiben, änderten sie den Namen. Herr Kovar war Musiklehrer an der örtlichen Schule und ein sehr begabter Musiker. Er spielte Klavier, Harmonika und einige andere Instrumente. Um sein Talent wirklich ins Rampenlicht zu bringen, war er zu bescheiden. Sein sanftes Lächeln machte ihn bei den Schülern sehr beliebt. Jeder hatte den Eindruck, Herr Kovar versteht alle Sorgen der kleinen und größeren Kinder, und jeder freute sich in der Schule auf den Musikunterricht. Seine interessanten Erzählungen über die berühmten Komponisten und Musiker waren in allen Stufen der Schule beliebt. Er erzählte nicht nur über das Leben eines berühmten Musikers, er lebte mit ihm mit, litt unendliche Qualen eines Genies und triumphierte bei jedem Durchbruch in die Öffentlichkeit. Er hatte Tränen in den Augen, als er von dem Tod eines Komponisten sprach und zum Abschluss einige Takte auf dem Klavier vorspielte.

Als Lojzl auf die Schule kam, fiel Herrn Kovar sofort die Schüchternheit des Kindes auf. Lojzl hatte panische Angst zu sprechen, da sein Tschechisch nicht so gut war und er mit einem leichten Akzent einige Wörter falsch benutzte und gleich am ersten Tag verspottet wurde. Lojzl sprach wenig, beobachtete aber umso aufmerksamer alles und alle während des Unterrichts, und Herrn

Kovar fielen seine neugierigen und klugen Augen auf. Er war Klassenvorstand von Lojzls Klasse und konnte daher auf den Buben stärker eingehen. Die Kollegen berichteten, dass Lojzl manchmal dreimal die Woche nach Hause gehen musste, da es ihm schlecht ging. Während des Unterrichts lief er einige Male auf die Toilette, wo er sich übergab. Kreideweiß kam er dann zurück und war so schwach, dass er seinen Kopf auf die Arme stützte und auf die Bank legen musste. Spätestens dann schickten ihn die Lehrer nach Hause. Den Turnunterricht konnte er nur selten mitmachen, sein Körper war dazu zu schwach. Aber Herrn Kovar bemerkte, dass Lojzl musikalisch war und gab ihm zusätzlichen Unterricht, um die Musikalität und die Liebe zur Musik bei dem Kind zu wecken und zu stärken. Bei ihm wurde Lojzl nie schlecht. Als er Lojzl das erste Mal die Harmonika in die Arme drückte, lächelte dieser sogar. In kürzester Zeit begriff Lojzl die Akkorde und spielte bald kleine Stücke vor. Immer mit einem Gesichtsausdruck, als wäre er gar nicht in der Klasse, sondern in eine ferne schöne Welt eingetaucht. Es war ein Vergnügen, Lojzl beim Spielen zuzuhören. Herr Kovar bat ihn, seinen Vater in die Schule zu schicken, damit er ihm über die Begabung seines Sohnes berichten und ihm empfehlen könnte, Lojzl eine Harmonika zu kaufen.

Lojzl fing an zu weinen und bat den Lehrer inständig, auf so eine Aktion zu verzichten, sein Vater hätte dafür sicherlich kein Verständnis. Als er die Angst in den Augen des Kindes sah, verzichtete er auf das Gespräch und versprach Lojzl, ihm seine Harmonika zu leihen, wann immer er wollte.

Als die Familie noch in Wiener Neustadt war und später dann in Dresden, sprach Lojzl ausschließlich deutsch. In der Schule und auch zu Hause mit Mami. Nur wenn Papi nach Hause kam, musste er mit ihm Tschechisch sprechen. Zu seinem Ärger, denn seine Aussprache gefiel ihm überhaupt nicht. Es gab fast täglich Ärger darüber. Aber woher sollte Lojzl eine bessere Aussprache bekommen, wenn Mami weder ein Wort Tschechisch sprach noch die Sprache verstand? Und auch in den Ferien fuhren sie immer in die Obersteiermark. Alle seine Verwandten sprachen Deutsch. Und seitdem Martha im Kloster war, schlossen seine Großeltern ihn statt Martha ins Herz, und vor allem Oma beschäftigte sich den ganzen Sommer mit dem Kleinen. Er hörte so viele Geschichten über seine Schwester, dass Martha in seinen Augen von Mal zu Mal mehr zu einem märchenhaften Wesen wurde. Er freute sich riesig, wenn es hieß, Martha käme in den Ferien nach Hause, aber dann hatte sie wenig für ihren jüngeren Bruder übrig. Sie spürte, dass er ihren Platz in der Familie eingenommen hatte. Sie war eifersüchtig. Also spielte sie die große Schwester, die sich nicht mit Babys abgibt. Das kränkte Lojzl. Er hätte ihr so gerne von seinem Musiklehrer und der Harmonika erzählt, hatte aber Angst, dass sie ihn auslachen würde. Also schwieg er, wie immer.

Selbst wenn Lojzl von den Mitschülern ständig gehänselt wurde, hielt Herr Kovar seine schützende Hand über ihn. Er spürte, wie sensibel Lojzl war, sah die Angst in seinen Augen und versuchte, wo es nur ging, dem Kind Lob und Zuneigung zu geben. Wenn er dem Buben über das feine blonde Haar strich, spürte er die Freude und grenzenlose Hingabe des Kindes. Er dachte oft darüber nach, was Lojzl wohl so traurig stimmte. Er kannte den Vater, den kannte ja jeder. Die Mutter hatte er noch nie zu Gesicht bekommen, aber aus den Äußerungen Lojzls wusste er, dass dieser seine Mutter abgöttisch liebte. Dank Herrn Kovars Einsatz wurde Lojzl immer lockerer im Unterricht und seine Leistungen steigerten sich allmählich in allen Gegenständen.

Er war außer für Musik auch für Sprachen sehr begabt, und in kürzester Zeit hatte er sein Manko in der tschechischen Sprache aufgeholt. Nebenbei brillierte er in Englisch und Französisch und sogar das schwierige Latein schien ihm keine Probleme zu bereiten. Aber auch in Mathematik und den Naturwissenschaften hatte er gute Noten, und die meisten Lehrer, die anfänglich seinen Fähigkeiten gegenüber skeptisch gewesen waren, lobten seinen Lerneifer und seine Aufmerksamkeit. Bald war Lojzl einer der besten Schüler, und seine Neugier auf neues Wissen schien unbegrenzt. Das Harmonikaspielen blieb aber seine größte Leidenschaft.

Als er davon viel später seiner Mutter erzählte, beschloss sie kurzerhand, mit Papi zu sprechen, und zu Weihnachten lag unter dem Christbaum eine wunderschöne rot und schwarz gefasste, mit glänzendem Chrom verzierte Ziehharmonika. Lojzl war überglücklich. Sofort nahm er sie an sich und spielte einige Weihnachtslieder. Beide Eltern waren mehr als überrascht, als sie die Virtuosität sahen, mit der Lojzl das Instrument handhabte. Von da an spielte Lojzl regelmäßig nach der Rückkehr aus der Schule. Er traute sich bald an schwierige

Stücke, an klassische Musik und sogar an Opern. Sein Repertoire vergrößerte sich von Monat zu Monat.

Im Frühling bat Herr Kovar ihn, ein Konzert in der Schule zu geben. Er stimmte zu, ohne dass er daran dachte, wie schwierig es für ihn sein würde, vor so vielen Schülern zu spielen. Seine Begeisterung war so groß, dass die stille Angst wich. Er bereitete sich sorgfältig für dieses große Ereignis vor, und als der große Abend gekommen war, konnte er seinen Auftritt nicht erwarten. Herr Kovar stand hinter der Bühne und hielt schützend seine Hand an Lojzls Schulter. Im Publikum saß sogar sein Vater, die Mutter blieb fern. Lojzl wusste nichts von dem plötzlichen Entschluss seines Vaters. Zu Hause hieß es, Vater muss zu diesem Zeitpunkt geschäftlich verreisen.

Die Leute applaudierten, als Lojzl langsamen Schrittes auf die Bühne kam. Er drückte seine geliebte, schöne Harmonika an sich, verbeugte sich, und fing an, langsam die Tasten zu streichen. Die Takte reihten sich aneinander wie kostbare Perlen, und nach und nach erklangen im Raum herrliche Melodien. Das Publikum war von der Schönheit der vorgetragenen Musik und der Virtuosität des Knaben tief beeindruckt. Es war immer ganz still, und mit Spannung erwarteten die Leute das nächste Stück. Mitten im Konzert, als der Applaus nachließ und der zweite Teil angekündigt wurde, sah Lojzl das erste Mal ins Publikum.

Seine Augen streiften durch die Reihen und plötzlich zuckte er. In der vorletzten Reihe saß unübersehbar sein Vater. Die Augen der beiden trafen sich. Lojzl fing an zu zittern. Er konnte sich auf nichts mehr konzentrieren. Es fiel ihm keine einzige Note ein. Als Herr Kovar merkte, dass irgendetwas nicht in Ordnung war und er langsam auf Lojzl zuging, wurde ihm klar, wie aufgeregt Lojzl wirklich war. Im letzten Augenblick gelang es Herrn Kovar, die Harmonika, die Lojzl aus der Hand fallen wollte, aufzufangen. Er legte das Instrument hin und führte Lojzl langsam hinter die Bühne. Dort brach der Kleine zusammen. Der Arzt musste ihm eine Beruhigungsspritze geben, und Lojzl wurde nach Hause gebracht.

Es war sein erstes und letztes Konzert. Niemand hat jemals herausgefunden, was da wirklich passiert war. Lojzl schwieg wie immer, und diesmal schwieg sogar Vater.

Die letzten Monate in der Schule waren für Lojzl wie von einem dunklen Schleier bedeckt. Seine Leistungen ließen nach und seine einzige Freude war es, mit Herrn Kovar zu musizieren und mit ihm zusammen zu sein. Ende Juni kam Vater eines Tages nach Hause und teilte der Familie mit, sie müssten wieder umsiedeln. Diesmal nach Brünn. Der Bub muss sowieso ins Gymnasium und dann in die Handelsakademie. In diesem Kaff hier gibt es das alles nicht. Lojzl reagierte zunächst gar nicht. In der Nacht bekam er hohes Fieber. Ein Arzt musste kommen. Lojzl konnte die letzten Wochen nicht mehr in die Schule. Der Gedanke, seinen einzigen Freund zu verlieren, sich von ihm trennen zu müssen, konnte Lojzl nicht verkraften. Herr Kovar versuchte vergeblich, den Buben zu besuchen. Das wusste Lojzl aber nicht, er dachte, Herr Kovar hatte ihn schon vergessen. Das schmerzte ihn am meisten. Von dem schweren Nervenzusammenbruch erholte sich Lojzl in der Obersteiermark bei den Großeltern nur langsam; trotz aller Liebe und Aufmerksamkeit der Großeltern, trotz der guten Luft und der Schönheit der Natur. Oft dachte Lojzl an Onkel Ferdinand und wünschte, dieser würde ihn holen. Dort wo er war, musste man sicherlich nicht ständig umsiedeln.

13. KAPITEL: BRÜNN – DIE FLEGELJAHRE

Das Haus, das Papi kaufte, lag nahe dem Zentrum, gleich neben dem wunderschönen Stadtpark. Aus den Fenstern der Vorderfront sah man die schlanken Fichten und der kleine Pavillon am Parkeingang. Sie bezogen den ersten Stock. Der zweite Stock, in dem zwei Wohnungen waren, blieb unbewohnt, Papi wollte die Wohnungen für die Kinder frei halten. Im dritten Stock wohnte die Familie Repetzki. Er war ein Deutschlehrer aus Oberschlesien, seine Frau war aus dem Böhmerwald. Sie hatten zwei ganz liebe kleine Kinder. Und als Nachbarn waren sie angenehm und vor allem konnten sie Deutsch, so dass sie hin und wieder mit Mami ein paar Worte tauschen konnten.

Die Wohnung hatte sechs Zimmer, also groß genug, um auch den Dienstmädchen einen Wohnraum zu geben. Die holte Papi immer aus der Obersteiermark, da Mami alle anderen abgelehnt hatte. Das Zimmer von Lojzl war gleich neben dem der Dienstmädchen. Die Fenster gingen in den Hof. Jedes der Wohnhäuser hatte im Hinterhof einen kleinen Garten und aus Lojzls Fenster konnte man bis an die Ecke zum Musikgymnasium sehen. Wie sehr hatte er sich gewünscht, dort in die Schule zu gehen. Aber seine Bemühungen Papi davon zu überzeugen, waren völlig wirkungslos. Er sollte eine Handelsschule besuchen, denn schließlich sollte er einmal die Firma übernehmen.

Jeden Winter wartete Lojzl immer darauf, dass sich im Frühling endlich die Blumen in den Gärten in ihrer vollen Pracht zeigten. Dann sah es aus wie in Omas Garten in der Obersteiermark. Dort verbrachte er ja alle Ferien. Das waren die schönsten Zeiten für Lojzl. Denn die Stadt, die Schule und die Mitschüler waren für ihn nur bedrückend. Freunde durfte er keine haben. Mami hütete ihren Sohn ängstlich, um zu vermeiden, dass ihn jemand ausnützte oder verletzte. Dass sie ihn damit der Lächerlichkeit preisgab, merkte sie nicht.

Eine kleine Abwechslung waren die Besuche von Martha, die zu Weihnachten und in der Ballsaison immer aus Dresden nach Brünn kam. Dann war die Aufmerksamkeit der Eltern meistens mehr auf die Schwester konzentriert und Lojzl wurde dadurch etwas entlastet. Er konnte dann ungestört in seinem Zimmer Harmonika spielen, ohne dass sich irgendjemand darüber aufgeregt hätte. Manchmal kam Martha sogar, legte sich auf das bequeme Sofa und hörte ihm mit geschlossenen Augen zu. Sie sprachen selten miteinander.

Beide lebten in anderen Welten und hatten nur wenig gemeinsam. Über die Eltern trauten sie sich kaum ein Wort zu verlieren. Martha wartete, bis Lojzl mit dem Spielen aufgehört hatte, sagte: „ Schön" und ging wieder weg.

Wenn die Attacken von Papi zu bösartig waren, konnte es auch mal passieren, dass Martha Lojzl in Schutz nahm. Auf Martha hörte Papi doch eher als auf Mami. Sie war immer noch sein Herzpinkerl. Und Martha merkte sehr bald, auch wenn sie selbst noch ein halbes Kind war, dass die Eltern Lojzl völlig falsch behandelten. Sie verstand nicht, dass er keine Kameraden hatte und die meiste Zeit allein war. Der kleine kränkliche Bruder tat ihr in seiner Einsamkeit leid. Er war doch so ein schönes Kind. Seine feinen Gesichtszüge und die Alabasterhaut, umrahmt von den schönen blonden Locken erinnerten an einen Engel. Zum Unterschied zu ihr hatte Lojzl braune Augen. Sie hatte die blauen Augen vom Papi geerbt, Lojzl die schönen runden dunkelbraunen Augen von der Mami. Auf den wenigen gemeinsamen Fotos wirkte die Familie fast märchenhaft. Die stolze stattliche Figur von Papi, seine dichten blonden Haare, die blauen Augen, immer perfekt gekleidet entweder in einem Trachtenanzug oder in einem perfekt geschneiderten Anzug, daneben Mami, etwas kleiner, aber doch auch vom imposanter Statur, blonde Locken, braune Augen, die Schönheit in Person. Auch sie trug immer dann Trachten, wenn Papi sie anzog, oder man sah sie in eleganter Seide oder Samt. Sie hatte keine große Garderobe, aber ihre Kleider waren immer von sehr guter Qualität, solide, gut genäht und mit viel Geschmack ausgewählt. Darüber konnte sich vor allem ihre Schwester Mimi stundenlang alterieren.

Die alten Fotos hatten alle Lebenskrisen, alle Kriege und sonstigen Katastrophen überlebt. Wenn man sie betrachtete, konnte man nur den Eindruck gewinnen, hier sieht man eine schöne glückliche Familie. Wie oft hat Lojzl später diese Fotos angesehen! Waren das wirklich seine Eltern, seine Schwester und er? Sie wirkten immer ein bisschen unwirklich auf ihn. Er erlebte die Familie ganz anders. Die Fotos vermittelten eine heile Welt und die suchte Lojzl immer dann, wenn der Alltag unerträglich war. Immer dann, wenn die Spannungen zu stark wurden, und er sein Schweigen nicht mehr aushielt, wurde er krank. Seine zarten Nerven wurden mit der beginnenden Pubertät immer schwächer, und es genügte eine Kleinigkeit, um ihn aus der Bahn zu werfen. Das machte Papi dann noch rasender. Er wollte einen starken Sohn, der so wie er war, und nicht einen Schwächling, der eigentlich nur in die Familie seiner Frau passte. Er dachte, mit Strenge und Brutalität wird er es schaffen, die Schwäche seines Sohnes in Stärke zu verwandeln. Das permanente Weinen und Jammern von Magda machte ihn nur noch aggressiver. Nach den ersten Jahren in der Stadt gingen Lojzls schulische Leistungen rasant bergab. Die Lehrer riefen Papi in die Schule und empfahlen ihm, Lojzl auf eine andere Schule zu geben, wo es nicht so viel Mathematik und Buchhaltung gäbe, weil Lojzl sprachlich und musisch begabt sei. Aber es gelang ihnen nicht, den Vater umzustimmen. Und so blieb Lojzl in der gehassten Schule, und sein Körper schien immer durchsichtiger zu werden.

Die einzigen Stunden, auf die Lojzl sich freute, waren die Fremdsprachen. Und da entwickelte er so eine unglaubliche Begabung, dass er in kürzester Zeit der Beste nicht nur in der Klasse, sondern in der Schule war. Seine Aufsätze in Englisch und Französisch wurden bei Feiern vorgelesen, und Lojzl saß mit hochrotem Kopf im hintersten Eck des Saales, und das Lob war ihm peinlich. Wie gerne würde er lieber von seinen Kameraden anerkannt werden! Wenn diese leise untereinander Geheimnisse austauschten, im Eck des Schulgartens Zigarren probierten oder über ihre Sportleistungen sprachen, blieb er allein. Das war aber die Welt, von der er träumte! Er merkte gar nicht, wie sehr seine Mitschüler ihn um die

Sprachbegabung beneideten, wie sehr sie sein Harmonikaspielen bewunderten. Seine große Hoffnung in diesen Jahren war, dass die Familie wieder umsiedeln würde. Das war ja durch seine ganze Kindheit fast jedes Jahr passiert, also konnte es durchaus möglich sein, dass Papi heut' oder morgen wieder in die weite Welt ziehen würde, und Lojzl damit diese schrecklichen Erfahrungen hinter sich lassen könnte. Wie sehr irrte er! Aus dieser Stadt kam er lebenslänglich nicht mehr hinaus. Er ahnte nicht, dass dieses sein Gefängnis ihn wie eine große Spinne in den Fängen hielt und nie mehr loslassen würde; dass sein Schicksal an dem Tag, an dem sie nach Brünn zogen, besiegelt worden war.

Vater schlug ihn mit der Peitsche grün und blau, als er von Zigan, Marthas Reitpferd hinunterfiel. Papi war davon überzeugt so aus ihm einen Mann zu machen, Lojzl wollte nur noch sterben. Er wünschte, Mutter würde ihn nicht so sorgfältig pflegen, er wollte gar nicht genesen. Ab diesem Tag wandelten sich der anfängliche Respekt und die Angst vor seinem Vater in Hass. Viele Dinge, die Vater mochte, sabotierte er einfach, selbst dann, wenn es ihm vielleicht Spaß gemacht hätte. Immer wenn Vater etwas von ihm verlangte, wurde er krank. Ganz einfach so. Er entzog sich damit dem Vater komplett. Das Toben und Schreien hatte seine Wirkung verloren. Papi spürte es, und es blieb ihm nichts anderes übrig, als mit Wut die Türen hinter sich zuzuschlagen und ins Kaffeehaus zu gehen. So konnte Lojzl immer mehr die Zuflucht bei Mami suchen. Sie lagen an den Wochenenden im Bett, hörten Musik und aßen das feinste Schockoladekonfekt, das man nur im besten Delikatessenladen bekam. Mami hatte Lojzl endlich nur für sich. Sie hielten ihre Seancen geheim, damit Papi davon nichts erfuhr. Aber wie's der Teufel will, eines Sonntagnachmittags kam Papi früher nach Hause und fand die Beiden im Schlafzimmer.

Er holte die Peitsche und schlug auf beide ein, bis Mami bewusstlos zusammenbrach. Lojzl versuchte sie zu schützen, machte es damit aber noch schlimmer. Papi ließ die Peitsche fallen, stürzte sich mit seinen großen Pranken auf Lojzl und fing an, ihn zu würgen. Erst als er merkte, dass Lojzl kaum noch atmete, ließ er von ihm ab. Lojzl rang nach Luft und seine Panik steigerte sich von Minute zu Minute. Plötzlich fing er an zu schreien, weißen Schaum vor dem Mund und zitterte am ganzen Körper. Die Augen quollen aus ihren Höhlen, und er fing an, sich im Kreis zu drehen. Papi wusste nicht, was zu tun war, und seine einzige Idee war es, die Rettung zu rufen.

Sie brachten Lojzl in die Nervenklinik, mussten ihn überwältigen und in eine Zwangsjacke stecken. Er war fast drei Monate in Behandlung. Der behandelnde Arzt war sich nicht so sicher, ob nicht der Vater eingeliefert werden sollte. Er versuchte zu erreichen, dass Lojzl Abstand vom Vater gewann. Mami kam ihn regelmäßig besuchen, und beide weinten viel zusammen.

Als Lojzl das erste Mal wieder in die Schule kam, war er noch isolierter als vorher. Alle sahen ihn von der Seite an und gingen ihm aus dem Weg. Die Klasse beendete er mit vielen Ungenügend, ein Aufstieg in die nächste Klasse war dadurch so gut wie unmöglich. Lojzl wollte unbedingt Gärtner werden, da er Blumen so liebte, aber das durfte ein Sohn aus so einer gutsituierten Familie natürlich nicht. Sein Aufenthalt in der Nervenheilanstalt störte da Niemanden. Also drückte Mami es durch, dass er in ein Alumnat kam, wo junge Burschen auf das Priesteramt vorbereitet wurden. Lojzl war es egal. Das Alumnat war nicht weit weg vom Wohnhaus, und das Wichtigste war, es hatte einen großen Garten. Lojzl fand sehr bald heraus, dass man sich freiwillig für die Gartenarbeit melden konnte, wenn man bestimmte Gegenstände in der Klasse nicht besuchen wollte. Da die meisten nicht im Garten arbeiten wollten, wurde es nach und nach seine Domäne. Das Beste daran war, keiner draußen, vor den Mauern, erfuhr irgendetwas davon. Am Feierabend durfte er den Mitschülernauf der Harmonika vorspielen. So gesehen waren das die schönsten Jahre seines Lebens. „So könnte es bis ans Ende der Tage gehen“, dachte er oft. Das Schicksal hatte etwas anderes mit ihm vor.

14. KAPITEL: DRESDEN

Martha saß auf der Bank vor dem Zwinger und schaute das imposante Gebäude interessiert an. Sie wartete auf ihre Freundin Hilde, die die kurzen Ferien zu Hause in Stolpen verbrachte und am Sonntag, vor Schulbeginn, sich noch mit Martha treffen wollte. Für Martha zahlte es sich nicht aus, nach Hause zu fahren, der Weg war zu weit, und sie wurde ja auch durch nichts Besonderes hingezogen. Es war angenehm im Internat zu sein, wenn die meisten Schülerinnen weg waren und nur die von weit kommenden Mädchen in Dresden blieben. „Wie schnell doch die ersten vier Jahre vergangen waren“, dachte Martha. Und heuer stieg sie schon in die Oberstufe auf.

Sie sah sich mit Papi vor vier Jahren in Salzburg in den Zug einsteigen. Wieder einmal eine Fahrt im Zug mit ihm! Eines Tages tauchte er im Ursulinenkloster auf, sprach mit der Direktorin und ging mit Martha in Salzburg spazieren. Sie schauten sich Geschäfte an, Papi kaufte ihr ein paar schöne Kleider und Schuhe, und er sagte ihr, es wäre besser für sie nicht nach Brünn zurück zu kommen, um dort das Gymnasium zu besuchen. Er hätte lang herumgesucht und endlich etwas Passendes für sie gefunden. In Dresden gab es eine Internatsschule die ausschließlich „Höhere Töchter“aufnahm und eine sehr gute Ausbildung vermittelte. Die Schulgebühren wären nicht unbedingt billig, aber bei der Ausbildung sollte das Geld keine Rolle spielen. Solange Martha zufrieden sei und es ihr dort hoffentlich besser gefiele als in Salzburg, wäre alles in Ordnung. Und dann holte er sie am Schulende ab, fuhr mit ihr aber nicht nach Brünn in die Ferien, sondern direkt nach Dresden. Dort wollte er mit ihr Urlaub machen, sich und ihr einige schöne Tage gönnen, und sie sollte sich in der neuen Stadt langsam einleben, bevor noch die Schule begann.

Und so saß sie mit ihm im Zug und beobachtete neugierig die Landschaft. Die Fahrt war aber viel zu lang, und das Rattern des Zuges ließ Martha nach kurzer Zeit einschlafen. Als sie wieder wach wurde, stand Papi schon mit den Gepäckstücken im Gang und lächelte sie an, als er sah, dass sie die Augen aufschlug. Dann blieb der Zug stehen und am Bahngebäude hing eine große Tafel mit der Aufschrift „Dresden Hauptbahnhof".

Wieder, wie damals, als sie das erste Mal mit Papi in Salzburg angekommen war, klopfte ihr Herz vor Aufregung. Während der Kutschfahrt zum Internat staunte Martha über die Größe und Schönheit dieser Stadt. Sie verstand jetzt, warum Papi dauernd von einer der schönsten Städte Europas sprach. Als sie beim Zwinger vorbeifuhren, fiel Martha fast aus dem Fenster. So einen Bau sah sie das erste Mal. Wie beeindruckend, wie herrlich. Als ihr Papi sagte, das wäre auch eine Bildergalerie, wusste sie - dort würde sie sicherlich viel Zeit verbringen. Am Rande der Stadt lag das Internat mitten im Grünen, rechts das Schulgebäude, links das Internat. Hinter dem großen Hof gab es Tennisplätze und ein Sportstadion. Ein wunderschöner, gepflegter englischer Garten führte zum Eingang. Was für ein Unterschied zu dem düsteren Kloster in Salzburg! Schon beim

Aussteigen fühlte sich Marta wohl und wusste, dass es ihr hier gut gefallen würde.

Da es Papi strikt ablehnte, mit Martha in den Zwinger zu gehen, verbrachten sie die Tage mit schweigsamem Spazierengehen. Nach einer Woche merkte Martha, wie Papi zunehmend grantig wurde und ihr bei jeder Frage nur gereizte Antworten gab. Sie spürte seine Nervosität und eines Tages sagte er ihr glatt, er könne nicht länger bleiben, er müsse ins Geschäft zurück. Also waren aus einigen Wochen ein paar Tage geworden, aber Martha freute sich auch über die kurze Zeit, die sie mit Papi verbracht hatte. Er verabschiedete sich hastig mit dem Gefühl schlechten Gewissens, aber er hätte dieses Nichtstuneinfach nicht länger ausgehalten.

Martha blieb also im Internat. Es waren nur wenige Mädchen da, und die waren alle älter als sie. Sie hatten nur wenig Kontakt, und Martha verbrachte die Ferien im schönen Park des Internats mit Lesen. Es gefiel ihr, so zu tun, als wäre sie erwachsen. Was für ein Unterschied zu Salzburg! Die Menschen hier kamen ihr am Anfang zu direkt vor, fast schroff und unhöflich, aber mit der Zeit gewöhnte sie sich sowohl an den neuen Dialekt wie auch an die Leute, die im Internat arbeiteten und sich um sie und alle anderen kümmerten. Nach und nach kamen Mädchen aus ganz Europa und in den letzten zwei Wochen kamen dann auch die Anfänger, ihre zukünftigen Klassenkameradinnen.

Die meisten Zimmer waren Vierbettzimmer, nur auf besonderen Wunsch gab es ein paar Doppelzimmer, die aber nur den reichsten Mädchen, meistens Adligen und den älteren Mädchen zur Verfügung standen. In Marthas Zimmer zogen drei Mädchen ein, die gar nicht unterschiedlicher hätten sein können.

Hilde war aus Stolpen, die älteste Tochter eines Papierfabrikanten, die eines Tages die Fabrik übernehmen sollte, da es keinen Sohn gab, und die zwei jüngeren Töchter dem Vater nicht geeignet schienen. Sie war ein eher schüchternes Mädchen, kurzsichtig, blass, mit leicht rötlichen Haaren. Sie war sehr diszipliniert und wohlerzogen und lernte immer sehr gewissenhaft. Sie hatte einen sehr ernsthaften Charakter. Nur Martha konnte sie zum Lachen bringen. Gerade weil sie so verschieden waren, entwickelte sich eine Freundschaft, die lebenslang hielt, sogar über den Tod von Martha hinaus. Deren jüngste Tochter führte diese Freundschaft bis zum Tod von Hilde fort.

Vera war aus Bulgarien. Ihr Vater war dort Minister und besaß riesige Rosenplantagen. Wohin sie kam, verbreitete sie den feinen Duft der Rosen und gab ihren Freundinnen immer großzügig die kleinen Rosenduftbehälter, die wie eine Ampulle aus der Apotheke aussahen und mit Siegel verschlossen waren. Ein Tropfen von diesem wertvollen Öl reichte, um eine ganze Woche lang nach Rosen zu duften. Später, als Martha bereits verheiratet war, fuhr sie mit ihrem Mann zu Vera und ihrer Familie und verbrachte dort eine herrliche Zeit. Vera war sehr schön, dunkelhaarig, hochgewachsen, ihre Haut war weiß wie Alabaster, was ihre wunderschönen dunklen Augen noch ausdrucksvoller machte. Sie war sehr liebenswürdig, sprach nur gebrochen Deutsch, was sich aber im Laufe der Jahre sehr schnell änderte. Sie war einerseits elegant, andererseits sehr sportlich. Als sie das Zimmer bezog, gefiel ihr Martha am besten, denn sie dachte, sie wäre auch slawischen Ursprungs, was sie aber bald revidieren musste. Außerdem konnte sie mit Martha herzlich lachen, im Unterschied zu den zwei anderen Mädchen.

Vesa kam als letzte an. Drei Tage vor dem Schulbeginn, was sehr unüblich war, da die Direktion gerade bei den Erstklässlern wollte, dass die Mädchen mindestens eine Woche vor Beginn der Schule ankämen. So lernten sie einerseits die Routine des Internatslebens kennen und andererseits auch einander. Als erstes verkündete Vesa in einem sehr distanzierten Ton, sie bleibe nur ein paar Tage, um dann in ein Doppelzimmer umzuziehen. Die drei sahen sich an und schwiegen. Als sie dann noch fragte, wer ihre Koffer auspacken würde, die der Kutscher hereinbrachte, brach Martha das Schweigen mit lautem Lachen. Zögernd schlossen sich die zwei Mädchen an und alle bogen sich vor lautem Lachen. Vesa machte zuerst ein sehr beleidigtes Gesicht, dann aber setzte sie sich auf ihr Bett und beobachtete verstohlen die lachenden Mädchen. Martha stand auf und ging lachend auf die Koffer von Vesa zu, öffnete sie und nahm ein Stück nach dem anderen heraus. Hilde und Vera folgten ihr und in Nu waren die drei riesigen Koffer leer. Vesa schaute die ganze Zeit zu, war aber außerstande, irgendetwas zu unternehmen. Sie wusste nicht was. Sie war noch nie in einer solchen Situation gewesen. Sie stammte aus einer adeligen Familie in der Nähe von Straßburg. Der Vater war Deutscher, die Mutter Französin, so war Vesa zweisprachig aufgewachsen.

Sie hatte immer nur Privatlehrer gehabt, war nie zur Schule gegangen, und die Dienerschaft hatte ihr immer zur Verfügung gestanden, um die Dinge des Alltags bewältigen zu können.

Sie war zierlich, blond und hatte dunkle Augen. Die Gesichtszüge verrieten eine sehr feinfühlende Persönlichkeit. Sie brauchte lange, bis sie sich an das Internats- und Schulwesen gewöhnt hatte. Aber die drei Zimmerfreundinnen halfen ihr mit allem und unterstützten sie, wo es nur möglich war. Martha gefiel ihr am besten, da sie ihr ähnlich schien und trotzdem viel robuster war. Sie hatte das Gefühl, sie könnte ihr alle ihre Sorgen, selbst die kindischsten, anvertrauen. Und sie mochte den Humor von Martha so sehr, sie konnte sich nicht erinnern, dass daheim jemand jemals so herzlich gelacht hatte.

Am Ende des ersten Jahres waren die vier unzertrennlich, teilten alles miteinander. Sie mochten und verabscheuten die gleichen Lehrerinnen. Dasselbe galt für die Lehrfächer und die Mitschülerinnen. Wenn die Eltern von Vera und Vesa kamen, um die Kinder für die Ferien abzuholen, wurden alle von ihnen immer zum Essen oder mindestens Eis essen eingeladen. Schon die ersten Weihnachten lud Hilde Martha zu sich nach Hause ein, und so kam es, dass Martha sehr selten nach Hause fuhr. In den großen Ferien fuhr sie dann lieber in die Obersteiermark, solange ihre Großeltern noch lebten. Papi kam ab und zu zu Besuch, wenn er in Deutschland geschäftlich etwas zu tun hatte. Er erkundigte sich bei der Direktorin, welche Fortschritte Martha machte, ging mit ihr essen und machte ihr Komplimente, wie sehr sie sich zu ihrem Vorteil verändert hatte.

Später wurde er dann bei diesen Zusammenkünften immer nervös und wusste gar nicht mehr, wie er sich benehmen sollte. In Gegenwart von Martha kam es ihm vor, als ob er alles verkehrt machte. Sie war eben eine feine junge Dame geworden.

Die Direktorin war die Tochter einer einflussreichen adeligen Familie aus Berlin. Nach einer unglücklichen Jugendliebe beschloss die Familie, dem Wunsch der jungen Frau nachzugeben und ihr eine Ausbildung als Lehrerin zu gestatten. So wurde sie Direktorin des erst kürzlich erbauten Internats für höhere Töchter. Die Familie trug finanziell wesentlich dazu bei, dass die Schule fertig gebaut wurde und steuerte auch weiterhin Gelder bei, wenn dies erforderlich war. Man munkelte im Internat, dass die Schule ganz der Frau Direktor gehört, aber etwas Genaues wusste niemand. Frau von Boylen war sehr streng, und alle hatten einen großen Respekt vor ihr, das Personal und die Schülerinnen. Man sah sie selten, da sie die meiste Zeit mit der Organisation der Schule beschäftigt war. Sie suchte immer neue höhere Töchter für die Ausbildung und half auch denen, die das Internat verließen, Fuß zu fassen. Das hieß entweder, einen gut situierten Mann zu finden, bei dem die Gattin die Repräsentationsrolle spielen konnte, die sie ja jahrelang eingeübt hatte, oder im schlimmsten Fall, eine Stelle als Gouvernante oder Lehrerin zu finden. Das füllte ihren Tag ganz aus. Danach pflegte sie jeden Tag mit einer Klasse Mittag zu essen, um die Tischmanieren kontrollieren zu können. Davor zitterten die Mädchen schon Tage vorher. Es gab keinen festen Plan dafür, also kam Frau Direktor ganz unverhofft zu den Mahlzeiten. Diese Essen endeten meistens mit Tränen. Aber die scharfen Worte der Direktorin vergaßen weder die angesprochenen Mädchen noch die ganze Klasse. Jahrzehnte später hörten die Kinder von Martha bei Tisch noch die scharfen Worte der Direktorin.

Mit eiserner Hand führte sie das Kommando, und nach den strengsten Regeln wurden auch die Lehrerinnen ausgesucht. Die Lehrerin für Deutsch und Sport war die Einzige, die nicht aus gehobener Gesellschaftsschicht kam. Madame Bucher kam aus eher ärmlichen Verhältnissen. Ihr Vater war Lehrer gewesen, war im Krieg gefallen, und die Mutter kam mit den drei Kindern nur schwer durchs Leben. Sie wollte, dass eins der Kinder wie der Vater Lehrer würde und bevorzugte dafür ihren ältesten Sohn. Als sich herausstellte, dass er fürs Lernen nichts übrig hatte, war Maria die Auserwählte. Da sie ein sehr bewegliches, unruhiges Kind war, beschloss man, sie möge Sport studieren, was in der damaligen Zeit sehr ungewöhnlich war, vor allem für Mädchen. Aber Maria machte alle Examen mit Auszeichnung und bewarb sich in Dresden.

Niemand glaubte, dass sie die Stelle bekommen würde, die Kriterien für diese Schule waren bekannt. Aber die Direktorin war nicht nur vom Können, sondern auch von der Durchtrainiertheit Marias beeindruckt. Sie wollte, dass ihre Mädchen eine gute Sportausbildung bekamen, denn das war der Zukunftstrend für junge Damen, und da wollte sie die erste sein, die das anbot. Und das umfassende Wissen über die deutsche Literatur machte es Maria umso leichter in die Schule aufgenommen zu werden. Madame Bucher war eine gute Pädagogin, ging beim Sport auf jedes Mädchen ein und versuchte auch die tollpatschigsten noch zur Leistung zu bringen. Ihre Vorträge über deutsche Literatur waren so beliebt, dass sie nach kurzer Zeit einen Lesesalon installierte, wo die interessierten Schülerinnen Aufsätze oder aus ihren Lieblingsbüchern vorlesen konnten. Sie war eine der Lieblingslehrerinnen der vier Freundinnen. Inzwischen gehörte dazu Madame de Reiner. Sie war die Älteste und trotz ihrer nach außen getragenen Distanziertheit sah man ihr die Feinfühligkeit an. Niemand wusste etwas Genaueres über ihre Vergangenheit, nur dass sie aus Avignon kam und viele Jahre als Gouvernante und Privatlehrerin in den höchsten Gesellschaftskreisen tätig gewesen war. Sie kannte jeden im öffentlichen Leben und bekam ab und zu Besuche, die alle im Internat staunen ließen. Sie unterrichtete Französisch als Hauptfach, Spanisch und Italienisch als Freifächer für die Mädchen, die sich diese Ausbildung wünschten. Die meiste Zeit sprach man bei Tisch Französisch, nur an denWochenenden Englisch. Es unterhielt Martha und Vesa, Madame de Reiner beim Sprechen zuzuhören. Vesa hatte viele Verwandte in Paris, darunter auch eine Cousine Fleur, die sie öfter in Dresden besucht hatte, und die Martha und Vesa später dann in Paris immer wieder aufsuchten. Es waren wahrscheinlich diese anfänglichen Kontakte und die gute Lehrerin, die das Marthas Leidenschaft für Französisch bewirkten. Mit Englisch kam sie nie so weit, und die Sprache lag ihr auch nicht wirklich. Da lernte sie schon lieber Spanisch, das sie dann bei ihren vielen Reisen gut gebrauchen konnte.

Und trotzdem gehörte die Englischlehrerin Miss Berry, eigentlich Lady Berry, die darauf bestand, dass man sie mit "Miss" ansprach, zu ihren Lieblingslehrerinnen. Miss Berry hatte auf Wunsch der Familie einen betagten und sehr vermögenden Lord geheiratet, der aber sehr bald starb. Das große Vermögen machte Miss Berry Angst, sie übergab alles einem Verwalter und ging ihrem Lebenstraum nach, selbständige Lehrerin zu werden. Sie liebte Kinder, und da sie keine eigenen hatte, wollte sie ihr Leben den Kindern in der Schule widmen. Neben Englisch unterrichtete sie noch Musik und Zeichnen. Das alles waren Fächer, die Martha liebte. Aber auch die anderen Mädchen, bis auf Hilde, freuten sich auf diese Stunden. Dafür war Hilde sehr gut in Englisch. Zusammen mit Vesa waren sie die Vorzeigeschülerinen von Miss Berry. Vesa tat sich etwas schwerer, aber Miss Berry opferte jede freie Minute, um Vesa Nachhilfeunterricht zu geben. Vesa hatte eine schöne Stimme und zusammen mit Martha gestalteten die beiden kleine Konzerte. Die eine spielte Klavier und die andere sang dazu, dann wechselten sie sich ab. Diese Abende hatten bald eine Tradition und alle freuten sich, wenn wieder ein Musikabend angesetzt war.
Vera hatte all diese Talente nicht, konnte aber wunderschöne Bilder malen. Sie spezialisierte sich auf Landschaften und oft mussten die anderen mit in die Natur oder zum Zwinger in den Park, wenn Vera dort malen wollte.

Die anderen Lehrerinnen waren auch sehr nett, kamen aber nicht an die Persönlichkeiten der drei Sprachlehrerinnen heran. Madame Jablonsky kam aus einer Kleinstadt in Polen und unterrichtete

Handarbeiten und Innendekoration, was Martha sehr interessierte, und Madame Seglin kam aus Budapest und war eine kleine dickliche Person mit rundem Gesicht und strahlenden Augen und war für Kochen und Tischdekoration zuständig. Sie wurde von den Mädchen geschätzt, weil sie die größte Geduld mit ihnen hatte. Wenn ihr ein Mädchen zu mager vorkam, hatte sie in ihren tiefen Rocktaschen immer etwas Gutes für sie aufgehoben. Sie wurde von ihren Kolleginnen wegen ihrer Einfachheit belächelt, dabei kam sie genau wie die anderen aus einer sehr angesehenen Familie. Aber das kümmerte sie wenig. Sie lachtegern und meinte immer: „Zum guten Essen gehört auch ein gutes Gemüt."

Und dann kamen die Damen, die in der Schule nicht sehr beliebt waren. Vielleicht lag es an den Gegenständen - Mathematik, Physik, Chemie und Biologie. Diese Fächer teilten sich Zwillingsschwestern, die aus einer verarmten Landadelsfamilie aus Sachsen kamen. Sie mussten die Mutter und weitere Geschwister mit ihrer Arbeit unterstützen. Madames Eva und Erna Haller waren kleingewachsene magere Frauen mit sehr strengem Gesicht, sie verstanden keinen Spaß. Man sah ihnen an, dass das Leben sie schlecht behandelt hatte, und man hatte den Eindruck, dass sie die jungen Mädchen um ihre Zukunft beneideten. Sie sahen sich so ähnlich, dass die Mädchen oft rätselten, ob nicht die eine für die andere einsprang. Ihre Kleidung war äußerst altmodisch und sehr bescheiden, und sie mussten sich oft Bemerkungen der Direktorin darüber gefallen lassen.

Für Geschichte und Geographie gab es dann noch eine ganz junge Dame mit durchgeistigtem Gesicht, Madame Berger aus Innsbruck. Man munkelte, sie wäre in einen verheirateten Mann verliebt gewesen. Als ihre Familie darauf kam, musste sie sofort den Ort verlassen und eine Ausbildung machen. Man schickte sie weit genug weg, damit die Zeit den Skandal heilen konnte. Nicht dass sie uninteressante Gegenstände unterrichtete, aber die Lehrerin schaffte es nicht, sie interessant zu machen. Ihre anhaltende Depression bewirkte, dass sie den Stoff teilnahmslos vorlas. Man sah ihr die Anstrengung an und auch wie sie ungeduldig das Ende der Stunde herbeisehnte. Die Mädchen witzelten oft, dass die Familie der Lehrerin der Direktorin noch zahlen müsste, damit diese überhaupt bleiben konnte. Es war wirklich erstaunlich, wieso es dem strengen Blick der Direktorin entging, dass da eine Lehrerin völlig mit ihrer Aufgabe überfordert war.

Der Direktorin oblag es, neben den Tischgesellschaften auch einmal die Woche in einer der Klassen Benehmens-Unterricht zu erteilen. Vor diesen Stunden hatten alle Angst, denn keine noch so unbedeutende Kleinigkeit entging der Direktorin. Auch die Lehrerinnen wurden ständig wegen Missachtung der guten Manieren gerügt, was alle natürlich völlig unangebracht fanden. Diesbezüglich konnte man mit ihr aber nicht diskutieren. Ihrer Meinung nach war es genau dies, was neben der guten allgemeinen Ausbildung für den guten Ruf ihrer Schule sorgte. Die Mädchen, die bei ihr ausgebildet worden waren, waren für alle hohen Posten ihrer zukünftigen Ehemänner gerüstet. Und in der Gesellschaft wusste man sofort, wo die neue junge Dame ihre Ausbildung erhalten hatte.

Während Martha auf Hilde wartete, machte sie im Geiste eine Art Zusammenfassung der ersten vier Jahre im Internat. Sie war hier glücklich und fand hier die Geborgenheit und Sicherheit, die sie seit der Kindheit bei ihrer Großmutter vermisst hatte. Es wurde ihr neues Zuhause. Die drei Mädchen waren die besten Freundinnen, die sie je im Leben gefunden hatte. Vor allem in Stolpen, wo sich die Eltern von Hilde so rührend um sie kümmerten, fand sie alles, was ihr ihre eigene Familie nie geben konnte. Sie war wirklich glücklich, und immer wenn Papi vorschlug, sie möge doch in den Ferien nach Hause kommen, lehnte sie ab. Hier ging es ihr besser.

Bevor Hilde kam, trocknete sie noch die paar heimlichen Tränen, und die Mädchen gingen fröhlich plaudernd die Parkallee hinunter zur Schule. Jetzt fing die zweite Hälfte ihrer Ausbildung an.

Das Tennisspielen machte Martha wirklich Spaß. Allein schon der schöne lange weiße Rock, die hochgeschlossenen weißen Schuhe und die weiße Crepe de Chine Bluse mit den vielen Rüschen vorne und schließlich die schicke Kappe, waren Teil des Vergnügens. Am liebsten spielte sie Doppel mit ihren Freundinnen. Aber Frau Bucher hatte einen genauen Spielplan, und so mussten nacheinander alle Mädchen miteinander oder gegeneinander spielen. Ab und zu kam Miss Berry, um ihnen beim Spielen zuzuschauen. Ihr selbst war es nicht gestattet, mit den Schülerinnen zu spielen, aber Martha dachte doch oft darüber nach, ob Miss Berry ab und zu wenigstens mit Frau

Bucher spielen dürfte. Man sah es ihr an, wie sehr sie das Spiel mochte. Vor allem wenn Vesa im Court war. Die Nachhilfestunden in Englisch kamen immer öfter, und Vesa verbrachte mit der Englischlehrerin viel Zeit.

Eines Tages in der Sportstunde fragte Frau Bucher, ob jemand gerne reiten würde. Reiten! Wie oft sah Martha den Reitern im Park zu, wie sie elegant durch die Allee ritten. Die Damen im Damensitz, die schönen Kleider auf der Seite herunterhängend, plauderten mit ihren Kavalieren und ritten bedächtig dahin. Wie sehr beneidete Martha diese Reiter. Wie sehr zogen sie Pferde an. Schon seit der Kindheit bei Großmutter, wo es im Stall Pferde für die Kutsche gab. Wie oft saß sie da und beobachtete die Tiere, streichelte sie oder gab ihnen einen Apfel oder eine Karotte zu fressen. Reiten! Das wäre doch der Himmel auf Erden! Und wenn sie erst gelernt hätte, mit dem Pferd umzugehen, und gut reiten könnte, dann könnte sie ja auch auf eine Rennbahn gehen, so wie sie es einmal mit Papi getan hatte, den sie mit ihrem Wunsch durchlöchert hatte, denn er selbst hatte keinerlei Interesse an Pferden. Er hatte sie doch wirklich zu einem Rennen mitgenommen! Was war das für eine Aufregung! Martha dachte, das Herz würde ihr aus der Brust springen, so aufgeregt war sie. Reiten! Natürlich! Bevor noch die anderen Mädchen wussten, was Frau Bucher von ihnen wollte, schrie Martha auf: „Ja, bitte!“ Und dabei blieb es auch. Keine der Schulkameradinnen meldete sich fürs Reiten. Erst als Martha von der ersten Stunde so begeistert zurückkam, meldeten sich alle drei Freundinnen zögernd für das Reiten an. Einzig die Vera blieb auch später dabei, Vesa hörte nach ein paar Stunden wieder auf, es war ihr ein zu grober Sport. „Was für Männer“, meinte sie, Hilde war irgendwie zu steif für diesen Sport, obwohl sie ausgezeichnet Tennis spielte. Aus Martha wurde eine leidenschaftliche Reiterin.

Als sie ihren 16 Geburtstag hatte, bestand Papi darauf, dass sie nach Brünn käme, um einige Bälle zu besuchen, denn die Zeit sei reif für Bekanntschaften. Dort gab es die größte Überraschung und den glücklichsten Tag in ihrem bisherigen Leben. Papi führte sie in eine große Parkanlage, die ganz hinten im Eck eine Reitschule und Stallungen beherbergte. Und da stand er: Zigan. Schwarz wie Kohle, feurig wie Lava.

Sie schauten sich an und eine sofortige tiefe Freundschaft begann. Niemand außer Martha durfte das Pferd reiten. Vor allem keine Männer. Das Tier hatte eine tiefsitzende Allergie gegen alles, was männlich war. Martha war überglücklich, warf sich Papi um den Hals und weinte vor Freude. „Der glücklichste Tag meines Lebens“, raunte sie.

Der unglücklichste sollte bald folgen. Der erste Ball war angesagt. Sie bekam ein wunderschönes ziegelrotes Ballkleid aus Seide und Spitzen mit einer in damaliger Mode befestigten Schleife am unteren Rand des Rückens. Dazu gab es eine Masche für die Haare, in gleicher Farbe. In der gerade aufkommenden Mode trugen die Mädchen die Masche nicht mehr wie früher an den Enden der Zöpfe, sondern im Nacken, was viel besser aussah.

Eine Masche am Kleid am Popo und die anderen an den langen Haaren kurz darüber war sicherlich nicht der erhabenste Anblick. Auch Mode kommt mal zur Besinnung. So kam der Abend des Balles. Lojzl war ganz aufgeregt, weil tagelang entweder von Zigan oder vom Ball die Rede war, für ihn eine willkommene Abwechslung. Mami beschloss, nicht auf den Ball zu gehen, sie hasste Bälle, die Männer waren immer so zudringlich. Also sollte nur Papi Martha begleiten.

Martha kam aus dem Bad, schön wie ein Tizian Bild, die rote Masche im Nacken, die die schönen blonden Haare nur noch strahlender machte. Mami sah sie an, wurde kreidebleich, konnte vor Aufregung kein Wort sagen und deutete nur auf Papi und den Kopf von Martha. Als Papi sie dann zum Stuhl brachte, ihr Baldrian Tropfen verabreichte, sagte sie ganz leise zu ihm: „Die Masche muss weg“. Papi sah Martha an und sein Herz tat ihm weh, als er ihr das Verdikt wiederholte. Aber jetzt war Martha schon groß und durch die Schule selbstbewusst geworden, und sie sagte ganz ruhig und bestimmt: „Nein, die Masche bleibt da, das ist jetzt Mode.“ Alles andere geschah binnen Sekunden. Zuerst sah Papi seine Frau an, die ihre Hand vor der Stirn hielt, als kämpfte sie gegen die Ohnmacht, dann sprang Papi zur Martha, riss ihr die Masche aus den Haaren und brüllte wie ein Besessener: „Mode, nicht Mode, das interessiert mich nicht, wenn ich sage die Masche kommt unten hin, dann kommt sie unten hin.“ Er ohrfeigte Martha. Weil Lojzl zu Hilfe kam, bekam er auch was ab, und damit war der Abend besiegelt. Martha ging weinend in ihr Zimmer, schloss ab und warf sich verzweifelt aufs Bett. Was hatte sie für ein

Zuhause? Was sind das für Eltern? Jetzt hatte sie die Vergleichsmöglichkeiten mit all den Eltern ihrer Freundinnen. Wieso müssen ihre Eltern sie so demütigen? Was hat sie ihnen getan? Sie war verzweifelt. Es war eindeutig ihr unglücklichster Tag.
Drei Tage später gab es einen zweiten Ball, an dem sie teilnehmen sollte. Sie musste gehen, ob sie wollte oder nicht. Ohne ein Wort zu sagen, band sie die Maschen unten an die Zöpfe und ging wie zur Beerdigung.

Der Abend war schrecklich, es kamen nur zwei junge Männer und baten um ihren Tanz, und das waren Söhne von Papis Geschäftsfreunden. Alle, wirklich alle Mädchen auf diesem Ball hatten die Maschen im Nacken, sie war die einzige mit der baumelnden Masche am Popo, wo ihr die Masche am Kleid stets im Weg war. Martha war untröstlich. Sie kam sich vor wie aus der tiefsten Provinz, und so wurde sie auch eingestuft. Noch dazu sprach sie alle Sprachen, nur nicht Tschechisch.

Eine stumme Schönheit mit zwei Maschen am Popo. Wäre sie doch schon wieder in Dresden! Hierher kommt sie nie wieder. Nie! Aber was geschieht mit Zigan? Sie wusste, sie musste all ihre Diplomatie verwenden, damit Papi zustimmt, das Pferd nach Dresden zu schicken. Also war sie in den nächsten 14Tagen die beste Tochter der Welt. Sie ging auf Bälle, ließ sich erniedrigen und machte alles, was man von ihr verlangte. Als sie von Brünn wegfuhr, hatte sie den Schein über den Transport von Zigan in der Hand und winkte vor lauter Freude überschwänglich aus dem Fenster, nicht nur wegen Zigan - vor allem weil sie wieder wegfahren konnte.

Das Reiten wurde zu ihrer wirklichen Passion. Sie ließ kein Rennen aus, für das sie Frau Bucher angemeldet hatte. Und Frau Bucher war wiederum sehr stolz auf die beste Reiterin der Schule. Wenn es nach Martha ging, konnten alle anderen Gegenstände wegfallen!

Je älter die Mädchen wurden, desto strenger wachte die Direktorin über ihr Benehmen. Die Tischgesellschaften wurden zu einer Tortur. Man durfte keinen Fehler beim Benutzen des Bestecks machen, auch für die Sitzweise, die Beinstellung, die Ellbogen gab es eiserne Regeln. Die Konversation musste auf Französisch geführt werden. Oft musste man über eine Stunde von völlig belanglosen Dingen reden. Wetter war bevorzugt, Neuigkeiten aus der Modewelt, und welche Speise gerade in der feinen Gesellschaft bevorzugt wurde, folgten. Insgesamt Themen, die nicht nur Martha nicht interessierten. Aber das war ja der wichtigste Teil der Ausbildung: fähig zu sein, stundenlang über nichts zu reden, und das mit einer Hingabe und Leidenschaft, die man aber nur bei der Direktorin beobachten konnte. „Wozu“, dachte Martha oft, werden wir hier in so vielen Dingen wirklich profund ausgebildet, wenn wir dann über nichts reden dürfen?“

„Aber“, meinte die Direktorin, „man weiß ja nie, wie sehr die Menschen in einer Gesellschaft gebildet sind, und man darf sie nie, aber wirklich nie, in Verlegenheit bringen“. Das wäre dann ein wirklicher Fauxpas für eine gebildete Dame. Die unerbittliche Strenge der Direktorin zeigte im zweiten Studienabschnitt gute Resultate.

Einige Mädchen mussten das Internat nach dem ersten Abschnitt mit vierzehn Jahren verlassen, entweder weil die Direktorin befand, dass aus ihnen niemals Damen werden könnten, oder weil es sich die Familien ganz einfach nicht mehr leisten konnten. Immerhin war es eine der teuersten Schulen in Mitteleuropa.

Martha fuhr einige Male mit Vesa nach Paris. Vesas Cousine brachte die Mädchen in die schönsten und teuersten Geschäfte, aber auch zur Besichtigung der Sehenswürdigkeiten, vor allem in den Louvre als Vergleich zum Zwinger. Was für eine Überraschung als sie mal durch die Gänge von Louvre schlenderten und ihnen Miss Berry entgegen kam. Die Freude war groß. Sie gingen gemeinsam ins Quartier Latin und saßen stundenlang in einem typischen Restaurant, aßen Muscheln und trankeneinen guten Weißwein dazu. Sie lachten die ganze Zeit darüber, was Frau Direktor wohl zu ihren Tischmanieren sagen würde, und unterhielten sich prächtig. Miss Berry begleitete die Mädchen noch bis zum Hotel.

Hilde hatte Martha mitgeteilt, dass sie nach dem Abschluss noch die Handelsakademie besuchen werde, da es nun feststand, dass sie die Firma des Vaters übernehmen wird. Sie hatte eine nette Freundschaft mit einem jungen Mann geschlossen, von dem sie meinte, er wäre der richtige Partner für ihr Vorhaben. Er war gleichalt wie sie, und sie waren bei einem Abendessen der Eltern miteinander bekannt gemacht worden. Herr Jockel, der Vater von Hilde, war von dem jungen Mann ganz begeistert. Also war es auch die Hilde. Martha wandte ein, ob sie denn nicht noch zu jung sei für eine echte Bindung, aber Hilde meinte, mit siebzehn sei es höchste Zeit, an eine Bindung zu denken, zumal ihre Ausbildung doch bis zwanzig dauern würde. Man sah es Hilde an, wie sehr sie die Zeit im Internat noch genoss, denn sie wusste, kaum verließ sie diese Mauern, wartete der Ernst des Lebens auf sie. Auch Vera sprach wiederholt über einen jungen Mann, den sie in den Ferien bei einem Ball kennen gelernt hatte. Er war ein Kollege ihres Vaters am Ministerium, und er wurde Vera von den Eltern wärmstens empfohlen als die beste Partie. Er kam aus einem sehr guten Haus, der Vater war Richter und gleichzeitig Inhaber von großräumigen Ländereien. Auch Vera fügte sich dem Schicksal, das die Eltern gesponnen hatten. Martha dachte für sich: „ Das wird mir nie passieren und wenn ich dabei sterben soll. Mir nicht."

Vesa konnte das Englische einfach nicht richtig lernen. Es gab immer mehr Nachhilfestunden. Und wenn Vesa verschwunden war, wussten alle, sie finden sie im Unterrichtszimmer von Miss Berry. Bei den Malstunden war Vesa immer wie abwesend, ihr ätherisches Wesen wurde noch durchsichtiger. Sie war ganz und gar in ihre Landschaften vertieft und lehnte es immer mehr ab, mit den drei Mädchen etwas zu unternehmen. Das Einzige, wo sie noch bereit war mitzumachen, waren die Konzerte, die Miss Berry mit ihnen einstudiert hatte. Alles andere interessierte sie nicht.

In den letzten drei Jahren lehnte sie es auch ab, nach Hause zu fahren, nahm Martha als Ausrede, denn die fuhr auch nie nach Hause und blieb die ganzen Ferien durch im Internat. Da Martha die meiste Zeit bei ihrem Pferd verbrachte, hatten die zwei sehr wenig Kontakt. Martha dachte sich oft, was wohl Vesa die ganze Zeit machte, wenn sie weg war? Aber sie traute sich nie, sie zu fragen. Vesa schien aber nicht unglücklich zu sein. Ab und zu sah Martha Tränen in den Augen ihrer Freundin, aber sie dachte, sie hätte Heimweh.

Vor den letzten Ferien gab es einen riesigen Wirbel in der Schule. Die Direktorin rief Miss Berry zu sich, es gab eine wilde Auseinandersetzung, und Miss Berry musste über Nacht die Koffer packen. Keiner wusste, was wirklich geschehen war, man stellte nur Vermutungen an. Die Ferien kamen, und alle fuhren diesmal nach Hause. Auch Martha und Vesa. Als sich die zwei verabschiedeten, kam es Martha vor, als hielte Vesa sie ungewöhnlich lange in den Armen, und sie flüsterte ihr leise ins Ohr: „Vergiss mich nicht.“ Und ging. Nach zwei Wochen bekam Martha von Hilde die Nachricht, dass Vesa sich beim Nachhause fahren im Zug in der Toilette erhängt hatte. Aus unglücklicher Liebe zu Miss Berry.

Die schöne unbekümmerte Zeit der Jugend war vorbei. Der Ernst des Lebens kam schneller als erwartet. Bald war Dresden Vergangenheit. Nur die schönen Erinnerungen und die Freundschaften blieben. Die jungen Damen waren für das Leben vorbereitet – für jede Situation. Davon war mindestens die Direktorin felsenfest überzeugt.

15. KAPITEL: DIE HOCHZEIT

Lojzl wartete ganz ungeduldig auf die Rückkehr seiner Schwester vom Internat. Er hatte sie in den letzten Jahren so wenig gesehen. Wenn sie dann doch gekommen war, war für ihn das Leben wieder erträglicher. Sie hatte ihn oft in Schutz genommen, und die Eltern nahmen dann tatsächlich Abstand von den jeweiligen Rügen oder Strafen. Er merkte, dass auch seine Schwester manchmal die Strenge der Eltern zu spüren bekam. Allein wenn er an den Ball mit der Haarschleife dachte.

Die letzten Ferien verbrachte Martha teilweise bei Hilde, teilweise bei Vera. Zu dritt fuhren sie als Abschied von der Schule nach Paris und genossen das Leben in Freiheit und waren von lauter Kunst umgeben. Das Quartier Latin hatte eine magische Anziehung auf sie, da wurde auch einmal geflirtet. Natürlich in allen Ehren und mit viel Spaß.

Bei Hilde gab es eine große Feier, einmal der Abschluss des Internats und Hilde ihren Einstieg in die Firma des Vaters, wobei sie noch einige Wirtschaftskurse absolvieren musste. Herr Jockel bestand darauf, dass seine älteste Tochter die besten Voraussetzungen für ihr Berufsleben haben sollte. Instinktiv wusste er, dass die jüngeren Mädchen nicht unbedingt für die Firma geeignet waren. Wie sehr sollte er doch Recht behalten.

In Bulgarien bei Vera ging es Martha fast so gut wie bei den Jockels. Das Baden im Meer, das Liegen in der Sonne und die endlosen Gespräche mit Vera und ihrem Bruder waren ein schöner Abschluss der Ferien. Vera hänselte Martha mit ihrem Bruder, denn sie merkte sehr wohl, dass ihm Martha gut gefiel. Martha aber dachte nicht im Entferntesten an einen Mann, dieses Thema interessierte sie überhaupt nicht. Sie ritt gerne mit Kai aus und genoss das Galoppieren am Meeresstrand. Mehr nicht.

Zu Hause angekommen musste sie sich zuerst an die Enge gewöhnen. Die Freiheit war endgültig weg. Papi ließ Zigan aus Dresden kommen, und Martha verbrachte jede freie Minute im Stall oder mit Reiten. Zu Hause las sie viel und schmökerte in Kunstmagazinen. Wie sehr hätte sie sich gewünscht, eine Ausbildung in Innendekoration zu machen, in diesem Gegenstand war sie eine der Besten gewesen, aber Papi ließ nicht darüber mit sich sprechen. Mami schüttelte nur den Kopf, wie ein junges Mädchen überhaupt an was anderes denken konnte als ans Heiraten. Und daran dachte Martha wieder überhaupt nicht.

Es dauerte Monate, bis Papi endlich den Mut fasste und Martha in sein Büro zu einem ernsthaften Gespräch bat. Er erläuterte ihr, dass während sie im Internat war, er nicht untätig

Geblieben war und nach einer passenden Partie für sie Ausschau gehalten hatte. Seine Kriterien waren sehr einfach. Es musste jemand sein, der seinen mittlerweile zahlreichen Unternehmungen nützlich sein könnte, jemand, der patriotisch an seiner Heimat hing und seiner

Tochter, die ja eine ausgezeichnete Ausbildung genossen hatte, ebenbürtig war. Und er wurde fündig. Einer seiner Geschäftspartner hatte ihn auf einen jungen Konzipienten aufmerksam gemacht, der in einer großen Anwaltskanzlei tätig war und das Zeug hatte eine fulminante Karriere zu machen. Papi setzte sich zugleich mit dem jungen Mann in Verbindung, und bereits nach dem ersten Gespräch wusste er, dies ist der Richtige. Beim zweiten Gespräch wurden dann die Einzelheiten ausgehandelt und schriftlich festgehalten. Es wurde vereinbart, dass Jaro Martha bei einem Ball kennen lernen sollte und sie über die Vorgespräche niemals etwas erfahren sollte. Jetzt teilte Papi Martha nur lakonisch mit, er hätte einen Bräutigam gefunden und wünschte, sie würde ihn ohne Widerrede heiraten. Martha wusste sofort durch den Ton ihres Vaters, dass jeder Widerstand sinnlos war. Sie stand auf, ging leise aus dem Zimmer und sperrte sich tagelang weinend im Zimmer ein. Es ging ihr so schlecht, dass sie nicht einmal Zigan besuchte.

Weihnachten war eine einzige Katastrophe. Die Eltern stritten jeden Tag, Papi verbrachte die meiste Zeit im Kaffeehaus, Mami zerrte Lojzl in ihr Zimmer, um mit ihm Mensch-ärgere-dich-nicht zu spielen und feines Konfekt zu essen. Das kalte Wetter erlaubte es Martha nicht, oft auszureiten. Zigan liebte es, im Schnee zu stampfen, und die heiße Luft aus seinen Nüstern hüllte seinen Kopf in Nebel. Martha redete die ganze Zeit mit ihm, er war ja ihr einziger Freund. Am Abend schrieb sie lange Briefe an Hilde und Vera. Sehr traurige Briefe.

Zu Silvester hatte sie vor, mit Lojzl zu feiern, egal, welche Atmosphäre gerade zu Hause herrschte. Sie kaufte eine Flasche süßen Wien und gute Plätzchen in der Konditorei am Hauptplatz und zwei lustige Papierhütchen. Sie bat Lojzl, auf seiner Harmonika zu spielen, und sie sang dazu mit ihrer klaren Sopranstimme. Sie tanzte zu den schnellen Rhythmen und umarmte Lojzl jedes Mal, wenn sie an ihm wie ein Wirbelwind vorbeihuschte. Lojzl war so glücklich, wie schon lange nicht mehr. Sein Herz quoll vor Freude über, und er dachte nur, dass seine Schwester für immer bei ihm bleiben sollte. Von der geplanten Heirat wusste er nichts. Die Tür ging auf, und Papi stand darin mit der ihnen bekannten Pose, die Explosion verhieß. Die Goldkette seiner Taschenuhr schwankte immer schneller von links nach rechts.

Was das für ein Wirbel sei am letzten Tag des Jahres, an dem man in sich gehen soll, um zu prüfen, ob es ein gutes Jahr gewesen ist oder nicht.

Was man besser machen könnte im nächsten Jahr. Stattdessen benimmt man sich, als wäre die teure Schule nie gewesen und reißt auch noch den kleinen Bruder mit.

Sofort diese lächerlichen Hütchen abnehmen, einer jungen Dame nicht würdig. Was haben die in Dresden ihr wohl beigebracht. Eine Orgie im eigenen Haus! Der Wein wird sofort ausgeschüttet! Er und Mami gehen jetzt schlafen und dazu brauchen sie Ruhe. Er kann nicht verstehen, dass eine junge Frau, die bald heiratet, sich wie eine Wilde benimmt. Wozu hat er das viele Geld in die Ausbildung investiert? Ruhe! schrie er wie von Sinnen.

Als Lojzl den Satz über die bevorstehende Heirat hörte, fiel ihm die Harmonika aus den Händen. Mit großem Krach, sodass er die letzten Sätze seines Vaters nicht mehr hörte. Er schwankte zu der Couch, nahm das Hütchen langsam ab und fing leise an zu weinen. Das Weinen wurde immer heftiger, und als Papi wütend das Zimmer verließ, fing Lojzls Körper an zittern. Martha sprang sofort zu ihm hin, hielt ihn in den Armen und versuchte ihn zu beruhigen. Alle Mühe war umsonst. Plötzlich fing Lojzl an zu schreien: „Ich bring ihn um, ich bring ihn um", schrie er. Martha war so entsetzt, dass sie zur Mami rannte. Die alarmierte Papi, und in kürzester Zeit kam der in der Nähe wohnende Hausarzt. Er gab Lojzl eine Beruhigungsspritze, aber als er sah, wie Lojzls Augen aus den Augenhöhlen schwollen und er Schaum um den Mund bekam, rief er Papi, und zusammen brachten sie ihn in die Kutsche und ins Spital. „Veitstanz", sagten die Ärzte und behielten Lojzl über einen Monat dort.

In der Zwischenzeit lief die Ballsaison auf ihren Höhepunkt zu. Martha weigerte sich verbissen, zu einem der Bälle zu gehen. Anfang Februar gab es dann einen der letzten Bälle, den Juristenball. Es halfen keine Ausreden mehr, Martha musste das neue rosa Kleid, das ihr überhaupt nicht passte und ihr auch nicht gefiel, anziehen, die rosa Masche brav unten am Rücken in die Zöpfe flechten, und Papi führte sie stolz in das Vereinshaus, wo die meisten tschechischen Bälle stattfanden. Auf der prachtvollen Marmorstiege blieb Martha stehen, sah Papi an und mit flehentlicher Stimme bat sie ihn, mit ihr nach Hause zu gehen. „Kommt nicht in Frage“, heute ist ein wichtiger Abend für Dich und Deine Zukunft. Und er schleppte sie hinauf in den Ballsaal. Unglaublich, wie viele Menschen sich da tummelten. Die Meisten tanzten, einige standen hinten an den Tischen mit Speisen und Getränken, und einige saßen entlang den Wänden. Der Saal war nicht allzu groß und wurde meistens für Konzerte verwendet. Oben in den Logen saßen Mütter mit ihren Töchtern und musterten die Männer, die sie gerne für ihre Töchter zum Tanzen holen wollten. Papi führte Martha zu den Tischen und bestellte eine Limonade für sie. Selbst trank er ein Bier und sah sich langsam im Saal um.

Seine Augen suchten in der Masse das bekannte Gesicht, und als er Jaro sah, ging er freudig auf ihn zu. Nach kurzer Begrüßung hängte sich Papi beim Jaro ein und sie gingen langsam, wie zu den Takten der Musik, auf Martha zu. Sie stand da und sah zu Boden. Sie traute sich die ganze Zeit nicht aufzublicken, um nicht direkt in ihr Unglück schauen zu müssen.

„Es ist mir eine Ehre, gnädiges Fräulein“, hörte sie in einem fehlerlosen, aber doch mit einem starken Akzent in Deutsch. Sie konnte ihre Augen nicht vom Boden heben. „Darf ich um den nächsten Tanz bitten?“ hörte sie wie aus der Ferne. Sie löste sich vom Tisch und ging automatisch neben dem großgewachsenen Mann zur Tanzfläche. Sie dachte an ihren Tanzunterricht in der Schule und die Benimm-dich-Mahnungen der Direktorin. Sie fingen an zu tanzen. Jaro bemühte sich krampfhaft, eine Unterhaltung aufrecht zu halten. Vergeblich, sie antwortete nur mit „Ja“ oder „Nein“. Dann gab er auf. Er konnte sehr gut tanzen und führte Martha elegant durch die Menge, ohne anzustoßen.

„Es ist schon traurig, dass Sie nur Deutsch sprechen“, meinte er nach einer Weile. Sie dachte trotzig: „Englisch, Französisch und Italienisch auch“. Sagte aber kein Wort. Er führte sie zu den Tischen, aber Papi war nicht mehr da. Er bot ihr ein Getränk an und sah sie interessiert an. „Was für ein eigenartiges Kleid“ sagte er leise, „man sieht, dass sie lange am Land gelebt haben.“

„Dresden ist kein Land, du Übergescheiter“, dachte Martha, biss aber wieder nur ihre Lippen.

Sie gingen wieder tanzen. Es gefiel ihm, wie Martha tanzte, mit Leichtigkeit ließ sie sich führen, wie eine Feder in seinen Händen. Kein einziger Fehlschritt, und er merkte, dass sie gern tanzte. Als sie bei den Tischen vorbeischwebten, sah Martha Papi wieder ein Bier trinken. Der Tanz war zu Ende, das Orchester machte eine Pause. Jaro führte Martha zum Vater. Mit süffisantem Lächeln sagte er zu ihr: „Sie sind ein hübsches Mädchen und tanzen gut, das gefällt mir, aber sonst scheinen Sie doch eine ziemliche Landpomeranze zu sein.“ Und er übergab sie, die außer sich vor Wut war, ihrem Vater. „Ich will sofort nach Hause“, zischte sie Papi an, und rannte schon voraus zur Stiege. Papi wechselte noch ein paar Worte mit Jaro und folgte Martha. Sie sprach kein Wort und riss bei der Heimfahrt die ganze Zeit an ihren Kleiderrüschen. Mein Gott, wie sie diesen Mann hasste! Tagelang wollte sie kein Wort über ihn hören und auch nicht über ihn sprechen.

Papi machte es aber sehr deutlich, dass ihre ganze unpassende Art sich zu benehmen nichts daran ändern würde, dass er in Jaro seinen zukünftigen Schwiegersohn sah.

Martha war sehr unglücklich, und es half nicht, dass Ende Februar, an ihrem Geburtstag, Jaros Diener 18 rote Rosen brachte. Ihre einzige Freude blieb der Zigan. Sie freute sich auf den Frühling, wenn die langen Ausritte wieder möglich sein würden, und sie wollte und für die sommerlichen Pferderennen trainieren.

Niemand würde ihr verbieten, daran teilzunehmen. Mit Lojzl konnte sie kaum sprechen. Als er nach langer Zeit vom Krankenhaus heim kam, war er sehr ruhig, sprach kaum ein Wort und reagierte nicht einmal auf die üblichen Wutausbrüche von Papi und war auch in der Schule ganz apathisch.

Der Frühling kam dieses Jahr sehr schnell, der Schnee schmolz, und die ersten Blüten versuchten schon, die Sonnenstrahlen einzufangen. Martha galoppierte mit Zigan durch die Gegend und ab und zu schien es ihr, dass an der Promenade im Park ein Reiter sie von der Ferne grüßte. Es interessierte sie nicht. Ihre Gedanken waren auf das Pferderennen im Juli konzentriert, und sie nutzte jede Minute, um sich darauf vorzubereiten. Als Papi meinte, sie möge doch mit Jaro in die Oper gehen, erklärte sie ihm sehr deutlich, dass es in der Zeit des Trainings ausgeschlossen sei, sich abzulenken zu lassen. Da Papi diese Leidenschaft seiner Tochter verstand und den ständigen Sticheleien von Mami trotzte, übte er sich in Schweigen. Früher oder später würde es doch nach seinem Kopf gehen. Wie immer.

Beim Rennen gewann Martha den dritten Platz. Sie war außer sich vor Freude. Frau Maschek, eine bildschöne junge Frau, die Gattin eines Arztes, gewann den ersten Platz, den zweiten holte sich eine junge Frau aus Olmütz. Frau Masche war älter als Martha, aber während des Trainings freundeten sich die beiden an und hatten viel Spaß miteinander. Beiden bedeuteten ihre Pferde alles, und Frau Maschek scherzte immer wieder, dass ihr Mann froh wäre, wenn sie ihn so lieben würde wie ihren Rappen. Als Jaro Martha bei der Siegesehrung wieder rote Rosen überreichte, war Frau Maschek von ihm tief beeindruckt.

„Kindchen", meinte sie, „haben Sie den einmal richtig angesehen, das ist doch ein Bild von einem Mann, und auch noch galant und höflich."

„Na, ich weiß nicht, dachte Martha und erinnerte sich an die letzten Worte, die sie mit ihm beim Ball gewechselt hatte.

Kurze Zeit darauf, als Martha Zigan striegelte, hörte sie am Stall Tor Stimmen. Ja, sie sei ganz hinten bei der letzten Koje. Als sie aufsah, sah sie das Lächeln von Jaro. „Einmal wünsche ich mir, dass sich eine Frau so um mich kümmert, wie Sie um das Pferd. Wie heißt das Tier denn eigentlich?"

„Es wurde beim Rennen angesagt", zischte Martha.

„Da merkt man doch glatt den großen Altersunterschied zwischen Ihnen und mir: Entweder ich hörte es nicht oder vergaß es schon wieder."

„Zigan “, zischte Martha wieder, ohne Jaro nur eines Blickes zu würdigen.

„Also einen Wunsch hätte ich doch, wäre es möglich auf Zigan auszureiten?“ Das brachte wiederum Martha zum Lachen. „Nein das wäre ganz und gar nicht möglich, denn Zigan trägt niemanden auf seine Rücken außer mir.“ Und ohne Umschweife erzählte sie Jaro, was vor einiger Zeit mit ihrem Bruder Lojzl passiert war. Natürlich verschwieg sie die Reaktion ihres Vaters.

„Also, das wäre doch gelacht. Ich bin im Krieg mit meinem eigenen Pferd und vielen anderen durch die Hölle geritten, und kein Pferd ging mit mir durch, also wird es dieses hier auch nicht tun.“ Er machte die Koje auf, und da sah Martha, dass er Reitbekleidung und Reitstiefel anhatte.

„Nein, tun Sie es bitte nicht“, und zu ihrer eigenen Überraschung klangen Sorge und Angst mit. Jaro lachte laut auf: „Aber schönes Fräulein, Sie werden sich doch nicht Sorgen um mich machen, oder?“ Martha zuckte zusammen und sagte kein Wort mehr. Jaro wollte das Pferd bei den Zügeln nehmen, aber in der engen Koje war dies nicht möglich. Es schlug aus. Martha versuchte Zigan zu beruhigen, und das Pferd rührte sich nicht mehr. „Würden Sie so freundlich sein und Zigan aus dem Stall hinausführen“, drängte Jaro. Also nahm sie Zigan diesmal nicht mehr mit Gefühlen der Angst, sondern trotzig und fast schadenfroh, und führte ihren Liebling ins Freie. Jaro näherte sich Zigan doch mit etwas mehr Respekt, aber sein Ehrgeiz war größer als die Angst, und schließlich wollte er ja der jungen Dame imponieren.

Er nahm die Zügel und schwang sich mit Schwung in den Sattel. Zigan stand wie versteinert, wie eine Statue, man fragte sich, ob er noch lebte. Martha wusste sofort, was los war. Sie sagte mit leiser Stimme: „Bitte, kommen Sie herunter, schnell." Aber das hörte Jaro nicht mehr, das Pferd raste um den Hof, wieherte lautstark, blieb vor Martha stehen, hob die vorderen Beine in die Höhe und warf Jaro im Bogen vom Sattel. Dann blieb er ruhig stehen und wetzte seinen Kopf an Marthas Arm. Jaro lag am Boden, und wenn er allein gewesen wäre, hätte er vor Schmerz gebrüllt. Martha führte zuerst Zigan in den Stall zurück, dann kümmerte sie sich um Jaro. Sein Bein schien gebrochen zu sein, und er konnte nicht aufstehen. Also rief sie um Hilfe, und man brachte Jaro ins Krankenhaus, wo der Fuß versorgt und gegipst wurde. Martha hatte ein furchtbar schlechtes Gewissen. Es war ja schließlich alles ihre Schuld, sie hätte es ihm ausreden müssen. Sie nahm allen ihren Mut zusammen, kaufte ein paar Blumen und besuchte Jaro im Krankenhaus. Als sie sich offiziell entschuldigen wollte, lächelte er nur mit den Worten: „Ein Mann muss wohl mehr ertragen können als so etwas, und wenn Sie mir versprechen, jeden Tag zu kommen und mit mir zu plaudern, um mir meine Langeweile zu verscheuchen, dann verzeih ich Ihnen – und Zigan auch." Also blieb ihr nichts anderes übrig, als ihn jeden Tag aufzusuchen und mit ihm über Allesmögliche, die Welt, ihre Schule und Freundinnen zu sprechen.

Er wiederum erzählte ihr über seine Arbeit, seine Kollegen, den Chef. Beide mieden das Gespräch über ihre Familien. Sie sprachen über Bücher, Kunst und vor allem Musik, was sein größtes Interesse war.

Als Jaro nach drei Wochen mit einem geheilten Bein nach Hause ging, kannten sie sich so gut, dass ihnen ihre täglichen Gespräche bald abgingen. Papi hatte vor Jahren ein Haus mit einem großen Garten am anderen Ende der Stadt gekauft und dort saßen Martha und Jaro jeden Tag nach seiner Arbeit in der Laube und redeten. Zur Verlobung kam Jaro im lichtgrauen Anzug mit einer Dahlie im Knopfloch, Martha trug ein schlichtes graues Kostüm. Sie durfte die Zöpfe auflassen und ihre blonden Locken in einem modischen Haarknoten fassen. Papi saß am Wochenende in der Strohgarnitur und rauchte vergnüglich seine Virginia. Wieder einmal war ihm ein Schachzug gelungen! Mami versuchte in dieser Zeit immer, Lojzl vom Rasenmähen wegzubringen, obwohl sie ja genau wusste, dass er so gerne im Garten arbeitete.

Die Verlobung wurde nicht groß gefeiert und sollte auch nicht lange dauern. Der Hochzeitstermin wurde auf den sechzehnten Oktober festgesetzt. „Geheiratet wird auf keinen Fall in Brünn, nur der engste Familienkreis fährt nach Prag.“ Jaro betrachtete die Teynkirche als eine der schönsten seiner Heimat, noch dazu stand sie direkt am Altstädterplatz, den er so liebte. Am liebsten hätte er natürlich im Dom St.Veit geheiratet, aber dort waren Hochzeiten nicht erlaubt. Martha kannte Prag nicht, es war ihr also alles recht. Für die Hochzeitstafel wurde das Hotel Pelikan gewählt, dessen Inhaber Jaros Freund war. Das Hotel war erstklassig und stand direkt am Graben. So konnten die Gäste gleich von der Kirche zu Fuß in das Hotel gehen. Da Martha mit all diesen Arrangements einverstanden war, bestand sie darauf, dass auch sie einige Dinge nach ihren Geschmack ausrichten konnte. Zur Hochzeit sollten beide in gleicher Bekleidung kommen wie bei der Verlobung, keine Heiratsanzeigen, kein Wirbel, nur die Eltern der beiden und Lojzl. Und sie wollte nur eine Nacht im Hotel Pelikan bleiben und dann gleich eine Reise machen. Am besten nach Frankreich, um auch ihre Freunde in Paris zu besuchen. Damit war Jaro einverstanden, nur wollte er unbedingt zum Meer, das er so liebte, also würden sie anschließend nach Nizza fahren. Aber eins muss ihm klar sein, Kinder will sie keine!

Es lief alles wie geplant. Martha lernte Jaros Vater, die Mutter konnte nicht kommen, erst in Prag kennen. Der strenge Herr jagte ihr noch mehr Angst ein, als Papi es jemals getan hatte. Lojzl weinte die ganze Zeit, sowohl am Standesamt wie in der Kirche. Das Essen war ausgezeichnet, Martha bestand darauf, dass alle die Speisekarte als Andenken unterschrieben, denn sie lehnte Fotos ab. Während des Essens fühlte sie sich nicht wohl, die Angst vor der Nacht schnürte ihr die Kehle zusammen. Nach dem üppigen Essen gingen alle, nachdem sie sich verabschiedet hatten, in ihre Zimmer.

Die Suite war sehr geräumig und Martha sah sofort das Sofa beim Fenster. Da könnte sie ja zur Not auch übernachten. Als sie vom Bad kam, lag Jaro schon im Bett und starrte auf die bemalte Decke. Er dachte darüber nach, wie er sich gefühlt hatte, als er 18 war. Mit seinen 33 hatte er schon einige Erfahrungen mit Frauen gemacht und hoffte, dass ihm das in seiner Ehe zugutekommen würde. Sie schlüpfte unter ihre Decke, machte das Licht aus und zitterte. Auch Jaro machte das Licht aus. Er drehte sich in der Dunkelheit zur Martha um und streichelte ihre Locken. Er hatte viel Verständnis für die Ängste seiner jungen Frau. Und sie zitterte noch immer wie Espenlaub. Sie wusste so gar nichts über Männer - und Frauen. Das bisschen Biologie in der Schule, und die Geheimnisse der Mädchen, die keine waren. Das war es dann. „Vielleicht sterbe ich jetzt gleich", dachte sie. „Vielleicht bin ich morgen schon tot." Jaro nahm sie vorsichtig in die Arme, küsste behutsam ihr Gesicht, vergrub seines in ihren herrlichen Haaren. Er drückte sie an sich und wartete, bis das Zittern nachließ. „Wir wollen nichts überstürzen, wir haben das ganze Leben Zeit dazu", lispelte er in ihr Ohr. „Und nur dass Du es weißt: Ich will sechs Kinder haben!" Mit lautem Lachen ließ er sie los, wälzte sich zurück auf sein Bett, stand auf, ging zur Bar und holte beiden ein Glas Wein. Martha beruhigte sich etwas, trank den Wein, und sie fingen an, über den Hochzeitstag und ihre Eltern zu reden. Es war schon hell, als beide übermüdet einschliefen. Zeitig in der Früh ging der Zug nach Paris. Dort warteten die Freunde schon auf die Jungvermählten und sie verbrachten einige wunderschöne Tage in Paris, das Jaro noch nicht kannte. Die Reise ging weiter nach Nizza. Am ersten Morgen kam der Kellner beim Frühstück mit einem Wagen zum Tisch und fragte, was sie gerne haben möchten aus der großen Vielfalt. Jaro sagte, sie würden sich selbst bedienen. Sie aßen eine Menge, Martha holte sich immer Neues nach. Dann konnte sie nicht mehr. Sie nahm eine Serviette und fing an, den ganzen Rest vom Wagen einzupacken. Jaro sah ihr zuerst verwundert zu, dann brach er in höllisches Lachen aus. Sie dachte, man müsse alles aufessen, was serviert wurde. Sie hat es ihm nie verziehen, dass er das später immer wieder erzählte. Eine Landpomeranze eben.

Sie machten einen Ausflug nach Monaco, und Beide waren das erste Mal in einem Casino. Martha setzte sich neugierig an einen Rolletttisch und setzte ein paar Franc. Sie gewann. Dann noch einmal und noch einmal. Sie gewann jedes Mal. Sie gewann das Geld nicht nur für die Flitterwochen, sondern auch noch für ein paar schicke Einkäufe. Jaro war sprachlos. Er gewann nie etwas, und es ärgerte ihn maßlos. Sie hatte eben ein goldenes Händchen. Sie kaufte sich ein Spitzen Negligé in taubengrau und dazu kleine Pantöffelchen mit Straußenfedern darauf. Als sie sich abends im Spiegel sah, konnte sie nicht glauben, dass sie es war. Wie ein Filmstar kam sie sich vor. Auch Jaro fand das. Nur viel schöner und unschuldiger. Sie hatte noch die Anmut eines Kindes, und er fühlte eine tiefe Zuneigung zu ihr. Er umarmte sie vor dem Spiegel, nahm sie in die Arme und trug sie zum Bett mit dem festen Willen, aus diesem Kind eine Frau zu machen. Und siehe da, sie ließ es zu. Nizza blieb ihr ganzes Leben lang ihre Lieblingsstadt.

16. KAPITEL: JARO

Jaro war ein wohlerzogener Mann. In seinem Vokabular gab es keine Schimpfwörter. Und er verabscheute Menschen, die sich in dieser und auch anderer Hinsicht nicht beherrschen konnten. Aber wenn ihm Situationen aus der Hand glitten, dann gab es zwei Versionen von Erleichterung: „Schwein, Fisch und Vogel" schrie er dann oder noch stärker. Wenn er am Straßenrand ging und die wenigen Autos mit stinkenden Auspuff zu knapp an ihm vorbeifuhren, entfuhr ihm ein lautes: „Wenn der Oberlehrer aus Kninitz spazieren geht, wie sein Vater immer zu sagen pflegte, „dann verlangt das Respekt auch von wenig bemittelten Unwissenden". Nach so einer Tirade fühlte er sich erleichtert. Und musste lächeln. Wie oft hörte er seinem Vater diesen Satz zu sagen. Sein Vater, ein Mann voller Rätsel. Oder vielleicht doch nicht?

Die Familie Schicha kam aus Südmähren, einem kleinen Ort in der Nähe von Brünn. Im Dorf gab es eine kleine Kirche und eine Einklassenschule. Zum Arzt musste man in den nächsten Ort gehen. Weiter gab es einen kleinen Kreisler, der vom Zwirnsfaden bis zur Zwiebel alles anbot oder besorgen konnte. Er sorgte für die materielle Versorgung der Dorfbevölkerung. Wenn es Probleme gab, die man weder allein noch zusammen mit Nachbarn lösen konnte, ging man zum Pfarrer oder Lehrer. Der Schmied hatte eine Ausnahmeposition. Aus der ganzen Umgebung kamen die Menschen mit ihren Pferden zu ihm. Er kannte die Familiengeschichten sämtlicher Bewohner der umliegenden Dörfer. Er war ein schweigsamer Mensch, und seiner Frau, neugierig wie Frauen halt so sind, gelang es nie, aus ihm auch nur ein Wort herauszubekommen. Wie alle Schmiede hatte er einen muskulösen Körper und große, kräftige Hände. Er liebte Tiere, und er träumte davon, einmal auch ein eigenes Pferd zu besitzen. Aber die große Familie, immerhin hatte er fünf Kinder, erlaubte es nicht, Geld für unnötige Dinge aus- zugeben. Sie hatten ein kleines Häuschen, daneben die kleine Werkstatt, die Arbeit wurde aber meistens im Hof erledigt. Ein kleines Feld mit Gemüsegarten hinter dem Haus sorgte für die Grundnahrung der Familie. Der älteste Sohn, Joseph, sollte das Schmiede-Handwerk erlernen und den Betrieb einmal übernehmen. Aber Joseph hatte andere Interessen. Er war in der Schule Vorzugsschüler, und sein Lehrer unterstützte ihn, wo es nur ging. Er versorgte Joseph mit Büchern, und jede freie Minute verbrachte dieser lesend. Als Joseph die letzte Klasse beendet hatte, sprach der Lehrer mit den Eltern und empfahl ihnen, Joseph nach Brünn zur Lehrerausbildung zu schicken. Die anderen Kinder in der Familie waren bei weitem nicht so begabt wie er. Aber der Vater wollte davon nichts wissen: „ Joseph wird Schmied und basta."

Eines schönen Morgens packte Joseph seine paar Sachen, und bevor alle aufwachten, verließ er das Haus. Er ging über die Felder zu Fuß bis nach Brünn, schrieb sich in der Akademie ein, traf einen jungen Studenten, der Geld hatte und für beide ein Mietzimmer besorgte, wo Joseph schlafen konnte, ohne dass es die Wirtin wusste. Und er fand eine Arbeit, um für das Essen aufkommen zu können. Seine Zielstrebigkeit und unglaubliche Zähigkeit ließ ihn alle Hindernisse durchstehen. Als er das Studium beendet hatte, erkundigte er sich, ob in seinem Heimatort eine Lehrerstelle frei war. Der alte Lehrer wurde gerade pensioniert, und so hatte Joseph die Möglichkeit, die Einklassenschule zu übernehmen.

Als er nach den vielen Jahren wieder ins Dorf kam, erkannte ihn seine eigene Mutter nicht. Er war bis auf die Knochen abgemagert, die breiten Wangenknochen stachen aus dem Gesicht heraus und seine schwarzen, stechenden Augen übten eine eigenartige Faszination aus. Er besorgte sich in der Stadt einen schwarzen Anzug mit einer Weste, die man fast bis zum Hals zuknöpfen konnte, dazu trug er einen weißen steifen Hemdkragen mit einer weißen Fliege. Im Winter trug er einen schwarzen Überziehmantel und eine schwarze Melone, die das einzige Modestück an seiner Kleidung war. So fing er an zu unterrichten, und diese Kleidung behielt er sein Leben lang bei. Das Material wurde dann allmählich etwas feiner, weil er sich das leisten konnte, aber der Schnitt und die Machart waren immer die gleichen. Als er zu unterrichten begann, waren Respekt und oft auch Angst nicht nur bei den Kindern spürbar, sondern auch bei den Erwachsenen. Zu ihm kam niemand um Rat, das blieb das Privileg des Pfarrers. Manche sehnten sich im Stillen nach dem alten Lehrer zurück, der sehr umgänglich und gesellig gewesen war.

Mit seinem Vater sprach Joseph bis ans Lebensende kein Wort. Vater verzieh ihm nie, dass er die gut gehende Schmiede nicht übernommen hatte, obwohl Georg, der zweitälteste Sohn, schon von der Statur her dafür viel geeigneter war. Mutter war insgeheim auf ihren geliebten Joseph sehr stolz, und der Rest der Familie, ein Bruder und zwei Schwestern, hatte eigentlich nur Angst vor ihm. Tomas wurde Bauer, und die Mädchen heirateten Bauern. Joseph blieb der einzige Intellektuelle in der Familie. Er genoss seinen Status. Seine scharfe Zunge machte sich über alle lustig, außer dem Vater. Da aber niemand jemals etwas auf seine Sticheleien entgegnete, fand er es dann doch langweilig und hörte auf.

In der Klasse war es mucks Mäuschen still, und die Kinder zitterten, wenn der Herr Lehrer zwischen den Bänken, eigentlich Klassen, mit seinem Stab in der Hand, den er auch ohne Zögern verwendete, herumspazierte.

Doch die Eltern schickten ihre Kinder nach wie vor gern in die Schule, einmal weil es gar keine andere Möglichkeit gab und dann, weil die Kinder, begabt oder nicht, beim Joseph etwas lernten.

Als er 27 Jahre alt wurde, beschloss er zu heiraten. Mit diesem Entschluss fuhr er in den nächsten Ort Hvozdec und ging ins Gasthaus, wo es einen Ball gab. Er stand an der Theke und beobachtete die Tanzenden mit seinem durchdringenden Blick. Auf seine Intuition war Verlass, und er wusste genau, welche Pärchen bereits zusammen gehörten und wer noch frei war. Die Auslese war nicht sehr ermunternd. Er trank sein Bier aus und wollte sich gerade auf den Heimweg machen, immerhin ein zweistündiger Marsch, als sein Blick in die Ecke des Lokals auf einen Tisch fiel, wo ein junges Mädchen mit ihren Eltern saß und traurig den Tanzenden zusah. Sie konnte nach seiner Schätzung höchstens 17 sein, war schlicht, aber ordentlich angezogen, die kastanienbraune Haare in einen langen Zopf geflochten, der den Rücken entlang bis zur Taille reichte. „Das Profil war ein bisschen derb“, dachte Joseph, aber das war so am Land. Eine Schönheitskönigin wird er hier sicher nicht finden. Er zahlte und ging langsam auf den Tisch zu. Die Eltern bemerkten ihn zuerst und lächelten. „Die sind ja auch keine Schönheiten“, dachte Joseph. Er neigte leicht den Kopf zum Gruß und bat die Eltern um den nächsten Tanz mit ihrer Tochter. Jetzt erst drehte sich Augustina um. Er konnte seine Überraschung nur schwer unterdrücken. Das Mädchen lächelte ihn an, nur sah jedes Auge woanders hin. Er hätte nicht sagen können, mit welchem Auge sie ihn, und mit welchem sie die Tanzenden ansah. Er ging mit ihr tanzen. Sie war überglücklich, der erste Tanz des Abends, noch dazu mit einem Fremden. Und natürlich sahen alle sie an. Und einige der Mädchen beneideten Augustina offenbar um ihren Freier. Das wiederum machte sie sehr stolz, ein Mann, der so eine Wirkung auf Frauen hat, und dann tanzt dieser Mann nur mit ihr, was für ein wunderschöner Abend! „So schnell kann sich das Schicksal wenden“, dachte sie. Er brachte sie zurück zum Tisch und fragte die Eltern, ob er sie nächsten Sonntag besuchen könnte. Eifrig stimmten sie zu und erklärten ihm, wo sie zuhause waren. Er verabschiedete sich mit einer leichten Verbeugung und machte sich auf den langen Rückweg. Er überlegte ganz praktisch. Diesen Weg wird er sicherlich nicht zu oft machen wollen, also wird es das Beste sein, gleich um die

Hand der Tochter anzusuchen. Augustina wirkte wohlerzogen, eine folgsame Tochter, die sicherlich ihre leichte Behinderung damit aufwog, dass sie perfekt in der Haushaltsführung war und ihm ihr Leben lang dankbar sein würde, dass er sie geheiratet hatte.

Am nächsten Wochenende besuchte er Augustina, sah das bescheidene, aber sehr saubere Häuschen, sprach mit den Eltern, die nur noch Augustina, die jüngste, zuhause hatten, alle anderen Kinder waren bereits versorgt.

Als Joseph um die Hand ihrer Tochter bat, fiel ihm der Vater um den Hals und bedankte sich untertänigst beim Herrn Lehrer. Mit der Hochzeit wollten sie bis in den Frühling warten, wenn der Schnee geschmolzen war und die Wege besser befahrbar waren. Bis dahin sah Joseph Augustina nur ein einziges Mal: Als sie mit ihrem Vater nach Brünn fuhr, um ihr Hochzeitskleid zu besorgen. Seinen Eltern sagte Joseph kein Wort über sein Vorhaben. Erst als die Hochzeit nahte, lud er sie in die Kirche und das Gasthaus in Hvozdec ein. Aber Vater hatte beschlossen, der Hochzeit seines unfolgsamen Sohnes fern zu bleiben, also lernte Augustina ihre Schwiegereltern erst nach der Übersiedlung zu ihren Mann nach Kninitz kennen.

Die Wohnung des Lehrers war sehr bescheiden. Die Küche war gerade groß genug, um einen größeren Tisch hineinzustellen, auf der Bank konnten mit Mühe vier Personen Platz finden. Aber es gab einen schönen geräumigen Herd, und das war dann auch das Zentrum für die Familie. In das einzige Zimmer stellte sie noch ein zweites Bett hinein, und im Kasten mussten dann auch die wenigen Kleider der Augustina

Platz finden. In dem alten Schulhaus gab es dann neben dem Klassenzimmer auch noch ein kleines Kabinett, dort schliefen dann später die Kinder der beiden. Weder das Schlafzimmer der Eltern noch das Kabinett konnte man heizen, aber Joseph ließ immer die Tür von der geheizten Klasse offen. So kam etwas Wärme auch in den Wohnraum hinein.

Ein Jahr nach der Hochzeit kam die kleine Augustina auf die Welt, zwei Jahre später der Franz, wieder zwei Jahre später der Jaro, dann noch in ein bis zweijährigen Abständen die Marie, später Tante Boba genannt, schließlich noch Marinka und Miluska. Die jüngste war die Begabteste. Alle sechs Kinder waren sehr musikalisch, am wenigsten Franz, aber auch er musste ein Instrument erlernen. Jeden Samstag gab es bei den Schichas in dem Klassenraum ein Hauskonzert. Die Leute kamen gerne, gute Musik am Land war selten und sie bewunderten die Disziplin und das Können der Schicha Kinder. Miluska sang von klein auf wie ein Vogerl. Vater hatte für sie, bereits als sie sechs Jahre alt war, eine Opernkarriere geplant. Ihre Haut war durchsichtig wie Alabaster, sie war sehr zart und immer ein wenig traurig. Für Joseph war es selbstverständlich, dass das Erstgeborene ein Knabe sein musste. Als dann die Augustina kam, sprach er monatelang nicht mit seiner Frau.

Augustina bekam es immer zu spüren, dass Vater von ihr enttäuscht war. Das spornte sie zuBestleistungen in der Schule an. Sie lernte so schnell, dass sie eine Klasse übersprang und ihr Diplom als jüngste Lehrerin bekam. Nicht einmal das erweichte den Vater.

Das Leben in der kleinen Wohnung war nicht ganz einfach, zumal die Mutter fast immer schwieg und Vater sich mit den Jahren zu einem Despoten entwickelte. Sein Gehalt war mäßig, aber es hätte der Familie gereicht wenn, ja wenn, Joseph nicht die Hälfte für sich behalten hätte.

Er floh oft aus der engen Wohnung, suchte gerne Gesellschaft außerhalb und fuhr später oft nach Brünn. Die Mutter tat alles, um die Familie mit dem Wenigen zu ernähren, aber die Kinder waren alle unterernährt. Wie oft verzichtete sie selbst, nur damit die Kinder ein bisschen mehr zum Essen bekamen. Und wenn der Vater zu Hause war, zitterten alle vor Angst. Und jeder bemühte sich, seine Pflichten für die Schule und die Musik so gewissenhaft wie möglich zu erfüllen, denn der Zorn des Vaters und seine Strafen waren nur allzu gut bekannt.

Franz wurde auch Lehrer, genauso ein strenger wie sein Vater, heiratete nie und lebte bei seinem Bruder Jaro. Er beglückte mehrere Damen der guten und weniger guten Gesellschaft. Maria wurde ins Gasthaus nach Hvozdec geschickt, um dort kochen zu lernen, damit sie später als Köchin arbeiten könnte. Sie heiratete einen Schuldirektor aus Krumau. Sie hatte einige missglückte Schwangerschaften und bekam als junge Frau von 20 Jahren Brustkrebs, der aber früh erkannt wurde. Nach der Brustamputation blieb sie gesund.
Ihre Schwestern hatten nicht so viel Glück. Augustina heiratete nicht, das Schicksal vieler Lehrerinnen dieser Zeit. Welcher Mann wollte schon eine intellektuelle Frau? Sie blieb mit den jüngeren Schwestern

Marinka und Miluska eng verbunden. Vor allem während des Krieges, als Franz und Jaro in den Krieg mussten, waren die Frauen auf sich alleingestellt. Joseph war in der Schule unentbehrlich, also musste er nicht einrücken. Als der Krieg und die schwere karge Zeit vorbei waren, beschlossen die Mädchen, im Winter zu einem Ball zu gehen und die neue bessere Zeit zu feiern. Es war eine rauschende Ballnacht, alle feierten das Kriegsende und die Selbständigkeit einer Republik. Bis in die Morgenstunden tanzten die jungen Leute. Wenn es den Mädels im Saal zu heiß wurde, liefen sie ins Freie in die frische Luft, ohne Mäntel, nur mit den leichten Ballkleidern.

Zwei Tage später wurde die jüngste Tochter Miluska krank. Die Mutter hatte kein Geld für den Arzt, also tat sie mit Hausmitteln ihr Bestes. Miluska war immer schon ein „Elfenkind", gewesen, als ob sie aus einer anderen Welt in die Familie gekommen wäre. Sie war immer ein bisschen kränklich. Vor allem die Winter hatten es in sich. Kein Winter ohne Verkühlung. Das war sehr zum Leidwesen des Vaters, der ja ihre Stimme und die Ausbildung zur Opernsängerin mit Argusaugen beobachtete. Eine Woche nach dem Ball wurde auch Augustina krank.

Wieder setzte Mutter Hausmittel ein. Zuletzt wurde dann Marinka, die Unscheinbare, krank. Man wusste in der Familie nie, ob Marinka im Zimmer war oder nicht. Sie sprach nur ganz wenig, hatte nie Wünsche. Sie war durchsichtig und unsichtbar.

Innerhalb von drei Wochen starben alle drei Mädchen an Tuberkulose. Als gegen Ende der Arzt gerufen wurde, konnte er nur noch die Krankheit im letzten Stadium feststellen.

Er bat die Mutter inständig, und diesmal auch den Vater, der aus Brünn herangeeilt war, dass man den drei anderen Kindern von nun an regelmäßig die Lungen untersuchen ließ.

Die Mutter war untröstlich und hat sich von diesem Schock nie mehr richtig erholt. Sie bekam Krebs und starb noch vor dem zweiten Weltkrieg. Als sie noch schwer krank im Krankenhaus lag, gab ihr Mann, der Joseph, bereits eine Anzeige in die Zeitung: „Witwer sucht Frau für Lebensabend."
Seine drei Kinder hatten kaum Kontakt mit ihrem Vater, und wenn er wirklich mal zu Besuch kam, machten sich die erwachsenen Kinder vor lauter Angst möglichst unsichtbar.

Er war ein gutaussehender alter Mann geworden, immer perfekt angezogen. Er lebte in einem Badeort, wo er sich im Thermalbad verwöhnen und pflegen ließ. Das wurde von den Kindern, besonders von Jaro, finanziert. Er konnte seine Übersiedlung in ein Hotel zwingend damit begründen, dass der Ort Kninitz in den dreißiger Jahren evakuiert werden musste, da das ganze Tal geflutet wurde, um mit der Talsperre ein Freizeit - Eldorado für alle Brünner zu schaffen.

Als der alte Mann starb, wurde er in seinem neuen Heimatort Neukninitz begraben. Zum Begräbnis kamen Hunderte von Menschen, um ihm die letzte Ehre zu erweisen. Seine Schüler kamen aus dem ganzen Land, um ihrem Lehrer zu danken, der ihnen den Weg ins Leben und in einen Beruf durch seine Strenge leichter gemacht hatte. Vielleicht war dies auch das Erfolgsrezept seiner drei Kinder. Die Kinder erbten Fotos vom Vater, dem schönen Mann mit perfekter

Kleidung in allen Variationen. Von Mutter war kein einziges Foto dabei.

Jaro zog es nach dem Gymnasium in Brünn auf die juridische Fakultät, wo er nach seinem Dienst im Krieg promovierte. Im Krieg hatte er eine steile Karriere gemacht. Durch seine Sprachbegabung wurde er von einem zum anderen Teil der Monarchie geschickt und rüstete als Leutnant Ihrer Apostolischen Majestät ab. Er wurde an der linken Brust verwundet, der Schuss ging durch die Lunge, verletzte aber die Organe nicht lebensbedrohend.

Als er ins Gymnasium nach Brünn gekommen war, bekam er vom Joseph, seinen Vater, keinen Groschen. Er musste mit Nachhilfestunden nicht nur seinen Lebensunterhalt verdienen, sondern er schickte dazu noch regelmäßig Geld an seine Familie. Auch später an der Universität musste er sich mit dem Studium beeilen, damit er endlich richtig Geld verdienen konnte, um es seiner Mutter zur Verfügung zu stellen.

Sein Bruder Franz fiel komplett aus. Er geriet in Russland in Gefangenschaft und kam erst Jahre später wieder nach Hause. Franz, der schon vorher ein Sonderling war, litt durch die Gefangenschaft noch mehr. Er wirkte verwirrt, konnte nicht schlafen, sprach mit Niemandem. Sein Äußeres war sehr ungepflegt. Er sperrte sich in seiner Studentenbude ein. Er fing an, ein Buch über seine Gefangenschaft zu schreiben.

Erst aus dem Buch erfuhr dann die Familie, was mit ihm in Russland geschehen war und wie oft er dem Tod entronnen war. Schließlich hatte er sich in ein adeliges Mädchen in St.Petersburg verliebt, und diese unglückliche Liebe begleitete ihn das ganze weitere Leben. Auch hier griff Jaro helfend ein. Seine Geschwister standen für ihn das ganze Leben immer an erster Stelle, dann erst kam seine eigene Familie. Da weder Franz noch Marie Kinder hatten, wurden sie beide in Jaro's Familie integriert. Franz bekam endlich eine Stelle als Lehrer, später Direktor und wurde von den Schülern genauso gefürchtet wie sein Vater.

Der Druck des Vaters, stets das Beste zu geben, trieb Jaro nicht nur im Krieg zu Höchstleistungen an, sondern auch im Beruf. Er bekam eine Stelle in der besten Advokatenkanzlei in Brünn. Dank des Spürsinns seines Chefs, der schnell erkannte, dass Jaro eine besondere Begabung hatte, wurde er sehr bald dessen rechte Hand. Vor allem in der Urlaubszeit konnte ihn Jaro beim Gericht zu seiner vollsten Zufriedenheit vertreten. Im Stillen hoffte er, dass Jaro Gefallen an seiner Tochter finden würde. Die Pläne des alten Herren waren perfekt, aber sie waren ohne das Wissen von Jaro gemacht. Bald vertrat Jaro viele wichtige Personen des öffentlichen Leben und der Geschäftswelt. Es wurde klar, dass er eine steile Karriere vor sich hatte. Einer der Geschäftsleute, die Jaro mit Bravour vertrat, war Alois. Und instinktiv wusste Jaro, dass hier seine Zukunft begann.

17. KAPITEL: DIE KARRIERE

Schon bei der ersten Begegnung mit Jaro fühlte Lojzl, dass er sich mit seinem Schwager gut verstehen konnte. Natürlich hatte Martha ihrem Mann schon vor der Hochzeit erzählt, dass ihr Bruder etwas komisch war. Das war sein eigener Bruder Franz ja auch, dachte Jaro. Als er dann Lojzl kennen gelernt hatte, fand er den jungen Mann ganz in Ordnung. Lojzl fühlte sich hingezogen zu seinem Schwager, denn er wollte vor allem wissen, warum sein Vater so an seinem Schwiegersohn hing. Es geschah nämlich nichts mehr in der Familie – oder im Geschäft – was Alois nicht vorher mit Jaro besprochen hätte. Lojzl kam es so vor, als hätte Papi endlich den Sohn gefunden, den er sich immer gewünscht hatte. Er war nicht eifersüchtig, nur ein wenig traurig.

Das erste Mal eckte Jaro an, als er den Schwiegereltern vorschlug, man möge Lojzl nach der Matura in die Wanderjahre schicken, bevor er ins Geschäft des Vaters einstieg. Magda bekam einen Migräneanfall und Alois ging ins Kaffeehaus, ohne ein Wort mit Jaro zu sprechen. Das erste Mal gab es Unstimmigkeiten, und Jaro beschloss, nie mehr mit den Schwiegereltern über das Thema Lojzl zu sprechen. Aber er war immer einverstanden, wenn Lojzl mit ihm und Martha die Freizeit verbrachte. Sie nahmen ihn überall mit hin, zum Tennisspielen, Wandern, in die Gymnastik, und auch zu gesellschaftlichen Anlässen, sofern es Magda erlaubte. Natürlich gefiel ihr das nicht, aber sie fügte sich dem Druck von Alois. Ihre ständigen Schwächeanfälle waren Grund genug, dass Lojzl oft zu Hause blieb. Er ging gerne mit Martha und Jaro in die Gymnastik. Mami war ihr Lebtag nie sehr sportlich gewesen, aber plötzlich entdeckte sie, dass auch ihr Gymnastik sehr gut tun könnte. Also ging sie jede Woche zusammen mit Alois und den Jungen mit. Die einzige Freizeitgestaltung, zu der sich Lojzl nicht überreden ließ, war das Reiten. Seine Angst vor Pferden hatte sich nie mehr gelegt.

Da das Studium von Welthandel, Papis Wunschstudium, wegen Lojzls nervlicher Konstitution nicht möglich war, beschloss Papi, ihn in seinen Betrieb mitzunehmen. Er unterstützte seine Freude am Sprachenlernen und zahlte gerne den Privatunterricht für Englisch und Französisch. Da Lojzl schon als kleiner Bub zweisprachig aufgewachsen war, fiel es ihm leicht, die Fremdsprachen zu vervollkommnen. Und Papi war zufrieden, denn für das internationale Geschäft wird Lojzl sie sicherlich gut gebrauchen können.

Als Lojzl im Betrieb des Vaters zu arbeiten anfing, gefiel ihm die Büroarbeit überhaupt nicht. Und die Art wie Papi Geschäfte machte schon gar nicht.

Papi hatte einige Steckenpferde: im hinteren Teil des Fabrikareals waren ein großer Hundezwinger, eine Hühnerfarm mit den ausgefallensten Hühnern, die Papi in ganz Europa auftrieb und weiter züchtete, und ein riesiger Taubenschlag. Die Hunde interessierten Lojzl weniger, aber mit den Hühnern und Tauben verbrachte er viele Stunden, die gefielen ihm. Er saß vor dem Zaun des Geheges und sah den Hühnern zu. Ihre Vielfalt hatte es ihm angetan. Von den kleinen Lilliputhühnern, die nur eine Spur größer waren als die Tauben, über die Tiere mit dem nackten Hals und den mit Federn bewachsenen Beinen, bis zu den Riesenhühnern, die fast so groß waren wie Enten. Die Farbenpracht der Hähne, die selbstbewusst vor den Hühnern, die teilnahmslos ihre Körnchen suchten, herumstolzierten, war für Lojzl wie eine Bühne. Immer schon war er fasziniert gewesen von der Natur und liebte Blumen und Pflanzen, aber die Tiere entdeckte er erst im Betrieb seines Vaters. Das Gurren der Tauben wiegte ihn fast in den Schlaf und mehrfach ist er auch wirklich eingeschlafen.

Als Papi wieder einmal junge Welpen kaufte, um sie für die Jagd abzurichten, sah Lojzl einen wunderschönen Weimaraner. Der kleine Hund war so süß und lief sofort zum Lojzl, um sich an seine Beine anzuschmiegen. Auf seine Bitte bekam er den Hund von Papi geschenkt mit der Auflage, mit dem Hund in die Hundeschule zu gehen. Das war dann wirklich Spaß.

Insgeheim hoffte Papi, dass Lojzl mit dem Hund dann später auch auf die Jagd mitkommen würde. Anfänglich bekam er jeden Tag einen Schreikrampf, wenn Lojzl aus dem Büro verschwand, allmählich aber merkte er, dass sich Lojzl davon nicht mehr beeindrucken ließ. Da hörte er mit der Schreierei auf. Und oft rief auch Mami verzweifelt an, es ginge ihr so schlecht, sodass Papi Lojzl bat, nach Hause zu fahren und nach Mami zu sehen. Auf diese Weise wurde er selbst entlastet, und Lojzl ging ja im Betrieb nicht wirklich ab. Papi war froh,Jaro ins

Vertrauen zu ziehen und mit ihm seine Geschäfte zu besprechen, auf den war immer Verlass.

Das ganze Jahr über dachte Lojzl schon an die Sommerferien. Das war dann seine Zeit. Sie fuhren jedes Jahr in die steirischen Berge, und Lojzl freute sich Monate vorher auf die schöne Landschaft, das Wandern mit seinen Cousins und das Harmonikaspielen. Denn dort war niemand da, der es ihm verbieten würde. Mami war den ganzen Tag unterwegs und besuchte ihre ehemaligen Schulfreundinnen. Immerhin musste sie den Tratsch von einem ganzen Jahr nachholen, und Papi saß die ganze Zeit bei Zeillinger und spielte Karten. Seinen Unmut, wenn er verlor, hörte man bis auf die Straße. So hatte Lojzl alle Tage nur für sich.

Mit Onkel Ferdinand verstand er sich gut, aber auch später, nach dessen Tod, schloss ihn Onkel Gustav in sein Herz. Gustav war selbst ein guter Musiker und forderte Lojzl immer wieder auf, für ihn Harmonika zu spielen. Oft sang er dazu.
Die Cousins, alle etwas älter als Lojzl, nahmen ihn gerne mit auf die Berge, zum Schwimmen im Teich oder sogar manchmal zum Tanzen. Dazu war aber Lojzl zu schüchtern. Er stand im Eckerl und beobachtete die Tanzenden. Jeder wusste wer er war, aber die Leute ließen ihn in Ruh.

Martha und Jaro fuhren selten mit in die Obersteiermark. Sie bevorzugten das Meer, und Martha wollte nicht an ihre Kindheit erinnert werden, schon gar nicht im Urlaub. Und es reichte ihr, ihre

Eltern das ganze Jahr über in der Nähe zu haben. Das gehörte sicherlich nicht zu ihren Wünschen.

Nach der Hochzeit zog Martha widerwillig in das Haus der Eltern ein. Der zweite Stock stand ja leer. Nur auf das gute Zureden von Jaro stimmte sie zu. Papi hatte große Freude, seine Tochter endlich in seiner Nähe zu haben und schenkte Martha das ganze Haus zur Hochzeit. Mit ihrer Mutter hatte Martha nur ganz wenig Kontakt. Monatelang sprachen sie kein Wort miteinander. Ab und zu kam Papi herauf, um an der Tür - er wäre nie weiter gekommen - eine seiner Tiraden loszuwerden. Das geschah immer dann, wenn Magda ihm zu lange in den Ohren gelegen hatte. Dann wusste auch der Rest des Hauses Bescheid. Seine obligaten Vorträge fingen immer mit den Worten an: „Also da hört sich mir doch alles auf, Matschinka", so nannte er liebevoll seine Tochter. Und gepasst hat Vieles nicht.

Am Anfang waren die jungen Leute immer mit dem Auto von Papi unterwegs. Der Chauffeur Chmelicek brachte sie, wohin sie wollten. Aber das gefiel Jaro nicht besonders. Er bemühte sich sehr, einen eigenen Wagen zu kaufen und es gelang ihm auch, einen herrlichen geräumigen Wagen zu besorgen. Wie er alles andere anging, so lenkte er auch den Wagen mit viel Begeisterung und Ungestüm. Wenn sie in Urlaub fuhren, musste Martha immer ein Budget für angefahrene Straßenhändler, die Obst oder sonstige Produkte verkauften, in der Tasche haben. Seine Ungeduld beim Tanken verursachte, dass er einmal im Altvatergebirge den Schlauch im Tank ließ und samt der Zapfsäule losfuhr. Also beschloss Martha, möglichst bald selbst einen

Führerschein zu machen, was aber in dieser Zeit nicht so einfach war. Als Jaro mit ihr in die Fahrschule ging, hieß es, es täte ihnen leid, aber in ganz Brünn gäbe es keine Frau, die Auto führe und sie hätten nicht vor, diesen Zustand zu ändern. Frauen eigneten sich nicht fürs Autofahren. Es brauchte Jaros ganze Überredungskunst und eine großzügig offene Hand, um diesen Zustand zu ändern. Das Fahren lernen war für Martha kein Spaß, der Lehrer hat ihr bei jeder Gelegenheit klar, dass sie es nicht könnte.

Nur die Angst vor ihrem Mann machte ihn etwas umgänglicher. Sie bestand die Prüfung mit Sehr Gut und ist Tausende von Kilometern unfallfrei gefahren. Was man von Jaro nicht sagen konnte. Es machte ihr Spaß, ihn im ganzen Land zum Gericht zu fahren. Sie fuhren am Abend los, denn sie liebte es, nachts zu fahren, er schlief auf der Rückbank. Bei Ankunft gingen sie frühstücken, er dann ins Gericht, und sie las im Auto oder legte sich ein bisschen hin. Beim Heimfahren sahen sie sich meistens etwas Interessantes an, je nachdem, wie Jaro Zeit hatte. Weder die Familie noch die Bekannten konnten diese Arbeitsteilung verstehen. Sie bewunderten Jaro wegen seiner heldenhaften Bereitschaft, sich den Lenkerhänden seiner Frau anzuvertrauen.

Zwei Jahre nach der Hochzeit beschloss Papi, die Errichtung einer eigenen Anwaltskanzlei für Jaro zu finanzieren. Es wurden Räumlichkeiten in der Mitte der Stadt, nicht weit weg vom Hauptplatz, gefunden, und Jaro arbeitete am Anfang allein mit so großem Erfolg, dass er in kurzer Zeit zwei Konzipienten und vier Sekretärinnen anstellen musste. Frau Hlouskova, die Leiterin des Büros, hatte sich ganz der Arbeitsweise ihres Chefs angepasst. Sie machte immer Witz, sie könne nie heiraten, weil sie täglich bis 22 Uhr im Büro sein müsse. Jaro hatte nämlich die Gewohnheit, bis spät in die Nacht zu arbeiten. Meistens kam er erst zwischen ein und zwei Uhr nach Hause. Meistens pflegte er nach der Arbeit noch Freunde nach Hause zu bringen, und Martha musste aus dem Bett und der lustigen Bande ein Essen zubereiten. Aber das machte ihr nichts aus. Nach kurzer Zeit unterhielt sie sich mit den Herren bis zum Morgengrauen. Vormittags schlief dann Jaro, es sei denn, er hatte eine Gerichtsverhandlung, aber die fingen meistens auch erst spät am Vormittag an. Dieser Lebensrhythmus war ein ständiger Anlass für Papis wilde Vorträge. „Was für ein Mensch muss dieser Jaro – also Dein Mann sein“, schrie er am Gang, „wenn er so liederlich lebt“. Für ihn selbst kam nicht die kleinste Abweichung von einer streng geregelten Zeiteinteilung in Frage: Er stand er jeden Tag um vier Uhr auf, gerade wenn Jaro sich hingelegt hatte. Zuerst putzte er alle Schuhe der Familie, dann machte er sich selbst fertig und um Punkt sechs Uhr stand er am Tor seines Betriebs mit seiner goldenen Uhr in der Hand, um die Anwesenheit und Pünktlichkeit der Betriebsmannschaft zu kontrollieren. Bei seiner Tochter tobte er sich aus. Zu Jaro würde er aber nie ein Wort sagen. Und Martha, die war mit ihren eigenen Problemen beschäftigt. Sie hörte ihn gelassen zu und nahm seine Ausbrüche nicht ernst.

Kurz nach der Hochzeit war sie ständig mit dem Einrichten der großen Wohnung beschäftigt. Sie liebte Antiquitäten und fing an, die

Räume an der Straßenseite mit dem alten Zeug, wie Papi es nannte, zu füllen. Die neuen Möbel, die ihr Papi in seiner Firma machen ließ und die massiv und aus gutem Holz waren, lehnte sie ab. Sie nahm sich vor, ein Zimmer nach dem anderen stilmäßig einzurichten. Es machte ihr Spaß, bis auf das kleinste Detail alles selbst zu entwerfen und dann alle Geschäfte abzuklappern, um die passenden Möbel, Teppiche und Vorhänge zu finden. Bald sah die Reihe der Zimmer aus wie ein Museum.

Das einzig wirklich gemütliche Zimmer war die Veranda, die auf der Gartenseite war. Martha ließ alle Fenster mit färbigem, kunstvoll in Bildern gestaltetem Glas versehen. Ein großer Tisch für Kartenrunden, mit einem eingravierten Schachbrett, stand neben dem alten Kachelofen. Die bequemen Lederlehnstühle waren zum Herumlümmeln und Lesen. Die Couch in der Ecke lud zum Mittagsschläfchen ein. Nicht nur die jungen Eheleute, später dann die Kinder und auch alle Freunde liebten diesen Raum. Alle anderen Räume waren nur schön zum Anschauen.

Die ersten Versuche, sich in der tschechischen Gesellschaft einzuleben, waren nicht von Glück begleitet. Jaro hatte keine Freunde unter seinen Kollegen, er stand auf dem Standpunkt, privat möchte er nicht über seine Arbeit sprechen oder noch schlimmer, einem Richter oder Staatsanwalt begegnen. Das reichte ihm beim Gericht. Also waren die meisten Freunde Ärzte, Architekten oder Professoren. Natürlich akzeptierten sie Martha und zollten ihr hohen Respekt, nur sprachen sie so ein schlechtes Deutsch, dass sich die Verständigung sehr mühsam gestaltete. Sie versuchte eine perfekte Gastgeberin zu sein, nur fühlte sie sich dann bei Tisch äußerst deplatziert. Als sie den ersten Winter wieder einmal am Ball waren, denn beide tanzten liebend gerne, stellte Jaro seine Frau einem adligen Freund vor, der zwar Deutsch sprach, jedoch ein bekennender Tscheche war. Als er merkte, dass Martha nur Deutsch sprach, sagte er in fehlerlosem Deutsch zu Jaro: „Wenn Deine Frau einmal Tschechisch kann, kannst du sie mir wieder vorstellen. Abgesehen davon, dass sie überhaupt nicht zu Deinem Lebensstil passt.“ Martha stand daneben und wusste nicht, ob ihr die Tränen aus Kränkung oder Wut über die Wangen rollten. Sie wollte sofort nach Hause, sperrte sich in ihrem Zimmer ein und weinte die ganze Nacht. Jetzt, wo sie langsam anfing, sich an ihren Mann zu gewöhnen, merkte sie, dass sie in diesem Land nie akzeptiert werden würde. Erschöpft schlief sie ein und wollte Jaro den nächsten Tag überhaupt nicht sehen. Ihm war bewusst, dass sich sein adliger Freund nicht gerade adelig verhalten hatte. Dessen Arroganz ärgerte ihn maßlos, aber er war ein wichtiger Mann, und Jaro konnte es sich nicht leisten, noch nicht, den feinen Herren zu verärgern. Nach einigen Tagen kam Martha zu einem festen Entschluss. Entweder sie fährt zurück nach Dresden, sucht dort ihre alte Liebe auf und lässt sich scheiden; oder sie bleibt, versucht weiter das Leben an der Seite ihres Mannes, muss aber einige Dinge komplett ändern. Sie stellte einen Tschechisch Lehrer an und lernte täglich wie besessen vier Stunden. Am Abend nahm sie sich ein tschechisches Buch mit ins Bett und versuchte wenigstens Teile davon zu verstehen. Es wäre ja gelacht, dass es mit Tschechisch nicht gehen sollte, wenn sie all die anderen Sprachen erlernt hatte! Nur hatte sie nicht bedacht, dass die slawischen Sprachen für Deutschsprachige sehr schwer zu erlernen waren und diejenigen, die es geschafft hatten, immer einen Akzent behielten. Wenn sie über die Grammatik und Satzstellung der neuen Sprache nachdachte, kam sie ihr so schwierig vor, dass ihr das Ziel die Sprache einmal zu beherrschen ziemlich unwirklich erschien. Aber ihre Hartnäckigkeit und vor allem der Gedanke an den arroganten Pinsel drängten sie immer wieder, weiter zu machen. Und sie schaffte das Unmögliche. Innerhalb von zwei Jahren sprach sie ein fehlerloses Tschechisch, fast ohne Akzent. Nur wenn sie aufgeregt war oder etwas getrunken hatte, schlich sich ein leichter Akzent ein. Sie änderte auch komplett ihr Erscheinungsbild. Sie kürzte die schönen lockigen blonden Haare so, dass sie einen Knoten im Nacken tragen konnte, besuchte Modeschauen und ließ sich die schicksten Kleider nähen.

Jaro bemerkte natürlich die langsame Veränderung seiner Frau und musste insgeheim darüber lächeln. Hatte diese rüde Bemerkung seines Freundes doch etwas Positives an sich gehabt!

Einige Jahre später musste Jaro dienstlich nach Prag. Martha begleitete ihn und fuhr wie immer das Auto. Er hatte noch spät am Abend zu tun und sie machten aus, sich in der Bar ihres Hotels zu treffen. Martha hatte noch Zeit und wollte in Ruhe allein eine Zigarette rauchen, denn Jaro sah sie nicht gerne rauchen. Sie hatte ein schwarzes Kostüm an, das ihre schlanke Figur betonte, um den Hals hatte sie einen schmalen Chinchilla Schal. Sie trug einen breiten schwarzen Hut mit Reiherfedern, eine schlichte Perlenkette, eine kleine Krokotasche und Krokoschuhe. Sie setzte sich auf den Barhocker und zündete sich die Zigarette an, die sie immer in einen langen Elfenbeinspitz steckte. Sie saß entspannt und genoss den Abend und ihre Zigarette. Der Ober brachte ihr das bestellte Martini. Als sie das Glas hob, sah sie an der Ecke der Bar einen Mann, der ihr zuprostete. Er nahm sein Glas und kam näher. Im schummrigen Licht konnte sie zuerst sein Gesicht nicht deutlich sehen. Erst als er neben ihr stand, erkannte sie den adligen Freund ihres Mannes. Sie nahm einen großen Schluck und stellte das Glas langsam auf die Bar. Der Herr sprach sie tschechisch an und bat um die Erlaubnis, einer so schönen, eleganten Frau Gesellschaft zu leisten. Sie nickte leicht und sagte in perfektem Tschechisch, es würde sie freuen. Es entwickelte sich eine Konversation, man sprach über Prag, die tollen Möglichkeiten Kunst zu genießen oder Theater und Konzerte zu besuchen. Kein Vergleich mit der Provinz und dann die tollen Gourmettempel.

Mitten in dieses anregende Gespräch erschien wie aus dem Nichts Jaro. Er begrüßte seinen Freund, der wollte ihm seine neue Eroberung vorstellen, wusste aber leider ihren Namen nicht, entschuldigte sich bei der Dame mit einem Handkuss und sah verblüfft Jaro zu, wie er die Frau auf die Wange küsste. „Du brauchst sie mir nicht vorstellen, ist ja meine Frau, und jetzt entschuldige, wir haben einen Tisch bestellt.“ Über das völlig verdatterte Gesicht seines Freundes und das siegessichere seiner Frau amüsierte er sich noch jahrelang.

Nach und nach wurde Martha von der tschechischen Gesellschaft angenommen. Der gute Ruf ihres Mannes als Anwalt und ihre ausgefallenen Ideen Feste zu feiern trugen viel dazu bei. Und der finanzielle Hintergrund ihres Vaters war dabei auch nicht zu unterschätzen.

Jaros Traum wurde Wirklichkeit, eine eigene große Anwaltskanzlei. Er dachte oft an seine bescheidene Kindheit zurück. Mit den Eltern hatte er kaum Kontakt. Er schickte Mutter eine monatliche Unterstützung, sah sie aber kaum. Mit seinem älteren Bruder Franz gab es notgedrungen Kontakt. Als er seine Räumlichkeit für das neue Büro suchte, gelang es ihm, mitten in der Stadt, in einer Seitengasse des Hauptplatzes in einem schönen alten Gebäude den ersten Stock zu mieten. Die Lage war sehr gut und die Räume hell und luftig. Neben den Büroräumen gab es dann noch eine kleine Wohnung, Zimmer, Küche und Bad. Die hatte Jaro seinem Bruder zur Verfügung gestellt. Franz unterrichtete den ganzen Tag und kam meistens erst spät am Abend nach Hause, wenn Jaro noch im Büro saß. Aber außer einer kurzen Begrüßung gab es nicht viel zu reden. Franz konnte es Jaro immer noch nicht verzeihen dass er eine „Deutsche“ geheiratet hatte. Jaro verzieh ihm das, er kannte seinen Bruder, und tolerierte bei ihm all das, was er einem anderen nie hätte durchgehen lassen. Franz hatte ihm als kleinem Bub das Leben gerettet, das vergaß er ihm nie.

Seine Schwester, Tante Boba, war nach der Heirat aus Brünn weggezogen und so sahen sich die Geschwister sehr selten. Jaros Leben war ausschließlich auf das Leben von Martha und ihrer Familie ausgerichtet. Manchmal empfand er das ständige Miteinbeziehen in die Firma des Schwiegervaters als belastend. Es war nicht seine Firma und er hatte auch nicht vor, dort als Partner einzusteigen. Die Arbeit in seiner Kanzlei reichte allemal, wenn er wirklich erfolgreich sein wollte.

Aber er ließ sich nichts anmerken, schließlich hatte sein Schwiegervater die Kanzlei finanziert. Manchmal wenn er zur Entspannung Musik hörte, musste er bei der „Verkauften Braut" lächeln - wohl mehr ein „Verkaufter Bräutigam".

Das gesellschaftliche Leben nahm ihn und Martha stark in Anspruch, aber das war wiederum gut, um die nötigen Kontakte herzustellen. Er war überglücklich eine Frau zu haben, die in Stil und Geschmack unübertroffen war, und bald fühlte sich jeder geehrt, in sein Haus eingeladen zu werden.

Das Reisen wurde für sie Beide zu einer Sucht. Ob nach Paris zu den Freunden von Martha, ob nach Dresden zu Hilde, nach Bulgarien zu Vera, oder zum Meer nach Lignano und Nizza.Als erstes Ehepaar fuhren sie mit dem spanischen Konsul, einem Freund von Jaro, mit dem Auto von Tschechien nach Spanien. Diese Reise war so abenteuerlich, dass Jaro gebeten wurde, darüber ein Buch zu schreiben, was er auch tat.

All dieses rauschende Leben gefiel Jaro zwar sehr, und er genoss es in vollen Zügen, aber eigentlich hatte er die Vorstellung, dass sie bald nach der Hochzeit Kinder bekommen würden. Da er selbst aus einer großen Familie stammte, kam für ihn auch nur eine große Familie in

Frage. Jedoch mit Martha über dieses Thema zu sprechen zeigte sich mehr als schwierig. Sie blockte jeden seiner noch so kleinen Ansätze sofort ab. „Später“, sagte sie immer. „Später“.

Sie war ja noch so jung und hatte leicht reden. Aber er ging immerhin auf die vierzig zu und hätte gerne eine Familie gegründet. Aber insgeheim war er über die Situation froh, wichtig war, seine Kanzlei auf Vordermann zu bringen, und dann konnte er immer noch entspannt einer Familie entgegen hoffen. Sein Name war immer öfter ein Garant für Erfolg beim Gericht. Die Termine waren bei ihm über Monate ausgebucht, denn es hatte sich herumgesprochen, dass er weder eine Anzahlung des Honorars, noch sofortige Bezahlung nach einem erfolgreich abgeschlossenen Fall verlangte. Es gab nicht viele Anwälte, die dies den Klienten möglich machten. Sein Lebensmotto war: „Bei den Reichen gut verdienen, um den Ärmeren helfen zu können.“ Die Erinnerung an seine Kindheit und seine Familie ließen es nicht zu, dass er überheblich geworden wäre. Er versuchte stets, auf dem Boden der Realität zu bleiben. Das gute schöne Leben betrachtete er als Geschenk Gottes, für das es sich lohnt, das Allerbeste zu geben, damit es auch weiterhin so bliebe. Das versuchte er auch Martha verständlich zu machen, denn sie neigte oft dazu, sich auf einem Höhenflug zu begeben. Jeden auch noch so kleinen Wunsch hatte sie sich erfüllt oder erfüllen lassen, entweder von ihm oder von Papi.

Und sonst ging sie eben mit ihrem eigenen Geld einkaufen. Alles musste von hervorragender Qualität sein, nichts war teuer genug. Andererseits war sie sehr großzügig und beschenkte alle ihre

Freundinnen mit wertvollen Dingen. Es brauchte nur jemand zu kommen und sich über ein trauriges Schicksal zu beklagen, und schon kam Martha in Fahrt und tat alles, um dem "armen Schlucker", wie sie sagte, zu helfen. Das gefiel Jaro. Und doch. Seit ein paar Jahren hatte sie Dienstmädchen, um die große Wohnung, in der täglich Gesellschaften stattfanden, zu pflegen. Kochen wollte Martha immer selbst. Selbst das Brot buk sie selbst. Die Küche war ihr Heiligtum. Aber die zwei Dienstmädchen schliefen in einem kleinen Zimmer ohne Fenster, wo nur die Betten, ein Tisch und ein Kasten Platz hatten. „Bei dieser riesigen Wohnung", dachte Jaro oft. Aber darüber traute er sich dann doch nicht mit Martha zu sprechen. Das war ihr Bereich, und da wollte er nicht eingreifen. Er bestand aber darauf, dass die Mädchen Samstag und Sonntag ein paar Stunden Ausgang bekämen. Natürlich wusste er, dass Martha nur das tat, was in allen anderen Familien auch üblich war, auch bei den Schwiegereltern. Die Zeiten waren halt so. Aber ihn erinnerte es an das Zimmer neben dem Klassenzimmer seines Vaters, und das brachte bei ihm immer Unbehagen hervor. Das müsste doch bei dem Luxus nicht sein.

Aber als er merkte, dass er weit und breit mit dieser Ansicht allein dastand, hörte er auf, sich darüber Gedanken zu machen. Vor allem als er sah, welche schönen Geschenke die Dienstmädchen zu Weihnachten und zu Geburtstagen von seiner Frau bekamen. Ihm war schon klar, dass er sich von seinen „kleinlichen" Hintergrund trennen musste, um in seiner neuen Welt ankommen zu können.

18. KAPITEL: DIE FAMILIE

Martha war todunglücklich, als sie erfuhr, dass sie schwanger war. Gerade jetzt, wo sie sich anfing einzuleben und das Leben in Freiheit zu genießen. Sie weinte, sie tobte, hatte schlechte Laune, sagte Jaro kein Wort und hoffte insgeheim, dass das Schicksal und der liebe Gott es irgendwie einrichten werden, dass sie das Baby nicht bekommen würde. Sie trieb Sport und ritt den Zigan bis zum Umfallen. Es gelang ihr, sich den ganzen Sommer so zu schnüren, dass ihre Schwangerschaft nicht auffiel. Sie war in ihrem Elend ganz allein. Zur Mami konnte sie unmöglich gehen und wusste auch, dass von ihr keine besonders große Unterstützung kommen würde, und ihre Freundinnen waren zerstreut überall in der Welt.Sie fühlte sich noch so jung und unerfahren. Wenn Jaro sie wegen ihrer schwankenden Stimmungen ansprach, wurde sie nur noch gereizter. Er ahnte durchaus, was mit ihr los war, wollte ihr aber Zeit lassen, sich an die neuen Umstände zu gewöhnen. Mit viel Geduld aber auch Sorge beobachtete er das hektische Treiben seiner jungen Frau. Als sie es nicht mehr verheimlichen konnte, fiel sie ihm eines Tages in die Arme und weinte, ohne sagen zu können warum. Er versuchte ihr seine Freude zu zeigen, ohne aber wirklich erfolgreich zu sein. Er fuhr mit ihr zu seiner Schwester, der Tante Boba, und hoffte, die zwei Frauen würden über das Wochenende Gelegenheit haben, miteinander darüber zu sprechen. Immerhin war Martha beim nachhause fahren etwas ruhiger.

Und mit der Zeit nahm sie dann die Schwangerschaft an. Sie richtete ein Kinderzimmer ein und war von der Anschaffung der Babysachen ganz begeistert. Das Reiten gab sie aber nicht auf. Bis zum siebenten Monat. Sie hoffte im Stillen immer noch, dass ein Wunder geschehen würde. Anfang Februar kam dann ein kleines Mädchen zur Welt: stark, gesund und widerstandsfähig. Gleich bei der Geburt, die zu Hause durch den Hausarzt Dr.Boczek stattfand, passierte das erste Missgeschick. Die Hebamme versuchte das Baby zum Atmen bringen, nahm sie bei den Füßchen und schüttelte sie mit dem Kopf nach unten. Dagmar fing sofort an zu schreien, nur war die Frau so grob, dass sie den Knöchel des Babys verdrehte. Dr.Boczek tat alles, um es wieder in Ordnung zu bringen, der Knöchel blieb aber das ganze Leben lang ein schwacher Punkt. Außerdem war die Hebamme offensichtlich nicht sehr rein und nahm alles nicht so genau, und Dagmar bekam eine Augenentzündung. Die Augen gingen nicht mehr auf und alle Kamillenbäder halfen nichts. Mami brachte dann das Baby nach ein paar Wochen zum Augenarzt, und nur mit Mühe und Notverhinderte der, dass Dagmar blind blieb.

Als sich Martha von der schweren Geburt langsam erholte, bekam sie schreckliche Gewissensbisse. Sie bildete sich ein, dass die Gesundheitsprobleme der Kleinen daraufzurückzuführen waren, dass sie das Baby nicht gewollt und in der Schwangerschaft keine Rücksicht genommen hatte. Es war schwierig für sie, eine echte Beziehung zu der Kleinen aufzubauen. Sie selbst war ja praktisch ohne Mutter aufgewachsen, und es wunderte sie, dass Mami plötzlich das

Baby entdeckte und viel Zeit mit ihm verbrachte. Kleine Mami, wie die Oma genannt wurde, war eine sehr junge Großmutter - noch nicht einmal 40 - und alle sprachen sie als Mutter an, was ihr besonders gut gefiel. Auch Lojzl ging gerne mit seiner kleinen Nichte spazieren, aber immer wenn sie anfing zu schreien, lief er so schnell er konnte in Panik mit dem Wagerl nach Hause. Für Martha war das zwar alles eine Entlastung, sie bat Jaro aber trotzdem, ein Kindermädchen anzustellen.

Sie sah es bei den anderen jungen Müttern, den Frauen von Jaros Freunden, wie vernachlässigt die Babys waren. Denn vor lauter Versuchen das alte abwechslungsreiche Leben wieder aufzunehmen, blieb für die Kinder keine Zeit. Die Babys lagen stundenlang am Boden im Auto, nicht rein gewickelt, hungrig und schrieen sich die Seele aus dem Leib. Der Sohn des Architekten, des besten Freundes von Jaro, der kleine Zdenek, bekam später Tuberkulose und war sein Leben lang immer kränklich.

Das Kindermädchen kam und Martha war erleichtert. Langsam fand sie sich in die Mutterrolle hinein und nahm auch wieder am gesellschaftlichen Leben teil. Als ihr Leben wieder in die normalen Bahnen zurückkehrte und es für Martha wieder lebenswert erschien, kam eines Tages ein Brief vom Schwiegervater.

„Liebe Schwiegertochter, “ fing der Brief an. „ Es wurde mir gesagt, dass Sie ein Kind zur Welt gebracht haben, da es sich aber nicht um einen Jungen handelt, sehe ich keinen Anlass Ihnen dazu zu gratulieren. Sollten Sie einen Knaben zur Welt gebracht haben, lassen Sie es mich wissen. Hochachtungsvoll JS.“

Martha weinte tagelang, wollte Jaro nicht sehen und verfiel in eine Depression. Das waren schlechte Zeiten für ihre Tochter. Aber wie schon vorher, Mami nahm sich der Kleinen an, und alle warteten ab, ob sich der Zustand von Martha bessern würde. Jaro schlug vor, sie möge doch nach Stolpen zur Hilde fahren, und das tat sie dann auch. Sie blieb über einen Monat bei den Jockels und genoss es, dass sich alle um sie kümmerten. Die Mutter von Hilde hatte Martha schon als kleines Mädchen ins Herz geschlossen und ihr immer das Zuhause angeboten, das ihr fehlte, und auch diesmal war sie eine wertvolle Stütze für die in der Welt Verloren gegangene Martha. Sie sprachen über all die Dinge, die sie mit Mami nie besprechen konnte. Frau Jockel gab Martha als Frau viele wertvolle Erfahrungen weiter. Genesen und guter Dinge traf sie wieder zu Hause ein und nahm das Kind endlich als Mutter an.

Die Kleine entwickelte sich ganz prächtig und sobald sie krabbeln und gehen konnte, brauchte sie gleich mehrere Menschen, die auf sie aufpassten. Sie war quirlig, unglaublich neugierig und untersuchte alles, was ihr in die Händchen kam. Glücklicherweise konnten sich am Tag mehrere Personen mit dem Kind beschäftigen, für eine einzige wäre es eine zu erschöpfende Aufgabe gewesen. Sie plapperte sehr früh und suchte in den Parks, wohin das Kindermädchen mit ihr spielen ging, immer die Gesellschaft der Buben auf. Wenn sie ein Mädchen in ihrer Nähe nicht mochte, dachte sie sich immer etwas aus, so dass die Mädels weinend oder schreiend davonliefen.

Jaro liebte seine Tochter. Wegen des Briefes sprach er mit seinem Vater jahrelang kein Wort. Er nahm das Kind überall mit. Wenn er zu Klienten aufs Land fahren musste oder in seiner Freizeit Sport trieb, war Dagi, wie er sie liebevoll nannte, immer dabei. Wie schön wäre das Leben gewesen, wenn, ja wenn, nicht vier Jahre später ein kleiner Bruder auf die Welt gekommen wäre.

Mit der zweiten Schwangerschaft ging es Martha besser. Natürlich war sie nicht begeistert, dass sie noch ein Kind bekommen sollte, aber irgendwie hatte sie das Gefühl, es sei ihre Pflicht, einen Buben zur Welt zu bringen. Vor allem von Papi hatte sie diese Lebensregel ihr Leben lang gehört, dass ein Mann einen männlichen Nachfolger braucht.

Mit dem Reiten hatte Martha schon vor einiger Zeit aufhören müssen. Es hatte ein Missgeschick gegeben, an das sie nicht gerne zurückdachte. Sie ritt immer zusammen mit der Frau eines Richters, die auch bei Pferderennen gerne mit ritt. Diese war in der Gesellschaft als eine sehr schöne Frau bekannt. Großgewachsen, schlank, schönes langes dunkles Haar und ein Gesicht wie ein Venusbild. Das Reiten war für sie, wie für Martha, ihre große Leidenschaft. Eines Tages bereiteten sich beide Reiterinnen auf ein Turnier vor und trainierten täglich dafür. Es war Sommer und oft sehr schwül. So auch der Tag des Rennens. Das Pferd der Freundin, ein rassiger Rappe, war schon in der Frühe etwas nervös. Aber das war Zigan auch. Die Pferde merkten, wenn es ein Rennen gab. Man fuhr zum Parcours und lud die Pferde aus. Der Rappe wollte nicht aus der Box. Mit viel Zureden schafften es dann die zwei Frauen ihn herauszuholen und sie gingen zum Start. Sofort nach dem Startschuss ging das Pferd durch. Es galoppierte wie verrückt, und die Reiterin hatte es nicht mehr im Griff. Es sprang über die Versperrungen und raste über die danebenliegende Wiese auf den Wald zu. Am Waldrand waren Büsche, dort blieb die Reiterin hängen und wurde vom Sattel gerissen. Martha sah dem Ganzen mit Entsetzten zu. Alle auf der Rennbahn liefen zur Unfallstelle und brachten die schwerverletzte Reiterin ins Krankenhaus. Nach drei Monaten kam sie heraus, konnte zwar wieder gehen und ihre Glieder bewegen, aber das halbe Gesicht war verunstaltet.

Die Äste hatten ihr die Haut abgezogen und das verursachte schreckliche Narben. Sie trug von da an immer einen Hut mit einem dichten Schleier, der die eine Gesichtshälfte verbarg.

Nach diesen Ereignissen bestand Jaro drauf, dass Martha nicht mehr ritt, und dass Zigan verkauft wurde. Zuerst konnte sich Martha mit dem Gedanken Zigan nicht mehr zu haben überhaupt nicht anfreunden. Sie betrachtete das Tier als einen Teil von sich selbst, aber nach und nach, in Anbetracht des Unglücks, dessen Zeugin sie gewesen war, gab sie Jaro Recht und gab nach. Als Papi Zigan verkaufen wollte, fuhr sie nach Stolpen zu Hilde.

Die Geburt des zweiten Kindes war nicht leichter, als die erste gewesen war. Trotzdem sie das Reiten aufgab. Im Gegenteil. Die Wehen nahmen kein Ende, sie plagte sich tage- und nächtelang und schwor sich, dass dies die letzte Schwangerschaft war. Aber das Glück, als sie dann einen kleinen Buben in den Armen hielt, war unbeschreiblich. Jetzt wusste sie, was es heißt, eine stolze Mutter zu sein. Die ganze Familie war glücklich, sogar der Schwiegervater fand sich mit einer Gratulation ein. Die einzige, die ein trübes Gesicht machte, war Dagi. Es passte ihr überhaupt nicht, dass der Bruder jetzt die ganze Aufmerksamkeit der Mutter bekam, die sie selbst nie erfahren hatte. Sie flüchtete zur kleinen Mami, und fand bei ihr nach wie vor die Geborgenheit und Zuneigung, die sie brauchte.

Das Familienleben gestaltete sich recht angenehm. Das Kindermädchen betreute die Kinder, und wenn man mit Freunden Ausflüge machte, betreute sie auch die Kinder der Freunde. Das ermöglichte den jungen Leuten, ihren Vergnügungen nachzugehen; ob es nun Sport war, oder eine Schwammerlsuche, die Jaro gerne veranstaltete, oder ob man nur in der Sonne lag und sich beim Picknick und einem guten Glas Wein unterhielt. Das Leben bewegte sich in den gewohnten Bahnen, und man glitt von einem gesellschaftlichen Ereignis zum anderen.

Den Kindern war nur erlaubt, auf der Veranda zu spielen, und später durften sie nur dort ihre Aufgaben machen, die Zimmer waren viel zu kostbar eingerichtet, um sie den Kindern preiszugeben. Die Kinder wurden so streng erzogen, dass sie sich nie getraut hätten, etwas anzugreifen, was ihnen nicht gehörte. Dagi ging jetzt oft mit Onkel Lojzl in den Park spazieren, und sie nützte seine Gutmütigkeit aus indem sie ihm davonlief, um mit den ihr bekannten Buben die Bäume rauf und runterzuklettern. Meistens blieb sie vor den Fenstern des

Wohnhauses in der Krone oben sitzen und winkte dem Großvater ins Fenster hinein. In panischer Angst lief Papi mit seinem Stock die Stiege hinunter und schrie schon von der Tür weg „ Herzen Todes, komm sofort hinunter! Wenn das dein Vater sieht, nicht zum Ausdenken, was wir beide uns anhören müssten.“ Dann brüllte er noch Lojzl an, warum er das „dem Dirndl, das ein Bub hätt’ sein sollen“ erlaubt habe? Und dann gingen alle zurück zur kleinen Mami, die in der Zwischenzeit schon etwas Gutes zum Essen gekocht hatte.

Das Essen schmeckte Dagi bei Oma viel besser als im zweiten Stock. Es war bodenständig, erinnerte sie an die Ferien in der Steiermark. Sie mochte das einfache Essen, und nicht diese Mahlzeiten, die Mutter stundenlang nach komplizierten Rezepten in der Küche zubereitete. Martha hatte sogar ein handgeschriebenes Kochbuch, das sie noch im Pensionat angelegt hatte und das niemand in die Hände bekommen durfte. Es wurde immer unter Verschluss aufbewahrt. Martha liebte es, selbst Brot zu backen, aber Dagmar hasste es und erfand einen Trick, bei dem sie so tat, als würde sie es essen, aber später spülte sie es dann im Klo weg.

Zuerst mochte sie Milo, ihren Bruder, überhaupt nicht. Später dachte sie, da er ein Bub war, könnte er mit ihr spielen. Aber weit gefehlt. Milo war ein kränkliches Kind und hatte ständig mit der Lunge zu tun. Da drei Schwestern von Vater an Tuberkulose gestorben waren, sorgten sich die Eltern um die Gesundheit ihres Sohnes besonders. Kaum bekam Milo eine seiner zahlreichen Verkühlungen, kümmerte sich Martha wirklich hingebungsvoll um den Kleinen. Durch seine

Anfälligkeit war er auch nicht sehr sportlich, denn zu viel Bewegung hätte zum Schwitzen führen können, und die nächste Verkühlung wäre da gewesen. Wenn Dagi mit ihm und dem Kindermädchen spazieren ging, war die Einteilung der „Pflichten" für die junge Frau sehr einfach. Sie führte Milo zu einem Loch in der Erde und sagte ihm, er möge sich hinsetzten und warten, bis eine kleine Maus herauskommt. Dann kümmerte sie sich um die Kletterpartien der Dagmar. Stundenlang saß Milo im Park und wartete auf das kleine Tier, das nie herauskam. Dagi lief immer zu den Großeltern hinunter, Milo blieb zu Hause und spielte mit seinem Merklin-Baukasten, den er von Jaro zu Weihnachten bekommen hatte. Das Kind nahm man überhaupt nicht wahr. Er war sicherlich das bravste und folgsamste Kind auf Gottes weiter Erde. Nicht so seine Schwester. Und gerade das gefiel Jaro so. Er war zu den Kindern sehr, sehr streng, aber Dagi konnte immer mit ihren Lausbubenstreichen irgendwie davonkommen, Milo nie. Nicht dass ihm welche eingefallen wären, aber Dagi verführte ihn sehr oft zu Dingen, die verboten waren, und amüsierte sich dann köstlich, wenn es schief ging und Milo seine Ohrfeigen bekam. Schon als sehr kleiner Bub fühlte er, dass ihm seine Schwester nicht gut tat, und deswegen war er lieber mit dem Kindermädchen oder mit den Dienstmädchen zu Hause und war froh, wenn Dagi bei den Großeltern verschwand. Er entwickelte sich zu einem Eigenbrötler, sehr schüchtern und unglaublich ängstlich seinem Vater gegenüber.

In den Ferien fuhren die Eltern mit den Kindern zuerst nach Lignano, da Jaro überzeugt war, dass Meeresluft für Kinder sehr wichtig war.

Und er hatte damit einen Grund, Martha immer nahe zu legen mitzufahren, denn Meer und die Hitze waren nicht ihre Domäne. Aber sie tat es der Kinder wegen. Sie lag nur im Strandkorb und Milo spielte bei ihren Füßen.

Jaro schwamm mit Dagi ins Meer hinaus. Er vergaß aber meistens, dass er mit einem kleinen Kind unterwegs war, und schwamm Dagmar ganz einfach in die Weite des Meeres davon. Martha stand am Strand und schrie aus voller Brust, aber das hörte er natürlich nicht. Die Kleine hat sich aber immer gut gehalten und alle späteren Diskussionen haben Jaro nicht davon abgehalten, es wieder zu tun. „Ist gesund für die Kleine." Martha ging fast nie baden. Sie wartete den ganzen Tag auf den Augenblick, wann sie endlich am Abend die Kinder ins Bett bringen und das Kindermädchen anweisen konnte, auf sie aufzupassen. Sie zog ihre schönen Kleider an und setzte einen der eleganten Hüte, die extra in einer Hutschachtel am Schoß von Dagmar in den Urlaub transportiert worden waren, auf und ging mit Jaro aus. Da war sie wieder in ihrem Element und konnte bis in die Morgenstunden tanzen und sich amüsieren. Nach einem Monat fuhr die Familie in die Steiermark, wo die Großeltern mit Lojzl in der Villa schon Urlaub machten. Die Eltern lieferten die Kinder und das Kindermädchen dort ab und fuhren einen zweiten Monat quer durch Europa.

Martha liebte diese Zeit allein mit Jaro, der im Urlaub ganz anders war als zu Hause. Sie fand überall etwas Schönes zum Kaufen, für sich oder für die Wohnung. Brüsseler Spitzen, Tischtücher aus Burano,

Glas aus Murano, Kleider und Hüte aus Paris, Taschen aus Florenz. Im Herbst führte sie der Gesellschaft alles als den neuesten Schrei vor. Manchmal ärgerte es Jaro, er war kein Mensch, den solche Dinge interessierten, aber natürlich gefiel ihm doch, wenn die Leute seine Frau und sein Zuhause bewunderten. Martha war schlau genug, um die Vorlieben ihres Mannes auch zu berücksichtigen. Sie wusste immer, in jeder Stadt, was es Interessantes zum Anschauen gab, und so schlenderten sie stundenlang durch Museen, besichtigten Kirchen, und abends gingen sie meistens in ein Konzert oder in die Oper. Das versöhnte Jaro meist wieder. Später, als er auch international tätig war, nützte Martha die Zeit, in der er beim Gericht oder bei den Klienten war, und ging einkaufen, ohne dass er es mitbekommen hätte. Oft ließ sie es nach Hause schicken und ging so jeder weiteren Diskussion aus dem Weg.

Jaro kam mit der Idee, er möchte gerne seiner Schwester und ihrem Mann einen schönen Urlaub gönnen. Tante Boba kam nie weg von Krumau, wo ihr Mann Schuldirektor war. Er verdiente nicht genug, um sich einen Urlaub zu leisten. Also blieben die Beiden in den Ferien zu Hause, und Tante Boba kümmerte sich um ihren Garten und das Gemüse und Obst, das sie im Winter für den Haushalt verwendete. Es machte ihr Spaß, und ihr Mann ging gerne ins Gasthaus zum Kartenspielen.

Als Jaro mit der Idee kam, sie möchten doch mit ihnen nach Italien fahren, war Tante Boba im siebenten Himmel. Sie freute sich den ganzen Winter auf die Sommerferien und konnte es kaum erwarten.

Als sie schließlich mit der Schwägerin in Lignano am Strand lag, war ihr Glücksgefühl komplett. Sie hörte nicht das Murmeln ihres Mannes, dass es zu heiß sei und in Krumau viel kühler und angenehmer. Nichts konnte sie davon abbringen, den Urlaub voll zu genießen. Martha musste das Kindermädchen nicht mitnehmen, Tante Boba übernahm gerne diese Rolle und hatte dadurch das gute Gefühl, Jaro nichts schuldig zu sein, denn er finanzierte ja den ganzen Urlaub. Von da an gab es fast keine Reise, bei der die Prokes nicht dabei gewesen wären. Zur größten Freude von Martha. Sie freute sich so sehr auf ihren gemeinsamen Urlaub mit Jaro, die einzige Zeit in der die Beiden allein sein konnten, und nun wäre sie am liebsten gar nicht weggefahren. Aber Jaro blieb entschlossen dabei, dass seine Schwester auch ein bisschen Luxus verdient hätte. Und da Martha wusste, wie sehr Jaro an seinen noch lebenden Geschwistern hing, blieb ihr nichts anderes übrig, als sich der neuen Situation anzupassen. Sie zitterte nur im Innern, ob nicht auch der Bruder von Jaro mal mitfahren würde. Aber das passierte nie, dafür war dessen Antipathie Martha gegenüber viel zu groß.

Die Zeit, in der die Erwachsenen auf Urlaub in Italien oder an der Cote d'Azur waren, verbrachten die Kinder mit den Großeltern. Milo blieb wieder bei Oma im Haus und Dagi spielte mit den Cousins ihrer Mutter im Park der Villa. Da sowohl Oma wie auch Mutter so früh geheiratet und gleich Kinder hatten, waren die Cousins der Mutter genau im Alter von Dagmar und Milo. Vor der Villa standen zwei riesige Tannen, auf die eine kletterte Dagi, auf die andere Edmund.

Beide schaukelten die Kronen, bis sie sich schließlich mit den Händen berühren konnten. Mit lautem Geschrei und Ausgelassenheit trieben sie ihre Späße, bis Papi aus dem Haus kam und drohte, Jaro alles zu erzählen, wenn sie nicht sofort herunter kämen. Diese schönen Ferien blieben Dagi das ganze Leben in Erinnerung. Sie war immer davon überzeugt, dass sie die schönste Kindheit von allen Kindern hatte. Und sie hatte Recht.

*****

Als Dagi zehn Jahre wurde, entschied Papi, sie wäre alt genug, um mit ihm auf die Jagd zu gehen. Lojzl hatte sich ja jahrelang erfolgreich dagegen gewehrt. Dagi war von der Idee begeistert. Es ersparte ihr wenigsten einen Tag, mit Mutter in die Stadt einkaufen zu gehen, was sie aus vollem Herzen hasste. Vor allem diese langweiligen Einkäufe im Stoffgeschäft, das zugleich auch Schneiderei war. Einmal in der Woche ging Martha mit Dagi zum Heller, dem ersten Geschäft am Hauptplatz, weil sie dachte, man kann eine Tochter nicht früh genug zu gutem Geschmack und schönen Dingen erziehen.

Also saß Dagi gelangweilt im Lederlehnstuhl, baumelte mit den Beinen, und sah der Modeschau zu, die für ihre Mutter veranstaltet wurde. Stundenlang ging diese Prozedur und es half wenig, dass ihr Mutter danach ein Eis versprochen hatte.

Also war sie ganz aufgeregt mit Papi in den Wagen zu steigen und zeitig in der Früh in den Wald zu fahren. Dort warteten schon die Freunde von Papi, die Herren sprachen kurz miteinander, teilten Gewehre aus und gingen dann stillschweigend zu ihren Plätzen. Dagi blieb beim Wagen, und der Fahrer, Herr Chmelicek wurde beauftragt, auf sie aufzupassen. Er hatte immer Karten bei sich, und so spielten die Beiden so lange Karten, bis die Herren mit der Beute zurückkamen. Die Tiere taten Dagi leid, aber sie nahm alles um sich nicht ganz wahr. Teilweise, weil sie wegen des frühen Aufstehens wenig geschlafen hatte und müde war, und teilweise, weil ihre Gedanken die ganze Zeit beim Wirten waren, wohin sie jedes Mal fuhren, um dort Mittag zu essen. Der Wirt hatte nämlich in seinem Garten Schaukeln und anderes Gerät zum Turnen und Klettern für Kinder aufgestellt. Das war für Dagi ein Paradies. Sie aß nur ganz wenig und konnte es nicht erwarten hinaus zu laufen, um dort bis zur Abfahrt zu spielen. Sie liebte ihren Großvater dafür, dass er sie mitnahm und sie erzählten Niemandem, was sie getan hatten. Es blieb ihr Geheimnis. Aber niemanden in der Familie interessierten die Ausflüge der Beiden und es störte auch keinen, dass so ein kleines Mädchen zur Jagd mitgenommen würde.

Martha gab sich alle Mühe ihre Tochter zu einer Dame zu erziehen, hatte damit aber wenig Erfolg. Von Anfang an konnte sie dem Kind nicht beibringen, wenn Gäste kamen, ihnen die Hand zu geben und einen Knicks zu machen. Das Kind stand trotzig bei der Eingangstür, mit mürrischem Gesicht, die Hände am Rücken gekreuzt, und keine zehn Pferde hätten sie dazu bewegen können, jemandem die Hand zu geben. Wie viele Ohrfeigen hätte sie da in Kauf genommen, bevor sie nachgegeben hätte! Es endete damit, dass Martha die Kleine in das Kinderzimmer schickte, um ihre Begegnung mit den Gästen zu vermeiden.

Eines Tages wurde der Besuch von Baron Podstatsky, einem Klienten und späteren Freund von Jaro, angesagt. Man aß zu Mittag, der kleine Milo war drei Jahre alt, Dagi sieben. Die Kinder aßen, wie sie es gelernt hatten, recht anständig, dem Gast reichte es aber nicht. Mit einer ziemlich spitzen Bemerkung machte er auf die schlechten Tischmanieren der Kinder aufmerksam. Die Verlegenheit und der

Zorn von Jaro waren sichtbar. Er schickte die Kinder aus dem Zimmer. Als der Gast gegangen war gab es eine größere Auseinandersetzung mit Martha, die ja für die Kindererziehung zuständig war. So etwas durfte nicht noch einmal passieren. Also mussten die Kinder ab diesem Zeitpunkt mit Büchern unter den Armen essen lernen, damit die Ellenbogen am Körper angelegt blieben. Dagi ärgerte dies, aber sie beherrschte sich und schaffte es, vor allem weil sie von Jaro gelobt wurde.

Der kleine Milo scheiterte kläglich bei jedem Essen, was den Zorn des Vaters nur noch steigerte. Das Zureden von Martha, dass der Bub erst drei Jahre alt wäre, nützte gar nichts.

Oft dachte Martha, bei Jaros Prinzipien der Kindererziehung müssten viele Dinge aus seiner Kindheit und seinem überstrengen Vater eine Rolle spielen. Nichts konnte Jaro so aus der Fassung bringen wie ein ungehorsames Kind. Da gab es dann Schläge mit dem Riemen, von täglichen Ohrfeigen ganz abgesehen. Beim Essen mussten die Kinder schweigen. Es musste alles aufgegessen werden, was am Teller lag, auch wenn sie sich dann übergeben mussten. Eigenartig, seinen Jähzorn konnte Jaro immer bändigen, nur wenn es um die Kinder ging, war er ihm völlig ausgeliefert.

In der Schule gab es mit Dagi keine Probleme außer im Betragen. Sie war schnell im Auffassen und behielt den Stoff sofort und natürlich langweilte sie sich, wenn ihre Schulkameradinnen nicht genau so schnell im Denken waren. Das waren die Momente, in denen sie ihre Streiche ausheckte. Nicht so Milo. Der war von Anfang an langsamer.

Er brauchte bei allem länger und wurde deswegen auch ständig von Dagi gehänselt. Aber er brachte die Geduld auf, sich hinzusetzten und zu lernen, dadurch hatte auch er keine Probleme in der Schule. Für Jaro war es selbstverständlich, dass die Kinder gut lernten. Was anderes hatte er gar nicht erwartet. Dagi sollte schließlich einmal seine Anwaltskanzlei übernehmen. Milos Kränklichkeit machte ihm Sorgen, und er war sich über seine Zukunft noch nicht im Klaren. Mit der Zeit würde es sich schon weisen.

Mit acht Jahren bekam Milo eine schlimme Lungenentzündung. Tagelang kämpften die Ärzte um sein Leben. Martha und Tante Boba knieten vor dem Marienbild und beteten für seine Genesung. Nach 14 Tagen des Bangens ging das Fieber zurück, und Milo fing an sich zu erholen. Es blieb aber nur ein Lungenflügel funktionstüchtig. Deshalb kümmerte sich Martha umso mehr um den Buben und versuchte die Strenge ihres Mannes zu mildern.

Dagi wurde immer selbständiger, niemand zu Hause hatte Zeit für sie, und sie ging auch nicht mehr zu den Großeltern. Die Kleine Mami fing an, ihr abstruse Ratschläge zu geben, was ein junges Mädchen alles nicht darf oder machen soll, und das ging Dagi gehörig auf die Nerven. Sie hatte ihre Freundinnen, und gerade kam auch das Kino in Mode. Sie himmelte die Schauspielerinnen und Schauspieler an, hatte ein Album angelegt mit Fotos ihrer Lieblinge und träumte bei Radiomusik von ihrer Zukunft. Martha versuchte die Strenge, die sie selbst erlebt hatte, bei ihrer Tochter weiterzuführen, aber das gelang nicht ganz. Als die Mode wechselte und lange Kleider kürzer wurden, und die Röcke nur unter die Knie reichten, bekam Dagi noch immer die langen Röcke zum Tragen. Also blieb ihr nichts anderes übrig, wenn sie in die Schule ging, im Haus den Rock in der Taille so zusammenzurollen, dass sie knielange Kleider tragen konnte. Es gab nichts, wo sie nicht die Anweisungen ihrer Mutter hätte umgehen können. Sie mochte das Essen nicht, das Martha kochte, sie konnte die elegante Wohnung, die sie immer als „Privatmuseum" bezeichnete, nicht ausstehen.

Der einzige gemütliche Raum, die Veranda, konnten die Kinder aber nur Nachmittag in Anspruch nehmen, denn am Abend kamen immer Gäste, und alle wollten immer nur in der Veranda sitzen und plaudern. Im Speisezimmer wurde gedeckt und gegessen, aber gleich danach gingen die Herren mit Jaro in sein Zimmer, wo der riesige, schwarze, geschnitzte Bücherschrank stand, wo Oberkörper nackter Männer und Frauen aus dem Blumenunterteil wuchsen. Der Schreibtisch, auch geschnitzt, sah aus wie eine große Truhe. Vorne war eine Allegorie mit der Ankunft eines jungen Königs mit Gefolgschaft, Pferden und einem Zelt, in dem der alte Herrscher wartete. Um den kleinen runden geschnitzten Tisch standen bequeme Lederlehnstühle und mit Brokat bezogene Stühle. Die altrosa Gardinen hingen an schwarzen Vorhangstangen die Drachenköpfe darstellten. Oben auf dem Bücherschrank standen wertvolle Porzellanvasen aus Paris, Ägypten und China. Dort saßen die Herren und rauchten Zigarren oder Zigaretten und tranken einen Cognac. Die Damen gingen gleich in die gemütliche Veranda und plauderten bei Kaffee und Zigaretten und eventuell einem leichten Likör. Die Herren folgten ihnen nach einer Weile und der Abend endete meistens spät in der Nacht.

Neben dem Kinderzimmer war der goldene Salon. Dort stand eine Barocksitzgarnitur unter einem über die ganze Wand hängenden Gobelin, den Martha in Belgien hatte anfertigen lassen, mit dem Motiv einer Schäferstunde. Dasselbe Motiv hatte sie auf eine Ledermappe aus Elfenbein machen lassen. Die Mappe lag auf dem mit Elfenbein verzierten Tischchen vor dem Fenster, dort bewahrte Martha das für sie eigens gedruckte Briefpapier auf. Auf beiden Seiten des Gobelins, standen wunderschöne aus Carrara Marmor gearbeitete Statuen, die griechische Göttinnen darstellten. Im Eck stand ein goldenes Bett, in dem Martha schlief. Sie bestand immer auf getrennten Schlafzimmern, und Jaro mochte dieses Arrangement. Das Zimmer hatte einen Ofen, aber weil Martha so hitzig war, wurde er nie geheizt. Der gleiche Ofen sollte aber auch das Kinderzimmer wärmen. Also schliefen die Kinder den ganzen Winter im kalten Zimmer. Dagi kam oft in der Nacht zu Martha ins Bett, weil ihr so kalt war. Es hatte lange gebraucht, bis Dagi aufgehört hatte ins Bett zu machen, aber Martha war unnachgiebig, geheizt wurde nicht. Die Zeit, die sie bei den Ursulinen verbracht hatte, warf ihre Schatten.

Neben dem goldenen Salon gab es noch das Chippendale Speisezimmer mit einer Vitrine voll mit Nippes aus der ganzen Welt und Unmengen von Meißener Porzellan, das Martha immer direkt in Meißen kaufte, wenn sie Hilde besuchte.

Und die damals in Mode gekommene chinesische Zimmern, wurde bei Martha zu einem wirklichen Museumsraum: Es war alles Original aus China, von den Seidenvorhängen bis zu Drachenlampe, Drachengobelin, hohen Vasen und der geschnitzten Sitzgarnitur aus lauter Drachenköpfen, die Elfenbeinaugen hatten. Dazu ließ Martha Polster in der gleichen dunkelrosa Farbe anfertigen, einen chinesischen Teppich hatte sie auch irgendwo aufgetrieben. So schön und interessant das Zimmer zum Anschauen war, zum Benützen war es sicherlich nicht geeignet. Das Einzige, was man benützte, war der Bösendorfer Flügel, auf dem sowohl Jaro auch Martha und später die Kinder spielten.

Es dauerte Jahre, bis die Wohnung in jedem kleinsten Detail so war, wie es sich Martha vorgestellt hatte. Sie benutzte jede Gelegenheit im Ausland irgendetwas auf zu stöbern, das sie für ihre Wohnung brauchen konnte. Jaro wunderte sich immer nur über die Stücke, die ein Vermögen kosten mussten, und überlegte, woher Martha das viele Geld hatte. Aber er fragte nie. Sein Verdienst war ja nicht schlecht. Jaro selbst war für die Gemälde zuständig. Er wusste, wann beim Gericht Versteigerungen angesetzt waren, und hatte dort viele kostbare Gemälde erworben. Das sagte er aber Martha nie. Das war wiederum sein Geheimnis.

Und wie so oft im Leben, die Zufälle fallen einem immer wieder zu. Jaros Freund Dr.Cypra, ein Anwalt in Prag, informierte ihn über eine lukrative Möglichkeit, die den Etat seiner Familie erheblich steigern könne. Dr. Cypra hatte eine adelige Klientin, die eine Bank im Prager

Zentrum besaß. Die alte Dame ging auf achtzig und hatte einen viel jüngeren Ehemann. Die Ehe war kinderlos geblieben und aus gewichtigen Privatgründen wollte sie nicht, dass ihr Mann die Bank erben sollte. Also bat sie Dr.Cypra sich umzuhören, ob er nicht einen geeigneten neuen Besitzer finden könnte. Als Jaro der alten Dame vorgestellt wurde, war sie von der Idee, ihm ihren Betrieb zu verkaufen, ganz begeistert. Innerhalb von einigen Wochen wurde der Vertrag aufgesetzt, und bald wurde Jaro stolzer Besitzer einer gut gehenden Bank in Prag. Er überließ Herrn Delisieur weiterhin dieGeschäftsführung und prüfte nur bei seinen Besuchen wegen Prager Klienten, die weiteren Geschicke seiner Bank. Erst Monate später erzählte er Martha davon; zu seiner Überraschung war sie eher skeptisch. „Wie soll eine Bank funktionieren, wenn ihr Eigentümer nie da ist?“ Diese Kritik und Skepsis ärgerte Jaro unbeschreiblich. Er hatte von seiner Frau wesentlich mehr Begeisterung, Anerkennung und Lob erwartet. Es klang ja fast so, als wäre Papi der einzige gute Geschäftsmann in der Familie. Das musste Jaro reizen. Er hatte plötzlich das Gefühl, egal was er machte, wie sehr er sich bemühte, es war nie genug. Martha drehte sich um und tat was sie immer tat: sie kaufte ein sündteures Stück Mobiliar von ihrem Geld. Sehr ärgerlich.

Im lang gezogenen Vorzimmer, wo ein roter Teppichboden lag, stand beim Fenster in den Garten ein großer Vogelkäfig. Im Laufe der Jahre kaufte Martha immer wieder Wellensittiche, und einige Male musste man den Käfig für einen größeren umtauschen, denn es flatterten in der kleinen Voliere bereits 36 bunte Vögel. Martha liebte das Gezwitscher und dann die plötzliche Ruhe am Abend, wenn sie ein Tuch über den Käfig legte. Kurz nach dem Verkauf ihres geliebten Zigan schenkte ihr ein Klient ihres Mannes einen kleinen Hund, einen Bellington Terrier. Er sah wie ein kleines Lämmchen aus, silberblaues Fell und sehr anhänglich. Martha nannte ihn Monik, und er wurde ihr treuester Begleiter.

Es ging so weit, dass Martha immer behauptete, Monik habe beim Abschied Tränen in den Augen, wenn sie mit Jaro wegfuhr und den Hund nicht mitnehmen konnte. Tatsache war, dass der Hund die ganze Zeit, in der Martha weg war, nichts fraß. Leider wurde Monik nicht sehr alt. Mit sechs Jahren starb er an einer Lungenkrankheit, da er das europäische Klima nicht gut vertrug. Martha war untröstlich. Zuerst der Abschied von Zigan, jetzt von Monik. Sie wollte ihr Herz nie wieder an ein Tier hängen.

Als die Kinder größer waren, kam Jaro mit zwei Cockerspaniels an. Es waren Schwester und Bruder, Susi und Boy. Die Kinder waren natürlich von den Hunden ganz begeistert. Dagi adoptierte Susi und Milo den Boy. Dennoch war es Martha, die sich kümmern musste. Und so dauerte es nicht lange und sie bat Jaro, Susi jemandem zu schenken, denn sie hatte mit dem Halten von Hündinnen ein Problem. Also blieb Boy allein und Milo versuchte immer wieder, dem Hund einige Boxergriffe mit seinen neuen Boxerhandschuhen beizubringen, jedoch völlig erfolglos. Am Ende lief Boy dann immer zum Kindermädchen und bat dort um Asyl.

Einmal kam Jaro mit einem kleinen Kitz nach Hause. Er ließ das Tier frei und Boy hatte eine übergroße Freude, das Kitz durch die museale Wohnung zu jagen. Martha schrie, und Milo freute sich über die unerwartete Jagd. Das Kitz floh in die Küche und rettete sich oben auf dem Kasten. Als es gefangen wurde, landete es im Backofen. Martha hatte ja gelernt, Tiere zu töten und zu verarbeiten, und es machte ihr nichts aus. Das hatte sie anscheinend vom Papi geerbt. Jaro musste immer aus der Küche verschwinden, wenn sie frische Tauben, Hasen oder zu Weihnachten die Karpfen essfertig machte. Gegessen hat er dann aber die Köstlichkeiten doch sehr gerne.

Die Erziehung im Pensionat kam Martha sehr gelegen. Sie wuchs in die Rolle einer charmanten Gastgeberin und gestaltete ihr Leben sehr luxuriös. Es war Jaro, der sie immer wieder erinnern musste, dass man nicht immer alles sofort haben muss, dass es Menschen gab, die arm aufwuchsen. Er erzählte von seiner Familie, aber es kam ihm vor, als fiele alles, was er sagte, auf taube Ohren. Martha war - und das wurde ihm immer klarer - eine ausgesprochen selbständige Frau. Auf der einen Seite gefiel es ihm ja; „Nur manchmal, dachte er, „ist es etwas zu viel des Guten.“ Er hätte sich gewünscht, dass sie sich mehr um die Kinder kümmern würde, aber dazu hatte sie wegen der vielen Verpflichtungen keine Zeit. Er wollte noch weitere Kinder haben, aber er wollte keinen Zornausbruch von Martha riskieren, so ließ er die Dinge laufen, wie sie waren. Er hatte ja in der Zwischenzeit so viel zu tun und musste so oft verreisen, so dass er die Zeit, die er frei war, gern anders verbrachte: mit Opernbesuchen, gemeinsamem Musikmachen, oder donnerstags beim Stopka, dem feinen Restaurant beim Hauptplatz, wo er mit seinen Freunden aß und Karten spielte. Sein schneller Erfolg und seine Blitzkarriere hatten natürlich seinem Ego geschmeichelt. Er war unglaublich vielseitig, gebildet, witzig, in jeder Gesellschaft ein gefragter Gast. Sein gutes Aussehen und der luxuriöse Lebensstil machten ihn zu einem der führenden Persönlichkeiten der Gesellschaft.

Vielleicht weil er aus sehr ärmlichen Verhältnissen kam, konnte er mit seiner Stellung in der Gesellschaft nicht ganz so leicht umgehen. Es fiel ihm selbst nicht auf, wie arrogant er manchmal war, wie verletzend er manchmal Menschen gegenübertrat. Natürlich war das beim Gericht gefragt, aber er hatte diese Art auch ins Private übernommen. Dazu kam sein unbändiger Jähzorn, wenn Dinge nicht so liefen, wie er sie gerne wollte.

Das bekamen vor allem die Kinder stark zu spüren. Aus denen wollte er unbedingt Wunderkinder machen. Seine Strenge und unnachgiebige Autorität bekam besonders Milo zu spüren. Mit Dagi verstand er sich besser, aber der Sohn musste streng angefasst werden. Milos Ruhe und langsame Art, brachten Jaro auf die Palme. Aber wenn Milo erst mit der Schule anfing, würden die Lehrer hoffentlich mehr aus dem Kind herausholen. Er hoffte, dass Milo so gut in der Schule sein würde wie Dagi.

Bei Martha war es umgekehrt. Sie liebte Milo abgöttisch und hatte große Probleme mit Dagi. Sie dachte oft darüber nach, warum sie ihre Jugend mit Kindererziehung vertun musste. Anstatt das Leben in vollen Zügen zu genießen, war sie doch, trotz Kindermädchen, ans Haus gebunden. Die schönste Zeit waren für sie die Reisen mit ihrem Mann, wenn sie Chauffeur spielte. Da war sie frei, konnte machen, was sie wollte, und träumte davon, einmal ein Geschäft mit Dekor aufzumachen, um ihre kreative Begabung ausleben zu können. Sie wusste, dass Jaro noch weitere Kinder wollte, nach Milo schwor sie: „Nie mehr“. und falls es doch mal wieder so weit wäre, hatte Dr.Bocek immer eine Lösung dafür.

Nach den schrecklichen Jahren ihrer Kindheit und der rigiden Erziehung im Pensionat konnte sie sich endlich dem Leben voll hingeben. Wie toll konnte das doch sein! Und wäre es sicherlich auch weiter gewesen, wenn: Ja, wenn nicht der Krieg plötzlich vor der Tür gestanden hätte. Instinktiv spürte Martha: Die guten Zeiten waren vorbei.

2. Teil: DIE SCHLECHTEN ZEITEN

19. KAPITEL: DER KRIEG

Als der zweite Weltkrieg begann, spürte die Familie zunächst nichts davon. Der Alltag gestaltete sich ganz normal. Jaro hatte viel zu tun, die Kinder gingen in die Schule und Martha war nach wie vor gesellschaftlich engagiert. Seit Jahren hegte Jaro den Wunsch, einmal in die Wiener Oper fahren zu können und sich dort eine Oper anzusehen. Die Gelegenheit ergab sich wirklich und sein Traum wurde war. Sein Freund, Baron Hildbrandt, machte den Vorschlag, zu dritt nach Wien zu fahren, um sich dort die Bohème anzusehen. Jaro war begeistert, noch dazu wo seine Lieblingssängerin, die Jeritza, sang. Zu diesem Anlass kaufte er Martha ein Diamantenkollier, das in der Mitte einen riesigen Diamanten hatte und an dem nach hinten die Steine immer kleiner waren. So wirkte es nicht zu aufdringlich, sondern einfach und elegant. Die Vorbereitungen für den Abend waren von Hektik, Nervosität und unbändiger Vorfreude gezeichnet. Man beschloss, nicht selbst zu fahren, sondern den bewährten Chmelicek zu bitten, sie nach Wien zu chauffieren. Die Großeltern betreuten die Kinder. Einen Tag vor der Aufführung fuhren die drei los.

Man logierte im Hotel Bristol, damit man gleich in der Nähe der Oper war, und die jungen Leute machten nach der Ankunft noch einen Stadtbummel, um in einem guten Restaurant den Abend zu verbringen. Am nächsten Tag gingen sie ins Museum, und Martha lief dann noch die Geschäfte auf der Kärntnerstrasse ab. Sie landete beim Brown am Graben und dort wurde sie fündig. Einige Pakete wanderten ins Hotel.

Als sie gerade in die Oper gehen wollten, sprang ihnen beim Eingang im Hotel ein Fotograf in den Weg. Er sei aus Brünn und wolle für die dortige Zeitung einen Bericht schreiben und ein paar Fotos machen. Jaro willigte nur ungern ein, wusste aber, dass dies wegen seines in der Öffentlichkeit bekannten Freundes geschah, und deshalb fügte er sich dem aufdringlichen Reporter. Als sie so da standen und in die Kamera lächelten, dachte Jaro, wie glücklich er sich fühlen konnte, an der Seite so einer schönen Frau zu stehen, die jeder Vorbeigehende mit Bewunderung ansah, und dann noch in Gesellschaft eines äußerst eleganten, auffällig gut gekleideten jungen Mannes zu sein. Sie waren wirklich ein bezauberndes Trio. Martha trug zu den Diamanten ein schlichtes enges langes schwarzes Abendkleid und eine Silberfuchsstola. Ihre blonden Locken waren ein großartiger Farbkontrast zu dem schwarzen Kleid. Auch in der Oper drehten sich viele Menschen nach ihr um. Sie war im siebenten Himmel.

So einen Abend hätte sie sich nicht in den kühnsten Träumen vorgestellt. Als sie in die Loge kamen und Martha vorne Platz nahm, funkelten die Diamanten und immer dann, wenn sie sich bewegte und die Beleuchtung die Steine berührte, sah es aus, als hätte Martha ein Kollier aus Feuer am Hals. Man sah einige Damen das Opernglas auf sie richten, aber da wurde es auch schon dunkel und die Musik begann. Sowohl Martha als auch Jaro hatten Tränen in den Augen. Ihre Seele war so von Musik und Glück erfüllt, dass sie beide nicht fassen konnten, was für ein herrliches Leben sie hatten, und wie sie beide das Leben und dessen Schönheiten genießen konnten. Sie waren nach der Oper so ergriffen, dass sie nicht viel reden wollten und nach einem kurzen Drink gleich aufs Zimmer gingen. Einer der schönsten Abende ihres Lebens ging zu Ende. Für immer.

Im Sommer fuhren die Großeltern wieder mit den Kindern in die Steiermark in die Villa. Sie verbrachten schöne Tage, obwohl am Hauptplatz Transparente aufgestellt wurden: „Tschechen raus". Allen voran der Schwager von Papi, ein eingefleischter Nazi, engagierte sich in dieser Richtung. Irgendwie übersah er, dass er damit auch seine eigene Schwester traf. Beim Zeillinger war die Atmosphäre beim Kartenspielen auch nicht mehr die gleiche wie früher. Die Männer gaben Papi zu verstehen, dass er jetzt nicht mehr der willkommene Gast von früher war. Auch diejenigen zeigten das, denen er finanziell oft unter die Arme gegriffen hatte. Sie benutzten jede mögliche Situation beim Spiel, um Papi mit ihren Bemerkungen zu reizen. Und als der Hitzkopf, der er war, sprang er natürlich sofort auf diesen Zug auf und innerhalb von Minuten hörte man seine sonore Stimme über den ganzen Markt schallen, und die „verfluchten Nazis" war noch einer der netten Ausdrücke in seinem Vokabular. Dann flogen die Karten auf den Tisch, er knallte die Tür hinter sich zu und ging nach Hause.

Sie beschlossen, früher als geplant abzufahren. Sie fühlten sich nicht mehr wohl, und Magda brach es fast das Herz. Sie konnte die Gehässigkeit der Leute ihr und ihrer Familie gegenüber nicht verstehen. Es war ja ihre Heimat, der Ort, wohin sie sich das ganze Jahr über gesehnt hatte. Die Heimat, in der sie in Gedanken immer versucht hatte, zu überleben, die ihr Geborgenheit und Wärme in der kühlen Fremde gab. Sie verstand die Welt nicht mehr. Das erste Mal fühlte sie sich nun von Alois verstanden und war froh, ihn als Mann und Beschützer zu haben. Sie fuhren ab, ohne sich bei den Verwandten zu verabschieden. Dagi und Milo waren nicht sehr begeistert, aus der schönen Natur so bald wieder in die Stadt zurückfahren zu müssen. Und keiner ahnte auch nur im Entferntesten, dass dies der letzte Besuch in der Villa war.

Das Leben war aber trotzdem im Großen und Ganzen noch recht angenehm. Papi hatte viele gute Geschäfte gemacht und Geld in weitere Grundstücke investiert, nach seinem Motto: „Den Grund kann dir keiner wegnehmen." Er kaufte einen riesigen Obstgarten in der Nähe der Talsperre, in Komain, mit eigener Wasserquelle und zwei kleinen Hütten.

Jaro wunderte sich, denn die Familie hatte ja bereits einen großen Garten mit Glashäusern für Gemüse in der Franzouska. Aber vielleicht war der Grund, dass Jaro den gekauft hatte, und Papi eifersüchtig darauf war. Wie oft vorher, auch Komain wurde von der Familie nie benützt.

Als 1939 das Protektorat kam und in Brünn Alles deutsch wurde, ging es der Familie dennoch nicht schlecht. Durch die zwei deutsch sprechenden Frauen gab es so eine Art von Schutzwall um die Familie. Niemand machte damals, und auch nicht später in den noch schlechteren Zeiten, einen Unterschied zwischen Österreich und Deutschland. Sie sprachen deutsch und das war es. Und Brünn war ja schon immer dicht von Deutschen und Juden besiedelt. Es gab ein deutsches Theater und ein deutsches Haus. Das war ja auch der Grund, warum sich Papi mit seiner Familie in Brünn angesiedelt hatten. Magda hatte so die Möglichkeit, mit Deutschsprachigen zusammenzukommen und war nicht gezwungen, Tschechisch, das sie so hasste, zu lernen. Es gefiel ihr, dass plötzlich alle in den Geschäften deutsch sprachen, und sie bewegte sich wesentlich freier und selbstbewusster in der Stadt. Sie war plötzlich bereit, mit Lojzl ins Theater zu gehen und ging auch oft mit ihm ins Cafe im Deutschen Haus. So weit so gut; wenn nicht ihr Mann wieder einmal den Mund zu weit aufgemacht hätte und öffentlich, beim Kartenspielen im Kaffeehaus, Hitler einen „Verbrecher" genannte hätte. Einer seiner Geschäftspartner, mit denen er jeden Donnerstag Karten spielte, zeigte ihn an. Die Gestapo kam am nächsten Abend zu ihm nach Haus und nahm ihn fest. Sie brachten ihn ins Gefängnis Unter den Kastanienbäumen und er verbrachte ein paar wenig schöne Tage dort, vor allem weil er nicht gewillt war, seine Aussage zurückzunehmen.

Im Gegenteil, er fügte noch ein paar weitere, tief greifende Betrachtungen dazu. Sein Schwiegersohn hatte alle Mühe und musste sein ganzes Können als Anwalt anwenden, um Papi aus diesem Schlammassel herauszuboxen. Nach 14 Tagen war Papi frei, aber nicht um eine Spur klüger. Erst das Zureden von Jaro, der ihm klar machte, dass er sich immer mehr in ernste Gefahr, nicht nur für sich selbst sondern für die ganze Familie brachte, besänftigte Papi ein wenig, und er unterließ es, seine Ansichten in der Öffentlichkeit kundzutun. Zu Hause hielt er aber Magda und Lojzl permanent Vorträge über die Tatsache, dass selbst die eigene, Magdas Familie, nur so von Nazis strotzte. Je stärker der Krieg tobte, desto mehr waren Magda und ihre Sippschaft dafür verantwortlich.

Viele Klienten und Freunde von Jaro waren Juden. Wo es nur ging, versuchte Jaro seinen Freunden zu helfen, ob beim Beschaffen von Pässen oder heimlichen Abreisen. Er versuchte den Klienten, so gut es nur ging, ihr Vermögen zu retten und die Immobilien möglichst gut zu verkaufen, damit sie mit dem Geld noch schnell nach London oder Übersee gelangen konnten. Es war Jaro klar, dass er den Menschen unter Einsatz des eigenen Lebens half, aber er konnte nicht anders. Nur Martha wusste Bescheid über seine nächtlichen Fahrten zur Grenze oder ins Ausland, soweit dies noch möglich war. Und sie zitterte vor Angst, dass man ihren Mann erwischen könnte.

Unter den Klienten befand sich auch eine Baronin May. Sie war eine jüdische Witwe. Ihr Mann hatte den Adelstitel und ein kleines Schlösschen im Süden von Mähren gekauft. Die Baronin mit ihrer Kammerzofe Julie, die zugleich ihre intimste Freundin und Vertraute war, war jahrelang Klientin von Jaro, der ihr Vermögen verwaltete. Auf sein Drängen, sie möge das Land verlassen, da sie sonst ihr Leben aufs Spiel setzte, hörte sie anfangs nicht. Erst als die ersten Verhaftungen stattfanden, beschloss die Baronin auszureisen. Da war es aber bereits zu spät, um ihre Habseligkeiten zu veräußern. In

Windeseile musste sie mit dem vorhandenen Bargeld ihr Schloss verlassen. Da sie alles Bargeld mitnehmen musste, um im Ausland überleben zu können, konnte sie Jaro für seine Dienste nicht bezahlen. Sie hatten vereinbart, dass Jaro ihre Möbel und das Familiensilber bekommen sollte. Es wurde schnell noch ein Vertrag gemacht, den die Vertraute Julie als Zeugin unterschrieb. In der Nacht fuhr Jaro mit der Baronin unter schwierigsten Umständen nach Paris. Als er zurückkam, wurden die Grenzen dicht gemacht. Keiner durfte mehr ausreisen, auch nicht in die Steiermark.

Das Schlösschen der Baronin wurde beschlagnahmt und Jaro hatte alle Mühe, sein Honorar, die Möbel, Silbersachen und Nippes, aus dem Haus zu schaffen. Da er zu dieser Aktion Martha mitnahm, gelang es leichter, denn sie hatte mit ihrer charmanten Art die Besetzter zur Herausgabe überredet. Jaro war überglücklich, dass er der Baronin noch im letzten Moment zur Flucht hatte verhelfen können, denn dies war die letzte Möglichkeit gewesen jüdische Bürger zu retten und ins Ausland zu bringen. Die Baronin flog nach Argentinien und schrieb nach dem Krieg einen langen Dankesbrief an Jaro, denn erst im Ausland war ihr die Gefahr, die ihr damals gedroht hatte, ganz bewusst geworden. Man tauschte einige Briefe aus, aber Jaro hörte später nichts mehr von seiner Klientin. Julie war bei der Baronin 40 Jahre im Dienst gewesen, und Jaro hatte der Baronin versprochen, sich um die alte Dame zu kümmern.

Im eigenen Haus gab es eine kleine Wohnung, und Julie war überglücklich, bis zu ihrem Tod direkt in der Stadt leben zu können.

Man besorgte ihr später auch eine Hilfe für die Hausarbeiten, und Julie konnte einen ruhigen Lebensabend verbringen.

Während des Krieges verbrachte die Familie die Sommerferien am Land, südlich von Iglau.

Der Schwager von Tante Boba war Pfarrer in dem kleinen Dorf Duschau. Mitten in den Wäldern lag das kleine Dorf, umgeben von lieblichen Hügeln, es war als Sommerfrische wie gemacht. Nicht weit weg von dem Pfarrhaus gab es einen kleinen Teich, der ideal zum Baden, war. Dagi und Milo bekamen Kajaks, um damit den Teich umrunden zu können. Milo durfte Bogenschießen lernen und war davon ganz begeistert. Martha war von diesen Ferien nicht so angetan, sah aber ein, dass es für die Kinder in der gegebenen Situation das Beste war. Und sie musste nicht kochen, auch das war ihr nicht unangenehm. Das Fräulein in der Pfarre, die den Haushalt vom Herrn Dekan führte, kam aus dem Sudetenland und war eine hervorragende Köchin. Sie und Tante Boba, die ja als Köchin ausgebildet war, vollbrachten wahre Kunstwerke an Speisen und Mehlspeisen. Dagi, die nie kochen gelernt hat, hat ihr Leben lang von den ausgezeichneten Mahlzeiten in Duschau geträumt. Jaro ging mit den Kindern baden, oderfischen, aber am liebsten lag er in der Sonne und war stundenlang in einer Art Trance. Es durfte ihn niemand dabei stören, sogar die Gänse hielten angemessene Distanz.

Der Mann von Tante Boba, Onkel Franz, war ein leidenschaftlicher Schwammerlsucher. Er kannte in der Gegend jedes Fleckerl Erde und wusste, wo welche Pilze wuchsen. Jaro fand es langweilig, aber Onkel

Franz nahm ihn mit und sah, wie Jaro buchstäblich an den Pilzen vorbei stolperte. Erst nach und nach gelang es Franz, seinen Schwager zu überzeugen, dass es nicht so sehr um die Pilze ging, sondern um die Bewegung in der guten Landluft. Und so wurde in den Jahren auch aus Jaro ein begeisterter Schwammerlsucher, der nun auch seine Kinder dazu zwang, mit ihm mit zu gehen. Was die Kinder nur mit Widerwillen taten.

Das Pfarrhaus war sehr geräumig und alle hatten eigene Zimmer, Martha und Jaro und die Kinder und natürlich auch Tante Boba und Onkel Franz. Im Haus gab es auch noch die alte Mutter des Pfarrers und seines Bruders, die Starenka (alte, greise Frau) genannt wurde. Die beiden Männer, einer Direktor in der Schule, der andere eine als Pfarrer und Lehrer respektierte Persönlichkeit, fühlten sich im Umgang mit der fast neunzigjährigen Starenka wie zwei kleine unfolgsame Kinder. Und was die alte Frau sagte, musste sofort geschehen.

Sie ertrug keine Widerreden. Am besten konnte noch „das Fräulein" mit ihr umgehen. Sie kümmerte sich um Starenka, führte sie jeden Abend über die Stiege hinauf in ihr Zimmer, wusch sie und zog ihr die fünf Röcke aus, die man in der Gegend als Tracht gerne anzog. In aller Herrgottsfrühe führte das Fräulein die alte Frau wieder über die Stiege hinunter. Als sie noch jünger war, ging Starenka immer zur Messe in die Kirche, später dann betete sie den Rosenkranz zu Hause. Sie saß den ganzen Tag auf einer kleinen Bank in der Küche neben der Tür zum Gang. Von dort konnte sie jeden Handgriff des Fräuleins am

Arbeitstisch beobachten, und wenn etwas nicht so passte, wie sie es gerne gemocht hatte, wurde sofort Kritik laut. Aber das Fräulein war klug genug, um nicht zu reagieren, schließlich war sie ja lange genug im Haus. Alle Besucher kamen immer zuerst in die Küche, um die alte Frau zu begrüßen, und dann erst verschwanden sie hinter der Tür ins Büro vom Herrn Pfarrer. Und so wusste Starenka über alle Dorfbewohner Bescheid und behielt immer den Überblick. Jemand brachte ihr als Geschenk einen jungen Hund, und sie war mit dem Mischling Rigo bald unzertrennlich.

Und wenn niemand zu Hause war, beschützte Rigo sie so, dass sich bald niemand mehr in das Haus traute, auch wenn alle wieder da waren. Man musste ihn immer wegsperren, wenn Besucher kamen.

Wenn die Brünner da waren, bemühten sich alle, Starenka aus dem Weg zu gehen, denn es konnte leicht passieren, dass die Kinder sich schnell eine unerwartete Ohrfeige einfingen, wenn sie Starenka zu nahe kamen. „Vorbeugend", meinte sie dann immer. Martha mochte sie überhaupt nicht, aber das beruhte auf Gegenseitigkeit. Jaro ging bei ihr, sowie bei vielen anderen Menschen, sofort auf Distanz, und so hatten sie keinerlei Berührungspunkte. Die Einzige, die vor Starenka keine Angst hatte, war Tante Boba. Schon als sie als junge Frau Onkel Franz heiratete und der damals noch sehr rüstigen Schwiegermutter vorgestellt wurde, wusste sie, dass sie von ihr nicht akzeptiert werden würde. Schon allein deswegen, weil der eine Sohn Pfarrer wurde und sie vom anderen Kinder erwartete. Dann erfuhr sie, dass Tante Boba keine Kinder haben konnte. Da brach die Welt der alten Mutter zusammen. Und die beiden Söhne merkten, wie die Mutter plötzlich alt und gebrechlich wurde. Es gab keinen Tag, wenn Tante Boba zu Besuch war, dass Starenka nicht irgendwelche höhnischen Bemerkungen machte. Aber Tante Boba ließ sich nicht um eine Antwort bitten und gab sofort Kontra. Und wenn nicht immer ganz laut und direkt, so murmelten sie dann beim Kochen die Antworten und vieles mehr vor sich hin. Mit den Jahren hörte Starenka mit dem Sticheln auf, und die zwei lebten mehr oder weniger in Frieden nebeneinander. Starenka überlebte den Krieg, und starb in ihrem hundertsten Jahr. Und trotzdem waren die Söhne beim Verlust ihrer Mutter untröstlich.

Papi und Jaro hatten das Glück, zu alt für den Krieg zu sein, und Lojzl war psychisch krank. Magda betete die ganze Zeit, dass der Krieg bald vorbei wäre, weil sie immer Angst hatte, man könnte Lojzl doch noch einziehen, da er körperlich sicher gesund genug für den Krieg gewesen wäre. Der einzige, der sofort an die Front musste, war Onkel Franz, der Bruder von Jaro. Man hörte nur, dass er in russische Gefangenschaft geraten war, und dann hoffte man den ganzen Krieg lang, dass er noch lebte.

Zwei Jahre vor Kriegsende hieß es plötzlich, alle Hausfrauen, die sich nicht als Sanitäter oder auf ähnliche Posten meldeten, würden verpflichtet, in Fabriken zu arbeiten, um Waffen zu produzieren. Abgesehen davon, dass Martha den Krieg aus verschiedenen Gründen hasste, konnte sich keiner, der sie kannte, vorstellen, diese elegante, gepflegte Frau, die niemals irgendeinen Mangel erlebt hatte, in einer

Fabrik arbeiten zu sehen. Magda war dazu schon zu alt, aber Martha mit knapp vierzig, wurde natürlich sofort herangezogen. Als der Bescheid kam, diskutierte sie nächtelang mit Jaro darüber. Es fiel ihnen keine Lösung ein. Oder doch? Die einzige Möglichkeit war, noch ein Kind zu bekommen.

Schwangere Frauen waren aus diesem Befehl ausgenommen. Martha kam es wie ein Albtraum vor. Sie hatte sich bei der Geburt von Milo geschworen, nie wieder schwanger zu werden, was immer Jaro auch sagen würde. Und nun musste sie von zwei Übeln eines wählen. Also beschloss sie, noch ein Kind zu bekommen. Dr.Bocek meinte zwar, es wäre ein großes Risiko für sie, aber lieber würde sie bei der Geburt sterben als in einer Fabrik zu arbeiten, die über kurz oder lang sicher sowieso bombardiert werden würde.

Die Schwangerschaft verlief weitgehend ohne Probleme, außer dass Martha im Winter – und Krieg, plötzlich unwiderstehliche Lust auf Erdbeeren bekam. Und Jaro fuhr nach Prag, das immer besser versorgt wurde, um seiner Frau den Wunsch zu erfüllen. Das größere Problem waren aber die Luftangriffe.

Die Stadt Brünn wurde in regelmäßigen Abständen wegen ihrer Waffenindustrie bombardiert. Martha hatte einen kleine Koffer bereitstehen, den sie immer mit in den Luftschutzkeller nahm. Sie hielt ihre zwei Kinder in den Armen und betete zu Gott, dass sie wieder heil aus dem Keller herauskamen. Die Ängste, die Jaro beim Anblick seiner Familie, die zu einem Knäuel zusammengerückt war, empfand, waren unbeschreiblich. Aber immer wieder ging Martha, ihren zunehmend dicken Bauch streichelnd und dem Baby gut zuredend, mit ihrem kleinen Koffer wieder nach Hause. Anfang‘ 44 wurde dann das kleine Mädchen geboren. Martha wünschte sich, dass das Kind genau zu ihren eigenen Geburtstag zur Welt käme. Da Dr.Bocek wusste, dass es keine einfache Geburt würde, leitete er, nachdem das Kind bereits seit Wochen überfällig war, die Geburt zwei Tage vor Marthas Geburtstag ein. Und er hatte Recht, es wurde ein Doppelgeburtstag.

Martha quälte sich unbeschreiblich. Nach den ersten vierundzwanzig Stunden war sie so erschöpft, dass sie sich nur noch den Tod wünschte. Die großen Kinder wurden zur Tante Boba gebracht, und es blieben nur Jaro und Magda in der Wohnung. Sie wechselten sich bei Martha ab, vor allem wenn Dr.Bocek nach Hause musste. Martha wollte nur noch sterben. Jaro war keine große Hilfe in diesen Stunden, außer dass er zunehmend mehr Zigaretten rauchte, aber Magda schien die richtigen Worte an ihre Tochter zu richten. Das erste Mal in ihrem Leben! Am Abend von Marthas Geburtstag, nach 24 Spritzen, kam ein kleines, zierliches Mädchen auf die Welt: Alenka. Und was Martha nicht für möglich gehalten hätte, geschah: Auf einmal hatte sie dieses tiefe Gefühl der Zuneigung und Liebe für das Kind. Sie war jedoch viel zu erschöpft, um das zeigen zu können.

Mit Hühnersuppe und Schwarzbier, das für die Muttermilch gut sein sollte, wurde Martha langsam wieder auf die Beine gebracht. Die Hebamme kümmerte sich um die Kleine, und Martha bekam sie nur zum Stillen. Die Kinder durften wieder nach Hause und waren fest davon überzeugt, dass der Storch das Haus besucht hatte.

Die anfängliche Freude über das kleine Schwesterlein kam spätestens bei der Taufe, bei der Magda Taufpatin war, zu einem Ende. Dagi hatte das Gefühl, sie würde neue Pflichten bekommen, und da sie so etwas nie vorher erlebt hatte, gefiel es ihr gar nicht. Milo war am Boden zerstört, denn plötzlich musste er die Liebe seiner Mutter mit der Kleinen teilen.

Der Krieg hielt nicht an, nur weil ein neuer Weltenbürger gekommen war. Die Luftangriffe gingen weiter, nun musste Martha mit dem Baby auf dem Arm in den Luftschutzkeller. Die Angst war groß. Eines Tages beschloss Jaro, dieser unerträglichen Situation ein Ende zu bereiten. Er hatte in der Nähe der Talsperre Verwandte, die ein Häuschen bewohnten. Es war zwar nicht weit weg von Brünn, da es aber keine Transportmittel gab und die beiden Autos der Familie bereits am Anfang des Krieges beschlagnahmt worden waren, musste Jaro die Familie zu Fuß in Sicherheit bringen. Wenn alle flott gingen, wäre es in 12 bis 14 Stunden zu schaffen. Alles schien besser als diese Hölle in der Stadt. Da Jaro im ersten Weltkrieg gedient hatte, wusste er über die Minenfelder Bescheid und hoffte, die Familie gesund aufs Land zu bringen. Am Abend vor dem Abmarsch wurden noch einmal alle Details besprochen, Dagi musste Kleider und Schuhe von Milo anziehen, ihre langen Haare unter einer Knabenmütze verstecken, um nicht als junges Mädchen aufzufallen. Man hörte immer wieder von Überfällen der russischen Besatzung auf die Bevölkerung. Man nahm den kleinen Koffer von Martha, den sie immer mit in den

Luftschutzkeller nahm, füllte ihn mit Goldbarren und dem wertvollen Schmuck von Martha.

Das sollte die Basis eines Neuanfangs einer Existenz nach dem Krieg werden. Den Koffer legte man in den Kinderwagen, unter die kleine Matratze, und darauf legte man dann Alenka. Das Baby hatte so wenig geweint wie keins der älteren Kinder. Als ob das Kind spürte, dass die Familie ist im höchsten Notstand war.

In der Früh um fünf Uhr ging es dann los. Der Kinderwagen wurde abwechselnd geschoben und es ging ziemlich zügig voran. Dagi klagte über die zu kleinen Schuhe von Milo, in die sie auch noch dicke Socken anziehen musste, aber auch sie traute sich in Anbetracht der ernsten Situation nicht, viel zu sprechen. Sie gingen durch die Vororte Richtung Talsperre. Der Familienverband ging gerade an der Landstraße am Friedhof von Bystrc vorbei, als Jaro aus der Ferne Schüsse hörte. Er konnte sie nicht genau orten. Hinter dem Dorf, lief der Weg durch Wald. Plötzlich, wie aus heiterem Himmel, fielen Schüsse von rechts nach links und von links nach rechts. Sie gerieten zwischen die Fronten. Eine Russische Einheit verfolgte ein paar deutsche Soldaten. Jaro geriet in Panik, er packte die älteren Kinder und Martha, riss sie vom Kinderwagen weg, und floh mit ihnen hinein in den Wald, wo er mehr Schutz für die Familie vermutete. Martha wollte schreien und zum Baby laufen, aber Jaro hielt sie fest und seine Hand hinderte sie am Schreien. Sie bückten sich alle in einen Graben und sahen zu, wie die Schüsse pausenlos über dem Kinderwagen hin und her flogen. Martha war der Ohnmacht nahe und Jaro musste ihren

Kopf abwenden, damit sie das Schauspiel nicht mit ansehen musste. Die Kinder waren totenstill. Das Gefecht dauerte fast eine Stunde. Diese Stunde war eine kleine Ewigkeit. Als die Soldaten abzogen, ging Jaro vorsichtig zum Kinderwagen. Dort lag mit einem Lächeln im Gesicht die kleine Alenka, die Einzige die nicht mitbekommen hatte, was da soeben geschehen war. Langsam sich von dem Schock erholend, ging die Familie weiter Richtung Westen. Am späten Nachmittag sah Jaro schon die Umrisse des Dorfes Kninicky, wo er seine Kindheit verbracht hatte, und dankte Gott, dass die Familie heil angekommen war. In demselben Moment hörte er hinter sich Pferde traben. Als er sich umdrehte, sah er eine Gruppe Soldaten direkt auf sie zureiten. Als die näher kamen, erkannte er Tartaren. Er schrie nur noch zur Dagi, sie möge sich nach vorne beugen, um das schöne Gesichtchen nicht preiszugeben, aber schon zu spät: Als Dagi sich nach dem Vater umdrehte, erblickte der Leutnant ihr Gesicht, ritt knapp zu ihr hin und hob sie mit Geschrei zu sich in den Sattel. Weil Dagi versuchte, sich zu wehren, rutschte die Bubenmütze von ihren Haaren, und die schönen langen Zöpfe fielen auf ihren Rücken. Alle Soldaten fingen an zu lachen und ritten im Kreis um die Familie herum, mit Dagi vorne im Sattel des Leutnants. Jaro wusste sofort, dass die Situation aussichtslos war. Und gerade als er versuchte, Martha in die Arme zu nehmen und sie zu trösten, ritt der Schwarm der Soldaten vor ihnen davon. Mit Dagi. Martha schrie laut auf, aber auch sie sah die Hoffnungslosigkeit der Situation. Sie gingen traurig und erschöpft, mit Tränen in den Augen auf das Dorf zu. Marthas Beine wurden schwach, und Jaro und Milo mussten sie stützen.

Milo war wie immer sehr ruhig, sein Herz klopfte aber wie verrückt. Zuerst der Schusswechsel, jetzt war die Schwester weg. Auch wenn er sich mit ihr nicht besonders gut verstand, aber diese Situation überforderte den gerade in die Pubertät schlitternden jungen Mann. Auch ihm trieb es die Tränen in die Augen. Es war schon dunkel, als sie das Dorf betraten. Zuerst dachten sie an eine Fata Morgana, an eine Halluzination durch die Erschöpfung: Jaro lief voraus zu der unter einem Baum stehenden Bank. Darauf saß, die Schuhe, die ihr wehtaten, ausgezogen: Dagi. Sie sagte nur, der Leutnant hätte sie hergeführt und sie vom Pferd gelassen, und lachend seien die Tartaren weg geritten. „Und das war gut so“, meinte Dagi, „ich hätte mit diesen Schuhen unmöglich noch einen Schritt machen können.“ Alle mussten lächeln, das erste Mal an diesem Tag. Sie kamen zu den Verwandten, Jaro erklärte die Situation, und sie wurden freundlich aufgenommen. Tief in der Nacht beschlossen Jaro und Martha, den wertvollen Koffer unter einem Baum, fern vom Haus einzugraben. Niemand sah sie. Dachten sie.

Als es hieß, die Bombardierungen von Brünn hätten aufgehört, ging die Familie wieder zurück in die Stadt. Sie gingen auf ihr Haus zu, Herr Bumba, der im Parterre eine Waffelfabrik betrieb, kam heraus und begrüßte die Familie mit großer Freude. Alle waren gesund und wohlauf. Alle sahen das Baby an und freuten sich über die überstandenen Strapazen. Herr Bumba führte die Familie vorsichtig in den Hof. Dort erst traute er sich über das Desaster zu sprechen. Eine Bombe hatte das Haus getroffen. Die Hälfte des Hauses war weg. Die Stockwerke ohne Stiegen zeigten die übrig gebliebenen Möbel, den Flügel im Salon, das Klavier oben in der Wohnung der Großeltern. Der Anblick dieser Katastrophe war für Martha zu viel. Dagi und Milo standen neben ihr und spürten, dass mit Mutti etwas nicht in Ordnung war. In letzter Minute hielten sie sie fest, sie fiel in Ohnmacht.

Herr Bumba führte die Familie in seine eigene Wohnung, die nur zum Teil beschädigt war. Er erzählte, dass die Russen die Wohnungen geplündert und die meisten Kleider und Pelzmäntel von Martha mitgenommen hatten. Jahre später traf Martha fremde Damen in Kurorten oder im Theater, die ihre Kleider und Pelzmäntel trugen.

In der Zwischenzeit suchte Jaro eine Herberge für die Familie und wurde im Krankenhaus bei seinem Freund fündig. Es war möglich, einige Nächte bis zum Ende des Krieges, in den sanitären Einrichtungen im Keller zu übernachten. Die Großeltern und Lojzl kamen im Kloster unter. Auch Tante Boba kam nach Brünn, um nach dem Rechten zu sehen, und war bereit, jeden zweiten Tag zu Fuß nach Kninicky zu wandern, um der kleinen Alenka Milch von den Bauern zu besorgen. Martha hatte durch die Ereignisse ihre Muttermilch komplett verloren. Die Kuhmilch war für das Baby nicht besonders gesund und hatte schwere Darmkoliken zur Folge. Aber es gab keine andere Möglichkeit.

Als der Krieg vorbei war, machte sich Jaro auf den Weg zu seinen Verwandten, um den Koffer auszugraben und so das Kapital für die

Hausrenovierung und die Wiederherstellung seiner Kanzlei, in die auch eine Bombe gefallen war, zu bekommen. Zu seinem Entsetzen war der Koffer weg. Er grub fast den ganzen Garten auf, aber keine Spur von einem Koffer. Er war so niedergeschlagen, wie im ganzen Krieg nicht. Er konnte es nicht glauben, und der Gedanke es Martha mitteilen zu müssen, weckte den Wunsch in ihm zu sterben. Es waren traurige und wütende Stunden, die in einer völligen Apathie endeten. Wie sollten sie jetzt, mit leeren Händen, weiterleben?

Alle machten dann auch noch Martha verantwortlich, weil sie angeblich alles in den einen Koffer gepackt hatte und Dagi die einzige war, die heimlich ihre Ohrringe und Halsketten in ihre Männerhose gesteckt hatte. Martha saß mit Alenka auf dem Schoß im Krankenhauskeller und sagte ganz ruhig: „ Es ist alles weg. Das ist richtig. Aber wir sind alle gesund und wohlauf. Wir haben unsere Glieder und können arbeiten, und wir haben den Verstand, mit der Situation fertig zu werden.“ Alle sahen sie an. Jaro konnte nicht glauben, dass es Worte seiner Frau waren. Er lächelte ihr zu. „Sogar einem Krieg kann man eine positive Seite abgewinnen, nicht zu glauben“, dachte er.

20. KAPITEL: DER FRIEDEN

Die letzten beiden Jahre des Krieges belasteten Lojzl sehr. Die ständige Angst vor den Luftangriffen und die Enge der Behausung waren für seine Nerven einfach zu viel. Das Kloster, das ja von Magda über Jahre großzügig unterstützt worden war, stellte ihnen zwar eine kleine Wohnung, die abgetrennt war vom restlichen Klosterbetrieb, zur Verfügung, aber das Leben mit seinen Eltern auf so engem Raum war für ihn nicht einfach. Es wäre für Niemanden einfach gewesen. Es war auch für das Ehepaar nicht leicht. Es gab kein Entrinnen, keine Möglichkeit der Flucht oder des Rückzugs. Papi konnte nicht ins Kaffeehaus, und Mami war ja bereits im Kloster, wohin sie sonst immer floh. Die Streitereien spielten sich auf dem Rücken von Lojzl ab. Nur die gemeinsame Angst vor den Luftangriffen schaffte es ab und zu, Eintracht herbeizuführen.

Nach dem Krieg versuchte Papi mit Jaro gemeinsam, ein neues Haus für beide Familien zu finden. Es stellte sich heraus, dass die Renovierung des zerbombten Hauses viel zu viel gekostet hätte und vor allem auch viel Zeit in Anspruch genommen hätte. Die Familien brauchten sofort eine Unterkunft. Jaro hatte lange Diskussionen mit seinem Schwiegervater, denn er wollte nicht mehr in Brünn neu anfangen, sondern ins Ausland gehen. Martha war damit einverstanden. Ein Kollege von Jaro siedelte nach Wien und wollte dort eine Anwaltskanzlei eröffnen und bot Jaro eine Partnerschaft an.

Das lockte Jaro sehr. Aber noch viel mehr lockte ihn eine zum Verkauf angebotene Villa im Zentrum von Triest. Das Haus war am Hang gebaut und man hatte eine herrliche Aussicht aufs Meer. Das war Jaros Traum. Er fuhr nach Triest, um zu verhandeln, und kam mit einem Vertrag zurück nach Brünn. Und da entfachten sich die endlosen Diskussionen. „Im Ausland anzufangen ist ein Blödsinn“, meinte Papi lautstark. Im eigenen Land sollte man das Kapital, das noch übrig geblieben war, und nicht das Land dadurch schwächen, dass man wegzog. Schließlich ist dies die Heimat, und da sollte man alles tun, um die Scherben zusammenzusuchen und zu helfen, den Staat wieder auf Vordermann zu bringen. Jaros Einwendungen, dass für die Hälfte der Familie auch Wien die Heimat wäre, ließ Papi nicht gelten, das sind ja nur die Frauen, sagte er. Und nach tagelangem Hin und Her ließ sich Jaro breitschlagen. Er löste den Vertrag mit Triest und schrieb seinem Kollegen nach Wien, er hätte es sich anders überlegt, und dankte ihm für sein Vertrauen. Insgeheim war er aber erleichtert. Was wäre geworden, wenn er im Ausland nicht so erfolgreich wäre wie zu Hause? Was, wenn er weder für seine Familie noch für das luxuriöse Leben seiner Frau genug Geld verdienen würde? Und Martha keine Unterstützung von Papi mehr bekäme?

Nicht auszudenken, was dies für eine Hölle für ihm hätte werden können! Und schließlich hatte Papi Recht. Es war seine Heimat, die er liebte, und er hatte eine große Klientel, die sicher jetzt nach dem Krieg wieder zu ihm finden würde, und er hatte seine Freunde. Und er konnte jemanden sicher besser in seiner Muttersprache verteidigen als auf Deutsch, das er zwar tadellos, aber nicht akzentfrei sprach.

Nach all den Überlegungen fing er sofort wieder an, nach neuen Räumlichkeiten fürs Büro zu suchen, denn die alten waren ja bombardiert worden. In einer Parallelstraße fand er ein geräumiges Büro, allerdings ohne eine Möglichkeit, seinen Bruder, der immer noch in russischer Kriegsgefangenschaft war, unterzubringen. Aber da würde er sicherlich noch eine andere Lösung finden. In der Zwischenzeit fand Papi ein Haus, das nicht weit weg war von dem alten. Ein Eckhaus, sehr stabil gebaut, mit einem kleinen Garten an der Straße, die zu einem kleinen Park führte. Auf der anderen Seite, wo der Haupteingang war, gab es ein riesiges Mosaik, das den Sieg über die Schweden zeigte. Das imponierte Papi am meisten. In dem Haus gab es zwei freie Wohnungen, eine im Parterre und die zweite gleich im ersten Stock. Da die obere Wohnung etwas kleiner war, tauschten sie diesmal die Stockwerke, und Papi mit Magda und Lojzl zogen in die Wohnung im ersten Stock ein. Sechs Zimmer und ein großer Balkon, der eigentlich einer offenen Veranda glich. Sehr geräumig, und im Sommer ein weiteres Zimmer zum Wohnen. Die Balkone hatten sechs offene Bögen, an denen breite Blumenkisten standen. Die untere Wohnung hatte noch ein weiteres Zimmer mit einer kleinen Veranda in den Hof, und über dem Haupteingang des Hauses gab es ein geräumiges Zimmer mit einem kleinen Bad, das perfekt für Franz geeignet wäre, wenn er aus der Gefangenschaft zurückkam. Beim Wohnungseingang war links eine kleine Ecke, die man als Lounge verwenden konnte. Licht kam nur vom Gang, aber Martha verschönerte den Raum mit buntem Glas, und das gab der Ecke etwas Geheimnisvolles. Gleich dort war die Tür zum Speisezimmer, und Franz müsste immer durch dieses Zimmer zu seiner eigenen Behausung. Daneben war der Salon mit dem Flügel, den man mit anderen Möbeln noch hatte retten können. Die Wände dieses Raumes waren mit Spiegeln bedeckt und der Plafond hatte eine wunderschöne Mahagoni-Stuckatur, in der kleine Lichter versenkt waren.

Dann kam das Zimmer von Dagi das die Ausstattung des goldenen Barocksalons erhielt, dazu Brüsseler Gobelin und zwei Marmorstatuen, die jeweils neben den Renaissance-Vitrinen standen. Wie schon im Salon gab es eine Balkontür, die viel Licht in das Zimmer ließ. Daneben lag das Zimmer von Martha mit zwei schweren geschnitzten Barockschränken, einer Liege und einem Kinderbettchen. Auch eine alte Truhe mit schönen Vasen darauf schmückte das Zimmer. Die Lehnstühle waren teils aus Leder, teils mit Brokat überzogen.

An der langen Wand stand der geschnitzte Bücherschrank. Dann folgte das Badezimmer, das sehr groß war und auch eine Toilette hatte. Es gab zwei Waschbecken, und der Raum war mit schönem rosa Marmor dekoriert. Schließlich kam das Zimmer von Jaro, das letzte in der Reihe. Das Bad war von beiden Zimmern durch eine Tür erreichbar. Jaro hatte den alten geschnitzten Schreibtisch beim Fenster, denn dieses Zimmer hatte keinen Balkon. Jaro schlief in einem Bronzebett, die chinesischen Möbel hatten auch noch Platz. Das

Zimmer lag vis à vis dem Hofzimmer, das Milo bewohnte. Das war das bescheidenste Zimmer, denn die restlichen Möbel waren dem Krieg zum Opfer gefallen. Aber eine schöne mit Blumen tapezierte Liege, die in der alten Wohnung in der Veranda gestanden hatte und Martha als Wochenbett gedient hatte, sorgte für Bequemlichkeit. Ein schöner Schrank und Schreibtisch waren alles, was Milo wirklich brauchte. Der lange Flur wurde mit rotem Teppich ausgestattet. Er ging links an allen Türen und rechts an der Toilette, großen Speis, Arbeitsbalkon, Küche und dem Hofzimmer vorbei bis zu einer Stiege, die gewunden in den Keller ging, der allerdings kein richtiger Keller war, sondern eine Zweizimmerwohnung. Dort sollte später das Personal wohnen.

Die Wohnung von Papi war wesentlich schlichter eingerichtet. Vieles war komplett zerstört worden. Als sie in das Haus kamen, begann die Vertreibung und einige deutsche Familien mussten sofort ausziehen. Magda überredete Papi, anstatt in seiner Fabrik neue Möbel machen zu lassen, die Möbel von den Familien zu kaufen. Die Menschen durften nicht mehr mitnehmen als sie tragen konnten, und ein wenig Geld kam ihnen gerade recht. Papi zahlte für das weiße massive Schlafzimmer einen großzügigen Betrag und die Familie gab ihm für seine Enkel viele deutsche Kinderbücher. Magda hatte noch geheim etwas von ihrem Schmuck mitgegeben, denn die Familien taten ihr aufrichtig leid. Sie wusste, dass sie und Martha es nur ihren tschechischen Männern verdankten, dass nicht auch sie vertrieben wurden.

Neben dem Schlafzimmer gab es das dunkelbraune Jugendstilspeisezimmer und dann das Zimmer, das Martha zu ihrer Hochzeit nicht hatte annehmen wollen. Das Zimmer war aus lichter Buche, sehr gut nach Papis Skizzen gearbeitet. Massive Holzlehnstühle mit bequemen Polstern, eine lange Sitzbank, ein Schreibtisch, dreiteiliger Bücherschrank, der in der Mitte mit Buntglas versehen war und das Klavier, das Papi in Dresden für Martha schon Anfang des Jahrhunderts gekauft hatte, ergänzten die Ausstattung. Kein Mensch spielte darauf, aber es machte sich gut im Zimmer.

Die restlichen drei Zimmer wurden als Büro eingerichtet, damit Papi, der immerhin schon über 60 war, von zu Hause aus arbeiten konnte. Neben der Küche gab es auch hier ein geräumiges Hofzimmer, das dem Lojzl zugeteilt wurde. Er war überglücklich, entfernt von den Eltern wohnen zu können. Er musste durch die Küche in das Zimmer, aber das störte ihn nicht. Kaum waren die beiden Familien eingezogen und das Einrichten der Wohnungen war in Angriff genommen, hieß es, in den leeren Wohnungen werden russische Offiziere untergebracht. Die Angst stieg bei allen wieder auf. Aber es stellte sich heraus, dass die Männer sehr freundlich und kinderliebend waren. Immer wenn Martha mit der kleinen Alenka in den Armen im Gang stand, kamen sie mit einem Geschenk für die Kleine und sprachen in gebrochenem Französisch mit Martha. Dennoch war es gut, dass sie nicht lange im Haus blieben.

Langsam füllte sich dann das Haus mit tschechischen Familien. In den vierten Stock zog die Familie eines Arztes ein, die auch drei

Kinder hatte, das Jüngste war auch ein Jahr alt. Im dritten Stock wohnte ein Violinist der Oper, auch mit einem einjährigen Mäderl. Daneben wohnte eine geschiedene Frau, die alle im Haus schief ansahen, nicht nur weil sie blond gefärbte Haare hatte und eine sehr aufreizende Figur. Den Damen im Haus war sie ein Dorn im Auge, denn sie hatte immer neue Freunde, und alle regten sich darüber maßlos auf, da sie auch ein Kleinkind hatte, einen Buben.

Eines Tages läutete es bei Jaro und Martha, und eine Familie mit zwei Kindern, der eine Bub bereits um die fünfzehn Jahre, der andere ein Baby. Die Frau war zierlich und klein und sah unterernährt aus. Sie hielt das Baby auf dem Arm, und man sah ihr die Anstrengung an. Sie hatte einen großen Höcker am Rücken, und es bereitete ihr Probleme, das Gleichgewicht zu halten. Daneben stand ein großer, starker Mann, der leicht schielte und ein kürzeres Bein hatte. Martha bat sie alle herein und bot ihnen Tee und Kekse an. Der ältere Bub stürzte sich auf die Schüssel und im Nu war sie leer. Martha bereitete ein paar Butterbrote und hörte den Leuten aufmerksam zu. Herr Slovak war schon einmal verheiratet gewesen, und mit der Frau, die ihm davongelaufen war, hatte er den älteren Buben. Im Krieg, wo er wegen seines Beines nicht eingezogen war, traf er bei Aufräumungsarbeiten seine jetzige Frau. Vor einem Jahr hatten sie das Kind bekommen. Da sie keine Bleibe hatten, gingen sie von Haus zu Haus und suchten eine Wohnung. Sie könne ganz klein sein und auch zum Herrichten, wenn nur so, dass die Familie mit dem kleinen Kind ein Dach über dem Kopf hätte.

Jaro rief sofort den Hausinhaber an und so konnten die Slovaks noch am gleichen Tag vis à vis einziehen. Es war eine Hausmeisterwohnung, und das passte wunderbar, denn so brauchten sie keine Miete zahlen und Herr Slovak konnte im Zimmer im Kellergeschoss eine Schneiderwerkstätte einrichten. Das Zimmer war mit einer Treppe zur Küche verbunden und vom Stiegenhaus betrat man einen winzigen Vorraum, um gleich in die Küche zu gelangen. Die war so geräumig, dass die Kinderbetten dort untergebracht werden konnten.

Die Slovaks waren über diese Lösung überglücklich und Jaro unendlich dankbar. Martha versorgte sie mit Möbeln und Kleidung und am Anfang auch mit Essen. Jaro ließ, um ihnen zu helfen, einige Mäntel von Herrn Slovak nähen.

Da ihr Mann pensioniert wurde und kein Grund mehr bestand, in Krumau zu bleiben, übersiedelten Tanta Boba und ihr Mann auch nach Brünn. Sie bezogen eine kleine Dreizimmerwohnung in einem modernen Gebäude, das kurz vor dem Krieg gebaut worden war. Es war in der Nähe des Stadions und des großen Parks Luzanky. Tante Boba hatte es nicht weit, um Bruder und Schwägerin zu besuchen. Ein Spaziergang im Park und in zwanzig Minuten, oder drei Straßenbahnstationen war sie in der Smetanova Straße. Sie war überglücklich, dass sie in der Nähe ihres Bruders sein konnte, den sie abgöttisch liebte. Ihr Mann fand eine nette Runde älterer Herren zum Kartenspielen und ansonsten verbrachte er die Zeit mit Abschreiben von Akten entweder für Jaro oder eine andere Kanzlei. So verdiente er sich ein paar Kronen zusätzlich zu seiner nicht allzu hohen Pension. Tante Boba führte den Haushalt sehr sparsam, und ihr großes Können beim Kochen, Backen und Lebensmittel Einkochen half ihnen, gut über die Runden zu kommen. Natürlich half Martha, wo sie konnte, aber Tante Boba war zu stolz, um Almosen von ihrer Schwägerin anzunehmen. Aber den Urlaub verbrachten dann doch alle zusammen, wie schon vor dem Krieg, nur nicht mehr mit großen Reisen, dazu fehlte noch das Geld, aber sie fuhren immer wieder nach Duschau, zum Herrn Pfarrer. Auch dort konnte Martha immer wieder den Haushalt aufbessern, ohne dass es jemand von ihrer Familie erfuhr. Immerhin zogen sie zu sieben Personen in die Pfarre ein, und Dagi und Milo konnten so einiges an Essbaren verschlingen.

Dagi war nach dem Krieg damit beschäftigt, ihre Matura abzulegen und ihre Verehrer abzuwimmeln. Das gesellschaftliche Leben kam langsam wieder in Fahrt, und so hatte Martha viel zu tun, um die richtigen Bälle für Dagi zu wählen und die passende Garderobe dafür auszusuchen. Dagi entwickelte sich zu einer sehr attraktiven jungen Dame. Sie trug ihre Haare lang, auf den Schultern in Locken gedreht, wie Rita Hayworth und die anderen Hollywood Schönheiten, deren Fotos sie immer noch sammelte. Sie war witzig und geistreich und in der Gesellschaft, vor allem von jungen Herren, sehr gefragt. Die jungen Damen jedoch mieden Dagi, wo es nur ging, denn sie befürchteten ihre scharfe Zunge. Außer ihrer engen Freundin Jitka ließ Dagi keine andere junge Frau an sich heran. So wie sie als kleines Kind immer lieber mit Buben gespielt hatte, ging sie auch jetzt viel lieber mit jungen Herren aus. Nur war das meistens nicht so einfach, denn von Jaro hatte sie das strengste Verbot, mit jungen Männern auszugehen. Sie musste spätestens um neun Uhr abends zu Hause sein. Und Dagi wusste, mit Vater war nicht zu spaßen, also hielt sie sich an seine Regeln. Die Bälle waren eine Ausnahme, da ja die Mutter immer mitkam. Das nützte Dagi voll aus. Sie bekam immer wieder kleine Aufmerksamkeiten, Blumen, Bonbons, Briefchen. So lange sie gut in der Schule war, ließ es Martha zu. Und Jaro wusste nichts davon. Er hatte Schwierigkeiten, die junge Frau als seine Tochter zu akzeptieren. Als Kind war er mit ihr unzertrennlich gewesen, nahm sie überall mit hin und lachte gerne mit ihr, weil sie seinen Sinn für Humor geerbt hatte. Nun hatte er immer das Gefühl, dass ihm der Krieg die kleine Dagi weggenommen hatte. Nach dem Krieg war sie eine junge Lady. Das gefiel ihm einfach nicht.

Martha hatte mit Dagi immer schon Probleme, weil diese überhaupt nicht machen wollte, was sie von ihr erwartete. Sie verglich immer ihre eigene schwere Jugend mit dem herrlichen Leben ihrer Tochter, die in der Familie eingebettet aufwuchs. Sie verstand es nicht, dass Dagi das nicht schätzte. Wie auch. Als Alenka auf die Welt kam, hatte Dagi in vieler Hinsicht die Mutterrolle übernommen. Es gefiel ihr, in der Öffentlichkeit als junge Mutter angesprochen zu werden. Da Martha nicht viel Zeit hatte, war es Dagi, die das Kind wickelte und fütterte. Auch während der Urlaube in Duschau, hatte sich Dagi immer sehr rührend um die Kleine gekümmert. Einmal ging sie mit dem

Kinderwagen spazieren und hatte Alenka ein Lutschbonbon gegeben. Dagi wusste nicht, dass das gefährlich sein konnte. Alenka verschluckte sich und konnte nicht mehr atmen. Sie rang nach Luft und keuchte nur noch. Dagi wurde panisch. Sie hatte keine Ahnung, was sie mit dem Kind machen sollte. Sie sah nur das Gesicht ihrer Mutter vor sich, wenn der Kleinen etwas zustoßen würde. In letzter Minute riss sie das Mädchen aus dem Kinderwagen, drehte es auf den Kopf und schüttelte sie so lange, bis das Zuckerl aus der Luftröhre flog. Mit hochrotem Kopf rang die Kleine nach Luft, und Dagi schüttelte sie noch immer, sie schien gar nicht aufhören zu können, völlig außer sich. Alenka fing langsam an wieder zu atmen und Dagi nahm sie in die Arme, drückte sie an sich und weinte selbst wie ein kleines Kind. Natürlich traute sie sich nicht, Mutter davon zu erzählen. Erst viel später, als Alenka erwachsen war, redete Dagi darüber.

Jaro war nach viel Nachdenken zum Ergebnis gekommen, dass Dagi nach der Matura nach Prag gehen sollte, um dort Jura zu studieren. Er hatte beschlossen, dass Dagi seine Kanzlei übernehmen sollte. Sie war eindeutig dafür geeignet. Obwohl die Wohnung in Prag leer stand, musste Dagi in einem Klosterpensionat wohnen, damit sie unter Kontrolle war, wie Jaro zu Martha sagte. Ein junges Mädchen in Prag, allein in einer Wohnung, nicht auszudenken!

Und er beschloss auch, dass Dagi das Geld für das Studium, so wie er einst, sich selbst verdienen sollte. Also wurde vereinbart, dass Dagi in der Prager Merkur Bank arbeiten sollte, soweit es ihr Studium zuließ.

So hatte er jemanden, der in seiner Bank für ihn die Kontrolle hatte, und gleichzeitig wurde verhindert, dass Dagi auf dumme Gedanken kam, da sie voll ausgelastet war.

Einerseits freute sich Dagi, von zu Hause wegzukommen und so der Strenge der Regeln entkommen zu können, andererseits hatte sie doch ein bisschen Angst vor der Verantwortung, die dort auf sie wartete. Und sie machte sich Gedanken, wer wohl auf die kleine Alenka schauen würde. Jede Woche schrieb sie lange Briefe an die Mutter, in denen sie ihr alles beschrieb, was sie so erlebt hatte, und fügte am Ende immer ein paar Ratschläge für die kleine Schwester an. Das Leben in Prag gestaltete sich besser, als sie geahnt hatte. Auf der juristischen Fakultät gab es fast nur junge Männer, und so konnte sich Dagi aussuchen, wer von ihnen an welchem Tag das Privileg hatte, sie zur Bank ihres Vaters begleiten zu dürfen. Sie kam sich wirklich wie ein Star vor. Die Herren waren nicht nur von Dagis Liebreiz, Witz und Schlagfertigkeit beeindruckt, sondern natürlich auch von der Tatsache, dass die junge Dame aus einer wohlhabenden Familie kam. Dagi dachte an die Tage als Kind, wo sie so überglücklich in der Steiermark die Ferien verbracht hatte, und damals glaubte, nie wieder so frei und glücklich sein zu können. Auf einmal stellte sie fest, dass diese Prager Jahre diesem Gefühl um nichts nachstanden. Und sie wusste, wenn sie einmal mit dem Studium fertig sein und im Büro des Vaters einsteigen sollte, dass dann sowohl die Freiheit wie auch die Ausgelassenheit vorbei sein würden. Also nützte sie die Zeit und genoss ihr Leben. In der Bank mit Herrn Direktor Delisieur hatte sie einige

Auseinandersetzungen, aber auch er fiel ihrem Charme zum Opfer. Wenn Jaro zum Gericht nach Prag musste, freute er sich schon immer auf die Zeit mit seiner Tochter. Es gab so viel über das Studium und die Bank zu erzählen, dass er selbst kaum zu Wort kam. Es erinnerte ihn so an seine eigene Studienzeit, und oft konnte er Dagi gute Ratschläge oder Erfahrungen geben. Und Dagi nahm dankbar an. Sie hatten in dieser Zeit wieder ein recht gutes Verhältnis zueinander, und er sah immer mehr, wie richtig seine Entscheidung gewesen war, Dagi für diese Lebenslaufbahn vorzubereiten.

Milo hasste die gemeinsamen Urlaube in Duschau. Das einzige, was er dort machen konnte, war Bogenschießen. Stundenlang beim Vater in der Sonne zu liegen, und wenn es noch so gesund sein sollte, interessierte ihn nicht. Schwammerl suchen noch weniger. Ab und zu mit dem Kajak und Dagi am Teich war immerhin noch eine Abwechslung in dem öden Alltag. Seine Freunde waren weit weg, und er durfte keines seiner Instrumente, die er so liebte, mitnehmen. Wenn er daran dachte, was es für Aufregungen gegeben hatte, bevor er, beziehungsweise Mutter, den Vater überreden konnte, die zu kaufen, wurde er krank. Zuerst Saxophon, dann Klarinette und schließlich die Trommeln. Stundenlang übte er in seinem Zimmer, nur am Anfang kam ein Lehrer, dann ging alles von allein. Es störte niemanden, die Fenster gingen in den Hof, und das Zimmer hatte eine Doppeltür. Natürlich war Jaro immer wieder erbost, da die Schulresultate eher schwach waren und Milo auch nichts dafür tat, dass sich die Situation entspannte. Er langweilte sich in der Schule genauso wie im Urlaub. Wenn er nach Hause kam, setzte er sich an seinen Schreibtisch und fing an zu zeichnen. Er hatte schon einige Bilder in der Schule ausgestellt, und sein Zeichenlehrer war von seinem Talent begeistert. Aber als Milo im Radio die ersten Jazzstücke hörte, war es um ihn geschehen. Genau das wollte er auch. Jaro konnte es nicht fassen, dass sein Sohn, anstatt in die Oper zu gehen, zu Hause diese, wie er es nannte, „Negermusik“ hörte, und dann auch noch spielte. Die Beziehung zu seinem Sohn war immer schon angespannt gewesen, und niemand konnte Jaro so aus der Fassung bringen wie sein Sohn. Der hatte so gar nichts von ihm, und das hatte ihn schon geärgert, als der Bub noch klein war. Milo hing immer am Kittel seiner Mutter. Jaro wusste, dass das mit der schweren Krankheit zusammenhing, aber das beruhigte ihn trotzdem nicht. Jeden Morgen fing das Theater schon im Badezimmer an, da Jaro sehr oft gemeinsam mit Milo die Morgentoilette machte. Er hatte seinem Sohn immer Vorträge über Gesundheit gehalten, denn seine drei Schwestern waren an Tuberkulose gestorben, und die schwache Lunge seines Sohnes bereitete ihm Sorgen. Er selbst stand in der Pyjamahose vor dem großen Spiegel und meinte: „Schau Milo, jeden Tag den Oberköper mit eiskaltem Wasser abhärten, das ist sehr wichtig für die Festigung der Gesundheit.“ Milo schaute dem Vater beim Plantschen im kalten Wasser zu. Als dieser dann sagte: „Also mach schon, der Körper braucht es“, meinte Milo leise: “Aber meiner nicht.“ Und schon war Jaros Kopf rot angelaufen, und er fing an, Milo zu beschimpfen. Immer nach so einer Aufregung tat ihm sein Verhalten leid, und er merkte, dass er dasselbe machte wie Papi mit Lojzl. Gerade das hatte er immer bei seinem Schwiegervater so kritisiert und ihm immer vorgeworfen, ein zivilisierter, intelligenter Mensch tut so etwas nicht. Aber es gab etwas im Wesen seines Sohnes, das ihn rasend machte. Milo flüchtete sich immer zur Mutti, aber die wollte sich in die Erziehungsmaßnahmen ihres Gatten nie einmischen und hielt immer zu diesem, auch wenn sie oft empfand, dass er zu streng war und viel zu oft handgreiflich wurde. Am liebsten griff Jaro zu seinem Gürtel. Milo war oft tagelang blau am ganzen Körper. Natürlich wurde auch Dagi gezüchtigt, aber bei weitem nicht so oft und so hart wie Milo. Die Angst vor dem Vater bewirkte, dass, wenn ihn die Schule auch nicht interessierte, er es nie so weit kommen ließ, dass er Probleme bekam. In letzter Minute lernte er noch schnell und kam dann bei den Prüfungen durch.

Wenn er Musik machte und Vater nach Hause kommen hörte, stoppte er sofort und fing an zu malen. Er ging eben Vater weitgehend aus dem Weg, aber es kränkte ihn dennoch, dass ihn Vater nicht wirklich mochte. Die unterschwellige Angst und gleichzeitige Wut zeigten dann in der Pubertät ihre Wirkung. Milo gründete mit seinem Freund Pavel, der später Berufsmusiker wurde, und einigen anderen Burschen eine Band, natürlich heimlich. Sie spielten an Wochenenden, wenn die Eltern ihren Einladungen nachgingen, in Bars und verdienten sich damit ein paar Kronen. Wenn die Eltern zu Hause Gäste hatten, schloss sich Milo in seinem Zimmer ein, und stieg durchs Fenster in

den Hof. Niemand wäre auf die Idee gekommen, dass er nicht zu Hause war. Es wurden meistens sehr feuchte Nächte. Alkohol floss in Strömen und die Herzen der Mädchen flogen den jungen Musikern, die die moderne Musik in die Stadt brachten, nur so zu.
Milo war ständig in irgendwelchen Schwierigkeiten. Martha war nach der Abreise von Dagi so mit der Kleinen beschäftigt, dass ihr keine Zeit übrig blieb, auch noch ständig Milo zu kontrollieren. Und so kam es, dass erst, wenn irgendwo wieder eine Katastrophe abzuwenden war, sie dann alles daran setzte, alles in Ordnung zu bringen, und sich vor allem darum bemühte, dass Jaro nichts erfuhr. Er hätte bei vielen Dingen sicherlich Milo erschlagen. Das fing damit an, dass Milo, wenn er Geld brauchte - und von Vater und Mutter bekam er keines, weil die der Meinung waren, er hätte zu Hause alles, was er brauchte - irgendetwas von zu Hause nahm, ein Bild, Uhren, Porzellan und es zum Antiquitätenhändler brachte. Wenn Martha es am nächsten Tag bemerkte, rief sie alle Händler an und löste das Ding wieder aus, damit Jaro am Abend nichts merkte. Mit der Zeit kannte sie alle Händler sehr gut, und es wurde ausgemacht, dass wenn so ein Objekt auftauchte, Martha sofort verständigt wurde.

Milo war noch zu jung, um Auto zu fahren, aber trotzdem gelang es ihm, von Zeit zu Zeit den Wagen von Jaro, einen neuen Nash, heimlich auszuführen. Die Mädchen freuten sich über die Fahrt in einem Luxuswagen und Milo liebte seine Spritztouren. Jaro kaufte von seinem Freund, der nach Wien ging, ein Einfamilienhaus, eine kleine Villa im Wallfahrtsort Vranov, und dort verbrachte die Familie im

Sommer die Wochenenden. Das Haus sah wie ein Försterhaus aus, mit einem Holzbalkon im ersten Stock und einer großen Veranda im Erdgeschoß.

Die Schlafzimmer waren oben, unten war ein großer Aufenthaltsraum mit offenem Kamin, und neben der Veranda ein Speisezimmer mit schöner Holzvertäfelung, einem Tisch mit eingravierten Schachbrett und einem Geweihluster, an dem ein geschnitzter Kellermeister das Licht in der Hand hielt. Die Schränke hatten schönes geschliffenes gelbes Glas als Türen und gaben dem Raum etwas sehr Gemütliches. Von dort aus kam man in eine kleine Kammer und in ein kleines Bad. Daneben ging eine Treppe hinunter in die Küche, die großräumig mit einem großen Arbeitstisch in der Mitte und einem alten guten Ofen, war. Wenn man den heizte, wärmte er auch die oberen Zimmer. Es gab einen Aufzug von der Küche ins Speisezimmer, damit das Essen nicht über die Stiege getragen werden musste. Das Haus stand an einem Hang und der Garten war in drei stufenartigen Teilen angelegt. Im zweiten Teil machte die Stützmauer einen runden Bogen. Dort standen ein Tisch und Sessel, und an schönen Tagen wurde der Kaffee dort serviert. Unter den Terrassen gab es eine Wasserpumpe, denn das Haus hatte keine Wasserleitung, nur in der Küche gab es ein Rohr. Links vor dem Haus waren einige schöne große Bäume, Fichten, Blautannen und Birken. Darunter gab es ein Schwimmbad, das einzige im ganzen Ort. Die Einheimischen gingen oft beim Haus spazieren, nur um das Schwimmbad zu bewundern. Dorthin durfte dann auch Dagi ihre Freundinnen und

Verehrer einladen. Es wurden gemütliche Abende mit Gittarenmusik und Gesang, vor allem immer dann, wenn Jaro dienstlich verhindert war. Seine Anwesenheit machte die jungen Leute immer etwas unsicher.

Eines Freitags fuhr die ganze Familie wieder ins Wochenendhaus. Als Martha in die Garage hineinfuhr, glaubte sie etwas Eigenartiges zu riechen. Sie packte die Lebensmittel aus und alles, was sie für das Wochenende brauchen würden. Jaro ging mit Alenka die Stiege neben dem Haus hinauf und sperrte die Verandatür auf, und wie immer riss er alle Fenster auf, um frische Luft hereinzulassen. Auch ihm kam vor, im Haus sei ein komischer Geruch. Als Martha unten in die Küche kam, war sie einer Ohnmacht nahe. Alle ihre Kochtöpfe standen in einer Reihe am Boden und waren von Milo und seinen Freunden als Toilette benutzt worden. Martha wusste nicht, was sie zuerst machen sollte, um zu verhindern, dass Jaro das sah. Sie packte alle Töpfe in einen Sack und fuhr mit dem Auto an das Ende des Dorfes, um sie im Wald abzuladen. Sie war so in Eile, dass es ihr egal war, wohin damit, nur weg musste das Zeug. Als sie zu Hause ankam, kam Milo gerade in die Küche mit einem süffisanten Lächeln im Gesicht, um zu sehen, was seine Mutter sagen würde, vielleicht liebte sie ihn doch nicht so, wie er annahm. Das war das erste Mal, dass Martha Milo zwei solche Ohrfeigen verpasste, dass dieser die Jahre später noch zu spüren glaubte. Aber das hinderte ihn nicht daran, nächstes Mal das Auto wieder ohne Erlaubnis zu nehmen. Betrunken und übermütig, zusammen mit seinen Freunden, übersah er einen Baum, der dicht an der Straße stand, und baute einen Totalschaden. „Gott sei Dank“, dachte Martha, „ist Niemandem etwas passiert.“ Aber die Szene mit Jaro hat sie lange nicht vergessen können.

Sie dachte, sie muss für beide den Krankenwagen holen, dem einen drohte ein Herzinfarkt, und der andere konnte sich kaum auf den Beinen halten und grinste immerfort vor sich hin.

Es war nicht im Sinne der Eltern, die Kinder über das Leben, vor allem über ihre heranreifende Sexualität zu informieren. Dagi hatte also keine Ahnung von ihrem Körper, und Martha hoffte, dass Jaro mit Milo sprechen würde, aber weit gefehlt. Es war Jaro unmöglich, über solche Dinge zu sprechen. Also schwiegen alle beide. Das Problem musste dann aber Martha lösen, die Eltern der Mädchen, die mit Milo ausgingen, beruhigen und oft Dr.Bocek einschalten. Sie zitterte jedes Mal, dass diese Frauengeschichten Jaro zu Ohren kommen würden, er hätte Milo sicherlich aus dem Haus gewiesen. Und so stand sie da, Nacht für Nacht beim Fenster, schlief nicht und wartete, bis in den frühen Morgenstunden ihr Sohn hereintorkelte.

Ein Jahr vor der Matura kam es zur großen Katastrophe. Milo besorgte sich ein Gewehr, Martha wusste nicht, ob beim Großvater oder einem Händler. Die Burschen wollten Wilden Westen spielen und schossen in einem Hinterhof eines verlassenen zerbombten Hauses herum. Was wirklich passierte, wusste niemand so richtig, aber Tatsache war, dass Milo einen seiner Kameraden anschoss. Es wurden die Rettung und die Polizei geholt, und nur durch den Einfluss von Jaro wurde Milo nicht verhaftet. Es gab ein Gerichtsverfahren und Milo wurde frei gesprochen.

Der Familie des verletzten Burschen wurde ein großzügiger Betrag ausgezahlt. Das aber veranlasste Jaro, dass er eines Tages in der Klasse von Milo erschien, ihn vor allen ohrfeigte, ihn beim Ohr aus der Klasse herauszog und in eine andere Schule brachte. Es interessierte ihn nicht, dass Zdenek, der Sohn seines besten Freundes, in diese Klasse ging und es durch sein Verhalten unendliche Diskussionen geben würde. Die Maturaklasse sollte Milo woanders machen, offensichtlich hatten die Schulkameraden einen verheerenden Einfluss auf seinen Sohn. Denn sonst konnte sich Jaro nicht erklären, warum gerade sein Sohn so geraten war. Bei dieser strengen Erziehung und besten Familienverhältnissen, das war ihm völlig rätselhaft. Wenn er an seine eigene Jugend dachte, den rigorosen Vater und die ärmlichen Verhältnisse - und trotzdem hatte er es zu etwas gebracht. Und der Bengel hat alles, und um ein Haar wäre er kriminell geworden. Jaro verstand die Welt nicht mehr. Er dachte immer, nur seine Klienten hätten solche Probleme in den Familien, er hatte sich immer geschworen, in seiner Familie würde es so etwas nicht geben, deswegen auch seine Strenge, aber es half nichts, er musste mit Milo noch härter umgehen.

Wieso machte Dagi alles, was er ihr sagte, und ohne jede Widerrede? Warum tat Milo gerade das, was er selbst so hasste? Er konnte keine Antwort finden. Und er hatte auch so wenig Zeit für die Familie, und Martha war auch immer weg, oder mit der kleinen Alenka beschäftigt, und er musste schauen, dass sie wieder den Lebensstandard erreichten, den sie vor dem Krieg gehabt hatten. Die Bank in Prag nahm auch viel Zeit in Anspruch und manchmal fühlte er sich schon sehr müde. Die Abende mit seinen Freunden und das gemeinsame Musizieren waren seine einzigen Lichtblicke. Manchmal, wenn er früher nach Hause kam, und Alenka schlief noch nicht, nahm er sie auf den Arm, ging mit ihr in sein Zimmer und wiegte sie beim Auf und Abgehen mit Opernmelodien von Dvorak und Smetana in den Schlaf. Es fiel ihm auf, wie schnell das Mädchen wuchs und wie wenig Zeit er für sie hatte. Aber er versprach sich, im Urlaub alles nachzuholen.

Trotz seines reifen Alters sah er noch immer sehr gut aus, und seine Klientinnen verwöhnten ihn immer noch mit kleinen Aufmerksamkeiten, einer Flasche guten Wein, Bonbons, Blumen, und manchmal fand er sogar in den Akten einen netten kleinen Liebesbrief, den die Damen mit den Unterlagen an ihn schickten. Er zeigte sie Martha und sie lachten beide darüber. Nur als Martha einmal etwas auf seinem Schreibtisch suchte und ihr eine Akte auf den Boden fiel und da ein Nacktfoto einer reichen Witwe herausfiel, war es ihr zu viel. Die Dame war aber so hartnäckig, dass Jaro nicht wusste, wie er sie loswerden sollte. Er wollte sie an einen Kollegen verweisen, aber es war alles umsonst. Sie brachte kiloweise Schokolade für die kleine Alenka und tat so, als wäre Jaro gar nicht verheiratet. Seine Freunde hänselten ihn schon, aber die Frau ließ sich durch nichts abwimmeln. Es war Jaro lästig, aber er gewöhnte sich daran und versuchte immer wieder, ihr mit Ausreden entkommen. Eigentlich hätte er ihr sagen müssen, dass sie so gar nicht sein Typ war, aber das traute er sich dann doch nicht. Ein Gentleman tut so etwas nicht. Also litt er.

Martha hatte die Zeit nach dem Krieg, vor allem als sie die neue Wohnung bezogen, als recht angenehm empfunden. Als sich alles langsam normalisierte, fing sie wieder an, Abendgesellschaften zu geben und ein reges gesellschaftliches Leben zu führen. Die erste Zeit konnte sie sich auf Dagis Fürsorge für Alenka ganz und gar verlassen. Als Dagi dann in Prag war, stellte sie zusätzlich zu den zwei Dienstmädchen noch ein Kindermädchen ein. Damit war sie entlastet, und die Kleine hatte eine Betreuung und wurde versorgt. Es machte ihr Sorgen, dass das kleine Mädchen so oft krank wurde. Es gab keine Kinderkrankheit, die sie nicht bekommen hätte. Ständig Fieber und krank. Sie wollte nichts essen und war ganz zart, fast mager. Vieles, was sie aß, erbrach sie wieder. Martha konsultierte Dr.Chytka, den Hausarzt, aber der meinte nur: "Lassen Sie das Kind essen, was es will. Ich kenne keins, das verhungert wäre. Zwingen Sie sie nicht zum Essen."

„Leicht gesagt", dachte Martha. Sie wusste, wie streng Jaro bei Tisch war, und da musste alles aufgegessen werden, was auf dem Teller lag. Mit dem Resultat, dass fast jeden zweiten Tag, Alenka das Essen wieder erbrach. Obwohl sie solche Angst vor Vater hatte, konnte sie das Essen beim besten Willen nicht bei sich behalten. Martha löste die Situation dadurch, dass sie ihr wirklich nur ganz wenig auf den Teller gab, und so schafften sie es, dass nicht jede Mahlzeit zu einer Panik wurde. Alenka bekam eine Schaukel, die man zwischen die Tür zum

Balkon, der gleich neben der Küche war, montiert hatte, und dort schaukelte sie tagelang und sang die Lieder, die sie vom Vater gehört hatte. Wenn Dagi zu Besuch kam und guter Laune war, erlaubte sie Alenka, in ihr Zimmer zu kommen und sich aufs Bett neben sie zu legen. Dagi las Frauenzeitschriften oder ein Buch und hörte Radio, immer die westlichen Sender, wo es die tolle Swingmusik gab. Und Alenka lag da mit offenem Mund und hörte zu. Viele von diesen Melodien sang sie dann auf ihrer Schaukel nach. Im Vorzimmer, gleich bei der Eingangstür, stellte Martha einen geschnitzten Kasten auf und füllte ihn mit Spielsachen. Vor dem Schrank standen ein runder Tisch und drei mit Samt gepolsterte Lehnstühle. Das war die Spielecke von Alenka. Wenn das Kindermädchen mit ihr spazieren war und dann nach Hause kam, spielte die Kleine stundenlang allein im Eck des Vorzimmers. Man merkte gar nicht, dass es im Haus ein Kind gab.

Nach dem Krieg hatte Jaro einen jüdischen Klienten, der mit seiner Familie, Frau und zwei Töchtern, zurück nach Brünn kam. Er war Fabrikant. Ein sehr wohlhabender Mann, äußerst geistreich und sehr gebildet. Jaro lud die Familie einmal zu sich nach Hause ein. Martha bereitete ein Essen vor und war auf den neuen Klienten ihres Mannes neugierig. Sie fand die ganze Familie sehr sympathisch, Marion, etwas älter als ihr Mann, war sehr intelligent, und man konnte mit ihr über alles sprechen. Die zwei Frauen freundeten sich sofort an. Die Mädchen waren im Alter von Dagi, sehr wohl erzogen und bildschön. Es entwickelte sich eine innige Freundschaft zwischen den zwei

Familien, da die Eheleute so viele gemeinsame Interessen hatten. Man ging in Konzerte, in die Oper, und die Uxas waren froh, neue Freunde gefunden zu haben, denn ihre Vorkriegsfreunde waren entweder tot oder sie waren nicht mehr nach Brünn zurückgekommen.

Und dann passierte es. Bei einem Opernabend war Jaro nicht vom Büro abkömmlich und Marion hatte eine Verkühlung. Also gingen Herbert und Martha allein in die Oper. Madame Butterfly, die Lieblingsoper von Martha, in der sie immer weinen musste. Bei der für Martha schönsten Liebesarie rollten ihr wieder Tränen übers Gesicht. Sie wischte sie heimlich weg, aber Herbert sah es trotzdem. Er nahm ihre Hand und streichelte sie zärtlich. Martha weinte noch mehr. Wann hat sie jemals so etwas gefühlt wie in diesem Augenblick? Sie konnte es nicht fassen, wusste nicht, wie sie darauf reagieren sollte, und blieb deshalb beim Weinen. In der Pause konnte sie nicht aus der Loge, weil jeder ihre verweinten Augen sehen würde. Also blieb sie sitzen, Herbert brachte zwei Sektgläser und sie stießen auf Madame Butterfly an.

Was für ein Abend! Beim Nachhause gehen lehnte sich Martha bei Herbert an, und eng umschlungen gingen sie die leeren nächtlichen Straßen entlang. Es war ihr vollkommen egal, ob sie jemand sehen würde. So etwas kannte sie nicht an sich. Sie war immer beherrscht, wusste immer was man tut, was nicht, sie hatte doch so eine gute Erziehung. Wieso konnte so etwas passieren? Vor der Tür gab sie Herbert einen flüchtigen Kuss, und rannte, ohne ihn nochmals anzusehen, die Treppe hinauf. Außer Atem kam sie nach Haus. Sie sah

Licht in Jaros Zimmer, ging aber schnell in ihr Zimmer, schaute nach der schlafenden Alenka, zog sich aus und sprang ins Bett. Die Tür ging auf und Jaro fragte: „Na, wie war es? Haben sie gut gesungen? Erzähl mal.“ Und so kam es, dass Martha wieder anfing zu weinen. Jaro kam zu ihr, nahm sie in die Arme, und sie schluchzte so laut, dass Alenka aufwachte. Es kam alles aus Martha heraus, was sie in den letzten Jahren bedrückt hatte. Sie konnte nach der Geburt Alenkas nicht mehr ihr früheres Gewicht bekommen, sie fand sich nicht mehr attraktiv, zu alt, das Nicht-Essen machte sie sehr nervös und trotzdem wog sie kein Gramm weniger, sie gehörte zum alten Eisen, und so ging es weiter.

Langsam sagte Jaro: „ Du bist gerade 40, was müsste ich dann sagen, da müsste ich mich umbringen.“

„Ja aber du hast deine Klientinnen, die dich anbeten, und die Sekretärinnen, und ich bin die ganze Zeit zu Hause mit dem Kind.“ Sie war ganz einfach nicht zu beruhigen. Jaro gab ihr ein Schlafmittel und nahm Alenka zu sich in sein Zimmer.

Das Gefühl Herbert gegenüber nahm von Tag zu Tag zu. Martha konnte sich dem nicht mehr entziehen. Sie trafen sich oft in Marthas Wohnung, wenn sie den Mädchen frei gab und Alenka mit sich selbst beschäftigt war. So ging es fast ein Jahr. Marthas Leidenschaft wurde immer größer, und auch Herbert war dem Charme und die Schönheit der jungen Frau ganz verfallen. Eines Tages beschloss er, den Vorschlag zu machen, sie beide verlassen ihre Familien und fangen irgendwo im Ausland ein neues Leben an. Zuerst war Martha völlig aus dem Gleichgewicht geraten, aber nach einigen Monaten sah sie selbst keinen anderen Ausweg mehr, und so kam der Tag, an dem sie ausgemacht hatten, die Familien zu verlassen. Martha konnte nächtelang nicht mehr richtig schlafen, und an dem Morgen meinte Jaro, sie sollte doch nach Stolpen zur Hilde fahren, sie schien ihm so anders zu sein und so sehr nervös. Sie schrie Alenka ohne Grund pausenlos an, und alles fiel ihr aus den Händen. Es war ausgemacht, dass Herbert um elf Uhr vormittags sie holen kommt. Sie hatte ihren Koffer schon heimlich gepackt, und er stand unten im Keller. Zehn Minuten vor Elf bat sie das eine Dienstmädchen, sie möge ihr Alenka in den Salon bringen, die Türen von außen zusperren und den Schlüssel bis zum Abend behalten. Sie kann dann frei haben und die andere auch.

Wenn jemand kommen und nach ihr fragen sollte, ist die gnädige Frau nicht zu Hause. Bevor ihr Mann nach Hause käme, bat sie, die Tür wieder aufzuschließen. Das Dienstmädchen machte alles, wie es ihr befohlen wurde. Martha saß im Salon, Alenka fest in den Armen haltend, und weinte sich die Seele aus. Das kleine Mädchen spürte, dass etwas nicht in Ordnung war und rührte sich bis zum Abend nicht, kein Weinen, kein Schreien, nichts. Martha hat sie gefüttert und gewickelt, und das Kind schlief wie ein Engelchen. Wie wenn sie gewusst hätte, dass ihr dieser Tag die Mutter wieder schenkte! Am Abend wurde die Tür aufgeschlossen und die Dienstmädchen bereiteten ein Abendessen für die Familie. Milo kam ganz verschlafen aus seinem Zimmer und merkte die Blässe seiner Mutter gar nicht. Als Jaro sich müde zum Tisch setzte, sah er Martha an und meinte: „Heute sollten wir einen besonders guten Wein aufmachen, und auf unser aller Wohl trinken. Ich habe darüber nachgedacht, wir sind trotz allem eine sehr nette, liebe Familie, was meinst du Milo? Willkommen zu Hause!“ Und er prostete Martha mit einem Lächeln zu.

„Was wusste Jaro?“, dachte Martha. Hat er vielleicht den Koffer gesehen? Hat er überhaupt im letzten Jahr etwas bemerkt? Wenn ja, wieso hatte er nie etwas gesagt? Vielleicht dachte er, Herbert sei noch älter als er und könnte nicht wirklich als Konkurrenz gesehen werden. Oder er wusste von vornhinein, dass es beide nie geschafft hätten, ihre Familien zu verlassen. Seine Menschenkenntnis war eben unübertroffen. Papi war die ganze Zeit nach dem Krieg mit dem Aufbau seiner Betriebe beschäftigt. Seinen 65 Geburtstag feierte seine Belegschaft gebührend und übergab ihm ein schönes Album mit Fotos von allen Angestellten und Arbeitern, von seinen Betrieben und seinem Werdegang. Auch seine Steckenpferde kamen darin nicht zu kurz. Papi freute sich sehr, zumal in der Familie die Feier recht bescheiden ausfiel, weil keiner Zeit hatte und es Mami und Lojzl nicht nach Feiern zumute war. Das erste Mal in seinem Leben war Papi wirklich stolz auf sich selbst und darauf, was er geleistet hatte. Das erste Mal, dass er auch mit sich selbst und seinem Leben zufrieden war. Wenn Dagi die Kanzlei von Jaro übernehmen würde, dann könnte Milo vielleicht seine Betriebe übernehmen. Über Lojzl dachte er schon lange nicht mehr nach. Trotz seines großen Vermögens - und dieses vergrößerte sich nach dem Krieg noch weiter - lebte er selbst ziemlich bescheiden. Sein ganzer Luxus waren 20 maßgeschneiderte Anzüge und seine teure goldene Uhr, die er mit der Goldkette in seiner Uhrentasche in der Weste trug.

Er konnte die verschwenderische Art der jungen Leute überhaupt nicht verstehen. Als er das Gefühl hatte, durch neue gute Geschäfte zu viel Geld verdient zu haben, spendete er einmal einen großen Betrag für die Renovierung der Oper, obwohl er selbst diese Art von Musik überhaupt nicht schätzte, aber er wusste, wie gerne Martha und Jaro die Oper besuchten.

Und als die Brünner Messe eröffnet wurde, finanzierte er den Bau der ersten Pavillons mit. Das war ja dann seine gute Tat für die Allgemeinheit.

Mami war nach dem Krieg noch ruhiger geworden. Sie flüsterte fast nur noch, aber immer noch laut genug, um Papi in kürzester Zeit auf die Palme zu bringen. Wie wenn sie beide ohne diese ständigen Streitereien nicht mehr leben könnten. Wenn es zu heftig geworden war, ging er ins Kaffeehaus und sie ins Kloster. Sie ging auch jeden Abend zum Segen in die Kirche und sonntags natürlich zur Messe. Lojzl hat sie die meiste Zeit begleitet. Da seine nervliche Konstitution kein Studium mehr erlaubte, war das Drängen von Mami, dass er ins Alumnat gehen sollte, keine große Hürde. Der Traum von Mami war es immer, wenn schon sie nicht Klosterschwester werden konnte, dass ihr Sohn Priester würde. Sie hätte sich aber nie getraut, es Papi zu sagen, erst jetzt, als allen klar war, dass Lojzl nervlich krank war. Da auch alle Heiratspläne geplatzt waren, stand der Priesterausbildung nichts mehr im Wege.

Das Alumnat war gleich in der Nähe, und Mami konnte Lojzl immer wieder besuchen. Das war allerdings eigentlich nicht gestattet. Da aber Mami sowohl den Klosterschwestern als auch dem Alumnat ohne Papis Wissen beträchtliche Beträge zukommen ließ, konnte sie ab und zu mit Lojzl in dem schönen Garten des Alumnats spazieren gehen. Der Garten war umgeben von sehr hohen Mauern, da er in der Mitte der Stadt war. Niemand konnte hineinschauen. Der Garten wurde zur Oase der Ruhe und Schönheit. Lojzl erklärte sich schon am Anfang bereit, bei der Gestaltung und Pflege des Gartens mitzumachen, und dort verbrachte er die schönsten Stunden. Natürlich durften die Eltern davon nichts wissen, dass gerade das, was sie immer versucht hatten zu verhindern, jetzt hinter der großen Mauer passierte: Lojzl als Gärtner. Aber er selbst war glücklich dabei. Er musste keine fremden Frauen mehr in die Oper ausführen, musste keinen Sport treiben und keine von ihm gehassten gesellschaftlichen Verpflichtungen mehr wahrnehmen. Der Unterricht war interessant, und da er leicht lernte, war es für ihn keine Anstrengung. Seine ruhige, stille Art passte gut in die Atmosphäre des Alumnats und bald respektierten ihn nicht nur die Studenten, sondern auch die Lehrer. Er war immer hilfsbereit, scheute nie eine Arbeit und war zu allen freundlich. Für jemanden mit seiner Herkunft war das keine Selbstverständlichkeit. Keiner wusste, dass diese Zeit, fort von den Eltern und den täglichen Quälereien, aus ihm einen überglücklichen Menschen machte. Er war der Einzige, der keine Freizeit wollte, um Eltern oder Freunde zu besuchen.

Diese gab es nicht und es reichte ihm, wenn er die Eltern zu Geburtstagen und Weihnachten sah. Wie gerne kehrte er dann wieder ins Alumnat zurück! Im Stillen hatte er den Traum, eines Tages eine Pfarre in irgendeinem kleinen Ort in den Bergen, die ihn an die Steiermark erinnerten, zu bekommen. Aber jetzt genoss er sein Leben, das erste und letzte Mal, wie sich zeigen sollte.

Papi wäre so gerne in den Ferien wieder in die Steiermark gefahren, aber die viele Arbeit nach dem Krieg machte es ihm unmöglich. Und Mami allein nur mit Lojzl wollte nicht fahren. Und so korrespondierte Mami mit ihren Verwandten, schrieb lange Briefe und wollte wissen, was es alles so in ihrer Heimat Neues gab. Ihr Bruder hatte keine leichte Zeit, und das Geschäft ging nicht besonders gut, da ihm viele Leute seine Tätigkeit während des Krieges vorhielten. Die Villa wurde von der englischen Besatzung bewohnt. Nur Fefl, die Freundin von Martha, mit der sie in der ersten Klasse gewesen war, bevor sie nach Salzburg gegangen war, wohnte mit ihrer Familie im Erdgeschoss, und sie tat alles, um das Haus zu beschützen. Mit wenig Erfolg, wie sich zeigte. Die Offiziere kannten keine Kachelöfen, also machten sie sich das Feuer direkt am Parkettboden. Fefl und ihr Mann stellten das Mobiliar der Familie in zwei Räume, aber das hinderte die englischen Herren nicht, die schönen Kleider, Dirndln und Wäsche an ihre Herzensdamen zu verschenken. Fefl war verzweifelt, konnte sich aber mit der Besatzungsmacht nicht anlegen. Sie kümmerte sich rührend um das Haus und den großen Park. Sie vergaß nie, was Papi für sie getan hatte.

Da Mami immer gerne Dienstmädchen aus der Heimat hatte, war Fefl als junges Ding nach Brünn gekommen. Sie freute sich, mit Martha zusammenzukommen, aber wie enttäuscht war sie, als sie erfuhr, dass Martha in Dresden lebte! Dazu kam noch die unerträgliche Art wie Magda mit dem Personal umging. Nach ein paar Monaten, als sie es nicht mehr aushielt, bat sie Papi auf Knien, er möge sie zurück in die Steiermark bringen. Das tat er auch. Als sie nach einiger Zeit verzweifelt nach Brünn schrieb, dass sie schwanger wäre, der Vater des Kindes sie aber nicht heiraten wolle, beschloss Papi kurzerhand, in die Steiermark zu fahren. Er blieb einige Tage dort, redete kurz mit dem Freund von Fefl, organisierte eine Hochzeit und übergab den jungen Leuten das Untergeschoß der Villa zum Wohnen. Fefl war überglücklich. Und genau das hat sie Papi das ganze Leben nie vergessen und blieb der Familie durch alle Widrigkeiten treu ergeben. Sie blieb bis ins hohe Alter wie ein Fels in der Brandung und oft die Einzige, die zu der Familie hielt. Mit ihren zwei Kindern hatte sie große Freude, und Helli, die Tochter, freundete sich später mit Dagi an. In den schweren Zeiten war Fefl diejenige, die immer brieflichen Kontakt mit Magda aufrechterhielt, und sie half später den Enkeln von Magda, wo sie nur konnte. Ein aufrichtiger, bodenständiger, wertvoller Mensch. Sie musste nicht nur gegen die Umstände bei der ihr anvertrauten Aufgabe kämpfen, sondern auch noch gegen die Verwandtschaft von Magda. Und das wollte etwas heißen.

21. KAPITEL: DIE WENDE

Onkel Franz, Jaros Bruder, kam aus der russischen Gefangenschaft zurück. Bis auf die Knochen abgemagert, mit zerrissener Kleidung fiel er ins Bett, und hohes Fieber hatte den ausgemergelten Körper im Griff. Das magere Gesicht dominierten die stechenden Augen. Der zur Hilfe geholte Arzt stellte nur fest, er brauche Ruhe, und man möge ihn langsam wieder mit richtiger Nahrung aufbauen. Über ein Jahr sprach Onkel Franz kein Wort, auch nicht mit seinem geliebten Bruder. Als er sich körperlich einigermaßen erholt hatte, fing er an, ein Buch über seine Gefangenschaft zu schreiben. Der Arzt hielt es für eine hervorragende Therapie. Erst nachdem auch die psychischen Narben verheilt seien, wäre an eine Rückkehr in die Schule als Professor zu denken. Obwohl er neben dem Speisezimmer wohnte, und immer durch die Räume der Familie hindurch musste, sah man Onkel Franz nur ganz selten. Martha ließ ihm das Essen ins Zimmer bringen. Wenn er aber einmal aus der Wohnung ging, musste er durch das Vorzimmer, wo die kleine Alenka ihre Spielecke hatte. Kaum hörte sie die Schritte und sah dann die Tür zum Speisezimmer aufgehen, versteckte sie sich hinter den großen Lehnstuhl, denn vor nichts hatte sie mehr Angst als vor Onkel Franz mit seinem düsteren Blick und dicken Schnurrbart. Onkel Franz war so mit seinen Problemen beschäftigt, dass er kaum merkte, dass die Familie in seiner Abwesenheit noch Zuwachs bekommen hatte. Aber auch die älteren Kinder gingen Onkel Franz aus dem Weg. Er war schnell beim Kritisieren ihres Benehmens, und als er aufgefordert wurde, Milo Nachhilfestunden zu geben, war die ganze Wohnung voll Spannung. Milo lernte freiwillig so viel, dass er die Hilfe des Onkels nicht oft beanspruchen musste.

Das Leben hatte sich in den wenigen Jahren seit dem Krieg sehr schnell normalisiert. Der Wiederaufbau der zerbombten Bezirke und Häuser ging schnell voran und die Geschäfte wurden wieder gut mit Ware beliefert. Jaros Familie freute sich über die Entscheidung im Land zu bleiben, und Papi machte Geschäfte wie nie zuvor. Sein Imperium wuchs und wuchs, ohne dass er sich viel bemühen musste. Aber auch die Kanzlei von Jaro lief prächtig, er kaufte eine Immobilie nach der anderen, von wertvollen Gemälden ganz zu schweigen. Die Malerei war neben der Musik sein Steckenpferd, es freute ihn, dass Milo so eine beeindruckende Begabung fürs Zeichnen hatte. Auch wenn Milo sonst in den Augen seines Vaters ein Nichtsnutz war, denn die moderne Musik zählte bei Jaro nicht, so beeindruckte ihn doch das Zeichnen sehr.

Bei den Schulwettbewerben gewann Milo fast immer den ersten Preis. Jaro störte nur, dass Milo diese Begabung nicht von ihm, sondern vom Schwiegervater geerbt hatte. Dennoch, schlimmstenfalls konnte sich sein Sohn als Maler durch das Leben retten!

Im Herbst ´47 traten vereinzelt Nachrichten auf, dass die Wahlen Anfang des nächsten Jahres gefährdet seien. Man sprach von einer kommunistischen Untergrundbewegung, der sich angeblich immer mehr Menschen anschlossen. Jaro und seine intellektuellen Freunde lieferten sich stundenlange Gespräche und hitzige Diskussionen über die Möglichkeit, dass die Kommunisten die Regierung übernehmen könnten. Jaro tat diese Gerüchte immer als Hirngespinste und die meisten Berichte als lächerlichen Tratsch ab. Ende des Jahres verließen einige der bekannten Familien die Stadt. Sein Freund schrieb ihm aus Wien und bot ihm nochmals die Partnerschaft in seiner Kanzlei an. Jaro lehnte wieder ab. Als er mit Papi darüber sprach, waren beide der Meinung, dass das Kulturerbe ihres Volkes es nie zulassen würde, unter die Knute der Kommunisten und damit natürlich in eine Abhängigkeit von Russland zu geraten. „Bei den vielen klugen Köpfen, die unser Land hat, ist das ein Ding der Unmöglichkeit“, meinte Jaro. Papi war wenig beunruhigt, denn seit es im Land zu brodeln begann, wollte Mami unbedingt in die Steiermark fahren, und empfahl Papi mitzufahren, um wenigstens einen kleinen Teil seines Vermögens dort anzulegen. „Das Geld bleibt in meinem Land“, rief Papi aufgeregt - in einem anderen Ton konnte er mit seiner Frau überhaupt nicht mehr sprechen – „Denn das Land braucht es, und ich als treuer Bürger bin verpflichtet, es zu unterstützen.“ Und in die Steiermark würde man dann fahren, wenn Lojzl mit der Ausbildung fertig sei und hier im Land der Wiederaufbau abgeschlossen sei. Dann erst könnte man Urlaub machen, wie es sich für anständige Bürger gehörte!

Die Wahlen wurden für Februar festgesetzt, die Stimmung im Land glich einem Kesseltreiben. Im Jänner verließen weitere Bekannte die Stadt. Jaro war sich nicht mehr ganz so sicher. Aber er verdrängte seine

Zweifel und Ängste, war er doch vom Sieg der Vernunft und der Klugheit seiner Mitbürger überzeugt. Martha betrachtete die Situation mit sehr gemischten Gefühlen. Sie musste einerseits zu ihrem Mann stehen, andererseits merkte sie plötzlich, dass sie nicht mehr so freudig aufgenommen wurde, wie noch vor einem halben Jahr. Aber sie wollte mit ihren Vermutungen Jaro nicht weiter belasten und machte, wie so viele, die Augen zu.

Im Februar gewann die kommunistische Partei mit überlegener Mehrheit die Wahlen. Im Land brach die Panik aus. Viele verschwanden noch schnell über die Grenzen, die aber sofort hermetisch abgeriegelt wurden.

Milo nützte die allgemeine Verwirrung in der Familie und packte einen Rucksack, nahm Saxophon und Klarinette und floh mit seinem Freund Robert, dem Gitarrenspieler, Richtung österreichische Grenze. Die Patrouillen waren aber schon so zahlreich, dass das Flüchten sehr schwierig war. Die beiden Burschen pirschten sich in der Nacht an die Grenze und wollten durch ein Dickicht zum Grenzzaun. Was sie nicht wussten, war, dass hinter dem Dickicht eine kleine Wiese bis an die Grenze reichte, und dort die Soldaten mit ihren Hunden auf und ab marschierten. Als die Beiden es merkten, war es zu spät. Robert rannte vor, Milo hinter ihm her. Beim Laufen verlor Milo die Klarinette, ohne die konnte er doch unmöglich im Westen ein neues Leben anfangen! Er lief zurück, um das Instrument aufzuheben. In dem Moment griff jemand nach seiner Hand. Er sah noch Robert über den Zaun springen, und dann konzentrierten sich die Taschenlampen nur noch auf ihn. Er wurde ins Gefängnis gebracht und Jaro hatte alle Mühe, seine noch vorhandenen Bekannten einzuschalten, um Milo frei zu bekommen. Das Gespräch zwischen Vater und Sohn muss ziemlich scharf gewesen sein, denn als Milo nach Hause kam, war seine einzige Sorge, die Klasse in der neuen Schule fertig zu machen und mit Matura abzuschließen. Das war der Beginn seiner Lebensreife. Allerdings nur der Beginn.

Eines Tages kam Martha in Milos Zimmer, weiß im Gesicht und völlig außer Atem. Sie hatte mit ihrer Freundin telefoniert, der Maria, der Frau vom Dr.Alisch, Jaros bestem Freund. Sie hatte erfahren, dass ihr Sohn Zdenek, der mit Milo jahrelang befreundet war, verhaftet worden war. Maria verabschiedete sich von Martha, denn sie musste ganz schnell fort. Maria hatte sich am Widerstand beteiligt und hatte mit Hilfe ihrer Freunde und den Schülern in der Klasse ihres Sohnes, Flugblätter verteilt. Die Flugblätter forderten zum Widerstand gegen die Kommunisten auf. Maria fand man nicht, jedoch die halbe Klasse ihres Sohnes, in der auch Milo Schüler gewesen war, bevor ihn Jaro vor einem Jahr herausgenommen hatte, wurde verhaftet. Martha war der Ohnmacht nahe. Die Vorstellung, dass ihr Sohn unter den Verhafteten wäre, und damit bereits das zweite Mal im Gefängnis, nahm ihr die Luft. Auch Milo fing am ganzen Körper an zu zittern, denn diesmal war es noch etwas anderes als der versuchte Grenzübertritt. Nun war es ein Teil eines verbrecherischen Komplotts. Was für eine Wut hatte Milo damals auf seinen Vater gehabt, der ihn vor der ganzen Klasse blamiert hatte, und wie dankbar war er ihm jetzt!

Maria floh nach Rhodesien, wo sie eine Hühnerfarm betrieb.

Viele Jahre später wurde sie von einem Einheimischen ermordet. Ihr Sohn Zdenek, den sie angestiftet und herzlos verlassen hatte, bekam „Lebenslänglich". Er kam wegen guter Führung mit 55 Jahren frei, ein gebrochener, kranker Mann.

Dagi kehrte sofort nach dem Umsturz von Prag zurück. Als sie hörte, dass man die Kanzlei ihres Vaters geschlossen hatte, wusste sie, dass die Eltern sie dringend brauchen werden. Sobald sie nach Brünn kam, schrieb sie sich an der juristischen Fakultät ein, denn sie hatte nur noch drei Prüfungen zu machen, um das Studium zu beenden. Vater meinte, das Zusperren seiner Kanzlei wäre nur vorübergehend; wenn die Vollstrecker sähen, dass er über zwei Millionen Ausstände in offenen Rechnungen hatte, würden sie die Kanzlei sofort wieder öffnen, weil sie sehen könnten, dass er immer den armen Menschen – also der Arbeiterklasse, geholfen hatte.

An der juristischen Fakultät lernte Dagi Hannes kennen. Er war auch fast schon mit seinem Studium fertig, war ein sehr gut aussehender junger Mann, der eigentlich den Filmstars aus Hollywood, deren Fotos Dagi noch immer sammelte, ähnlicher sah als einem Jurastudenten. Er war sehr sportlich und charmant. Und er ließ sie ihren jüdischen Freund, der sich rechtzeitig in den Westen abgesetzt hatte, vergessen.

Dagi traute sich lange Zeit nicht, Hannes mit nach Hause zunehmen, denn sie kannte Vaters Einstellung, aber die Zeit war für die Familie so turbulent, dass Jaro eigentlich keine Einwände mehr hatte. Hannes fügte sich sehr gut in die Familie ein, und Jaro schätzte sehr, dass er politisch auf der gleichen Seite stand wie er selbst, und, ganz wichtig, dass er Karten spielen konnte. Hannes musste einrücken, aber jeden Abend flüchtete er über die Sanitätsstation ins Freie, um Dagi, zu besuchen. Beim Kartenspielen mit Jaro gab es jeden Abend eine neue Strategie, wie die ganze Familie über die in der Zwischenzeit mit Elektrostrom und Minenfeldern verriegelten Grenzen flüchten könnte. Es gab sogar eine Flugzeugkonstruktion, die mit einer Milchkanne voll Sprit, die Familie in Sicherheit bringen sollte.Jeden Abend versicherte Jaro der Familie, es werde sich bald„umdrehen“. Er gab den Kommunisten ein bis maximal zwei Jahre, dann wären sie weg vom Fenster. Nur nicht Paniken, Nerven bewahren.

Seine erste Inhaftierung erfolgte ein Jahr später, kurz vor Weihnachten. Alenka wurde schwer krank. Jaros Sekretärin kam am Heiligen Abend vorbei, um zu sehen, wie es der Familie ging.

Sie nahm Alenka auf den Arm und ging mit dem in Decken gewickelten fiebernden Kind in den Salon, wo der schöne Christbaum aufgestellt war. Die zwei Älteren saßen traurig vor dem Christbaum, und als Martha eintrat, stürzten sie sich auf sie, jeder von einer Seite, und so stützte jeder den anderen, und nur Alenka zu Liebe lächelten sie dann auch. Das Kind war viel zu krank, um irgendetwas mitbekommen zu können, also war es ein sehr kurzer, trauriger Heiliger Abend.

Anfang Jänner wurde dann auch noch Martha zum Verhör geholt. Nach 14 Tagen, in denen es ihr gelang, die Polizeibeamten davon zu überzeugen, dass sie weder mit den Deutschen kooperiert hatte, noch selbst eine Deutsche war, wurde sie nur entlassen, weil sie das kleine Kind hatte. Ende Jänner durfte Jaro nach langen Verhören, die für die Behörden nicht wirklich erfolgreich waren, nach Hause. Man versuchte, so wie bei Martha, ihm die Kollaboration mit den Deutschen anzuhängen. Zuerst einmal erfolglos.

3000 Familien waren auf der schwarzen Liste, und viele davon befreundete oder bekannte Familien. Man konzentrierte sich auf vermögende Menschen, Intellektuelle und Deutsche. Da Jaros Familie von all dem etwas hatte, war die Konzentration auf seine Familie besonders stark. Als Jaro aus der ersten Haft zurückkam, war sein erster Kommentar: „ Das kann so nicht weiter gehen, es wird sich bald alles umdrehen“ - sein Lieblingswort. „Die Amerikaner werden nicht lange zusehen, wie in diesem Land Menschenrechte missachtet werden.“ Richtig, sie sahen ganz einfach weg. Alle hofften, dass beim Abschluss des Vertrags in Österreich auch Tschechien befreit würde, aber weit gefehlt. Die Amerikaner hatten andere Sorgen. Und die Russen hatten das Satellitenland schon viel zu fest in der Hand. Es war ja ein florierendes Land mit ausgebauter Schwerindustrie und ansehnlichen Uranvorkommen. Beim Uranabbau in der Jachymov Grube trug Jaro auch seinen Teil maßgeblich bei.

Papi hatte es leichter. Er konnte nachweisen, dass er unter Hitler eingesperrt war, und die Zeit Unter den Kastanienbäumen rettete ihn vor dem Gefängnis. Sein Barvermögen, das in der Bank deponiert war, wurde sofort beschlagnahmt, seine vier Betriebe und alle Häuser und

Grundstücke wurden mit sofortiger Wirkung konfisziert. Man schickte ihn mit 500 Kronen in Pension. Er betonte immer, wenn er Jemandem von seinem verlorenen Vermögen erzählte: „Eines hatten die nicht geschafft: Die 20 Anzüge hatte ich behalten!" Und auch den Garten in Komain, der später zum einzigen Refugium der Familie wurde.

Aber all das war für ihn nicht das größte Problem. Er machte sich Sorgen um seine Frau, die man jeden Tag abholen konnte, und um seine Tochter und ihre Familie. Er wusste, dass dies das größere Problem darstellte. Und er kannte Jaro gut genug, um zu wissen, dass sein Schwiegersohn niemals auf Kompromisse eingehen würde. Das bereitete ihm echte Sorgen. Und dann noch Lojzl. Das Alumnat wurde mit sofortiger Wirkung aufgelöst. Die meisten Lehrer und viele der Studenten wurden inhaftiert. Lojzl hatte nur Glück, weil er ein ärztliches Attest hatte, dass seine Nerven krank waren. An dem Tag, als sein Klassenlehrer und Priester den Studenten die Auflösung mitteilen musste, fiel die Welt für Lojzl endgültig in sich zusammen. Er konnte den Schock nur schwer überwinden und saß völlig regungslos noch stundenlang im leeren Klassenzimmer. Als dann ein Beamter der neuen Administration vorbei kam und ihn grob aus der Klasse werfen wollte, drehte er komplett durch. Er schmiss mit allem um sich herum, was er in die Hand bekam. Der Beamte holte Verstärkung, aber nicht einmal zu zweit konnten sie Lojzl bändigen. Erst als sie den Priester riefen, konnte dieser Lojzl etwas beruhigen. Man brachte ihn nach Hause, da das Alumnat ganz in der Nähe von der Wohnung seiner Eltern war. Als er zu Hause Mami erzählen wollte, was passiert war, bekam er den zweiten Anfall. Man musste die Rettung holen und von da an pendelte Lojzl zwischen der Nervenheilanstalt und zu Hause. Mit der Zeit stellte man Schizophrenie fest. Er bekam schwere Medikamente mit dem Resultat, dass er sich wie in Trance bewegte, völlig teilnahmslos, und unförmlich dick wurde. Trotz der Medikamente konnte es passieren, dass Lojzl einen Anfall bekam, der sich meistens gegen Papi richtete. Mami erlaubte nie, dass Lojzl länger als ein paar Tage im Spital blieb. Sie war so unausstehlich, dass Papi Lojzl gerne wieder heimholte. Wahrscheinlich hatte sie Recht mit ihrer Behauptung, dass die im Spital Lojzl noch kränker machten als er es war. Und das mit voller Absicht.

Die zweite Inhaftierung von Jaro erfolgte Anfang 1950. Diesmal für 21 Monate. Er wurde zuerst wieder in das Arbeitslager direkt in Brünn gebracht, dann in das Zwangsarbeitslager in Hodonin. Die offizielle Begründung lautete: „ Nach dem Gesetz wurde festgestellt, dass die Person die Volksdemokratie unseres Landes bedroht. Diese Feststellung basiert auf der Tatsache, dass sich die Person geweigert hat, sich den Bemühungen des arbeitenden Volkes für den Aufbau einzugliedern, und sie mit seinen verbalen Attacken, die das heutige System scharf verurteilen und damit die Einigkeit der Arbeitendenin ihrer Umgebung und eine positive Einstellung zum volksdemokratischen System, der Arbeitsmoral und den sozialistischen Anstrengungen unseres Volkes stört."

Alle seine Akten in der Kanzlei wurden überprüft, und man suchte vergeblich nach solchen, die eine Kollaboration mit den Deutschen beweisen würden. Dafür fand man unzählige Akten von jüdischen Klienten, die ja aber im sozialistischen Staat eine Ausnahmestellung innehatten.

In dieser Zeit der Inhaftierung wurde, mit sofortiger Wirkung, die Bank Merkur in Prag vom Staat übernommen, alle Häuser, Grundstücke und ein beträchtlicher Barbetrag wurden konfisziert. Man machte sich nicht einmal die Mühe, ein ordentliches Gerichtsverfahren oder eine Verurteilung abzuwarten.

Dagi und Hannes wurden, mit sofortiger Wirkung, von der Universität verwiesen. Sie, weil sie aus untragbaren politischen Verhältnissen kam, er, weil er mit ihr verlobt war. Sie musste ab sofort in einer Fabrik arbeiten, damit sie, wie es hieß,das Leben der arbeitenden Klasse erlernte. Jeden Samstag, wenn sie Mittag aus der Fabrik kam, ließ sie sich in ihren schönen grünen Lehnsessel fallen und lackierte ihre Fingernägel grellrot, was ja in der Öffentlichkeit verboten war. Sonntag am Abend musste der Lack wieder weg. Sie fügte sich in die neue Situation ganz schweigend, weil sie ja daran glaubte, was ihr Vater ständig verkündete, Kinder, das dauert nicht allzu lang. Als Vater inhaftiert wurde, war es natürlich für sie der gleiche Schock wie für den Rest der Familie, aber auch da dachten alle, es würde sich bald etwas ändern, und das Ausland wird nicht lange zusehen.

Milo legte seine Matura ab, betrank sich, kaufte Alenka einen kleinen goldenen Hund als Anhänger, da sie immer wieder alle marterte, ihr einen Hund zu schenken, und wartete ab. An ein Studium war nicht zu denken. Kinder aus politisch untragbaren Verhältnissen durften nicht mehr studieren. Milo hatte noch großes Glück, dass man ihn die Matura machen ließ. Die einzige Anstellung, die Martha über Bekannte für ihn bekam, war bei der Saubermacher Firma, die in der ganzen Stadt Abfall einsammelte. Da er den Führerschein hatte, durfte er mit dem Traktor fahren und auf den Anhänger die Mistkübeln ausleeren. Jeden Tag gab es eine andere Strecke und bald war sein Fahrzeug in der Stadt bekannt wie ein bunter Hund. Er hatte seine schöne Hirschlederjacke an, Vaters Borsolino Hut auf und eine Fliege um. Mit Lächeln im Gesicht und seine Lieblingsmelodien pfeifend zog er von Haus zu Haus. Bald zählte er zu den besten und schnellsten Mitarbeitern und durfte seine Strecken wählen. Er wählte die Bezirke, in denen hübsche junge Mädchen wohnten oder Häuser in Schulgegenden, und er freute sich jeden Tag auf den Anblick der jungen Mädchen. Martha litt unter all diesen Umständen, aber am meisten machte sie sich über die Zukunft ihres Sohnes Sorgen. Sie wurde sehr zornig, wenn Jaro immer wieder sagte, das schadet dem Jungen nicht, und bald wird sich alles wieder umdrehen, und dann kann er studieren, was er gerne möchte. Martha wusste, es lag an ihr, etwas zu unternehmen, sie wusste nur noch nicht was.

Dagi beschloss, zu Weihnachten zu heiraten, und baute darauf, dass man aus diesem Grund ihren Vater über Weihnachten nach Hause ließ.

Es war aber nicht die Heirat, sondern Jaros gesundheitlicher Zusammenbruch, der ihn heim kommen ließ. In der Haft in Brünn durfte er noch Schmutzwäsche sortieren, Abfall beseitigen, Kanäle und Badezimmer bauen. Da hatte er auch noch Einzelhaft. Als er nach Hodonin kam, musste er in einem Saal mit 23 Kleinkriminellen, die Hälfte davon Zigeuner, schlafen. Dort wurde ein Zigeunerfriedhof angelegt, an dem er mitarbeiten musste. Er bekam eine Lungenentzündung, und da in seiner Familie TBC vorkam, und er im ersten Weltkrieg einen Lungendurchschuß erlitten hatte, gab es Befürchtungen, dass sich sein Zustand verschlechtern würde. Dazu bekam er ein Magengeschwür, das ihm große Schmerzen bereitete und einmal zu inneren Blutungen führte. Er wurde ins Gefängnisspital eingeliefert. Dort brachte man ihn wieder auf die Beine, aber der Arzt empfahl der Gefängnisleitung, man möge ihn nach Hause schicken, damit die Genesung von längerer Dauer sein könnte. Also kam er vor Weihnachten nach Hause.

Alenka erkannte ihren Papa nicht und floh aus Angst in ihre Spielecke. Sie mied Jaro, wo sie nur konnte und fragte sich immer wieder, was wohl der fremde Mann bei ihnen suchte? Sie bekam einen Kanarienvogel, weil sie sich so sehr ein Tier wünschte. Das war so eine Aufregung für sie, dass sie an nichts anderes mehr denke konnte. Die Hochzeitstafel fand zu Hause statt, die meisten Restaurants waren geschlossen worden, da es sich um bürgerliche Einrichtungen handelte. Tante Boba mit ihrem Mann, und Onkel Franz mit seiner neuen Freundin Milada waren auch dabei, denn die fuhren nicht mit nach Prag. Auch die Großeltern mit Lojzl nicht.

Jaro bestand darauf, dass Dagi in der Teynkirche in Prag heiratete, so wie er und Martha. Also rief er seinen guten Freund Dr.Cypra an, der sich gerne bereit erklärte, die Familie bei sich zu Hause die Hochzeitstafel auszurichten. Einen Tag nach dem Heiligen Abend fuhr der Kern der Familie nach Prag in das Hotel Slovan, wo alle übernachteten. Dagi musste natürlich mit ihrem Bruder das Zimmer teilen und Hannes mit seiner Mutter. Die drei jungen Leute gingen also den Tag vor der Hochzeit noch einen bescheidenen Polterabend feiern. Nur wenige Bars waren geöffnet, und das modische Getränk war die „weiße Frau", ein Cocktail von unklarer Herkunft und fragwürdigen Inhalt. Milo trank mehr, als er vertragen konnte. Am frühen Morgen, als die Braut in den schönsten Tag ihres Lebens aufwachte und ins Bad ging, ohne Licht zu machen, trat sie direkt in den Mageninhalt ihres Bruders. Ihr Ekel und Zorn sorgten in der Familie für unglaubliche Heiterkeit. "Das bringt Glück", versicherten alle. Zuerst ging es zum Standesamt ins Rathaus am Altstädterring und dann in die Kirche. Milo fühlte sich hundsübel. Er konnte kaum auf den Beinen stehen, und als sie sich der Kirche näherten, wusste er keinen anderen Ausweg, als den Weihwasserbehälter als Klo zu verwenden. Gott sei Dank sah es niemand. Bei den Cypras legte man ihn auf ein Bett, und für ihn war die Hochzeit gelaufen.

Alenka hatte einen schönen Pelzmantel, der früher Dagi gehört hatte, und Tante Boba ließ ihr ein neues Kleidchen dazu nähen. Es war rosarot und hatte, was Martha hasste, am Kragen kleine weiße Plisseerüscherln. Alenka war begeistert, gerade diese Rüschen hatten ihr so gut gefallen. Als sie in Prag aus dem Hotel gingen, hatte Alenka diesen schönen Kragen über den Pelzmantelkragen gestülpt. Martha war außer sich. Das Kind musste unter Tränen den Kragen sofort unter den Mantel geben. "Ich bin nicht bereit, mit einem Kasperl zur Hochzeit zu gehen", meinte Martha streng. Als dann die Familie mit den Brautleuten aus dem Rathaus kam, und draußen der Fotograf schon wartete, um Hochzeitsfotos zu machen, nutzte Alenka die allgemeine Aufregung des Wer-Wo-Stehens und nahm den entzückenden Kragen wieder raus. Auf allen Hochzeitsfotos sah man das unfolgsame Kasperlkind. Die einzige, die von den Fotos begeistert war, war Alenka. Nur Tante Boba erfreute sich noch an dem Anblick ihrer geliebten Nichte auf den Fotos. Das frisch vermählte Ehepaar fuhr noch am selben Abend zum Skifahren ins Altvatergebirge, und der Rest der Familie mit dem kranken Milo nach Brünn zurück.

Alenka gewöhnte sich wieder an ihren Vater, und sie gingen miteinander spazieren oder in den Parks Schlittenfahren. Da Jaro sowohl beim Autofahren als auch beim Sport sehr unkontrolliert war, fuhr er auch mit Alenka nicht besonders vorsichtig die kleinen Hügel herunter. Bei einer solchen Fahrt war ihm der Schlitten aus der Hand geglitten und er baute einen Unfall. Sie flogen beide vom Schlitten in den Schnee, der Gott sei Dank tief genug war, sodass nichts Gröberes passiert war. Dass aber unter dem Schnee ein Glassplitter lag und der direkt die Oberlippe von Alenka aufschlitzte, war Pech. Jaro überwand den Schreck, legte Alenka auf den Schlitten und fuhr so schnell er konnte nach Hause, mit einer kleinenBlutspur hinter sich. Als er an der Tür stand, mit der noch immer blutenden Alenka in den Armen, war Martha einer Ohnmacht nahe. Sie versuchten beide, die Lippe zu reinigen und das Blut zu stillen. Entweder war es der Schmerz oder der Schock, Alenka gab keinen Ton von sich. Dass man das Kind ins Spital gebrachte hätte, um die Lippe nähen zu lassen, der Gedanke kam niemandem. Also musste Alenka das ganze Leben lang mit einer Narbe im Gesicht herumlaufen. Es blieb nicht die einzige Narbe.

Die Eheleute waren noch nicht aus den Flitterwochen zurückgekommen, als mitten in der Nacht wieder ein Polizeikommando anmarschiert kam. Sie holten Jaro ins Gefängnis, es hatte Anzeigen gegeben, dass es ihm schon wieder sehr gut gegangen sei. Es gab einen Wirbel, die fremden lauten Stimmen weckten Alenka auf. Sie sprang aus dem Bett und lief ins Vorzimmer. Zuerst sah sie nur die Lederstiefel der vier Männer, dann in der Mitte ihren Vater, halbangezogen, das blutgetränkte Hemd offen. Er konnte kaum noch gehen, sie trugen ihn bei der Tür hinaus, Mutter stand weinend an die Wand gelehnt. Alenka zitterte am ganzen Körper, traute sich aber keinen Laut von sich zu geben. Erst nach einer langen Zeit bemerkte Martha, dass ihre Tochter im Vorzimmer war. Sie trug sie in ihr eigenes Bett und schlief weinend mit ihr ein. Was sollte sie auch ihrer Tochter erzählen? Wie sollte sie so etwas einem kleinen Kind erklären?

Am nächsten Tag bekam Alenka hohes Fieber und war über eine Woche krank. Sie wollte, wie schon früher immer, nichts essen, und Martha hatte keine Geduld, sich auch noch um das ständig kranke Kind zu kümmern. Auf ihren Schultern lastete ein bisschen zu viel. Sie war glücklich, als die jungen Leute wieder zurückkamen und sie etwas Unterstützung hatte. Dagi und auch Hannes kümmerten sich vorzüglich um das Kind, und Alenka erholte sich langsam wieder. Ihre Ängste, die sie schon als ganz kleines Kind geplagt hatten, waren wieder zurückgekommen. Sie konnte nicht ohne Licht schlafen, schrie im Schlaf, wachte völlig durchnässt auf, einmal von Schweiß, einmal von Urin. Sie wachte fast jeden Tag am Boden auf, weil sie so einen unruhigen Schlaf hatte. Sie zuckte bei jedem lauten Wort oder einer zufallenden Tür zusammen. Martha bat Tante Boba, sich mehr um die Kleine zu kümmern, denn sie hatte das Gefühl, nur bei Tante Boba fand Alenka ihre Ruhe. Also holte Tante Boba Alenka jeden Tag nach der Schule ab und brachte sie am Abend wieder nach Hause. Nach einiger Zeit war Alenka wieder in Ordnung. Aber die anderen Dinge nicht.

Dadurch, dass das ganze Bargeld beschlagnahmt worden war, hatte Martha kein Geld zur Haushaltsführung. Man bekam sowieso nicht viel zu kaufen, aber es fehlte das Geld für die Grundnahrungsmittel. Die Pension von Papi reichte gerade, um die drei zu füttern, also musste Martha Dagi und Hannes bitten, ihr auszuhelfen. Es war am Anfang schrecklich für sie, denn sie war ihr Leben lang finanziell unabhängig gewesen, und jetzt musste sie um jeden Heller bitten.

Verkaufen konnte sie nichts, denn wer sollte Antiquitäten kaufen? Ihre Freunde hatten selbst nichts mehr, oder nur genug zum Überleben. Und den wenigen Freunden, die es nach der ersten Verhaftung von Jaro noch gab, ging es genauso schlecht wie ihr. Sie konnte es nicht glauben, dass so viele Menschen, die sie und Jaro jahrelang kannten, die fast täglich bei ihnen diniert hatten, denen sie so oft geholfen hatten und für die sie immer da gewesen waren, sich plötzlich von ihnen abwandten und so taten, als ob sie sie nicht kannten. Nicht nur das: Als das Regime immer härter wurde, sagten alle doch wirklich gegen sie aus und denunzierten sie.

Jaro wurde eigentlich nur verhaftet, um die Möglichkeit zu schaffen, an sein Vermögen zu kommen, weil man wusste, dass er für seine Familie sonst gekämpft hätte wie ein Löwe.

So wurde er aus dem Verkehr gezogen, und man konnte den Rest ohne größere Probleme oder Widerstände erledigen. Eines Tages flatterte ein Schreiben ins Haus, die Wohnung wäre unverzüglich zu räumen. Man bot an, die ganze Familie ins Grenzland zu befördern. Dort, wo Niemand hinwollte, Gegenden, die mit leeren Häusern der vertriebenen Sudetendeutschen übersäht waren, wo es keine Schulen gab, ganz einfach nichts. Martha war verzweifelt. Sie konnte nicht zulassen, dass die Familie in so einem Elend endete. Es reichte das, was war. Sie sprach mit Papi, und er bot ihr an, die drei Zimmer, die er als Büro benutzt hatte und die jetzt keine Verwendung mehr hatten, beziehen zu können. Martha war überglücklich. Sie, Hannes und Milo nahmen die Übersiedlung in Angriff, denn Dagi war schwanger und durfte nichts tragen oder heben. Den Rest besorgte die Armee. Da es unmöglich war, Möbeln aus einer Achtzimmerwohnung in drei Zimmer zu verfrachten, wurden vom Staat fünf Armeelastwägen und ein verlassener Hof im Grenzland zur Verfügung gestellt. Martha sortierte alles aus, was sie nicht brauchen konnte, und fuhr mit Alenka nach Krasonice. Das war vielleicht eine tolle Fahrt! Alenka durfte im Wagen stehen, den Kopf durch die Kommandanten Lucke heraus stecken, wenn Martha sie unten festhielt, und der Wind blies ihr durch die Haare. Sie verstand nicht, warum Mutter immerfort weinte. Am Hof wurden die Sachen in einen Stall abgeladen, die Soldaten, denen Martha offensichtlich Leid tat, halfen, wo sie nur konnten. Alenka bekam großen Durst. Martha ging zum Verwalter und bat ihn um etwas für das Kind zum Trinken. Er kam mit einem großen Topf Milch und lächelte: das ist Hahnenmilch. Keine der beiden wusste, um was es ging. Alenka hatte so einen Durst, dass sie mit einem Schluck die ganze Milch austrank. Als sie den Topf absetzte, wurde ihr schwindlig und nach wenigen Minuten erbrach sie sich. Es war Ziegenmilch, und der intensive Geschmack, den sie nicht kannte, die Strapazen und die angespannten Nerven der Mutter, machten das Kind wieder krank. Sie konnte später nie mehr irgendetwas essen, was nach Ziegenmilch roch.

Sie fuhren mit den Soldaten nach Hause, Alenka schlief während der ganzen Fahrt. Martha fragte sich im Stillen, was wohl als Nächstes kommen würde. Fünf Lastwägen hatten sie übersiedelt. Als sie und Jaro nach 25 Jahren ihre Möbel abholten, war ein Lastwagen groß genug, um die Sachen, die Großteils schwer beschädigt waren, zu verstauen.

22. KAPITEL: DAS GEFÄNGNIS

Jaro wurde in Haft genommen, aber Niemandem in der Familie fiel auf, dass sie selbst auch in einem Gefängnis saßen. Nach und nach wurde das ganze Land zu einem Gefängnis. Einmal im Monat durfte Martha ihren Mann besuchen. Sie nahm Alenka immer mit, da Niemand da war, um auf sie aufzupassen. Sie mussten mit dem Bus fahren und dann noch über eine Stunde zu Fuß zum Lager gehen. Der Stacheldraht, das Eisengitter und die bewaffneten Soldaten machten Alenka Angst. Sie sträubte sich jedes Mal mitzugehen, aber ohne Erfolg. Ihr Vater wurde ihr immer fremder, vor allem als er sich einen Schnurrbart wachsen ließ. Seine Haut war braun von der Arbeit in der Sonne, und er sah seinen Gefängnisbrüdern sehr ähnlich. Alenka saß die ganze Zeit auf der harten Bank im Eck, starrte auf den Boden und wartete, bis Martha und Jaro alles ausgeredet hatten. Martha drängte auf eine Lösung für Milos Studium, aber Jaro beharrte immer noch darauf, das hätte Zeit bis zu seiner Entlassung. Dann würde er sich darum kümmern, denn das Regime könnte sich in dieser Weise nicht lange halten. Martha konnte dieses Gerede nicht mehr hören. Am liebsten wäre sie gar nicht mehr zu Besuch gekommen. Später schickte sie dann auch immer Dagi ins Lager.

Die Übersiedlung in den ersten Stock zu ihren Eltern hatte Martha völlig erschöpft. Das ganze Leben hatte sie versucht, Abstand zu ihrer Mutter zu halten, und oft sahen sie sich Monate lang nicht, und jetzt musste sie mit ihr Küche und Bad teilen. In der großen Wohnung gab es gleich beim Eingang eine zweite Toilette mit einem kleinen Vorraum. Dort gab es ein Waschbecken und Platz für einen Schiffskoffer für die Sommer- beziehungsweise Wintersachen, und später für eine Waschmaschine. Es gab zwar nur kaltes Wasser und das Waschbecken sollte nur zum Händewaschen dienen, aber dort, beschloss Martha, wird ihr Badezimmer sein. Es genügte, wenn sie die Küche teilen mussten. Mami hatte einen kleinen Herd, Martha den großen. Beide hatten eine Kredenz für das Geschirr, Mami sperrte ihre Kredenz immer zu, weil Martha ja etwas entwenden könnte. Sie besaß auch eine richtige Abwasch, Martha musste das Geschirr in einem Trog waschen. Martha versuchte immer dann in der Küche zu sein, wenn Mami in ihr Zimmer ging. All diese Dinge waren eine zusätzliche Belastung für sie.

Als die Partei die Dienstmädchen abholen ließ und sie nach ihrer Beurteilung von Martha befragt wurden, hatten alle nur ein positives Zeugnis für Martha. Sie freute sich darüber vor allem deswegen, weil ihre akademischen Freunde sich so bösartig benommen hatten.
Sie beschloss sofort, alle Hausarbeiten selbst zu machen. Dagi half mit dem Aufräumen und beim händischen Wäschewaschen in der Hauswaschküche, bevor die Waschmaschine kam.

Alles andere besorgte Martha. Sie musste auch immer einkaufen gehen und stundenlang in den Schlangen stehen, um dann nur ein Kilo Mehl zu bekommen. Fleisch gab es nur einmal in der Woche, und so musste Martha, im Sommer und Winter, um vier Uhr aus dem Haus und sich in der Schlange anstellen, denn sonst gab es gar nichts. Als dann um acht Uhr geöffnet wurde und sie endlich dran kam, bekam sie nicht einmal ein halbes Kilo von minderwertigem Fleisch, von dem sie aber zwei Mahlzeiten für fünf Personen kochen musste. Gemüse bekam man auch fast nicht, und vor Weihnachten musste man schon Monate vorher Zitronen und Orangen sammeln. Durch die Planwirtschaft gab es auch bei anderen Artikeln Engpässe. Einmal gab es nur Nadeln, dann nur Zwirn. Dann lief die ganze Stadt zu einem Geschäft, weil es hieß, es ist Klopapier gekommen. Die Menschen waren permanent damit beschäftigt, irgendetwas für ihre Familie zu ergattern, egal ob sie es gerade brauchten oder nicht.

Die Hausmeister wurden zu ganz wichtigen Mitgliedern der neuen Gesellschaftsordnung. Sie mussten alle in die Partei eintreten und waren für die Partei die verlässlichsten Informanten.So auch die Slovaks.

Da Onkel Franz auch aus der Wohnung raus musste, und oben beim Papi für ihn kein Platz war, zog er zu seiner neuen Freundin Milada. Sie war ebenfalls Lehrerin, allerdings noch aktiv, und wohnte mit ihrer alten Mutter, einer Generalswitve, in einem kleinen Häuschen in einem Vorort von Brünn. Sie ließ ihn bei sich wohnen, weil er der Mutter versprach, Milada so bald wie möglich zu heiraten. Auf das Zureden der ganzen Familie hatte er sogar einen Termin für die Trauung geholt, seine russische Uniform, die er im Rucksack über halb Europa nach Hause geschleppt hatte, angezogen und sich fotografieren lassen. Am Hochzeitstag verschwand er, Keiner wusste wohin. Er kann drei Tage später nach Hause und beteuerte, er sei schwer krank gewesen und hätte ins Spital gemusst. Bald darauf starb die alte Dame. Onkel Franz heiratete Milada nie. Sie kam immer wieder zu Martha, um sich über ihn zu beschweren, aber es half nichts, er blieb, wie er war. Nicht einmal Jaro konnte ihn umstimmen. Eines winterlichen Tages ging Milada einkaufen, es war Glatteis, sie rutschte aus, fiel hin, mit dem Kopf auf den eisigen Boden, und stand nicht mehr auf. Onkel Franz wohnte bis zu seinem Tod in dem kleinen Häuschen. Alenka liebte das Häuschen und Tante Milada, denn sie erlaubte die Anschaffung eines Hundes, eines Foxlmischlings. Alenka kam einmal die Woche, wurde zuerst vom Onkel unterrichtet und durfte dann mit Boy im nahen Wald spazieren gehen. Für Alenka war das ein kleines Paradies.

Als Onkel Franz auszog, übernahm Herr Slovak dessen zwei Zimmer. Die Tür zum früheren Speisezimmer wurde zugemauert, und eine andere in den Gang hinaus durchgebrochen. Die Slovaks mussten so von ihren Schlafzimmern immer über den Gang zum Rest der Wohnung gehen, aber es freute sie, so eine große Wohnung zu haben. Im Haus geschah nichts, bei keiner Familie, ohne dass nicht der Segen des Hausmeisters eingeholt werden musste. Trotz all der widrigen Umstände, waren die Slovaks noch immer höflich und freundlich zu Martha. Und sie halfen, wo sie nur konnten, weil sie nie vergessen hatten, was Jaro für sie nach dem Krieg getan hatte. Eines Tages, nach einigen schlaflosen Nächten, kam Martha zum Herrn Slovak und bat ihn um ein Gespräch unter vier Augen. Sie war so aufgeregt, dass sie kaum Luft bekam. Mit gedrückter Stimme bat sie Herrn – oder

Genossen - Slovak um die Möglichkeit, in die Partei eintreten zu dürfen. Diese Idee gefiel Herrn Slovak überhaupt nicht. Nicht nur ihm! Nur die anderen, vor allem Jaro, wussten nichts davon. Er bat um Bedenkzeit, um sich die Sache zu überlegen. Aber die Verzweiflung Marthas war ihr so ins Gesicht geschrieben, dass er nach ein paar Tagen mit einem Anmeldeformular kam. Martha füllte es aus, log, wo sie nur konnte und übergab es Herrn Slovak. Innerhalb eines Monats wurde sie zum ordentlichen Parteimitglied. Als ihr Herr Slovak das Parteibuch in die Hände gab, zitterte sie wie Espenlaub. Der erste Teil ihres Kreuzzuges war vollendet.

Kaum kam ein wenig Freude auf, da bekam sie eine Nachricht vom Gericht, dass Jaro nun endgültig zu viereinhalb Jahren Freiheitsentzug verurteilt war. Sie sank auf den Sessel und versuchte, sich diese lange Zeit ohne ihn, nur mit den Kindern, Lojzl und Eltern, vorzustellen. Für so etwas war sie im Pensionat nicht vorbereitet worden. Aber sie kniff die Zähne zusammen und dachte: „ Ich muss durchhalten, bis Jaro wieder daheim ist."

Jaro wurde, mit sofortiger Wirkung aus Hodonin in die Urangrube Jachymov überstellt. Es war bekannt, dass von dort nur wenige wieder nach Hause kamen. Es gab weder Besuchsmöglichkeiten noch Heimurlaub. Jeder wusste, dass dies neben Pribram das schlimmste Arbeitslager war. In seinen Jahren dort wurde Jaro fünfmal ins Krankenhaus gebracht, einmal wegen Lunge, dann Magen, schließlich mit einem Herzinfarkt. Aber keine Aussicht auf Entlassung. Man brauchte offensichtlich so viele Jahre, um einen Grund zu finden, warum man ihn überhaupt inhaftiert hatte.

Für Martha war dieser Schlag die Bestätigung, dass das, was sie vorhatte, richtig war. Milo konnte unmöglich vier Jahre noch Abfall sammeln. Wenn schon Dagi das Studium nicht beenden durfte, war das schlimm genug, aber ein junger Mann ohne Studium war unakzeptabel. Sie wusste auch, dass sie diese Angelegenheit im Alleingang durchziehen musste, und wollte gar nicht daran denken, was Jaro dazu gesagt hätte.

Sie konnte sich nicht auch noch mit solchen Gedanken belasten. Sie ging also entschlossen zu Herrn Slovak und bat ihn als ihren Parteigenossen, ihr zu helfen, Milo auf irgendeine Universität zu bringen. Herr Slovak meinte kategorisch, dass dies in Brünn ausgeschlossen wäre. Prag war wegen Dagi auch nicht ideal, also einigten sie sich auf Pressburg. Vor allem weil die Slowaken nicht besonders gut mit der Brünner Polizei zusammen arbeiteten. Martha schickte Milo sofort nach Pressburg, wo er die Formulare für die Aufnahmeprüfung holen musste. Als Martha mit Milo die Formulare ausfüllte, schrieb sie eiskalt in die Rubrik Familienherkuft, Arbeiter. Sie wusste, das war die einzige Chance für Milo, die Universität zu besuchen. Sie ging zu Herrn Slovak, denn auch er musste seinen Segen dazu geben und etwas zögernd unterschrieb auch er das Formular, mit der Empfehlung, Milo aufzunehmen. Er fragte Martha nur, ob sie wisse, welche Konsequenzen dies hätte, wenn diese Lüge auffliegen würde. Aber Martha wirkte so entschlossen, dass er seine Bedenken fallen ließ.

Milo hatte die Aufnahmeprüfung bestanden, allerdings nicht, wie er wollte, für Architektur, sondern für Geologie, und da einen besonderen Zweig, die Hydrologie. Aber zu diesem Zeitpunkt war es ihm egal, er hätte alles studiert, nur um von seinem grässlichen Job wegzukommen. Da für Unterkunft kein Geld da war, musste er irgendwas finden, was nichts kostete. Er erfuhr von einem Studienkollegen, dass dessen Onkel ein kleines Gartenhäuschen besaß, das er nicht brauchte. Der erklärte sich bereit, es Milo zur Verfügung zu stellen. Im Winter stellte sich Milo einen kleinen Ofen hinein, aber die dünnen Holzwände waren kein großer Schutz. Milo hatte jeden Winter eine Angina nach der anderen. Man musste ihm die Mandeln ziehen, und auch seine kranke Lunge revoltierte gegen die Kälte. Aber er war so entschlossen, das Studium in kürzester Zeit zu beenden, dass ihm das alles nichts ausmachte. Er lebte die ganze Zeit mit der Angst, irgendjemand würde den Schwindel von seiner Mutter herausbekommen. Er wurde mit seinem Studium fertig, kurz nachdem Jaro aus dem Gefängnis zurückgekommen war. Martha hatte also Recht behalten, aber sie traute sich nicht, Jaro zu gestehen, unter welchen Umständen Milo hatte studieren dürfen. Auch Herr Slovak hütete aus verständlichen Gründen dieses Geheimnis.

Tante Boba ertrug es nur schwer, dass man Jaro so ungerecht und brutal behandelte. Sie liebte und bewunderte ihren Bruder und konnte nicht glauben, dass Andere nicht genauso von ihm begeistert waren.

Sie verabscheute alle diese Menschen, die ihm wehtaten, und litt unsagbar mit ihm mit. Ihr Herz war gebrochen, und sie hielt sich nur noch am Leben, um die Rückkehr Jaros aus dem Gefängnis abzuwarten. Sie wollte ihn noch einmal sehen. Dann hörte ihr tief verletztes Herz auf zu schlagen. Jaro war vom Tod seiner Schwester erschüttert, und da es ihm schwer fiel, über Gefühle zu sprechen, hatte er nur kurz und bündig die kleine Alenka vom Tod ihrer geliebten Tante informiert, und ließ sie dann allein. Das Kind bekam so einen Weinkrampf, dass man einen Arzt holen musste. Niemand hatte je mit ihr über den Tod gesprochen, und nun dies in Verbindung mit dem Menschen, den sie so innig liebte.

Sie wurde wieder einmal krank und konnte wochenlang nicht in die Schule gehen. Außer der Mami war weit und breit Niemand da, der sich des Kindes angenommen hätte. Und Mami war sicherlich nicht diejenige Person, die mit solchen Situationen hätte umgehen können.

Jaro kam nach dreieinhalb Jahren nach Hause, denn man hatte einfach keinen Grund gefunden, ihn noch länger zu inhaftieren, und man hatte ihm die ersten Gefängnisaufenthalte gutgeschrieben. Der Hauptgrund war aber wohl seine ramponierte Gesundheit. Als er heim in die enge Wohnung kam und sah, wie ärmlich seine Familie leben musste, hatte er keine Kraft mehr zum Leben. Er legte sich ins Bett und stand erst nach fast einem Jahr wieder auf, und das nur auf das ständige Drängen von Martha. Sie hatte all diese Jahre gewartet, dass ihr Mann nach Hause käme und sie im Kampf ums Überleben unterstützte, und dann kam er und blieb liegen! Am Anfang tolerierte sie es noch, aber nach einigen Monaten begannen ihre Quengeleien. Ihre provokante Art ihn aufzurütteln ging ihm maßlos auf die Nerven, das war das letzte, was er noch brauchen konnte, aber schließlich zeigte es Wirkung. Er stand auf und fing an sich zu überlegen, wie er seine Familie finanziell durchbringen sollte. Seine Gesundheit erlaubte es nicht schwere körperliche Arbeit zu tun, davon hatte er schon genug geleistet. Auch wollte er für Niemanden arbeiten als für sich. Also wurde er selbständig. Er fand eine Nische im System. Die Gärtner im Land litten genauso wie alle anderen unter der Planwirtschaft und oft wussten sie nicht, womit sie das kleine Stück Land, das ihnen noch übrig geblieben war, bebauen sollten. Also beschloss Jaro, im Garten in Komein Pflanzen zu züchten und die Samen an Gärtner zu verkaufen. Mit der Zeit lernte er in der Branche viele Menschen kennen, darunter auch einen Gärtner aus Österreich. Karl-Heinz kannte einen Beamten in einer Baumschule in der Nähe von Brünn. Ab und zu kam der ihn besuchen, und bei so einer Gelegenheit hatte er Jaro kennen gelernt. Dadurch, dass Jaro Deutsch konnte, hatte er anfangs übersetzt und später entstand eine Freundschaft zwischen den zwei völlig verschiedenen Männern.

Karl-Heinz tat viel für Jaros Familie und hielt seine beschützende Hand über sie, wo er nur konnte. Dafür versuchte Jaro ihm günstige Ware zu verschaffen, die er dann gut verkaufen konnte. Natürlich musste diese Freundschaft geheim bleiben.

Gerade als das Geschäft zu florieren begann, kamen die nächsten Katastrophen ins Haus. Frau Baronin May beschloss, aus Argentinien und Paris, wo sie über Jahre gelebt hatte, nach Brünn zurückzukehren, um ihr Vermögen zurück zu bekommen. Immobilien zurück zu erhalten war zwar bei jüdischen Bürgern nicht möglich, aber bei allem Anderen war es nur eine Frage einer guten Anwaltsvertretung. Die Parteibehörde stellte der Frau Baronin sofort einen Anwalt, den Dr.Susil, zur Verfügung. Dr. Susil war vor der Wende ein mittelmäßiger Jurist gewesen, der in einer bedeutungslosen Firma Abteilungsleiter gewesen war.

Natürlich kannte er Jaro und sah in dem Angebot eine Möglichkeit, für sein schnelles Vorwärts-Kommen als Anwalt des kommunistischen Regimes und zugleich auch für eine stille Rache an Jemandem, den er sein Leben lang beneidet hatte. Er nahm sich also der Angelegenheit von Frau Baronin mit allem Ernst an. Er konnte dabei auf ein positives Ergebnis für sie und die totale Vernichtung von Jaro und seiner Familie rechnen. Endlich hatte man nun einen Grund, Jaro weiter zu verfolgen. Die Baronin behauptete, sie hätte Jaro nie etwas geschenkt, von einem Honorar oder lebensrettenden Maßnahmen wüsste sie nichts, und das einzige, was sie wollte, war die Herausgabe aller Gegenstände, die ihr Jaro angeblich entwendet hatte. Die ganze Angelegenheit war einfach perfekt. Niemand aber rechnete damit, dass Jaro alle nötigen Unterlagen besaß, den Vertrag und die Zeugenaussage der Julie, und dass sich Jaro niemals geschlagen geben würde. Die Prozesse mit Frau May dauerten fast zwanzig Jahre. Die Ironie des Schicksals lag darin, dass Jaro in seiner ganzen Karriere nie ein Gerichtsverfahren verloren hatte, deswegen war er auch so begehrt gewesen. Seinen größten und längsten Prozess musste er am Ende seines Lebens führen – und verlor ihn.

Die Dame beschloss nach einiger Zeit, dass ihr das Klima im kommunistischen Land doch nicht so ganz zusagte, und übersiedelte nach Wien, wo sie bis zu ihren Ableben friedlich und angenehm in einem Hotel lebte. Ihr Tod änderte an der Situation gar nichts. Es wurden weiterhin Anzeigen, Gerichtsverfahren und Hausdurchsuchungen durchgeführt. Davon gab es vierundzwanzig, bei jeder wurde etwas konfisziert, auch wenn die Dinge nachweislich niemals der Baronin gehört hatten. Nach jeder Hausdurchsuchung, bei der meistens nur Martha und Alenka anwesend waren, wurden Beide tagelang krank. Die nervliche Belastung neben all den anderen Schikanen war einfach zu groß.

Dafür wurde der Zusammenhalt der Familie durch immer stärker. Wenn alle am Abend beim Essen saßen und jeder über seine negativen Erfahrungen des Tages berichtete, schafften es entweder Jaro oder Martha, die Dinge ins Lächerliche zu ziehen, sich darüber lustig zu machen, und meistens entlud sich die Anspannung des Tages im herzlichen Lachen. Der Witz und Humor der Eltern trugen die Familie durch eine Zeit der unbeschreiblichen Bösartigkeiten und Brutalitäten.

Kurz nachdem Jaro zurückgekommen war, bekam die Familie einen neuen Gerichtsbeschluss. Man musste innerhalb eines Tages die drei Zimmer der Sechszimmerwohnung von Papi räumen. Da man früher schon nicht bereit gewesen war, ins Grenzland zu ziehen, gab es diese Variante diesmal nicht mehr. Also wurden die drei Zimmer, die

Martha mit ihrer Familie bewohnen durfte, geräumt und die Genossen hatten die Möbel in die drei Zimmer in denen Papi mit Magda und Lojzl wohnten, wahllos hinein gestellt. Als Alenka eines Tages von der Schule nach Hause kam, fiel es ihr schwer, bei der Eingangstür hereinzukommen. Sie konnte nicht glauben, was sie sah: Der ganze Vorraum war mit Möbeln voll. Sie schlingerte sich durch die Sachen bis in die Küche, die auch mit Kleinkram voll angeräumt war. Am Sessel saß ihre Mutter. In der Hand hielt sie eine Nachttischlampe, sie war völlig teilnahmslos, rührte sich nicht und starrte auf den Boden. Als Alenka nahe zu ihr kam und sie umarmte, brach Martha in lautes Schluchzen auf. So hatte Alenka ihre Mutter noch nie erlebt. Sie hatte den Kampf aufgegeben. Das Kind spürte instinktiv, dass damit auch ihr Leben bedroht war, und versuchte mit allen ihr zur Verfügung stehenden Mitteln, Martha zu beruhigen. „Es wird alles wieder gut“, sagte sie wiederholt zu ihr. „Wir bauen einen Tunnel, und das wird dann lustig werden.“ Aber es half nichts. Schließlich lehnte sie sich an die Mutter und weinte mit ihr. Mami und Papi waren, wie in all diesen Situationen, in ihrem Zimmer eingesperrt, und als sie in die Küche kamen um Mittagessen zu kochen, sahen sie das neueste Elend, das ihrer Tochter widerfahren war. Papi sagte nur leise: „ Du darfst nicht aufgeben, du hast Familie.“ Nachmittags kamen dann die Jungen von der Arbeit, aber sie waren diesmal wirklich alle sprachlos und deprimiert. Was sollte man nun tun?

Tag für Tag, wenn Alenka aus der Schule kam, half sie Martha, die Möbel so zu schlichten, so dass immer mehr Platz entstand. Den Flügel hatten sie hinter einen Schrank im Vorzimmer quer gestellt, es spielte ja doch niemand, und das kleine Klavier stand ja noch irgendwo unter den Möbeltrümmern. Irgendwann würde sie es schon finden. Auf dem konnte man später spielen. Zum gegebenen Zeitpunkt konnte sich Martha nicht im Geringsten vorstellen, dass sie oder Jaro jemals wieder Klavierspielen würden. Die Genossen, die diesmal die Übersiedlung durchführten, hatten sicherlich die Anweisung bekommen, alles drunter und drüber zu stellen, ohne irgendwelche Rücksicht. Und so sah die Wohnung auch aus. Dagi und Hannes beschlossen, bei Tante Boba zu übernachten und blieben auch lange dort. Sie gingen jeden Abend durch den großen Park um in einem kalten Zimmer zu übernachten. Erst als es Martha mit Alenka gelang, durch immer neue Versuche die Möbel zu schlichten, und vieles auch am Balkon unter Planen unterzubringen, gab es schließlich die Möglichkeit, dass auch die Zwei ihren Raum zum Wohnen hatten. Es lebten also drei Familien, jeweils Eltern und ein Kind in drei Räumen, die die Möbel von sechs Zimmern zierten. Vier Generationen auf engstem Raum. Es gab für keinen von ihnen eine Möglichkeit des Rückzugs. Sie waren alles Menschen mit starken Persönlichkeiten und dem Drang zur Freiheit. Wie Martha so oft zu sagen pflegte: „Dass wir uns noch immer nicht gegenseitig umgebracht haben, grenzt an ein Wunder.“ Jaro fügte hinzu: “Die können uns alles wegnehmen, aber unseren Stolz, unseren Charakter und unsere schönen Erinnerungen nicht, genauso wenig wie unser Lachen.“

Papi und Mami hörten natürlich nicht mit ihren Streitereien auf. Er wollte noch immer Kartenspielen gehen, und sie wollte in die Kirche. Beides war offiziell verboten. Da Mami schon schwer ging, musste entweder Lojzl, wenn es ihm gut ging, mit in die Kirche, oder Klein-Alenka. Dem Kind wurde eingehämmert, sie dürfte mit Oma auf der Strasse kein Wort Deutsch reden. Nach einer gewissen Zeit wurden auch vor der Kirche Spitzel aufgestellt, aber da war Mami schon so gehbehindert, dass sie nicht mehr in die Kirche gehen konnte. Ebenso lebensbedrohend war es, wenn jemand westlichen Rundfunk hörte. Natürlich tat es die ganze Familie. Jaro fast nur Nachrichten, da er noch immer hoffte, jemand würde zur Hilfe kommen. Auch liebte er die Opernübertragungen aus der Wiener Oper. Mami aber saß beim Radio von aller Herrgottsfrühe bis in die Nacht und lebte in Gedanken nur in der Steiermark. Lojzl saß meistens neben ihr und schlief dann oft ein. Papi musste einkaufen gehen und war die meiste Zeit unterwegs. Das waren die Zeiten der Ruhe.

Lojzl hatte einige schrullige Angewohnheiten. Einmal war es ihm Bedürfnis, tagtäglich die Wanduhren aufzuziehen, obwohl einmal in der Woche gereicht hätte. Und sehr oft drehte er solange, bis die Feder kaputt war. Mindestens einmal im Monat musste man die schöne geschnitzte Jagduhr, die im Zimmer hing und die Küchenuhr zum Uhrmacher bringen. Das war eine Gelegenheit für Papi und Lojzl, sich lautstarke Duelle zu liefern. Was Lojzl als Kind und Jugendlicher nie konnte, sich Papi zu stellen und zurück zu brüllen, das gelang ihm mit zunehmendem Alter immer besser. Papis Stimme nahm mit dem Alter ab, Lojzl gewann an Resonanz. Lojzl genoss es auch, bei der Toilette zu stehen und dem rinnenden Wasser nachzuschauen. Stundenlang. Ohne Unterbrechung. Der Toilettenschwimmer hielt dies auch nur zeitbegrenzt durch. Aber was noch viel schlimmer war: Die Toilette war manchmal stundenlang besetzt.

Dagis Schlagen gegen die Tür und ihr Schreien, sie müsse ins Büro, half nichts. Also musste man zur zweiten Toilette und dem kleinen Becken mit Kaltwasser ausweichen. Es gab fast keinen Tag, wo sich solche Duelle nicht abgespielt hätten. So hatten die sonst so trüben Tage wenigstens ein spielerisches Element. Ab und zu, wenn Papi lang genug gereizt hatte, bekam Lojzl einen Wutanfall. Diese Anfälle waren nicht ungefährlich. Sehr oft musste die Rettung geholt werden, um ihn ins Spital zu bringen. Das wollte Mami aber möglichst verhindern. Weil sie wusste, dass Lojzl Alenka sehr liebte, benützte sie das kleine Mädchen, um ihn zu beschwichtigen. Lojzl war sehr stark, vor allem in seinen Anfällen; ein Schlag hätte Alenka umbringen können. Aber Mami riskierte dies gerne, nur um Lojzl bei sich behalten zu können. Martha und die Anderen erfuhren nie etwas davon, nicht einmal Papi war jemals Zeuge. Dies hätte sicherlich zu einer gröberen Auseinandersetzung geführt. Einmal schmiss Lojzl einen mit Eisen beschlagenen Stiefel gegen Dagis Kopf. Sie musste genäht werden, und das gab Mami so einen Schock, dass sie aufhörte, Alenka zum Beruhigen zu holen.

Mami wurde mit zunehmendem Alter immer skurriler. Sie hatte Verkalkung, wurde vergesslich, und sie hasste Martha immer mehr.

Alles was ihr nicht passte, war Marthas Schuld. Da die zwei die einzigen waren, die in der Küche täglich zusammenkamen, waren die Sticheleien von Mami am Tagesplan. Martha versuchte immer sofort, die Küche zu verlassen, aber sie hörte doch immer wieder die Gehässigkeiten. Zu all ihren Problemen auch noch diese unnötigen und rücksichtslosen Szenen ihrer Mutter. Jaro versuchte Martha immer zu beschwichtigen, Mami sei verkalkt und sei nicht ernst zu nehmen. Nur Martha war sich nicht so sicher, dass sich Mami nicht ihr gegenüber hinter der Verkalkung versteckte. Jedenfalls machte dies das Zusammenleben nicht gerade leicht. Eigentlich war Jaro der Einzige, vor dem sowohl Lojzl, als auch seine Schwiegereltern Respekt hatten. Wenn es Streitereien gab, griff er zwar selten, aber dann doch sehr bestimmt ein. Er hatte ja schon als Kind mit seinen Eltern so viele Erfahrungen in diesen Dingen gesammelt. "Warum sollte es in anderen Familie anders zugehen?", meinte er verschmitzt.

23. KAPITEL: KOMAIN – DER GARTEN EDEN

Die Schreckensherrschaft nahm kein Ende. Das Land wurde vom Westen hermetisch abgeschlossen, man wurde bespitzelt bei der Arbeit, beim Kirchengang, beim Radiohören. Es gab keine Lücke, in der die Menschen sich frei bewegen konnten. Die Angst regierte das Land, und die Denunziation feierte ihren Höhepunkt. Nur um sich selbst zu retten, waren die Menschen bereit, ihre Mitbürger anzuzeigen. Man traute sich kein Wort mehr öffentlich zu sagen. Das Traurige war, dass es sogar in den Familien nicht mehr sicher war, die eigene Meinung preiszugeben. Eine Zeitlang stand vor Jaros Haus ein Staatspolizist. Es wurde genau beobachtet, wer die Familie besuchte und mit wem sie Kontakt hatte. Die Berichte von Herrn Slovak reichten nicht aus. Besonders die politisch unzuverlässigen Familien wurden um jeden Preis umgeschult, und man brachte ihnen bei, wie die Arbeiterklasse leben musste. Herr Bata, der große Schuhfabrikant, hatte in Brünn vor dem Krieg ein damals ganz besonders modernes Haus gebaut. So große Schaufenster kannte man vorher nicht. In diese Schaufenster wurden nun die reichen Bauern und Grundbesitzer hineingesetzt, daneben Säcke mit Getreide oder Kartoffeln mit den Aufschriften, dies waren die Feinde des Regimes, die das Volk und Land bestohlen haben. Die so genannten Kulaks. Welche Menschen hatten sich solche erbärmlichen Strafen ausdenken können?

Die ganze Korrespondenz wurde zensuriert. Vor allem natürlich die Briefe aus dem Ausland. Die Geschwister von Mami schrieben alle paar Monate einen Bericht, was es Neues im Dorf und beim Haus gab. Mami fieberte diesen Briefen entgegen. Manch einer kam gar nicht an. Man versuchte Mami dazu zu bringen, dass sie ihr Haus in der Steiermark verkaufen sollte. Aber Jaro riet ihr - mit Erfolg, wie sich zeigte - die Dinge so zu drehen, dass man die Angelegenheit immer hinauszog.

Als Jaro heim kam, war der kleine Sohn von Dagi bereits zwei Jahre alt. Der kleine Robert wuchs in diesen beengten Verhältnissen auf, ohne auch nur einen kleinen Platz zum Spielen zu haben. Der einstige Vorraum zur Toilette diente teilweise als Kinderzimmer. Da Alenka acht Jahre alt war, als er geboren wurde, wuchsen die zwei wie Geschwister auf. Sie hatte zu ihrem kleinen Neffen so eine tiefe Zuneigung und Liebe, die sie mit den älteren Geschwistern nie verband. Robert war ein äußerst lebendiges Kind und es war unmöglich, ihn auch nur eine Minute allein zu lassen. Alenka wollte unbedingt, dass Martha mit ihr nach Jahren wieder einmal ins Kinderkino ging. Also bat Martha ihre Eltern auf den Vierjährigen die zwei Stunden aufzupassen. Als sie beide vom Kino nach Hause kamen, war alles eigenartig ruhig.

Martha lief in das Zimmer ihrer Eltern und blieb versteinert stehen. Mami lag in Ohnmacht am Boden, Lojzl saß erschrocken im Stuhl und Papi schrie wie am Spieß, hielt die Hand von Robert in seiner hoch. Robert wiederum hielt die Lampe vom Nachtkastentisch in seiner kleinen Hand und konnte sie nicht mehr loslassen. Die Lampe war alt und kaputt, das Eisen isolierte den Strom nicht mehr. Martha sprang zur Steckdose, zog die Schnur raus und versuchte vorsichtig die Lampe aus Roberts Händchen zu lösen. Damit lösten sich auch seine Haut und das Fleisch. Er machte keinen Piepser. Sie fuhren sofort ins Spital, die Hand wurde genäht und verarztet. Es dauerte Monate, bis alles wieder in Ordnung war. Martha ließ Robert nie wieder allein, und Alenka hatte nach dem anfänglichen Mitleid und schlechten Gewissen einen ziemlichen Zorn auf Robert.

In dieser Zeit hatte Jaro schon den Garten in Komain in Besitz genommen. Zuerst dachte er nur an sein Geschäft mit den Gärtnern, aber mit der Zeit hatte er so eine Freude an der Arbeit mit dem Boden und den Pflanzen, dass er beschloss, auch Obst und Gemüse anzubauen. Und da er selbst nicht alles machen konnte, wurde die Familie dazu bewogen, ihm zu helfen. Zuerst taten es alle ziemlich widerwillig, aber mit der Zeit merkte jeder, wie gut ihm die Natur tat. Kaum waren der Winter und das beengte Leben in der kleinen Wohnung vorbei, ging es täglich nach der Arbeit oder Schule in den Garten. Martha stand dann gerne in den Schlangen um etwas zu essen zu kaufen zu bekommen. Am Sonntag stand sie dann früh auf, backte ein paar Schnitzeln oder Gemüse aus, machte einen herrlichen Kartoffelsalat und die ganze Familie fuhr in der überfüllten Straßenbahn nach Komain. Da dies die gleiche Bahn war, die zur Talsperre, dem Badeparadies der Brünner fuhr, musste man damit rechnen, auf einem Bein zu stehen, und eine gute halbe Stunde dieses

Gedränge auszuhalten. Man wurde dann mit dem schönen Spaziergang am Fluss entlang belohnt. Im Garten stand eine kleine Holzhütte mit grünen Fensterläden und einer Veranda, auf der man, im Falle eines Regens, einen Tisch aufstellen konnte. Vor dem Wochenendhäuschen stand eine herrliche alte Trauerweide. Darunter wurde der Tisch getragen und man saß komplett geschützt von den langen Ästen des Baumes, die bis auf den Boden langten. Der Zaun zum Fluss, an dem ein Weg entlang führte, war so hoch und dicht, dass kein Vorbeigehender hineinsah. Dort verbrachte die Familie ihre schönsten Zeiten.

Dr.Alisch mit seiner zweiten Frau und einer Tochter, die um ein paar Jahre älter war als Alenka, war der einzige, der von den vielen Freunden der Familie übrig geblieben war.

Er war ein ausgezeichneter Arzt, huldigte aber etwas zu sehr dem Alkohol. Sein Sohn aus erster Ehe war lebenslänglich eingesperrt, und seine Ordination wurde kurz nach der Wende geschlossen, da er sich weigerte, sich dem Regime anzupassen. Alisch besaß einen wundervollen Sinn für Humor, und er spielte, wie Jaro, gerne Karten.

An den Sommer- Sonntagen kamen die Alischs nach Komain, und die Männer spielten Karten, die Frauen erzählten sich Neuigkeiten, wer wieder eingesperrt worden war, wer sich das Leben genommen, wer sich zu Tode getrunken hatte und vieles mehr. Hier konnte man ungestört reden, ohne dass man Angst haben musste, man würde abgehört. Alisch und Jaro machten dazu ihre witzigen Bemerkungen und Niemand hätte geahnt, in welch schrecklichen Verhältnissen diese Menschen lebten.

Dagi hatte das Glück, von der Fabrik in eine Baufirma zu kommen, als Buchhalterin. Diese Firma asphaltierte Straßen, Dächer und Fabrikgelände, und nur die Vorarbeiter waren bei der Partei, wogegen der Rest der Arbeiter Juristen, Lehrer, Priester, Generäle und Ähnliches waren, die politisch als untragbar galten. In den Büros herrschte eine ähnliche Zusammenstellung. Auch Hannes wurde in diese Firma aufgenommen. Als Dagi merkte, dass diese Zustände nicht nur vorübergehend waren, konnte sie die Situation nicht mehr so locker nehmen. Das ganze Zureden von Jaro nützte nichts. Sie fühlte sich verraten und gedemütigt und ließ ihre schlechten Launen an dem Rest der Familie aus. Natürlich hatten die Eltern für sie Verständnis, nur hatten sie ja selbst genug mit der Lebensumstellung zu tun. Am meisten ärgerte Dagi, dass Mami noch ein Zimmer hinter der Küche besaß, wo früher Lojzl gewohnt hatte, und dieses Zimmer als Speisekammer verwendete. Allerdings nur im Vorderteil. Im hinteren sammelte sie alte Zeitungen, Teppiche und Schnürsenkel, und die Lojzl säckeweise Kapseln von Milchflaschen, die Lojzl auf der Straße fand. Ihre Sammelsucht nahm mit ihrem Alter zu, es war eine Familienbelastung. Ihr Vater hatte Uhren und Vögel gesammelt. Nur hatte er im Haus in der Steiermark erheblich mehr Platz. Was gab es da für Streitereien zwischen Dagi und Mami, dass sie das Zimmer den Kindern, Alenka und Robert zur Verfügung stellen sollte. Aber alles umsonst. Wenn sich Mami einmal etwas in den Kopf gesetzt hatte, dann blieb es so. Lojzl hörte diesen Auseinandersetzungen immer wieder zu und dann eines Tages, weil er in seiner Krankheit nicht anders konnte, explodierte er und schmiss Dagi den schweren Stiefel an den Kopf. Und es war Ruhe.

Milo blieb auch nach dem Studium in der Slowakei. Er bekam eine Stelle in einer Firma, die Gruben beaufsichtigte, und musste in der ganzen Slowakei umherreisen und die Bodenbeschaffung prüfen. Er heiratete, natürlich auch wieder in der Theynkirche in Prag, eine junge Studentin der Archäologie. Helenka war eine bildschöne Frau. Sie war ein Einzelkind, der Vater war aus Mähren und bei der Partei, die Mutter war aus einer ungarischen Familie. Sie hatte zwei Schwestern, die beide keine Kinder hatten und Helenka vergötterten.

Die eine Schwester war verheiratet, aber die andere, Karla, lebte im Haus. Alle waren sehr katholisch erzogen, durften aber ihren Glauben nicht ausüben, und Tante Karla verlor ihr inneres Gleichgewicht. Sie wurde immer seltsamer. Als eines Tages Jaro, Martha und Alenka zu Besuch kamen, nahm Tante Karla Jaro mit in den Wald Pilze suchen. Natürlich war Jaro davon ganz begeistert. Er sammelte, was er fand. Da er sich aber nicht so gut auskannte, was die Essbarkeit der Pilze betraf, und Tante Karla meinte, die seien alle gut und sie aßen die immer, nahm er sie alle mit nach Hause. Helenkas Mutter bereitete einen Schmaus aus Pilzen, aber aus irgendeinem Grund gab sie den Gästen etwas anderes zu essen. Um Mitternacht musste man die Rettung holen und die Eltern von Helenka samt Tante Karla ins Spital bringen. Sie hatten einen schweren Schluckauf, der nicht mehr aufhörte. Man stellte fest, dass sie alle eine Pilzvergiftung hatten. Martha war außer sich und gab Jaro zu verstehen, dass er an der ganzen Sache schuld sei, denn jeder wusste, dass Tante Karla nicht normal war. Helenkas Familie würde glauben, Jaro hätte es absichtlich gemacht. Kurz darauf reiste die Familie ab. Das Verhältnis der beiden Familien war seitdem getrübt.

Nur Alenka kam immer wieder nach Pressburg, sie mochte ihre Schwägerin, die nur ein paar Jahre älter war als sie selbst, und die zwei waren ein Herz und eine Seele. Milo war meistens verreist, also war Helenka froh, eine Freundin gefunden zu haben. Ein paar Mal im Jahr kamen Milo und Helenka nach Brünn, zu den Festtagen meistens. Das erste Mal schliefen Milo, Helenka und Martha auf dem ausziehbaren Bett. Jaro und Alenka hatten extra Betten in dem Raum. Was Helenka nicht wusste, war, dass Jaro seit den traumatischen Erlebnissen im Gefängnis immer wieder während des Schlafes Schreikrämpfe bekam. So auch diesmal. Da alle Anderen es aber gewohnt waren, reagierte niemand, Martha sagte nur: „Ruhe“ und schlief weiter. Jaro hörte aber nicht auf zu schreien: „Hilfe, sie verfolgen mich, Hilfe.“ Helenka erschrak, und als sie merkte, dass niemand wach geworden war, rannte sie zum Fenster, riss es auf und schrie in die Nacht und die Strasse: „Hilfe!“ Sie dachte, es seien Einbrecher in der Wohnung und wollte Hilfe holen. Dann wurden erst alle wach, der Einzige, der nichts mitbekommen hatte, war Jaro. Die Geschichte trug zur allgemeinen Erheiterung bei und wurde oft wiederholt.

Jaro mochte Helenka sehr, er nannte sie zärtlich Kätzchen und freute sich über jeden Besuch, obwohl er sich mit Milo noch immer nicht viel zu sagen hatte. Milo hatte ihn einige Male darauf angesprochen, dass, wenn es die Mutter nicht gegeben hätte, er kein Studium abgeschlossen hätte. Jaro gefiel dieser Vorwurf überhaupt nicht, er war nicht gewohnt, dass ihm seine Kinder, egal wie alt sie waren, widersprachen. Natürlich erwähnte Milo nicht die vorübergehende Parteimitgliedschaft seiner Mutter. Es war eigentlich nur eine kurze Zeit gewesen, bis die Genossen darauf gekommen waren, dass Martha der Partei nicht würdig war. Herr Slovak übergab Martha dann den Ausschluss. Als Helenka fertig studiert hatte, beschloss sie, sich vom Milo scheiden zu lassen. Sie wollte ihren eigenen Weg gehen. Kinder gab es nicht, also dachte sie, wäre es eine einfache Angelegenheit. Sie hatte aber nicht mit Jaros Reaktion gerechnet. Er war außer sich vor Ärger. Er, der Scheidungsanwalt, hatte sich immer wieder beim Gericht geschworen, dass seinen Kindern so etwas nie widerfahren dürfte, und jetzt wollte sich sein Sohn scheiden lassen. Noch dazu von so einer bezaubernden und intelligenten Frau. Er konnte es nicht fassen. Er redete mit Kätzchen, denn er konnte es nicht glauben dass dies ihre Idee hätte sein sollen, mit Milo, er stritt mit Martha, weil es natürlich wieder einmal ihre falsche Erziehung war, aber es half nichts, Milo bat Vater die Scheidung zu beantragen. Als wenn es nicht genug Katastrophen in der Familie gegeben hätte.

Alenka wurde mit elf Jahren sehr schwer krank. Sie war immer kränklich und reagierte auf alle Ereignisse nervlich so stark, dass sie immer wieder schwer erkrankte. Diesmal hatte sie im Frühling fünf Mal hintereinander die Grippe, wie der Kreisarzt feststellte. Da man zu keinem anderen Arzt gehen konnte, mussten es die Eltern so hinnehmen. Als das Kind das fünfte Mal mit hohem Fieber im Bett lag, rief Jaro den alten pensionierten Kinderarzt der Familie, Dr.Chytka, an und bat ihn zu kommen. Dr.Chytka kam sofort, untersuchte das Mädchen und innerhalb von einer Stunde wurde sie ins Krankenhaus gebracht mit akuter Angina, die nicht erkannt worden war. Der Eiter war ins Blut gelaufen, sie hatte einen Herzklappenfehler bekommen und wurde auf die Intensivstation gebracht. Dort wurde sie, buchstäblich in letzter Minute, gerettet. Sie war ein halbes Jahr im Krankenhaus. Man nahm die Mandeln heraus und behandelte sie mit Cortison und Penicillin. Vier Monate durfte sie sich nicht rühren, dann kam sie in die Rehabilitation. Sie war der Welt draußen ganz entrückt. Das Krankenhaus war ihr Zuhause geworden. Martha kam sie nie besuchen, sie behauptete, sie vertrüge keine Spitäler. Jaro kam am Anfang jeden Tag, später dann einmal in der Woche, abwechselnd mit Onkel Franz und Dagi. Was Alenka am meisten kränkte war, dass sie nicht bei der Hochzeit ihres geliebten Bruders dabei sein konnte. Als sie nach Hause kam, durfte sie zuerst nur zwei Stunden in die Schule, dann steigerten sich die Stunden der Schulanwesenheit allmählich. Ehe sie ins Spital kam, wog sie 35 Kilo, nach dem Verlassen, musste Jaro ein Kleid von Martha mitnehmen, sie wog jetzt 95 Kilo.

Das Cortison hatte ganze Arbeit geleistet. Martha beschloss, dass Alenka auf keinen Fall das Schuljahr wiederholen sollte. Sie bestand darauf, dass das Kind alle Prüfungen nachmachte, und so das eine Jahr gerettet war. Und sie behielt Recht. Das Lernen fiel Alenka nie schwer und so machte sie alle Prüfungen, bis auf das Zeichnen, mit Auszeichnung. „Schade“, dachte Martha, „dass das Kind nicht so begabt war wie ihr Sohn Milo.“

Als Alenka 14 war, bekamen die Eltern einen Brief von der Schule. Alenka war es nicht erlaubt, die weiteren vier Klassen, also das Gymnasium zu besuchen, weil sie politisch unverlässlich war und nicht der kommunistischen Jugendschar angehörte. Das war richtig, denn dort hatte man sie nicht haben wollen. Für Alenka brach die Welt zusammen, sie sperrte sich in der Toilette ein und weinte den ganzen Tag. Alles Zureden von Martha half nichts. Sie wiederholte immer nur verzweifelt, was hatte sie wem Böses getan, dass man sie so ungerecht behandelte. Solche Dinge waren für Erwachsene schwer zu begreifen, aber ein Kind, das immer gut gelernt und fast nur Einser in den Zeugnissen hatte, konnte so ein Unrecht nicht begreifen. Nach ein paar Tagen wurde sie wieder krank. Martha ging in ihrer Verzweiflung in die Schule, was sie die ganzen Jahre nie getan hatte, und sprach bei der Direktorin vor. Sie bat sie inständig, das Kind weiter in die Schule gehen zu lassen, weil sie doch so gut lernte. Die Direktorin sah sie nur kühl an und meinte: „Seien Sie froh, dass Sie überhaupt noch am Leben sind, in Bulgarien hat man solche Leute wie Sie an die Wand gestellt.“ Martha schluckte, drehte sich um und hörte im Hintergrund noch etwas von deutschen Säuen. Eins wusste sie sicher. Sie würde es nie erlauben, dass ihre kleine Tochter in die Fabrik ginge. Dagi war schon erwachsen und alt genug, um die Leute auf Distanz zu halten, aber Alenka war noch viel zu beeinflussbar und manipulierbar. Also bat sie Jaro, sich um eine andere Schule für die Kleine zu kümmern. Er versuchte es überall, kein Glück. Schließlich ließ er sich von Frau Milada, der Freundin von Franz eine Liste aller Schulen in den größeren Städten des Landes besorgen, und fuhr von einer Stadt in die Andere, um bei den Direktionen wegen seiner Tochter vorzusprechen. Es war aussichtslos. Der Sommer war fast schon zu Ende und weit und breit keine Schule zu finden, die ein politisch untragbares Kind aufnehmen würde. Kurz vor Beginn der Schule traf Jaro einen Bekannten und klagte ihm sein Leid. Der meinte, es gäbe doch in Brünn eine Sprachschule, die als einzige noch privat war. Die Lehrer und der Direktor waren jüdischer Abstammung, also konnten sie so eine Schule betreiben. Man musste dafür zahlen, aber das war Jaro egal.

Die Schule dauerte zwei Jahre und dann wäre Alenka doch schon wieder ein bisschen älter. So bewirkte das totalitäre System, dass gerade das, was es verhindern wollte, geschah: Alenka lernte Fremdsprachen.

Die Schule hatte sogar einen Tanzkurs zu bieten. Am Ende des Tanzkurses gab es einen Ball. Da Alenka leidenschaftlich gern tanzte, überredete sie Martha mit ihr zu dem Abschlussball zu gehen. Martha richtete Alenka ein Kleid von Dagi her, ein schlichtes dunkelblaues mit gestickten Blumen drauf. Alenka hatte lange Haare, die sie in einen Zopf flocht und über die Schulter nach vorne hängen ließ. Martha sah

Alenka aus der Loge zu und freute sich über das Aussehen ihrer Jüngsten.

Sie sah, wie sich der Tanzlehrer Alenka näherte, die plötzlich mit Tanzen aufhörte und schnell aus dem Ballsaal lief. Unter Tränen erzählte sie Martha, dass der Lehrer gesagt hatte, sie sei am Ball nicht willkommen, da ihr Aussehen ausgesprochen westlich sei, und bei einem Ball der Arbeiterklasse nicht erwünscht sei. Ohne ein Wort zu sagen, stand Martha auf, und ging ostentativ beim Lehrer vorbei in die Graderobe und nach Hause. Das war Alenkas erster Ball, ein reines Vergnügen.

Als sie mit der Schule fertig war, fing die Suche nach einer Stelle an. Die Auswahl war entweder Fabrik oder Leichen waschen in der Pathologie. Bis nach Monaten Dagi mit der Idee kam, warum könnte Alenka nicht in der gleichen Baufirma arbeiten wie sie selbst, die sich ja mit der Umschulung regimefeindlicher Menschen beschäftigte. Die fünf Jahre in dieser Firma waren die reine Hölle. Aber Alenka erreichte, dass sie die Direktion auf ein Gymnasium empfahl. Und so begann sie neben der Arbeit zu studieren, zuerst Gymnasium, dann auf der Universität.

Sie bekam nach der Matura eine Stelle in einem Computer Center, wo sie Übersetzungen machte und sich endlich wie ein Mensch fühlte. Zur gleichen Zeit bekam Dagi eine Stelle beim Fernsehen, da sie die einzige Bewerberin war, die Deutsch konnte, was gebraucht wurde, da zu dieser Zeit Koproduktionen mit dem Österreichischen Fernsehen geplant waren.

Martha musste in den vielen Jahren Vieles über sich ergehen lassen. Sie hatte sehr schwache Nerven und das Herz wollte auch nicht so ganz richtig. Jaro brachte immer wieder neue Ideen nach Hause, was er alles verkaufen könnte. Also musste Martha lernen, Regenschirme zu produzieren, die sie über kochendes Wasser spannen musste. Es war eine sehr anstrengende Arbeit, die sie erst lernen musste, aber die ganze Familie machte sich über ihre Schirme lustig. Trotz allem verkauften sie sich gut, wie Dagi meinte, weil es in den Geschäften überhaupt keine gab. Dann kam die Zeit mit Trauerschleifen. Zuerst waren sie aus Stoff. Jaro kaufte schwarze Stoffballen, und Martha musste mit einem in Kreide getunkten Zwirn auf dem Stoff Linien machen, nach denen sie dann den Stoff zerschnitt. Da ihr niemand helfen konnte, weil sie die meiste Zeit am Tag allein war, hatte sie eine interessante Technik entwickelt. Sie dehnte mit den Händen den Kreidezwirn über den Tisch, von Rand zu Rand, und mit den Lippen spannte sie den Zwirn, um ihn dann schnell loszulassen. So markierte der Zwirn den Stoff.

Auch dies war eine Quelle unzähliger Witzeleien. Dann kamen die Schleifen aus Papier. Das war leichter, sie musste sie nur gleich lang schneiden und am Ende eine Spitze mit der Nähmaschine drauf nähen. Vor Allerheiligen kam dann noch die Arbeit mit den kleinen weißen Bändern, die man auf kleine Kränze befestigte, mit der Aufschrift: In Erinnerung.

Für diese Aufschrift hatte Martha einen Stempel und damit musste sie Hunderte von Bändern stempeln und in Bündchen binden. Und nebenbei musste sie noch Samen genau abwiegen und in Papiersäckelchen einpacken. In der Freizeit kümmerte sie sich um die Familie, war Köchin, Aufräumerin, Wäschefrau und Bügelfrau. Außerdem kamen noch alle mit ihren Sorgen zu ihr. Kein Wunder, dass das Herz nicht mehr wollte. Sie selbst blieb ganz auf der Strecke. Sie pflegte sich nicht mehr, nahm zu und ließ sich einfach völlig gehen. Wenn ihre Töchter sie darauf ansprachen, sagte sie immer nur: „Für wen?“ Aber in Wirklichkeit hatte sie ja überhaupt keine Zeit und Energie dafür. Der Kampf ums tägliche Überleben ließ Martha keinen Platz sich um ihr eigenes Äußeres zu kümmern. Die Zeit der kultivierten Eleganz war eben vorbei.

24. KAPITEL: DIE VERWANDTEN IM WESTEN

Jeder Brief, den Mami aus der Steiermark erhielt, wurde zensiert. Man sah es den Briefen an, dass sie geöffnet worden waren. In manchen Briefen wurden mit einem schwarzen Stift die Stellen unlesbar gemacht, die nicht für die Augen der Mami vorgesehen waren. Manche Briefe erhielt sie nie. Die Neuigkeiten aus dem kleinen Dorf - wer gestorben war, wer wen geheiratet hatte und wer ein Kind bekam - hätten ja dem Arbeiterklassenregime gefährlich werden können. Und so erfuhr Mami nur sporadisch, was es in ihrer Heimat Neues gab.

Ihr Bruder Sigmund lebte mit der Familie auch in Brünn. Nur die jüngste Tochter, Ilse hatte es ins Ausland geschafft und lebte in Hamburg. Die älteste, Herta, war schwer krank und konnte nur teilweise und nur zu Hause arbeiten. Sie besorgte sich eine Strickmaschine und verkaufte die Produkte an Bekannte. Zusammen mit ihrer Schwester Sigi hatten sie mit der Zeit eine ausreichende Klientel, so dass sie überleben konnten. Sie beide kümmerten sich auch um den alten Vater. Die Mutter war kurz nach dem Krieg gestorben.

Papi erteilte an Lojzl ein ausdrückliches Verbot: er darf sich mit Onkel Sigmund nicht treffen. Da es Sigmund nach fürchterlichen Streitereien mit Papi nicht gestattet war seine Wohnung zu betreten, nützte er jede Gelegenheit Lojzl zu treffen, um ihn gegen Papi aufzuhetzen. Aus irgendeinem Grund fühlte sich Lojzl magisch zu seinem Onkel hingezogen, vielleicht weil er der einzige war, der ihn ernst nahm und mit ihm sprach. Kaum sah Lojzl aus dem Fenster Onkel Sigmund auf der Straße stehen, konnte ihn keiner zurückhalten, am wenigsten Papi. Sie gingen dann stundenlang durch die Parks spazieren, und Onkel Sigmund redete und redete. Natürlich nicht immer nur über Papi. Er war ein begabter Mathematiker und nahm an vielen Wettbewerben teil, und wenn er mal ein kniffliges Problem hatte, besprach er es mit Lojzl. Nicht selten kam dann auch die Lösung. Obwohl er zu „den Deutschen" gehörte, ließ man Sigmund weitgehend in Ruhe. Er hatte rechtzeitig die Familie seiner Schwester verleugnet und das ermöglichte ihm einen ruhigen Lebensabend. Jedes Mal, wenn Lojzl von dem Spaziergang mit Sigmund heim kam, gab es mit Papi eine Szene. Aber alles half nichts, Lojzl war in seinen Onkel vernarrt.

Tante Milka, die Schwägerin von Mami, hatte ihren Mann durch den ersten Weltkrieg verloren. Sie bekam eine Trafik und lebte mit ihren Sohn Manfred zusammen. Sie war so sparsam, dass es ihr gelang, ihren Sohn Medizin studieren zu lassen. Mamis Schwester Mimi war auch lange Jahre Witwe.

Auch sie hatte einen Sohn, Harald, der Jus studiert hatte und ein angesehener Richter wurde.

Der jüngste Bruder, der das Familiengeschäft geerbt hatte, hatte zwei Söhne. Der ältere, Franz, war durch eine Kriegsverletzung blind. Mit Hilfe seines jüngeren Bruder Edmund, der Medizin studierte, gelang es Franz, ein Jus Studium zu machen. Franz fungierte später als Verwalter der Villa und musste mit Fefl, Mamis treuer Seele und Marthas Schulkameradin, einige Kämpfe ausfechten. Fefl war immer bemüht, dass alles so geschähe wie Mami und Papi es wohl für gut geheißen hätten. Franz wollte nicht auf sie hören, da ja sowieso Niemand in der Villa wohnte und keine Aussicht bestand, dass irgendwann jemand in die Villa zurückkehren könnte.

Die meisten Briefe, die Mami erhielt, ob von Fefl oder ihren Geschwistern, handelten immer nur von dem ewigen Thema: der Villa. Und sie konnte weder der einen noch der anderen Seite Recht geben, die meisten ihrer Briefe kamen ohnehin nie an.

Es vergingen Jahre, die Verwandten erfuhren nur sporadisch über das Schicksal der Brünner Familie. Nach dem Krieg war jeder mit seinem eigenen Schicksal beschäftigt, und der Wiederaufbau des Landes forderte viele Opfer. Lojzls Cousins nützten alle die Möglichkeit des Studiums in Graz und kamen nie mehr in das Dorf zurück. Als dann alle fertige Ärzte oder Anwälte geworden waren und sich im Leben etabliert hatten, erinnerten sie sich ihres Cousins Lojzl und der ganzen Familie, und einer nach dem anderen kam, um die Brünner Familie zu besuchen.

Als erster kam Manfred mit seiner Mutter zu Besuch. Was war das für eine Aufregung! Er fuhr mit seinem VW Käfer vor, das als einziges Auto in der Straße parkte. Es war eine Sensation. Alenka konnte vor Aufregung Nächte vorher nicht schlafen; jetzt wird sie endlich wen kennen lernen aus dem anderen Zweig der Familie, von der sie immer wieder so viel gehört hatte. Martha freute sich besonders, sie hatte sich mit Manfred immer sehr gut verstanden und hatte für ihn und Tante Milka jedes Jahr Koffer voll von Geschenken mitgebracht. Manfred war ein lustiger, aufgeschlossener junger Mann geworden und Martha hätte ihn beinahe nicht erkannt, so erwachsen war er geworden. Er sie aber auch nicht. Tante Milka schwebte in das unbewohnbare Zimmer in einem funkelnagelneuen Persianermantel mit passender Pelzkappe. Die Finger schmückten einige Diamantringe. Auf dem Kaschmirpullover glitzerte eine Brilliantenbrosche. Sie war eine erfahrene Geschäftsfrau und hatte viel in der Familie von Mami mitgemacht. Sie war Papi dankbar, dass er sie mit Onkel Sepp verheiratet hatte. Aber jetzt machte sie kein Hehl daraus, dass sich das Blatt gewendet hatte, und dass es jetzt sie war, die den Ton angab. Martha saß tief in sich versunken beim Tisch und dachte darüber nach, dass ihr eigener Persianermantel im Kasten vor sich hinvegetierte, denn sie durfte ihn nie mehr anziehen, wenn sie sich nicht dem Spott und der Pöbelei der Leute auf der Straße aussetzten wollte. Sie würde es nie vergessen, als sie einmal mit einem Hut einkaufen gegangen war. In der Schlange fingen die Leute an, sie immer lauter zu beschimpfen, bis dann eine Frau auf Martha zukam und ihr den Hut vom Kopf riss. „Wir brauchen hier kein bürgerliches Gesindel, wir sind alle Arbeiterklasse!“ Und Martha konnte nicht einmal weggehen, sie brauchten die Lebensmittel zu dringend. Diese Schmach steckte ihr jahrelang in den Knochen. Für sie war dieses Ereignis schlimmer als die Zeit im Gefängnis.

Jetzt musste sie dasitzen und dem Gequatsche von Tante Milka zuhören, der leider jede Feinfühligkeit fehlte. Aber sie war ein aufrichtiger Michl und hatte viele andere Qualitäten. Vielleicht war es auch die Verlegenheit, die Familie in Verhältnissen zu sehen, von denen sie nicht viel wusste und die sie sich auch gar nicht vorstellen konnte. Aber man löste die Situation sehr gut, man verfrachtete Tante Milka zur Mami in die Küche und dort konnte sie stundenlang den Tratsch loswerden und all die Fragen von Mami beantworten. Manfred ging mit Dagi und Hannes in eine Bar, die nur für Ausländer zugelassen war. Und so vergingen die drei Tage ziemlich schnell. Alenka saß immer in der Küche und hörte sich die Dorfgeschichten atemlos an. Von so einer Welt hatte sie noch nie etwas gehört. Beim Abschied versprach Manfred wieder zu kommen. Man sah ihm an, dass er tief berührt war. Er hatte schon immer das Herz am richtigen Fleck.

Er kam auch wirklich einige Jahre später zurück. Er hatte eine reiche Frau geheiratet, deren Vater ein Dachdeckerunternehmen hatte. Sie hatten ein geräumiges Haus gekauft, wo sich Manfred eine Ordination einrichtete. Die Kleinstadt konnte keinen besseren Arzt mit Verständnis und Ohr für die Probleme der Menschen bekommen. Selten war jemand so beliebt wie Manfred. Nun wollte er die angeheiratete Familie, besonders Martha vorstellen. Dieser Besuch mündete aber in eine Katastrophe. Manfreds Schwiegermama erschien auch im Persianermantel, hier glitzerten die Diamanten aber bereits am Pelzkragen. Wie Jaro treffend beim Essen bemerkte: „Gebt ihr mehr zu essen, sie muss ja so viel tragen.“ Natürlich sagte er es nicht Deutsch, so heruntergekommen war er auch wieder nicht. Der Geschäftspapa sprach während des ganzen Abendessens über seine Firma, und wie toll er sei. Ein paar schlüpfrige Witze kamen dann nach dem dritten Slibowitz dazu. Jung-Eva saß still beim Tisch und maß nur alle von der Seite mit einem eher abwertenden Blick. Keiner wäre auf die Idee gekommen, dass das Essen, das so reichlich am Tisch nur wegen des Besuchs serviert wurde, die Familie einen Monat oder länger zum Fasten verurteilte. Aber Martha ließ es sich nicht nehmen, auch unter den schwierigsten Bedingungen eine gute Gastgeberin zu sein. Bei dem riesigen Vermögen des Schwiegerpapas wäre es vielleicht eine nette Geste gewesen, die ganze Familie in ein einfaches Gasthaus zum Essen einzuladen, vor allem weil die Preise damals, umgerechnet in Schillinge, eine Bagatelle ausgemacht hätten. Natürlich führten Dagi und Hannes die jungen Leute wieder in eine Bar aus. Aber da passierte ein Missgeschick. Eva hatte einen ganz modernen silberweißfarbenen Mantel an, mit langen Haaren, die wie Angora aussahen, tatsächlich aber eine neue Kunststofferfindung waren. Natürlich bewunderten alle das schöne Stück. Aber wahrscheinlich beim Taxifahren dürfte Eva irgendwo angestreift sein, und der Mantel hatte rechts vorne einen schwarzen Ölfleck abbekommen. Es war schlimm. Evas Laune konnte durch nichts mehr gebessert werden. Sie bestand auf baldiger Abreise, weil natürlich die Familie daran schuld war, dass ihr neuer Modemantel einen Fleck hatte. „Überall nur Dreck“, meinte sie, und sie fuhren ab. Niemand hielt sie zurück. Der Einzige, der Peinlichkeit empfand, war Manfred. Auf einen weiteren Besuch seinerseits war aber nicht mehr zu denken. Alenka freute sich über Schokolade und Kakao, alles andere verstand sie nicht ganz. Sie spürte nur, wie wieder Ruhe in ihre Familie eingekehrt war, als die Verwandten wegfuhren. Die Spannung in den letzten Tagen war auch für sie spürbar gewesen.

Es vergingen wieder Jahre. Natürlich hatte der Rest der Familie schon von Tante Milka erfahren, wie schlecht es Mamis Familie ging. Aber Tante Mimi, die Schwester von Mami wurde auch immer älter und wollte ihre Schwester unbedingt noch einmal sehen. Also bat sie ihren Sohn Harald, mit ihr nach Brünn zu fahren. Da Mimi weit über siebzig und fast blind war, brauchte sie Begleitung. Die Zugfahrten waren damals nicht einfach. Es gab einen Zug von Wien bis zur Grenze, dann mussten alle Passagiere durch mehrere Kontrollen in einen anderen Zug umsteigen, der sie dann von der Grenze nach Brünn brachte. Umgekehrt galt dasselbe.

Wie rührend war doch dieses Wiedersehen der zwei alten Schwestern! Alenka und Martha sahen mit Tränen in den Augen zu, wie sich die alten „Mädchen“ in den Armen hielten und weinten. Harald selbst war schon glatzköpfig und freute sich, Lojzl und Dagi, mit der er als Kind viel gespielt hatte, wieder zu sehen. Und welche Überraschung war das Teenager Mädchen, von deren Geburt er nur als Student erfahren hatte. Diesmal war Dagi verhindert, sie war froh, denn sie mochte ihn von all den Cousins am wenigsten, weil er so ein egoistisches Einzelkind war. Also musste Alenka einspringen und das tat sie von Herzen gerne. Die alten Damen plauderten zu Hause, während Alenka Harald in ein Hotel führte, wo es Tanzmusik gab, damit sie endlich ihrer Leidenschaft nachgehen konnte. Sie war überglücklich, als sich herausgestellt hatte, dass auch Harald leidenschaftlich gerne tanzte. Dem Abend stand nichts mehr entgegen. Alenka hatte nicht viel Gelegenheit zum Tanzen gehen und ließ den armen Harald den ganzen Abend vom Tanzparkett nicht weg. Aber er war sichtlich geschmeichelt, mit so einem jungen Mädchen ausgehen zu können.

Als sie ihn hänselte, von wo er all diese Tänze kannte, wo er doch verheiratet war und seine Frau, wie er sagte, keine Tänzerin war, meinte er, er müsse immer zu so vielen Kongressen, und da bliebe das Tanzen nicht aus. Alenka musste wie immer um zehn Uhr daheim sein, da gab es auch für Cousins aus dem Ausland keine Ausnahme, also brachte Harald das Mädchen todmüde aber selig nach Hause, holte seine Mutter ab und sie fuhren ins Hotel. Am Sonntagnachmittag fuhren sie dann mit der Bahn wieder zurück nach Graz. Diesen Besuch haben alle genossen, das Berührendste war aber das Zusammentreffen der alten Schwestern und die Tatsache, dass Tante Mimi trotz ihrer Behinderung die Reise auf sich nahm, um ihre Schwester zu sehen. Sie wussten beide, dass sie sich nie wieder sehen würden.

Auch Franz kam das erste Mal mit der Bahn. Da keiner Zeit hatte, ihn am Bahnhof abzuholen, musste Alenka Franz nach der Schule abholen. Sie kannte ihren Großcousin nicht, aber Martha sagte: „Es ist unmöglich beim Zug aus Breclav einen jungen blinden Mann zu übersehen.“ Und sie hatte Recht. Franz hatte eine breite gelbe Binde mit drei schwarzen Punkten am Arm. Das kannte man in Brünn nicht, und alle Passagiere und Passanten drehten sich nach Franz um. Alenka steuerte also direkt auf ihn zu. Als sie ihn schüchtern, aber mit tadellosem Deutsch ansprach, war Franz ganz überrascht und freute sich offensichtlich, dass er das neue Familienmitglied kennen lernte, von dem er nur vom Hören-Sagen etwas wusste. Er war sichtlich gut gelaunt und ließ sich von dem Mädchen vertrauensvoll führen. Sie fuhren mit der Straßenbahn und Alenka genoss es, im Mittelpunkt der Fahrgäste zu stehen. So etwas hatte sie noch nie erlebt, und sie wäre vor Stolz fast geplatzt. Als sie dann Franz nach Hause gebracht hatte, war natürlich diese Aufmerksamkeit zu Ende. Jeder wollte mit Franz sprechen, jeder war darauf erpicht, dass Franz ihn oder sie mit den Händen betastete um herauszufinden, wie alle so aussahen. Er stand in der engen Küche und genoss es offensichtlich, einen nach dem anderen abzutasten. Es regnete nur so von Witzen und Blödeleien, denn Franz war nicht nur ein besonders schöner junger Mann, sondern auch besonders witzig. Als sich Jaro weigerte, sich von Franz abtasten zu lassen, und meinte, dieser könne sich von seiner Stimme ein Bild von ihm machen, schritt man zum Abendessen. Alenka erklärte sich sofort bereit, Franz das Fleisch zu schneiden, und half ihm beim Essen, wo es nur ging. Es gab viel zu trinken, vor allem das gute Pilsner Bier, das Jaro in ganz Brünn sammelte und allzu oft seiner Jüngsten den Auftrag gab, die schweren Taschen mit Bierflaschen von allen Vororten, in denen es sie gerade zu kaufen gab, nach Hause zu schleppen. Zum

Abschluss gab es dann noch Slibowitz, aber da waren alle schon so fröhlich, dass es keinen Alkohol mehr brauchte. Es stellte sich heraus, dass Franz ein ausgezeichneter Musiker war. Er imitierte an den Küchengeräten Blasinstrumente und Schlagzeug. Die Anderen sangen dazu und man dachte für ein paar Stunden, die Welt könnte nicht schöner sein. Alle waren so gelöst und glücklich, dass Jaro insgeheim dachte, es muss an Franz' Blindheit liegen, dass es so eine Atmosphäre gab, die er bei seiner eigenen Familie seit Jahren nicht mehr erlebt hatte. Er war der erste Gast aus dem Westen, der nicht sah, in welchem Elend sie alle leben mussten. Natürlich erzählte man ihm in Kürze über das Geschick der Familie, aber da er selbst sich gerade von einer geschiedenen Ehe mit einer Schauspielerin, die ihn finanziell völlig überfordert hatte, erholte, wollte er selbst nur lustig sein. Und sein Vater, dessen Konto sich von den Strapazen einer von seinem Sohn gegründeten und kurz darauf geschlossenen Filmfirma erholt hatte, war weit weg. Auch das wirkte sich positiv auf die Laune von Franz aus. Und so erlebten alle nach langer, langer Zeit einen äußerst vergnüglichen Abend. Alenka kam sich vor wie im siebten Himmel. Sie hatte sich gleich am Bahnhof in ihren Großcousin verliebt, mit der Innigkeit einer Dreizehnjährigen. Nach all den negativen und schlechten Erlebnissen, die sie als junges Mädchen erlebt hatte, jetzt diese schöne Überraschung.

Am nächsten Tag ging sie mit ihm Arm in Arm in die Stadt. Sie zeigte ihm alles, was zu zeigen war, besser gesagt, sie spazierte durch die Stadt und erzählte ihm, was sie sah. Sie gingen in eine Konditorei und aßen zum Kaffee die letzten Schaumrollen, die es in der Vitrine gab. Wieder war Franz der Mittelpunkt, und damit auch Alenka. Als Franz nach zwei Tagen wieder nach Wien fuhr, war Alenkas Leben völlig verändert. Sie konnte nicht schlafen, und nächtelang lag sie im Bett und träumte von Franz, wie sie ihn heiratet, sich um ihn kümmert und ihn die Welt durch ihre Augen sehen lässt. Als sie dann noch Rebekka las, konnte sie sich von dem Buch nicht trennen und las das Ende, wo die Hauptfigur erblindet und seine große Liebe sich um ihm kümmert, immer wieder. Genauso würde sie es mit Franz tun.

Drei Jahre später kam Franz wieder zu Besuch. Diesmal als frisch gebackener Vermählter. Er hatte Andrea geheiratet, die in seinem Alter war, und ihn mit ihrem Wagen nach Brünn gebracht hatte. Andrea war sehr nett und brachte schöne Geschenke für alle, auch für Alenka. Es half aber alles nichts. Alenka war untröstlich und sprach das ganze Wochenende kein Wort, weder mit Franz noch mit Andrea. Obwohl Alenka keine Geheimnisse vor ihrer Mutter hatte, von dieser Geschichte erfuhr Martha nie ein Wort. Das war das alleinige Geheimnis von Alenka. Später erst, als sich herausgestellt hatte, dass Franz als Verwalter der Villa unerbittlich war und sowohl Mami als auch Milo und Alenka schaden wollte, war Alenka überglücklich, dass sie Niemandem ihre Teenageträume anvertraut hatte. Aber selbst bei den wirklich ungerechten und bösen Dingen nahm sie Franz immer in Schutz und erklärte allen, man müsse ihn verstehen, weil er mit 17 um das Augenlicht gekommen war und dann blind durch das Leben gehen musste. Sie war damit in der ganzen Familie die Einzige mit dieser

Ansicht. Ganz einfach, sie war ihm ein Leben lang dafür dankbar, dass sie durch ihn zwei wunderbare Tage hatte verbringen können, in denen sie sich wie eine Prinzessin gefühlt hatte.

25. KAPITEL: ALISCH UND DIE ANDEREN

Es verging kein Tag, an dem man nicht irgendwelche Schauergeschichten von Freunden und Bekannten hörte. Es kamen immer wieder Bekannte zur Martha zu Besuch und berichteten über die Schicksale der anderen Familien. Vielleicht, damit sie sich etwas besser fühlen konnte, weil es anderen auch nicht besser ging.
Jaros frühere Sekretärin kam einmal im Monat zu Besuch, nur um zu sehen, wie es der Familie ging. Sie bekam keine Anstellung mehr und musste mit 50 Jahren als Straßenbahnschaffnerin arbeiten. Alenka war von ihrer grauen Uniform sehr beeindruckt. Vor allem von der kleinen Kappe, die wie ein umgekehrtes Schiffchen aussah. Frau Hlouschek wusste immer viele Neuigkeiten und gab sie gerne an Martha weiter. So auch über das Schicksal der Familie Bures.

Doktor Bures war Anwalt wie Jaro. Seine Frau war die Tochter eines angesehenen Hochschulprofessors. Sie hatte auch drei Kinder: Zwei Mädchen und einen Buben, der allerdings der Jüngste war. Als Jaro heiratete, war Dr.Bures bereits ein angesehener Anwalt. Seine Frau führte ein großes Haus und ihre Kaffeekränzchen waren bekannt. Im Laufe der Jahre bemühte sich Jaro mit Dr.Bures Kontakt aufzunehmen, und redete Martha zu, sie möge auch versuchen, mit Frau Eva Bekanntschaft zu machen. Er hätte es gerne gesehen, dass sich die zwei

Familien befreundeten. Also folgte Martha Jaros Rat und traf sich einige Male mit Frau Eva im Kaffeehaus. Frau Eva war eine elegante, sehr hübsche und intelligente Frau, und Martha konnte sich gut vorstellen, mit ihr Freundschaft zu schließen. Die Sache hatte allerdings einen Haken. Dr.Bures hatte bereits eine gut gehende Kanzlei, und Jaro fing erst an sich zu etablieren. Als er dann als Anwalt kometenhaft aufstieg, war das Dr.Bures nicht sehr angenehm. Aber die Stadt und das Einzugsgebiet waren groß genug, und dadurch dass Jaro viele Verhandlungen auch im Ausland hatte, war die Konkurrenz nicht allzu groß. Was aber dennoch ziemlich ins Gewicht fiel, war die Tatsache, dass Evas Vater ein eingefleischter Tscheche war und es nicht gebilligt hätte, wenn sich seine einzige geliebte Tochter mit einer „Deutschen" angefreundet hätte. Das hätte mit Sicherheit auch Evas Mann nicht gewollt. Und so blieb es bei der anfänglichen oberflächlichen Konversation zwischen den beiden Damen, und damit hatte es sich. Das war einer der Gründe, warum Jaro später prinzipiell in seinem Freundeskreis nur Ärzte, Professoren und Architekten hatte. Privat mied er die Juristen, wo es nur ging, was ihm natürlich den Ruf der Überheblichkeit eingebracht hatte.

Auch die Kanzlei von Dr.Bures wurde geschlossen. Bei ihm gab es aber keine Außenstände, da es bei Dr.Bures üblich war, das Honorar im Voraus zu zahlen, bevor er mit dem Klienten überhaupt redete. Dr.Bures wurde verhört, aber da nichts gegen ihn vorlag und er keine Berührungspunkte mit Ausländern hatte, wurde er wieder freigelassen. Sein Vermögen und das seiner Schwiegereltern wurden aber selbstverständlich beschlagnahmt. Eva verfiel in eine tiefe Depression. Er selbst konnte mit der Situation auch nicht fertig werden, geschweige denn für seine Frau eine Stütze sein. Er fing an zu trinken. Immer wieder fand man ihn da, wo früher seine riesige Villa gewesen war, am Straßenrand fast bewusstlos liegen. Die zwei Töchter mussten in die Fabrik arbeiten gehen. Die Ältere heiratete einen Arbeiter, in der Hoffnung, ihre Situation zu verbessern. Der junge Mann hatte aber kein Verständnis für die familiäre Situation der Familie seiner Frau. Er trank gerne und ließ dann seine Wut gegen die Bürgerlichen an seiner Frau aus. Der Jüngeren sagte man nach, dass sie die Arbeitskollegen gerne öfter wechselte und bald darauf kam, dass sich, wenn sie für ihre Liebesdienste Geld nahm, wenigstens ihre finanzielle Situation verbesserte. Der junge Sohn war noch nicht mit der Schule fertig. Auch er war damit beschäftigt, seinen früheren Status wiederherzustellen. So brach er in die Wochenendhäuser, die so genannten Chatas, in der Umgebung ein, um die gestohlenen Dinge am schwarzen Markt anzubieten. Man fasste ihn, und er wurde wegen Diebstahl verurteilt. Die Matura schaffte er nie mehr. Eva ging es immer schlechter, bis sie eines Tages nicht mehr konnte und sich das Leben nahm. Ein Jahr später brachte sich die ältere Tochter um. Dr.Bures trank sich zu Tode. Das war nur ein Schicksal von den 3000 Familien, die auf der schwarzen Liste standen.

Frau Heller war eine stille alte Dame, die gelegentlich Martha besuchte und die Frauen der Familie mit selbst gemachten Lederhandschuhen versorgte. Herr Heller war ein in dritter Generation in Brünn lebender Österreicher, der im Zentrum der Stadt ein gut gehendes Handschuhgeschäft führte. Frau Heller kam aus Deutschland. Die jungen Leute liebten ihr Geschäft. Frau Heller war eine begnadete Handschuhmacherin. Ihre Handschuhe waren bei allen Damen der Stadt höchst begehrt: das feinste Leder, die ungewöhnlichsten Farben, für jeden Zweck – bis zur Gartenarbeit - und sie schmiegten sich auf die Hände der Damen, dass man gar nicht das Gefühl hatte, überhaupt Handschuhe zu tragen. Das Geschäft war zu jeder Jahreszeit gut frequentiert. Als der Krieg ausbrach, ging das Geschäft natürlich zurück, aber Herr Heller hatte genug Rücklagen, um zu überleben.

Im letzten Kriegsjahr, als die Russen die Stadt befreiten, wurde Frau Heller schwanger. Die Freude des Ehepaars war groß. Sie besaßen ein kleines Häuschen am Rande der Stadt. Eines Tages hörten sie jemanden an der Tür rütteln.

Instinktiv versuchte Herr Heller, seine Frau im Keller zu verstecken. Die Tür gab dem Druck nach und eine Horde Russen stürmte ins Haus. Sie fesselten Herrn Heller, setzten ihn auf einen Stuhl, holten seine Frau aus dem Keller, und einer nach dem anderen vergewaltigten sie sie vor den Augen ihres Mannes. Als sie gingen, lag Frau Heller in einer Blutlache ohnmächtig am Bett und Herr Heller saß tot auf dem Stuhl. Seine Hilflosigkeit hatte sein Herz gebrochen. Erst nach ein paar Tagen fand man Frau Heller und ihren toten Mann. Man brachte sie ins Spital, dort konnte man nur noch die Volloperation vornehmen. Nach dem Ende des Krieges hatte man Frau Heller das Geschäft wieder zurückgegeben. Sie arbeitete stillschweigend vor sich hin, viele der Kundinnen wussten nichts von ihrem Schicksal. Im Jahr ′48 kam sie zu Martha, die als eine der wenigen vom Schicksal der Frau Heller wusste, und bat sie um Rat, ob sie das Land verlassen und nach Hause fahren sollte. Martha konnte ihr keinen brauchbaren Rat geben, sagte ihr nur, dass sie und ihre Familien bleiben würden, denn es könne ja nichts besonders Schlimmes passieren.

Frau Heller blieb. Das Geschäft nahm man ihr weg. Sie wurde eingesperrt. Sie weigerte sich, über das Erlebte zu sprechen. Als dann jemand anonym bei der Staatspolizei anrief und erklärte, Frau Heller sei von Russen vergewaltigt und ihr Mann in den Tod getrieben worden, wurde sie freigelassen. Obwohl sie keine Nacht durchschlafen konnte, lebte sie lange ganz allein, vertieft in ihre Leidenschaft, die Herstellung von schönen Handschuhen. Und sogar in den schlimmen Zeiten fand sie immer Frauen, die ihr die Prachtstücke abkauften. Ihr Schicksal war kein Geheimnis mehr.

Frau Schmied war in Wien eine bekannte Operettendarstellerin. Sie war bereits zweimal verheiratet gewesen, als sie bei einer Premierenfeier einen Brünner Bankier deutscher Abstammung kennen lernte. Es war wie immer Liebe auf den ersten Blick, und Frau Schmied, deren Karrierehöhepunkt bereits längere Zeit vorbei war, heiratete ihren Lieblingsbankier. Da es in Brünn ein deutsches Theater gab und sie auch ein Engagement in Baden bei Wien bekommen hatte, pendelte sie jahrelang zwischen den zwei Orten, und ihre Ehe bekam dadurch eine besondere Note. Herr Schmied wartete immer voller

Sehnsucht auf seine Frau. Er kannte Papi, und durch diese Bekanntschaft hatte auch Martha Frau Schmied kennen gelernt. Die zwei doch so verschiedenen Frauen verstanden sich auf Anhieb. Im Krieg verloren sie sich, aber danach kam Frau Schmied zu Besuch und sprach über ihre Bühnenerfolge während des Krieges auf verschiedenen kleinen Bühnen. Herr Schmied war um Einiges älter und konnte nach dem Krieg bald in Pension gehen. Sie bewohnten eine geräumige Wohnung in der Mitte der Stadt und die Beiden sprachen immer wieder mit Martha, Jaro und Papi über die Möglichkeit, das Land zu verlassen. Die Ansichten der zwei in der Stadt doch sehr geschätzten Männer, ließen Herrn Schmied unsicher werden. Vor allem weil seine Frau im Brünner Theater noch immer arbeiten konnte. Nicht dass es nötig gewesen wäre, das Vermögen von Herrn Schmied war groß genug, um einen schönen Lebensabend zu garantieren, aber er wusste, wie sehr seine Frau die Bewunderung des Publikums brauchte. Sie beschlossen, auch zu bleiben. Als erstes wurde das Vermögen von Herrn Schmied beschlagnahmt. Er bekam, wie alle vom Regime Verfolgten, eine mickrige Pension. Die Wohnung mussten sie räumen. Sie fanden in einer Passage ein aufgelassenes Geschäftslokal, das sie als Wohnung benützen konnten. Frau Schmied wurde entlassen und wurde, da sie immer wieder zwischen den zwei Ländern hin und her pendelte und man sie als Spionin verdächtigte, was man vielen Schauspielern nachsagte, lange verhört. Sie wurde interniert und kam erst nach Monaten wieder nach Hause. Als gebrochene, alte Frau. Sie mussten aber von etwas leben, so beschloss sie, Hemden nähen zu lernen. Sie war gar nicht so ungeschickt und versorgte Jaro und die Männer der Familie mit Hemden, denn in den Geschäften gab es so einen Luxus nicht. Das Geschäftslokal, das als Wohnung diente, wurde so auch noch zur Arbeitsstätte von Frau Schmied, doch damit waren die 35 Quadratmeter restlos überfordert. Natürlich mussten alle diese Tätigkeiten, ob das Handschuhmachen der Frau Heller, das Hemdennähen von Frau Schmied, die diversen Tätigkeiten von Martha und Jaro im Geheimen stattfinden. Immer mit der Angst, Jemand könnte eine Anzeige erstatten, und dann gab es nur noch Gefängnis. Niemand fragte danach, wie diese völlig mittellosen Familien überleben sollten. Das sollten sie ja auch nicht.

Herr Bloomberg war ein angesehener steinreicher Geschäftsmann. Er führte eine Handelsfirma und machte Geschäfte mit der ganzen Welt, exportierte Gablonzer Glas und Schmuck, importierte alle Gegenstände, die in der Welt in Mode kamen und die er den betuchten Kunden anbieten konnte. Martha war jahrelang eine gute Kundin bei ihm. Er und seine Frau waren jüdischer Abstammung und hatten einen Sohn, der Jus studierte. Als der Krieg ausbrach, half Jaro den Bloombergs, sich am Land bei seinen Verwandten zu verstecken. Nach dem Krieg war Herr Bloomberg wieder in der Lage, sein Geschäft Aufzunehmen, und es florierte besser als zuvor. Ihr Sohn war in der Zwischenzeit mit seinem Studium fertig geworden und wurde vom Vater angehalten, das gut gehende Geschäft zu übernehmen.

Als Dagi einmal vor Weihnachten aus Prag nach Brünn kam und zum Juristenball ging, lernte sie den jungen, attraktiven Bloomberg kennen.

Er tanzte wie ein Gott, sah blendend aus, und was bei Dagi ganz wichtig war: Er war geistreich. Sie unterhielten sich blendend und beide spürten, sie möchten gerne wieder zusammen kommen.

Es folgten Theater-, Kino- und Konzertbesuche. Thomas spielte wunderbar Klavier und kannte alle westlichen Schlager, sogar die Texte. Dagi war hingerissen.

Aber sie musste zurück nach Prag. Es folgte eine ausgiebige Korrespondenz, und Thomas versuchte von seinem Vater so viele Geschäftsreisen nach Prag zu bekommen, wie es nur möglich war. Natürlich passierte das alles hinter Jaros Rücken, denn er war in Angelegenheiten von Partnern für seine Kinder mehr als eigensinnig. Er wollte es einfach nicht wahrhaben, dass auch seine Kinder erwachsen geworden waren. Martha wusste von dem Problem, hütete sich aber, ein Wort darüber zu verlieren. Sie freute sich, dass es Dagi gut ging, und solange Dagi das Studium weiter trieb und sich um Jaros Bank kümmerte, sollte das Mädel etwas vom Leben haben.

Ende des Jahres `47 schlug Thomas Dagi vor, sie sollten sich ins Ausland absetzen. Er wusste von Jaros Freund in Wien, der eine Anwaltskanzlei betrieb. Bei dem würden sie beide sicherlich für den Anfang eine Anstellung bekommen. Dagi würde die letzten Prüfungen ablegen, und dann könnten sie gemeinsam eine Kanzlei aufmachen, oder noch besser: Gleich nach Amerika gehen, wo Thomas Eltern Verwandte und Freunde hatten. Dagi kam Feuer und Flamme nach Haus und erzählte Martha von ihren Plänen. Martha war sprachlos. Einerseits wollte sie ja, dass ihre Kinder eine gute Zukunft hatten, andererseits hatte sie Angst um sie. Dagi war noch so jung und unerfahren, sie glaubte den Menschen, und man konnte sie leicht hinters Licht führen. Und was, wenn Thomas es sich im Ausland anders überlegte und Dagi allein dastünde? Nicht zum Ausdenken. Also musste Martha hart durchgreifen und es Dagi strengstens verbieten, unter der Drohung, alles an Jaro weiter zu geben. Diese Vorstellung war ein recht starker Druck auf Dagis Entscheidung. So ging sie zu Thomas und verabschiedete sich von ihm, mit dem Versprechen, dass er, wenn er drüben etabliert war, sie zu sich holen würde. Es kam alles ganz anders: Thomas entging dem Regime nur noch um ein Haar. Er ging nach Amerika, heiratete und hatte vier Söhne. Seine Frau sah den Hollywood Schauspielerinnen ähnlich und ließ es sich nicht nehmen, als sie die ersten zwei Kinder hatte, nach Brünn zu fahren, um ihre Schwiegermutter zu besuchen und sicherlich auch Dagi kennen zu lernen.

Herr Bloomberg starb bald, nachdem ihm das Vermögen weggenommen worden war, und er und seine geliebte Frau in eine Einzimmerwohnung ziehen mussten. Als dann auch die Grenzen geschlossen wurden und es ihm bewusst geworden war, dass er seinen Sohn niemals wieder sehen würde, gab sein Herz auf. Dagi besuchte Frau Bloomberg regelmäßig, allein schon, weil sie etwas über Thomas erfahren wollte. Auch dann, als sie bereits Hannes kannte und ihn geheiratet hatte. Frau Bloomberg, die allein lebte und kaum mit jemandem reden konnte, besonders auch wegen ihres Unvermögens Tschechisch zu sprechen, wurde immer wieder von Martha eingeladen. Sie wollte der alten, gebrochenen Frau, die keine Aussicht hatte, ihren Sohn jemals wieder zu sehen, ein bisschen Gesellschaft leisten und Mut zusprechen.

Als dann aber doch die Schwiegertochter mit den Enkeln kam, blühte Frau Bloomberg auf. Dennoch konnte sie mit der Schwiegertochter keine Berührungspunkte finden, aber die Buben schloss sie sofort in ihre Arme und ihr Herz. Dagi hatte volles Verständnis für Frau Bloomberg und ihre Probleme mit der jungen Frau, die um 20 Jahre jünger war als Thomas und wirklich keine Ahnung von den Verhältnissen hatte, in denen ihre Schwiegermutter leben musste. Alenka hatte das Glück als Babysitterin für die Buben tätig zu sein und war überglücklich, ihr frisch gelerntes Englisch mit ihnen auszuprobieren. Aber alle waren erleichtert, als die junge Frau wieder wegfuhr. Natürlich unter Tränen von Frau Bloomberg, aber die galten ihren Enkeln. Thomas ist nicht sehr alt geworden. Das hektische Leben in Amerika, keine Zeit für Muße und Genießen, gingen ihm sehr ab. Seine Gesundheit wurde immer schlechter. Seine Mutter überlebte ihn und wurde sehr, sehr alt. In den letzten Jahren musste Martha, die sie statt Dagi besuchte, ihr immer wieder in Erinnerung bringen, dass sie einen Sohn hatte, der wiederum vier Söhne hatte. Die Schwiegertochter meldete sich nach dem Tod von Thomas nicht mehr. Und Frau Bloomberg wollte sich nicht an das Vergangene erinnern.

Alisch war Jaros bester Freund. Eigentlich Dr.Alisch, mit Vornamen Hans. Aber niemand nannte ihn so, er war ganz einfach der Alisch. Er war Röntgenologe, und zwar ein ausgezeichneter. Er arbeitete für das größte Spital und machte später eine eigene Praxis auf. Aber er wurde gebeten, weiter für das Krankenhaus zu arbeiten, weil seine Diagnosen so präzise und richtig waren. Er hatte Jaro beim Studium kennen gelernt. Damals waren sie beide arme Studenten, die sich durch Nachhilfestunden am Leben und an der Uni hielten.

Durch Alisch lernte Jaro viele von dessen Kollegen kennen und so ergab sich eine Runde von jungen Leuten, die gerne Musik, klassische Musik machten, Sport trieben und auf ein Bier ins Gasthaus gingen, wo es dann bis in die Früh heiße Diskussionen gab.

Alisch war ein offener, direkter und sehr witziger Mann. Sein Charme zog viele Mädchen an und es gab bei ihm nie Mangel, wenn er ausgehen wollte. Da Jaro etwas zurückhaltender war, genoss er diese weltmännische Eigenschaft von Alisch, der immer dafür sorgte, dass es Damengesellschaft gab. Als Alisch mit dem Studium fertig war und eine fixe Stelle hatte, traute er sich, Maria um ihre Hand zu bitten. Bei der Hochzeit war Jaro Treuzeuge und Alisch war überglücklich, eine von den schönsten Frauen der Stadt geheiratet zu haben. Maria kam aus armen Verhältnissen, aber ihr Liebreiz und gutes Aussehen wogen alles andere auf. Sie war blond und sah Marlene Dietrich ähnlich, auch sie hatte wunderschöne Beine. Als es Alisch finanziell immer besser ging, fing sie an, sich mit viel Geschmack und persönlichem Stil zu kleiden. Jetzt erst drehten sich alle um, wenn Alisch mit seiner Frau irgendwo auftauchte.

Bald bekamen sie einen Sohn. Maria war aber keine geborene gute Mutter. Sie ließ das Kind stundenlang am Boden ihres Autos liegen und schreien. Sie wickelte und fütterte das Kind nicht oft genug, so dass Martha sich gezwungen sah, Maria darauf anzusprechen. Mit einem leichtsinnigen Schulterzucken meinte Maria: „Ich wollte ja das Kind nicht, er war es.“ Wo es nur ging, schaltete Martha ihre Kindermädchen ein. Bis dann endlich Alisch so viel verdiente, dass auch er ein Kindermädchen einstellen konnte. Leider. Hätte er gewusst, dass seine junge schöne Frau dadurch viel mehr Zeit für sich selbst gewann und auf dumme Gedanken kommen würde, hätte er es nie getan. Damit er genug Geld für das luxuriöse Leben seiner Frau verdiente, die sich in allem nach Martha orientierte, musste er jeden Tag bis spät abends arbeiten. Er übersah geflissentlich, dass Martha in ganz anderen Vermögensverhältnissen lebte. So war er nur noch beruflich beschäftigt, Vormittag im Spital, den Rest des Tages in der eigenen Praxis. Es kam, wie es kommen musste: Maria wurde immer wieder in Gesellschaft anderer Männer gesichtet, und so etwas sprach sich in der Stadt schnell herum. Alisch erfuhr es als Letzter. Er hatte immer schon gerne über das Maß getrunken, aber als er von den Affären seiner Frau erfuhr, platzte ihm der Kragen und voll alkoholisiert wollte er seine Frau zur Rede stellen. Da er aber die Worte nicht mehr artikulieren konnte, finge er nur schreiend an, sie zu schlagen. Maria kam am nächsten Tag in Jaros Anwaltskanzlei und wollte die Scheidung. Aber Jaro wollte die Ehe seines Freundes retten, also sprach er Maria und anschließend Alisch zu. Eine Zeitlang ging es dann wieder besser und Jaro und Martha versuchten, Beide noch stärker in ihr eigenes Leben zu integrieren. So ging es jahrelang. Das

Einzige, was sich änderte, waren die Abstände der Streitereien. Zum Schluss hatte Jaro den Eindruck, Alisch war es egal, was Maria hinter seinem Rücken trieb. Nach der Wende lernte sie einen zwielichtigen Mann kennen, mit dem sie sich dem Widerstand anschloss. Sagte sie. Alisch ätzte jedoch, sie sei mehr an dem Mann, der internationale Kontakte hatte, interessiert, als an dem Widerstand. Schlimm war nur, dass sie für das Grobe ihrer illegalen politischen Tätigkeit, schamlos ihren minderjährigen Sohn benützte. Denn im Notfall konnte sie immer sagen, sie wusste von nichts. Genauso kam es dann auch. Sie floh mit dem Widerständler nach Rhodesien und wurde dort nach ein paar Jahren ermordet. Als diese Nachricht Brünn erreichte, waren Alle irgendwie erleichtert. Aber was nützte das dem Sohn Zdenek? Der kam mit 55 aus dem Gefängnis, wegen guter Führung wurde die lebenslängliche Strafe gemildert. Als frühzeitig alt gewordener, gebrochener und schwer kranker Mann. Mutterliebe kann auch so aussehen.

Alisch heiratete ein zweites Mal. Auch eine Maria. Sie war die Tochter eines Fleischermeisters in einem kleinen Städtchen in Nordmähren. Sie war schlank, bildschön, sie hatte wunderschöne Beine. Der einzige Unterschied zwischen ihr und der ersten Frau war, dass sie dunkelhaarig war und eine unglaublich ausgebildete Oberweite hatte. Am Anfang war sie in der Gesellschaft sehr unsicher, aber sie bemühte sich sehr, sich so anzupassen, dass Alisch keine ätzenden Bemerkungen machen musste. Sie bekamen eine Tochter Eva, ein außerordentlich begabtes Kind. Aber auch in dieser Ehe gab es Probleme, die in Jaros Kanzlei endeten. Alisch war schon so an den Alkoholkonsum gewöhnt, dass er immer wieder über den Durst trank. Dann war er unausstehlich. Selbst wenn ihm Maria keinen Grund zur Eifersucht gab, in seinem Taumel griff er sie immer wieder an. Eines Tages schleifte er sie bei ihren schönen langen schwarzen Haaren durch die ganze Wohnung, bis die Haut nachgab und er die Haare in seiner Hand hielt. Das nüchterte ihn aus. Maria versorgte ihre Wunde, packte die Haare samt Haut ein und ging zu Jaro, um sofort um Scheidung anzusuchen. Aber auch diesmal redete Jaro Maria und Alisch gut zu. Und so hielt die Ehe bis zu Alischs Tod. Seine Gesundheit war durch die Röntgenstrahlen und den vielen Alkohol geschädigt. Als er einmal eine Verkühlung hatte und im Bett blieb, brachte ihm Maria das Mittagessen und er erstickte an einem Bissen. Es war Hirnschlag. Jaro war untröstlich. Alisch war der einzige Freund, der ihm durch die schwersten Zeiten treu geblieben war und sich nie von ihm abgewandt hatte. Da auch Alisch dem System nicht entkam, seine Ordination geschlossen wurde und sein Sohn wegen Staatsverrats inhaftiert wurde, hatte auch Alisch keine anderen Freunde als Jaro und seine Familie. Wann immer es nur ging, meistens am Wochenende, kamen sie zusammen, spielten Karten und machten blöde Witze, wie Martha immer bemerkte. Sie unterhielt sich gerne mit Maria, deren direkte, offene Art sie sehr schätzte. Alenka spielte mit Eva und beide liebten die gegenseitigen Besuche, weil jedes Mädchen andere Spielsachen hatte. Alisch hatte früh eine Glatze bekommen und trug eine kleine mit goldener Fassung umrahmte

Brille. Sein Lächeln hatte etwas Umwerfendes und litt nie unter den widrigen Umständen. Einmal im Jahr durfte er seinen Sohn besuchen, aber dann war er wochenlang nicht ansprechbar und trank noch mehr. Er erlebte Zdeneks Entlassung nicht mehr. Es war ihm als Arzt ein großer Irrtum unterlaufen: Er dachte, er könne mit dem Alkohol seinen Schmerz über das Schicksal seines Sohnes dämpfen, stattdessen ist der Schmerz geblieben und er selbst machte sich und seine Familie damit unglücklich und noch instabiler. Martha und Maria blieben bis ans Lebensende Freundinnen. Jaro freute sich, wenn Maria zu Besuch kam, denn sie brachte die Erinnerung an Alisch und das Flair seines besten Freundes mit.

26. KAPITEL: LOJZLS SCHWAGER

Schon in den jungen Jahren, als Lojzl Jaro kennen lernte, fing er an, ihn zu vergöttern. Jaro verkörperte alles das, was Lojzl gerne hätte sein wollen. Er freute sich immer, wenn ihn die jungen Leute zu ihren Vergnügungen mitnahmen. Martha fand es nicht so schön, aber Jaro bestand darauf, dass man Lojzl immer mit dem nötigen Respekt behandelte. Das brachte er auch später seinen Kindern bei. Er dachte immer an seinen skurrilen Bruder, den niemand außer Frau Milada verstand. Jaros Argument seiner Frau gegenüber war immer: „Lojzl ist nicht krank, ihr macht ihn krank.“ Und Jaro blieb für Lojzl das ganze Leben die Respektsperson schlechthin. Das, was er seinem Vater gegenüber nie empfand, empfand er für Jaro. Die Bewunderung ließ nie nach, im Gegenteil: Zuerst bewunderte Lojzl Jaros kometenhaften Aufstieg in seinem Beruf, später dann, wie Jaro mit seinem Schicksal umging.

Da Lojzl nichts zu tun hatte, und Mami schon Anfälle bekam, wenn Martha mal sagte, er möge den Mistkübel in den Keller tragen und ausleeren, saß er die meiste Zeit auf der Fensterbank in der Küche, sah Mami beim Kochen zu und beobachtete den Rest der Familie, von denen immer wieder jemand in der Küche auftauchte.

Er merkte, wie sehr es Jaro Unbehagen bereitete zu sehen, dass seine Kinder, die er so liebte und für sie immer das Beste wollte, sich nach und nach von ihm abgewendet hatten. Mit Dagi hatte Jaro so sein

Kreuz. Das war ja sein Mädchen, wie Martha nicht ohne Ironie oft bemerkt hatte. Es war richtig, dass er sich mit der Erstgeborenen blendend verstand, in den guten Zeiten. Er war immer streng, zu allen Kindern, manchmal ungerecht und oft jähzornig, aber er dachte an seinen Vater, und im Vergleich mit dem war Jaro ein milder Vater. Er und auch Martha wollten, dass ihre Kinder nicht nur gut erzogen waren, sondern dass sie Charakter hatten, ihren Verstand benützten und das Herz am richtigen Fleck hatten. Natürlich wollte Jaro nicht zulassen, dass seinen Kindern solche Dinge zustoßen würden, die er täglich in der Kanzlei und beim Gericht erlebte. Aber er wusste, dass Dagi mit den schlechten Zeiten sehr schwer umgehen konnte. Sie war bis zum Erwachsenenalter die Prinzessin, seine Prinzessin. Sie hatte alles getan, was er von ihr verlangte, dafür hatte sie ein wunderschönes Leben. Natürlich verlangte er Fleiß und Pflichtbewusstsein, aber damit hatte Dagi nie ein Problem. Ganz anders als ihr Bruder. Wer wusste es besser, wie sehr Dagi in den engen Verhältnissen, aus denen es kein Entkommen gab, gelitten hatte. Er selbst ja auch, und der Rest der Familie ebenfalls. Milo ging ja nicht ohne Grund nach der Matura von Zuhause weg und lebte sein eigenes schweres Leben.

Alenka und Klein-Robert aber mussten ihre ganze Kindheit und Jugend in diesen unerfreulichen Umständen verbringen. Die konnten nicht auf schöne Erinnerungen zurückgreifen, sie hatten keine. Jaro ärgerte es, dass Dagi kein bisschen Selbstbeherrschung hatte und ihre Launen wahllos an der ganzen Familie ausließ. Bis auf ihn. Er war überzeugt, dass sie hinter seinem Rücken genauso über ihn schimpfte, aber in seiner Anwesenheit traute sie sich nie, ausfällig oder hysterisch zu sein.

Zu Alenka hatte Jaro ein besonderes Verhältnis. Als sie auf die Welt kam, war sie für ihn alles. Da erst merkte er, wie sehr er die älteren Kinder vernachlässigt hatte, das wollte er bei der Nachzüglerin besser machen. Sobald sie aus dem ersten Babyalter heraus war, nahm er sie zu allen Konzerten mit, die ihn interessierten. Smetanas Vaterland musste das Kind mit vier Jahren anhören, eine unbeschreiblich langweilige und öde Angelegenheit. Aber Alenka hätte sich die ganze Zeit nie getraut, auch nur einen Hauch von Ungeduld zu zeigen. Dafür war die Angst vor ihrem Vater zu groß. Dann wurde Jaro interniert, und das Kind hatte sich ihm völlig entfremdet. Er merkte, wenn er zu den wenigen Besuchen kam, wie verschreckt sie ihn, hinter einem Lehnstuhl versteckt, ansah. Als sie dann später vom langen Aufenthalt im Krankenhaus zurückkam, waren alle natürlich froh, dass sie wieder gesund war. Am meisten Martha. Für Martha war das jüngste Kind ein Segen, sie konnte mit dem heranwachsenden Mädchen wieder ihre eigene Jugend spüren. Es entwickelte sich eine innige Beziehung, in der es keine Geheimnisse gab, in der alle Probleme, ob in der Familie oder in der Außenwelt, besprochen wurden. Jaro wurde immer mehr ausgeklammert. Durch seine Geschäftsreisen war er auch oft nicht zu Hause und bevor er es sich versah, gelang es Martha, mit ihrer ständig geübten Kritik an seinen Ideen und seinem Lebensstil, den sie für sehr egoistisch hielt, seine kleine Tochter so gegen ihn aufzuhetzen, dass er in manchen Situationen Hass in den Augen des Kindes zu sehen glaubte. Alenka war sehr beeinflussbar und die Liebe zu ihrer Mutter machte sie blind für alles andere. Sie übernahm die Negativhaltung ihrer Mutter Jaro gegenüber, ohne dass es jemand bemerkt hätte. Außer Jaro.

Er war so klug, dass er alle diese Entwicklungen in seiner Familie hinterfragte. Lag es an ihm und den veränderten Verhältnissen, dass seine Kinder so geworden waren, oder gab es da etwas Größeres, das die Geschicke seiner Familie lenkte? Er wusste aus seiner Kindheit, was es bedeutete, arm zu sein und vom eigenen Vater ungerecht behandelt zu werden. Er wollte immer den geraden, kompromisslosen Weg gehen, ohne Rücksicht auf Verluste. Er wollte Immer ohne Scham in den Spiegel schauen können, und ein reines Gewissen war ihm wichtiger als alle Reichtümer der Welt. Natürlich - durch seinen schnellen beruflichen Aufstieg und den Reichtum seiner Frau war er in eine Situation gekommen, in der er viele Dinge, die er sich vorgenommen hatte, vergessen hatte. Das Leben saugte ihn auf, zum Nachdenken gab es keine Zeit, Beruf, Familie und Gesellschaft nahmen ihn völlig in Anspruch. Er wurde überheblich, arrogant und manchmal ungerecht. Wenn ihm das bewusst wurde, versuchte er immer, die Dinge wieder ins Lot zu bringen. Fiel ihm aber immer Alles auf? Er befürchtete: nein. Die Schmeicheleien der Leute, die sich von seiner Freundschaft einen Vorteil erhofften, taten ihm gut, viel Anerkennung hatte er ja in seiner Kindheit nicht erfahren, und so verschluckte ihn das schöne, gute Leben nach und nach und bewirkte, dass er viele seiner Ideale zur Seite schob. Natürlich half er anderen Menschen, das hatte sich nie geändert, aber Vieles war ganz anders geworden. Die Lektionen des Lebens, die er lernen musste, waren sehr hart. Er erinnerte sich, dass man ihm, als er vom Gefängnis heimkam, seinen Personalausweis nicht mehr zurückgegeben hatte. Er hatte also keine Möglichkeit, sich auszuweisen. Das, dachte er oft, war bei seinen geheimen Geschäftsreisen sehr praktisch, denn sollte er mal kontrolliert werden, hatte er keinen Ausweis. Aber das Bewusstsein, eine Nicht-Person zu sein, machte ihm dennoch jahrelang zu schaffen. Von dieser Höhe, in diese Tiefe. Eine Nicht-Person also.

In den Sechzigerjahren wollten er und Martha, sowie Dagi und Hannes Marthas Freundin Tante Hilde, besuchen. Hilde war ein einziges Mal in Brünn gewesen aber das Elend, in dem Martha leben musste, konnte sie nicht mit ansehen, reiste sofort wieder ab und kam nie mehr. Sie selbst hatte auch kein besonders gutes Leben, aber im Vergleich zu Martha ging es ihr prächtig. Die Papierfabrik ihres Vaters hatte sie als Älteste übernommen. Die wurde natürlich verstaatlicht, da sich aber bei der Produktion niemand auskannte, baten sie Hilde, die Direktorin des Unternehmens zu bleiben. Sie durfte auch im eigenen Haus weiter leben, natürlich in etwas verkleinerter Form. Erst als sie pensioniert wurde, musste sie das Haus räumen und bekam die Bewilligung, zu ihren Schwestern in den Westen zu ziehen.

Jaro ging also zum Passamt und bat für alle um eine Ausreisebewilligung. Pass gab es keinen, aber für die Oststaaten gab es eine Ein und Ausreisebewilligung. Es war eine große Aufregung, denn über Jahrzehnte waren Jaro und Martha nicht mehr im Ausland gewesen. Bei der DDR konnte ja nichts schief gehen. Weit gefehlt. Im Zug nach Dresden, an der Grenze gab es eine Kontrolle, und alle vier wurden angewiesen, auszusteigen. Es gab eine Anzeige, die besagte, dass es für eine Familie mit solchem antistaatlichen Verhalten unmöglich war, das Land zu verlassen, selbst wenn es sich um einen Bruderstaat handelte. Sie blieben an der Grenze stehen, ohne Kronen, denn sie hatte das Geld in Ostmark umgetauscht, ohne eine Möglichkeit des Rücktransports. Das Interessante an der Geschichte war, dass Alenka am Reisetag ganz normal in die Schule ging. In der großen Pause, also vor Mittag, kam eine Mitschülerin auf Alenka zu und fragte spöttisch: „Na sind Deine Eltern wieder zurück? Eine kurze Reise, was?“

Alenka hatte keine Ahnung, worüber diese Mitschülerin redete. Am nächsten Tag kam die ganze Familie unverrichteter Dinge wieder nach Hause. Als Alenka die Geschichte erzählte, explodierten wirklich alle. Es wurde jeder Schritt der Familie beobachtet und festgelegt. Sogar die Kinder wurden involviert.

Je mehr sich Jaro mit seinem eigenen und dem Schicksal der Familie beschäftigte, je älter er geworden war und je mehr ihn seine Lebenserfahrung leitete, desto überzeugter war er, dass die Dinge so sein mussten wie sie waren, und nicht anders. Er fing an, nach östlicher Literatur zu suchen und wurde bei Bekannten fündig. Vor allem die indische Kultur, ganz besonders die Fakire hatten es ihm angetan. Alles was mit Religionen, Spiritualität und dem Jenseits zu tun hatte, las er mit Begeisterung. Und natürlich versuchte er seine Erkenntnisse an die Familie weiter zu geben. Aber da traf er auf taube Ohren. Das Einzige, was er erntete, waren Spott und Hohn. Niemand hatte auch nur einen Hauch von Interesse, geschweige denn Verständnis für die neue Welt, die sich ihm aufgetan hatte. „Bitte hör auf mit dem Blödsinn, ich habe andere Sorgen“, war die übliche Reaktion von Martha. Dann schwieg er eben, zog sich ganz in sich zurück und nur manchmal beim Aufstehen entkamen ihm die Worte, „der unglückliche Didi“, einen Namen, den er sich selbst gab, da er die Bezeichnung Opa nicht mochte.

Er dachte darüber nach, wie seltsam es war, dass er mit zunehmendem Alter das Gefühl hatte, immer mehr seine Autorität aufzugeben und in die gleiche Rolle zu schlittern wie Lojzl. Sie wurden beide von der Familie nicht ernst genommen und belächelt. Und er dachte darüber nach, dass da wirklich zwischen ihnen beiden eine Ähnlichkeit war. Er trotzte dem Regime mit Stärke, Lojzl mit Schwäche. Aber beide hatten Erfolg, sie beugten sich nicht. Vor nichts und niemanden.

Er hatte noch das Glück, dass er im Alter den Fall des Kommunismus und die allmähliche neugewonnene Freiheit seines geliebten Landes erleben durfte. Seine Vision, es würde sich einmal alles wieder „umdrehen“ hatte sich erfüllt, sowie die meisten seiner Visionen.

27. KAPITEL: DIE HOFFNUNG

Lojzl mochte den Garten in Komain nicht. So sehr er in der Jugend Blumen und Pflanzen geliebt und leidenschaftlich gerne im Garten gearbeitet hatte, jetzt hasste er es. Vielleicht, weil es Papis Garten war, vielleicht, weil es ihn an die glückliche Zeit im Alumnat erinnerte. Manchmal fand er zwar ein kleines Steinchen, das er vor sich her schubsen konnte, aber auf dem unebenen Flussuferweg ging das nur schlecht. Im Garten gab es keine richtige Toilette mit Spülung, es war nur eine einfache Holzhütte, das störte Lojzl maßlos. All dies waren Gründe, warum er nie mit Papi in den Garten ging.Papi selbst ging auch nur während der Wochentage hin, denn einmal waren die Straßenbahnen dann nicht überfüllt, auch wollte er nicht mit der ganzen Familie hin pilgern. Er ging an den Sonntagen lieber ins Kaffeehaus und ließ Mami und Lojzl zu Hause Süßigkeiten essen und das Wiener Radio hören. Er selbst ging in den Garten nur, um die vielen Obstbäume zu pflegen, denn kein Familienmitglied wusste über Obstbaumzucht Bescheid. Eines Tages, als er wieder den Obstbestand kontrollierte, kam vom Nachbargrundstück ein Mann zu ihm herüber. Das Areal daneben gehörte der kommunistischen Jugendorganisation, und die jungen Sportler trainierten dort die verschiedensten Sportarten. Der Mann stellte sich als der Leiter des Vereins vor und teilte Papi mit, dass der Verein mehr Platz brauchte und bei der Zentrale schon um die Bewilligung angesucht hatte, zwei Drittel von Papis Garten zu übernehmen. Alle Einwände von Papi blieben ohne Erfolg. Innerhalb kürzester Zeit bekam Papi den Bescheid, dass ein Teil seines Gartens konfisziert wurde. Gerade der Teil, wo die schönsten Apfel- und Birnenbäume standen. Der Zaun wurde ganz einfach versetzt, und damit war die Angelegenheit erledigt. Papi betrat den Garten nie wieder.

Der Rest des Gartens genügte Jaro zum Anbauen seiner Pflanzen und das wenige Gemüse für die Familie. Es wollte ja so und so Niemand im Garten arbeiten, und nur durch großen Druck gelang es Jaro, wenigstens etwas Hilfe zu bekommen. Am ehesten war es noch Hannes, der Jaro zur Hand ging. Bald wurde er der bessere Gärtner, und die Arbeit machte ihm offensichtlich auch noch Spaß. Dagi gefiel das überhaupt nicht, aber solange sie in Ruhe gelassen wurde, schwieg sie. Ein paar Obstbäume waren übrig geblieben, und so gabimmer noch genug Arbeit für Martha mit dem Einkochen des Obstes. Alle mussten die ganze Woche arbeiten und waren froh, ein paar Stunden in der Sonne ausspannen zu können. Das sah Jaro auch ein, aber trotzdem hätte er ein wenig Hilfe gerne gehabt. Er war ein alter Mann geworden und musste noch immer mit dem Rucksack auf dem Rücken durch das ganze Land zu den Gärtnern fahren, Sommer und Winter. Die Züge waren ungeheizt, aber weil er einen so schweren Rucksack trug, war er immer nur mit einer leichten Regenjacke gekleidet, und fror in den ungeheizten Wagons. Wenn er nach Hause kam und warten musste, bis Martha wieder alles zum Verkauf vorbereitet hatte, beschäftigte er sich mit den Verteidigungsschriften in seinem ewigen

May-Prozess. Und trotzdem fand er Zeit ab und zu in die Oper zu gehen und zu lesen. Er beschäftigte sich mit asiatischer Kultur, mit Buddhismus, las alles über Fakire und all die spirituellen Schriften, die er im Geheimen von Bekannten bekommen konnte. Die Familie lachte ihn nur aus, denn zu dieser Zeit gab es noch keine Esoterik oder neu entdeckte östliche Spiritualität. Wie in vielen Dingen, war er der Zeit immer wieder voraus.

Martha verstand dieses neue Steckenpferd überhaupt nicht. Sie kämpfte täglich ums Überleben, ihre Gesundheit war angegriffen, nur redete sie nicht so gerne darüber wie ihr Mann. Je älter sie wurde, desto gereizter reagierte sie auf Jaros Ideen. Sie konnte ihm nicht verzeihen, dass er so stur gewesen war, als es um das Studium von Milo gegangen war. Sie warf ihm immer wieder vor, dass, wenn sie nicht gewesen wäre, ihr gemeinsamer Sohn keine Ausbildung bekommen hätte. Diese Vorwürfe nahmen kein Ende. Er fuhr jede Woche weg, und sie musste mit ihren Eltern, vor allem der gehassten Mutter, täglich zusammenleben. Wenn er nicht unterwegs war, fuhr er nach Komain. Und überhaupt war er daran Schuld, dass es der Familie so entsetzlich schlecht ging, denn wenn er sich bereit erklärt hätte, mit dem Regime zusammenzuarbeiten, wie viele seiner Kollegen, dann ginge es allen besser. Nur seiner Sturheit und Stolz hatte sie es zu verdanken, dass sie dort gelandet war, wo sie sich nun befand. Billige Arbeitskraft für ihn, und Köchin und Putzfrau für die ganze Familie. Deswegen sieht sie auch so aus, wie sie aussieht. Alles war nur seine Schuld.

Jaro erwiderte nie etwas auf diese Tiraden. Er wusste sehr gut, wie hart Martha arbeitete, und vor allem dass sie die ganze Familie zusammenhielt; und das entschuldigte alles. Wenn er an die alten Zeiten zurückdachte, wie schön und elegant seine Frau gewesen war, wie sie jeder Situation gewachsen gewesen war, und das dann mit ihrer jetzigen Lage verglich, so verstand er, wenigstens zeitweise, ihre Ausfälle. Wenn schon alle in der Familie sich ihr Recht nahmen, ihre Launen zu Hause auszulassen, dann durfte sie das auch. Sonst war sie immer nur der Blitzableiter gewesen. Der einzige Lichtblick für Martha war die heranwachsende Alenka. Das Kind liebte Bücher und jede Art von Theater, Oper und Kino. Als sie anfing zu arbeiten, verbrauchte sie das ganze Geld für diverse Eintritte, und nahm Martha immer mit. Das gefiel Jaro überhaupt nicht. Einmal weil er die Gefahr sah, dass seine Tochter alle Klassiker nur in der tendenziösen Fassung kennen lernen würde, und dann, was wahrscheinlich noch viel wichtiger war, wegen des Abendessens, das ihm sehr viel bedeutete.

Er hätte es gerne gesehen, dass, so wie früher immer, sich alle um den Tisch versammelt hätten, um zusammen das Essen einzunehmen. Er konnte es schwer verkraften, dass Alenka jetzt diese neue Masche mit dem Ausgehen hatte. Vor allem, dass sie dabei Martha mitnahm. Da konnte es schon passieren, dass, wenn ihm Martha, bevor sie wegging, das Essen auf den Tisch stellte, die Gabeln und Messer durch die Luft flogen. Aber die zwei ließen sich nicht davon abbringen, das nächste Mal wieder seine Geduld zu prüfen. Er hatte das Gefühl, die totalitäre Macht in der Familie einzubüßen,und das gefiel ihm überhaupt nicht.

Als Alenka 15 war, gab es in Brünn das erste Mal eine internationale Industriemesse. Martha wollte unbedingt, dass Alenka und auch Dagi sich als Dolmetscherinnen bewarben. Nur wusste sie, dass es ziemlich schwierig werden konnte, denn aus diesem politisch unverlässlichen Milieu, kam keiner auf die Messe. Die Stadt wurde hermetisch abgeriegelt, die Ausländer durften nur zur Messe und in ein neues Hotel. Darüber hinaus gab es keine Freiheit der Bewegung in der Stadt. Obwohl Alenka noch so jung war, wurde sie zu einem Vorstellungsgespräch eingeladen. Sie hatte so schreckliche Angst, dass sie stundenlang mit der Straßenbahn in der Stadt herumfuhr. Nur die Angst vor ihrer Mutter war noch größer. Also nahm sie ihren ganzen Mut zusammen und ging in das Messegebäude. Sie wurde lange befragt, aber da es so wenige Menschen gab, die Fremdsprachen beherrschten, wurde sie angenommen. Man übersah sogar ihr Alter. Sie wurde sofort zu einer schwedischen Firma gebracht. Ein gut aussehender junger Mann empfing sie mit etwas Distanz. Als er ihr Alter erfuhr, sprang er auf, ging zum Telefon und teilte der Personalabteilung mit, er wolle eine andere Dolmetscherin. Nach langen Debatten, weil es eben keine anderen Fachkräfte gab, sagte er, er hätte jemand in Reserve, die zwar nicht Deutsch oder Englisch könnte, die sich aber sicher um die Anliegen seiner Firma kümmern könnte. Alenka saß während dieser Gespräche in der Ecke und es brauchte lange, bis sie endlich begriffen hatte, um was es da eigentlich ging. Er wollte eine Frau für Amüsement, nicht für die Arbeit. Sie hatte Tränen in den Augen und lief aus dem Raum hinaus. „Nichts wie weg“, dachte sie, da bliebe sie keine Minute länger. Sie kam völlig durcheinander nach Hause, gab Martha Schuld, dass sie sie dazu gezwungen hatte und weinte unentwegt. Am nächsten Tag rief die Messe wieder an, sie bräuchten das Mädchen ganz dringend für zwei ältere nette Herren aus Köln.

Mit eindringlichem Zureden gelang es Martha, Alenka davon zu überzeugen, dass sie wenigsten die Herren einmal ansehen sollte. Es stellte sich heraus, dass die Herren wirklich nette und echte Geschäftsleute waren, und von hier entwickelte sich eine langjährige Freundschaft zwischen ihnen.

Alenka bekam einen Spitzel zugeteilt, dem sie jeden Abend alles berichten musste, was am Stand geschehen war, wer hingekommen war, über was gesprochen worden war. Alenka dachte sich jeden Tag ein kleines Märchen aus, das sie ihrem Betreuer am Abend erzählte. Es war strengstens verboten - außer den Damen, die mit den Ausländern intim waren und die natürlich zur Polizei gehörten - die Ausländer außerhalb der Messe zu treffen. Alenka wollte aber sehr, dass ihre Familie die Herren, die sie, zum ersten Mal in ihrem Leben, mit Respekt behandelten, kennen lernte. Also musste man die beiden irgendwie in das Haus bringen, ohne dass der Hausspitzel es bemerkte. Durch eine List gelang es, und die ganze Familie verbrachte das erste Mal seit Jahren einen lustigen Abend mit Menschen aus dem Ausland. Jaro war so in Hochform, dass er die ganze Gesellschaft bis in die

Nacht unterhielt. Zum Schluss tranken die Herren den selbst gebrannten Slibowitz aus Kaffeetassen und Jaro erklärte Paul, dass er einen Blumensamen verkaufe, der Elizabeth hieß, und er „diese Schöne“ gerne auch an ihn verkaufen möchte. Die Lachsalven nahmen kein Ende. Am nächsten Morgen kam nur Walter in die Messe. Paul, sagte er, läge in der Badewanne und gösse sich kaltes Wasser über den Kopf. Das war der großartige Beginn einer lebenslangen Freundschaft.

Auch Dagi gelang es, für eine holländische Firma zu arbeiten. Sie musste sich aber Urlaub nehmen, und niemand in ihrer Firma durfte davon etwas wissen. Als Martha sah, wie ihre beiden Töchter in den zehn Messetagen aufgeblüht waren, hörte sie nicht mehr auf, ihnen in den Ohren zu liegen, sie müssten weg, sie müssten es schaffen, in den Westen zu fliehen, koste es was es wolle. Und wenn Alenka eine Scheinehe eingehen müsste. Sie wusste, bei Dagi würde es schwieriger werden, da sie Familie hatte, und drei Personen auf der Flucht würden natürlich sehr leicht auffallen. Als sich Milo scheiden ließ, bekam auch er das Gleiche zu hören. Bei jeder Gelegenheit drängte sie ihre Kinder, weg zu gehen. Leicht gesagt. Jaro tat so, als hörte er es nicht. Er konnte sich das Leben ohne seine Kinder nicht vorstellen. Er wusste, wie sehr auch Martha an den Kindern hing, vor allem an der Jüngsten. Er konnte sich beim besten Willen nicht vorstellen, dass sie Beide ohne die Kinder leben könnten. Aber Martha ließ nicht locker. Ihr einziges Ziel in ihrem Leben war es noch, die Kinder aus dem Land zu bringen. Irgendwie.

Das Leben von Lojzl lief die meiste Zeit in ruhigen Bahnen. Solange er nicht von Papi provoziert wurde, und ihn niemand von der Toilette zu vertreiben suchte, wirkten seine Medikamente. Er liebte es, sich mit Mami stundenlang das Radioprogramm anzuhören. Ab und zu, wenn es ihm besonders gut ging, ging er einkaufen, ab und zu ging er mit Klein- Robert spazieren, später dann mit dem Dackel, den Robert zum zehnten Geburtstag bekam. Der Dackel zog in alle Richtungen, und Lojzl lief nach. Beim Einkaufen konnte es schon mal passieren, dass er Steinchen fand, und dann kam er mit dem Einkauf stundenlang nicht nach Hause.

Später, als seine Cousins aus der Steiermark die Familie besuchen konnten, liebte er es, ihnen die Stadt zu zeigen und sie herumzuführen. Da war er plötzlich ganz gesund, machte Scherze und lachte herzlich. Als Alenka die Sprachschule besuchte, wartete er ungeduldig auf ihr Kommen, um mit ihr den neuen Stoff in Englisch durchzunehmen. Das waren Momente, wo er die Welt um sich vergaß, und zu einem umgänglichen, intelligenten Mann wurde. Leider waren es nur seltene Momente.

Als Erster starb Papi. Er war, nach Aussage von Mami, auf den Boden gefallen und hatte sich den Oberschenkelhals gebrochen. Martha behauptete, dass es zwischen Lojzl und Papi eine der üblichen Auseindersetzungen gegeben hätte, Lojzl mit seiner Bärenkraft hätte Papi geschubst, der Teppich hätte sich verschoben und Papi wäre gefallen.Er lag zehn Tage im Krankenhaus. Auf dem Sterbebett sprach er nur Deutsch, und Mami musste ihm versprechen, dass er in der

Steiermark begraben würde. Ein schwieriges Unterfangen, aber Jaro gelang es, nachdem er drei Wochen mit den Behörden gerungen hatte, den dreifachen Sarg und den extra versiegelten Wagon in die Steiermark zu expedieren. Und es gelang ihm noch etwas Unglaubliches: Mami, Lojzl und Martha bekamen die Bewilligung, zum Begräbnis zu fahren. Man wusste, dass durch den Verbleib der restlichen Familie keine Fluchtgefahr für die Drei bestehen würde.

Als Martha nach Hause kam, war ihr Drängen bei den Kindern noch stärker geworden. Als Erstem gelang es Milo, das Land zu verlassen. Er arbeitete an einem Donauprojekt, das auch unter schärfster Kontrolle auf der anderen Seite des Stacheldrahts stattfand. Als eines Abends der Bus mit bewaffneter Besatzung die Arbeiter zurückholte, spazierte Milo, ohne sich umzudrehen, Richtung Freiheit. Er wusste nicht, ob er niedergeschossen würde oder nicht. Es gelang ihm, bis nach Wien zu kommen. Vier Jahre später gelang es Alenka mit einer Reisegruppe nach Wien zu kommen und auch sie blieb, Milo wartete schon auf sie.

Dagi nützte die kurze Erleichterung im 68er-Jahr, und so kamen alle drei nach und nach im Westen an. Marthas Lebensinhalt waren ihre Kinder und trotzdem hatte sie sie gedrängt, wegzugehen. Sie wusste, dass sie sie nie mehr sehen würde. Sie wusste, dass sie und Jaro sich damit den größten Schikanen seitens des Regimes ausgesetzt hatten. Aber zu wissen, dass ihre Kinder ein neues Leben in der Freiheit anfangen konnten, war für sie das Wichtigste. In all den schrecklichen Jahren war das die einzige Hoffnung, die sie hatte, und die ihr die Kraft gab, immer wieder weiter zu machen. Und es war auch die einzige Hoffnung, die sich erfüllte.

Mami lebte noch drei Jahre. Dann starb auch sie in einem hohen Alter, denn sie hatte nur gelebt, um ihren Sohn nicht allein der bösen Welt, und vor allem Martha, zu überlassen.

Lojzl hörte die fast täglichen Hetztiraden gegen Martha, und in seiner Welt wurde Martha zu einem Feind, so wie früher sein Vater. „Die Martha ist wie der Papi“, war der übliche Spruch von Mami. Die Zeiten hatten sich inzwischen ein wenig gelockert, und Jaro gelang es, die restlichen Möbel aus Krasonice in die Steiermark zu bringen. Das geschah unter dem Vorwand, er möchte gerne in der Villa ein Erholungsheim für die Arbeiterklasse begründen, und dazu bräuchte er die Einrichtung. Das ereignete sich gerade, als Mami starb und verbrannt worden war, und Martha nützte die Gelegenheit, die Urne mit Mamis Asche in die Porzellankiste zu packen. Natürlich durfte Jaro davon nichts wissen. Aber es gelang. Mami wurde im Familiengrab neben Papi beigesetzt.

Martha versuchte nun, mit Lojzl allein fertig zu werden. Keine leichte Aufgabe. Seit dem Tod seiner Mutter war er ständig gereizt und gab Martha die Schuld an dem Tod von Mami. Es gab ständig Probleme, und oft wollte Martha Lojzl in eine Anstalt einweisen lassen, aber das schlechte Gewissen ihrer verstorbenen Mutter gegenüber verhinderte es.

Eines Tages kam Jaro nach Hause, und Martha lag in einer Blutlache. Er rief sofort die Rettung, Marthas Kopf musste genäht werden. Von Lojzl keine Spur. Man suchte ihn überall und schließlich fand man ihn im Garten in Komain. Er versuchte krampfhaft auf dem Gartenboden ein Steinchen vor sich her zu schubsen, ohne viel Erfolg. Die Wut, dass es ihm nicht gelang, trieb ihm Tränen in die Augen, und bald sah er das Steinchen nicht mehr. Er setzte sich auf die Bank und weinte bitterlich. Die Sanitäter holten ihn behutsam in den Notarztwagen. Er wurde in die Nervenheilanstalt gebracht. Solange Martha lebte, besuchte sie Lojzl regelmäßig. Dann starb auch sie. Später konnte man nicht mehr eruieren, wann Lojzl Gestorben war. Auch nicht, wo er begraben worden war. Es gab kein Grab für den Millionenerben. Er war einerseits ein Opfer seiner Eltern, die ihre eheliche Unvereinbarkeitauf seinem Rücken ausgetragen hatten, andererseits das Opfer des unbarmherzigen Regimes.
Ein Opfer wie Tausende anderer Menschen. Ihre Schreie blieben ungehört.

Lojzl spaziert jetzt im Himmel, er sieht hinab auf die unbelehrbare Welt und lächelt. Er hat allen verziehen. Er hat ein Steinchen gefunden und rollt es gelassen vor sich hin.

ENDE

ÜBER DIE AUTORIN

Aranca Riha wurde 1944 in Brünn/Mähren geboren. Der Großvater war Großindustrieller, der Vater Rechtsanwalt, Großmutter und Mutter stammten aus Österreich. Dies war Grund genug, vom kommunistischen Regime über Jahrzehnte aufs Schlimmste verfolgt zu werden. Mit vierzehn Jahren wurde sie als „politisch nicht tragbar" von der Schule verwiesen und musste dann neben der Arbeit ihre Ausbildung im Fernstudium machen. 1967 floh sie nach Österreich. Ihre Sprachkenntnisse verhalfen ihr zu einer Beschäftigung beim amerikanischen Kulturinstitut. 1982 eröffnete sie eine private Sprachschule in Wien und unterrichtete dort mit der Super-Learning Methode Manager und Geschäftsleute. 1984 begann sie ein Psychologiestudium und gründete später ein Institut für psychologische Beratung.

Bisherige Veröffentlichungen:

„Im Blindflug in die Freiheit"(1998)
„Sternen-Akt – Frau im Zodiak" (zusammen mit Marco Riha, 2003)
„Poseidon lässt grüßen" (2007)

Zeitfracht Medien GmbH
Ferdinand-Jühlke-Straße 7
99095 Erfurt, Deutschland
produktsicherheit@kolibri360.de